KB274903

이 소녀는 다르다

THIS GIRL IS DIFFERENT

J. J. 존슨 장편소설 | 김미나 옮김

이 소녀는 다르다

THIS GIRL IS DIFFERENT

|주|자음과모음

★ 노아를 위하여

차례

1

삶은 대담한 모험이든가, 아니면 아무것도 아니다
– 헬렌 켈러 (작가이자 사회운동가, 1880–1968)

뱀을 움켜잡는 순간 발이 삐끗하면서 개울 속으로 엉덩방아를 찧고 말았다. 다시 몸을 일으켰을 때 섬광과도 같은 통증이 발목을 뚫고 지나갔다.

나는 마음을 진정시키기 위해 긴 심호흡, 요가에서 하는 우짜이 호흡을 했다. 천천히, 그리고 강하게. 꿈틀거리는 뱀을 손에 쥐고 나머지 한쪽 발로 깡충거리며 나는 커다란 바위 위를 기어 올라갔다. 어깨에서 배낭을 내려놓자 뱀이 나를 향해 혓바닥을 날름날름 거린다. 날 보면서 미쳤다고 생각하겠지.

그 정도면 나쁘지 않아. 맹하거나 소심하거나 온순하거나 지루한 것보다야 미친 게 낫지.

배낭에서 뱀을 담으려고 가져온 유리병을 꺼냈다.

"네 임시 집이야."

뱀은 병 속으로 스르륵 기어들어가더니 바닥에 또아리를 틀고 앉는다. 통풍구를 낸 뚜껑을 닫고 나서 병을 들어 올려 자세히 들여다보았다. 벨벳 같은 검은 바탕에 등 위로 노란 줄이 길게 나 있다. 가터뱀인가? 아니면 리본뱀? 병에 코를 대고 킁킁 냄새를 맡아보았다. 기분 나쁜 냄새가 좀 나긴 하지만 지독한 정도는 아니다. 리본뱀이로군.

"어느 쪽이든 간에, 너 참 예쁘게 생겼다."

나는 병을 내려놓았다.

자, 이제 도움을 청해보실까. 핸드폰을 열었다. 아무 소리도 나지 않는다. 그럼 어렵하시겠어. 충전해 오는 걸 또 깜빡했다.

자세를 바꾸는데 다시 발목에 날카로운 통증이 비수처럼 박힌다. 이미 부어오르기 시작한 부위가 욱신거렸다. 다친 발을 조심스럽게 개울 위로 뻗어 차가운 물속에 집어넣었다. 이러면 좀 덜 붓지 않을까.

뱀이 어리둥절한 눈으로 나를 지그시 쳐다보고 있다. 나는 배낭을 열고 스케치북과 색연필통, 물병을 한쪽으로 밀었다. 여기 있었군. 마사가 챙겨준 내 구급상자. 이번에도 한 건 했네, 마사. 엄마들이 늘 그렇지, 뭐. 반갑구나, 소염진통제들아! 알약 두 개를 먹고 물을 벌컥벌컥 마셨다. 그리고 상자 안의 나머지 것들을 훑었다. 반창고와 붕대, 호루라기, 방수용 성냥, 그리고 거울. 거기다 내가 넣어놓은 집에서 만든 오트밀바 두 개와 병에 든 땅콩과 건포도. 최소한 굶지는 않겠군.

길을 잃은 데다 다치기까지 했지만 어떻게든 할 수 있을 거야.

지나친 흥분은 금물. 걱정할 필요 없어. 나는 다른 여자애들과 달라.

나는 붕대로 발목을 감고 다시 개울물 속에 담갔다. 담홍색 단풍잎이 옆으로 떠내려간다. 돌돌 말린 잎 끝에 갈색 점들이 박혀 있다. 내 발 주위로 생겨난 작은 소용돌이에 걸린 이파리들이 빙글빙글 돌며 꾸물거린다. 나도 좀 느긋하게 마음을 먹는 게 낫겠다. 내가 다쳤다는 걸 마사가 알기까지는 시간이 걸릴 것이다. 월마트에서 근무가 끝나면 식품조합에 들를 테고 그다음은 도서관. 그리고 또 어디로 갈지 알 수 없다. 게다가 개울을 따라 이만큼 멀리 오려면 시간이 꽤 든다. 그러니 설사 마사가 집에 일찍 들어와서 내가 헛간에서 요가나 하고 있을 거라고 지레짐작하는 대신 요행히 내가 써놓은 쪽지를 발견한다고 해도, 난 여기에 한참을 꼼짝없이 갇혀 있어야 한다. 아무리 마사가 번개처럼 움직인다 해도 말이다.

해의 위치를 보니 아직 정오도 되기 전이다. 여덟 시간이나 아홉 시간은 더 기다려야 한다. 아니면 그동안 더 괜찮은 아이디어를 내든가. 이곳에는 나와 새로운 친구 리본뱀뿐이다.

몇 시간이 흘렀을까. 아직도 빠져나갈 뾰족한 수는 생각나지 않은 채, 나는 잠시 그림을 그리던 손을 멈추고 병 안에 든 리본뱀을 그린 스케치들을 훑어보았다. 언젠가는 놓아줘야겠지. 그렇지만 지금은 아무라도 옆에 있는 게 좋아. 한숨을 쉬며 나는 손가락으로 부드러운 유리병 위를 쓰다듬었다. 어디서 맛있는 벌레나 귀뚜

라미라도 잡아다 줘야 할 텐데.

잠깐만. 숲 속에서 무슨 소리가 들리잖아.

잔가지가 톡톡 부러지는 소리. 점점 가까워지고 있어. 저건 남자 목소린데. 단어 몇 개는 알아듣겠는데. 학교, 가게, 수업. 두 사람? 아니 세 사람인가?

"이봐요!"

소리를 질러본다.

"내 말 들려요?"

목소리가 사라졌다.

"여기 아래 개울가 근처예요!"

나는 욱신거리는 발목을 내려다보았다.

"사실 제가 지금 무척 곤란한 처지에 있거든요!"

목소리들이 돌아왔다. 이번에는 낮고 조용하게, 어떻게 해야 할 지 의논하고 있는 것 같았다. 나뭇가지들이 움직이고 잎들이 바스락거렸다. 밑단을 자른 카고 반바지와 하이킹 부츠를 신은 내 또래쯤 되어 보이는 소년 하나가 나무들 사이에서 뛰쳐나왔다. 전에 시내에서 본 적이 있다. 도서관에서 한 번, 그리고 커피숍에서 몇 번. 안 보려고 해야 안 볼 수가 없는 얼굴이다. 좀 예쁘장하게 생겼어야 말이지. 말하자면 영화 〈해롤드와 쿠마-화이트캐슬에 가다〉에 나오는 쿠마의 좀 더 다부지고 호리호리한 버전이라고나 할까. 머리카락은 반짝반짝 윤기가 흐르는 검은색이고 눈동자도 검다.

그가 뺨을 붉게 물들였다.

“안녕.”

그가 말했다. 바짓단에 늘어진 올들이 그가 움직일 때마다 다리에 살짝살짝 스쳤다. 가죽으로 된 하이킹 부츠는 온통 흠집투성이에 밀크커피 속으로 사르륵 녹아드는 휘핑크림 색깔로 얼룩덜룩하게 닳아 있었다.

“안녕.”

이거 어쩐지 조난당한 처녀다운 목소리는 아닌걸. 하지만 발목도 삐고 핸드폰도 없으니 엄밀히 따지자면 조난자가 맞다고.

그런데 다른 목소리는 어디서 난 거지? 아니, 다른 목소리들은?

때마침 또 다른 누군가가 숲속에서 비틀거리며 걸어 나왔다. ‘쿠마’가 뒤를 돌아 제멋대로 엉키는 팔다리를 붙잡아주었다. 활력이 넘치는 다리에 균형을 잡고 꼿꼿이 서자 눈에 들어온 것은 여자애의 얼굴이었다. 그것도 아주 예쁜. 얘도 전에 본 적이 있다.

“안녕.”

나는 조그맣게 손을 흔들었다.

“난 에비야.”

심장이 쿵쾅쿵쾅 요동을 쳤다.

“안녕!”

그 여자애는 속눈썹이 아주 길고 플립플롭에 짧은 여름 원피스를 입고 있다. 하이킹을 하러 나온 애의 복장치고는 말이 안 되지만 내가 지금 누굴 흉볼 처지가 아니지. 심지어 난 맨발이잖아. 소녀는 조그맣고 가늘가늘한 것이 〈티파니에서 아침을〉에 나오는 오드리 헵번처럼 풋풋한 매력이 넘친다. 꿀처럼 매끄럽고 가무잡

잡한 갈색 피부만 빼면. 인디언인가? 아니면 남미 출신?

"무슨 일이야?"

그녀는 숯처럼 검고 짧은 머리카락 속으로 손가락들을 찔러 넣었다. 마치 잔뜩 부풀려서 뾰족하게 세우려는 것처럼.

"발목을 다쳤어. 내 무게를 버티지 못할 거 같아. 게다가 내가 어디 있는지 아무도 몰라."

'쿠마'는 주위를 둘러보았다. 뭘 찾는 거지? 누구 다른 사람이 더 있나?

'오드리 헵번'이 물었다.

"이렇게 멀리까지 혼자 왔단 말이야?"

나는 '쿠마'의 머릿속에 떠오른 생각을 그녀가 대신 소리 내어 말하고 있다는 사실을 깨달았다. 마치 '네가 지금 달나라에서 날아왔단 말이야?'라고 물어본 것처럼 상상할 수도 없는 일이라는 투다.

나는 어깨를 으쓱 올렸다.

"난 저쪽 아래로 8킬로미터쯤 내려간 곳에 살아."

"여기 살아? 너 이사 온 지 얼마 안 됐니?"

소년이 물었다. 애들이 뭘 생각하는지 알겠다. 우리 마을에는 고등학교가 하나뿐이다. 그래서 이 동네 애들은 누가 누군지 다 안다. 그런데 그게 진짜 다는 아닌 거지. 나는 고개를 흔들었다.

"여기 산 지 2년이 넘었어. 그리고 나 학교 안 다녀. 홈스쿨링을 하거든."

그들은 다시 서로를 쳐다보았다. 얼굴 표정들만 봐도 알겠다.

"나 이상한 애 아니야. 진짜야!"

나는 그들을 안심시키기 위해 미소를 지었다.

"사실은 올해 나도 학교에 가. 월요일부터 시작이야."

이제 겨우 사흘 남았는데 좀이 쑤신다. 학교란 데는 과연 어떤 곳일까. 마사는 벌써부터 학교가 나를 망칠 거라고 겁을 잔뜩 먹고 있지만. 그녀를 설득하여 학교에 등록하기까지 얼마나 공을 들였는지 모른다. 엄청난 소모전이었다. 나도 개인적인 의사결정을 할 수 있는 권리가 있다는 사실을 끊임없이 상기시켜야 했다. 그리고 민족학적 자료 조사 차원에서 고등학교 생활을 하지 않으면 내가 독단과 편견에 사로잡힌 저널리스트가 될 수도 있다고 납득을 시켰다.

"3학년으로 들어갈 거야."

나는 개울에서 발을 꺼낸 뒤 몸을 돌려 '쿠마'와 '오드리'를 마주 보았다.

"잘됐다!"

소녀가 말했다. 그리고 소년을 향해 엄지손가락을 흔들었다.

"우리도 3학년이거든."

내 발목을 보고 있던 소년의 눈이 휘둥그레진다. 붕대로 감아놨는데도 퉁퉁 부었다.

"발목 얘기가 농담이 아니었네. 심하게 삐었나 봐."

그는 가까이 다가오더니 허리를 굽혀 들여다본다.

"내가 좀 봐도 되겠어? 나도 전에 이런 적이 있거든."

나는 고개를 끄덕였다. 그가 무릎을 꿇고 앉았다. 심장이 요동을 친다. 제발 그에게는 이 소리가 들리지 않기를. 그가 점점 가까이 다가올수록 심장은 더욱 세게 쿵쾅거린다. 이 둘은 분명 사귀는 사이겠지. 그것 말고 달리 무슨 사이겠어? 나는 이런 데는 정말 아는 게 하나도 없다.

"붕대를 풀어도 될까?"

나는 침을 꼴깍 삼키며 다시 고개를 끄덕였다. 그의 손이 닿는 동안 내 심장이 제발 무사히 견뎌주어야 할 텐데.

'오드리'는 무릎 뒤로 원피스 자락을 말아 넣고 '쿠마' 옆에 새초롬한 모습으로 같이 쪼그려 앉았다. 그녀의 눈길이 내 맨발을 훑더니 반바지와 탱크톱을 지나 화장기 없는 얼굴에서 멈췄다. 왜 여자애들은 늘 이런 눈으로 나를 쳐다보는 걸까?

심장이 쿵 내려앉는다. 내가 그렇게 자신감이 없는 애도 아닌데 이럴 때면 스스로가 참 변변찮게 느껴지곤 한다. 하지만 '오드리'가 '쿠마'가 좋아하는 타입의 여자애라면 나 같은 것에는 관심을 둘 리 없다. 나는 저렇게 아담하지 않다고. 뚱보는 아니지만 난…… 몸집이 크단 말이야. 근육도 있지, 튼튼하지, 게다가 키도 커. 여자다운 구석? 글쎄올시다. 나는 내 맨발과 손질하지 않은 발톱, 면도하지 않은 정강이를 덮은 옅은 털들을 바라보았다. 그리고 뒤로 올려 묶은 긴 갈색 머리채를 가만히 쓸어내렸다. 그래서 어쩌라고. 이게 난데. 게다가 만약 이 둘이 사귀는 사이라면 내가 이런 것들을 생각할 필요도 없는 거잖아.

'쿠마'가 내 발뒤꿈치를 꼭 쥐고 위로 들어올렸다. 심호흡을 해야 했다. 통증 때문이기도 했지만, 널을 뛰는 내 심장 때문이기도 했다.

‘오드리’와 ‘쿠마’가 서로 상의를 한다. 둘 사이에 오가는 말들이 둥둥 떠다니다 반짝거리는 거품으로 부풀어 올라 톡 터지는 것 같다.

“이런 세상에!”

소녀가 갑자기 허둥지둥 뒷걸음질을 쳤다.

소년은 내 발목을 들여다보고 있다가 얼굴을 찡그렸다.

“그 정도로 심각하지는 않아.”

소녀의 얼굴에서 핏기가 싹 가시더니 백짓장처럼 하얘진다. 그녀는 공포에 질린 채 유리병을 손가락으로 가리켰다.

“뱀이야! 뱀!”

“앗, 이런! 미안해! 미리 말을 했어야 하는 건데.”

나는 이렇게 멋진 생명체를 보고 무서워서 벌벌 떠는 유의 인간들을 별로 좋아하지 않는다. 내 손으로 뱀을 싫어하게 만드는 건 더더군다나 싫다.

“작은 리본뱀이야. 전혀 해롭지 않아.”

그녀는 머리를 흔든다. 내 말이 먹히지 않는 거지. 그녀는 한 걸음 더 물러선다.

“내가 이걸 풀어주는 게 낫겠어? 아니면 이렇게 가둬두는 게 낫겠어?”

“그…… 그냥 거기 둬.”

“알았어. 걱정하지 마. 병 속에 잘 둘게. 그리고…….”

소년이 ‘오드리’를 향해 눈을 부라렸다.

"쪼다처럼 굴지 마."

그가 나를 향해 고개를 돌리더니 물었다.

"계속 그렇게 갖고 있으려고?"

"아니. 그냥 난…… 스케치를 좀 하려던 것뿐이야."

그가 내 노트를 발견했다.

"와! 봐도 돼?"

"응."

그가 노트를 집어 들더니 휘리릭 넘겨가며 들여다봤다.

"우아! 이거 정말 근사한데!"

"고마워."

"뭐야?"

'오드리'가 멀찍이서 들여다보려고 애를 쓴다.

"스케치들 말이야. 뱀이랑 다른 것들도 있네."

그는 노트를 탁 덮더니 나에게 돌려주었다. 그리고는 소녀를 향해 몸을 돌렸다.

"제이, 뒤로 좀 물러서 있을래? 뱀을 풀어주기 전에 네가 충분히 멀리 떨어질 때까지 기다려줄게."

"어, 아니, 아냐, 안 돼, 절대 안 돼. 네 계획 맘에 안 들어. 혼자 저 숲 속으로 도로 걸어 들어가라고? 어림도 없는 소리."

그녀가 두 팔로 몸을 감쌌다.

"다른 뱀들이랑 가지각색의 파충류들이 있으면 어떡해. 그리고 만약 내가 길이라도 잘못 들어서 영영 못 돌아오면?"

소년이 끙하고 신음소리를 냈다.

“그럼 이건 어때? 셋을 세는 동안 너는 냅다 뛰는 거야. 그러면 내가 그 반대 방향으로 뱀을 놓아줄게.”

내가 제안했다.

“넌 내가 업고 가면 되고.”

그렇지, 내 발목. ‘쿠마’한테 업힌단 거야? 막 구조되는 애처럼? 그건 굴욕이지! 게다가, 그에게 그만큼 가까이 닿는 걸 내가 견뎌낼 수 있을까? 이 아이의 아름다움은 거의 병적인 수준이라고. 난 거의 화가 날 지경이라니까. 정말이야. 내가 넋이 나가서 정신을 못 차리고 숨도 못 쉬고 있는 걸 봐. 아, 정말 바보 같아.

그 와중에 그는 이미 숫자를 세기 시작했다.

“하나, 둘……..”

소녀가 뛰기 시작한다. 나는 서둘러 리본뱀을 놓아주었다. 소년은 나를 일으켜 등에 업으면서 살짝 낑낑대는 소리를 낸다. 그래, 내가 스몰 사이즈는 아니란다.

“난 남자 도움이나 바라면서 발 동동 구르는 그런 여자애가 아니야.”

그가 큰 소리로 웃었다.

“난 맹세코 그런 생각은 해본 적도 없어.”

2

시간이 갑자기 걸음을 멈추고 당신이 할 수 있는
일이라고는 숨을 참으며 그 순간이 당신을
기다려주기만을 바라는 그런 때가 있다.
- 도로시 레인지(보도사진가, 1895-1965)

‘오드리 헵번’의 진짜 이름은 재신다였고 어여쁜 ‘쿠마’는 라자
스였다.

라자스. 그는 나를 등에 업고 그리 멀지 않은 국유림의 진입로
에 세워둔 차까지 걸어가고 있는 중이다. 길이 웬만큼 넓어지자
재신다는 우리들 옆으로 왔다. 풀더미를 요리조리 피해 걸으며 그
녀는 코끝을 찡그렸다.

“뱀 그림자만 보여도 나한테 말해줘야 돼. 아니, 뱀이 진짜로 보
이면 말하지 말고 그냥 뛰라고 해줘.”

“알았어.”

나는 어딘가에서 스르륵 미끄러지듯 움직이고 있는 것들이 있

는지 살펴봤다. 나 역시 콧잔등을 잔뜩 찡그리고 있다. 라자스 때문에 이놈의 심장이 천지 사방으로 펄떡펄떡 뛰고 있다. 난 강한 도덕심을 가진 강한 여자란 말이야. 그런데 왜 내 말을 안 듣는 거야? 그는 이미 임자가 있는 몸이라니까. 어이, 심장님, 그만하시지. 그렇지만 내가 어찌 네 탓만 할 수 있겠니. 양다리를 쩍 벌리고 남자애 등에 업혀서 허벅지가 그의 팔에 쓸리고 있는걸. 게다가 그는 무척 따뜻하고, 냄새까지 좋단 말이야.

"여기는 무슨 일로 온 거야?"

나는 심장(과 페로몬)에 쏠린 머릿속을 비우기 위해 라자스와 재신다에게 질문을 던졌다.

으쓱하고 올리려던 라자스의 어깨가 내 몸무게에 눌렸다.

"그냥 둘러보려고."

"라즈가 날 데리고 온 거야."

"너한테 좋다니까."

라자스가 재신다에게 말했다.

"네가 홀딱 빠져 있는 그 쓸데없는 계집애들 문제를 머릿속에서 싹 지우라고."

"여자애들 일이라고 다 쓸데없는 건 아냐."

내가 끼어들었다.

재신다가 미소를 지으며 맞장구쳤다.

"맞아. 여자애들이 죽여주지. 남자애들이 할 줄 아는 거라곤 그런 애들 보면서 침이나 흘리는 거야."

"제이, 너 어째 말하는 폼이 2학년 시절로 후퇴하는 것 같다. 게

다가 이브는 너처럼 그렇게 여자애다운 타입은 아닌 것 같은데.”

가만있자…… 이게 좋다는 거야, 나쁘다는 거야? 내 말은, 그러니까 그가 보기에 말이야. 제기랄! 내가 왜 이러지? 내가 무슨 상관이야?

“그리고 너는?”

라자스가 내게 물었다.

“너는 왜 여기까지 왔는데? 그것도 혼자서?”

“그러게, 너 늘 여기서 이렇게 노는 거야?”

내가 대답했다.

“응, 야외에 나와 있으면 제일 마음이 편해.”

둘의 반응이 동시에 나왔다. 라자스가 “멋진데.”하는 순간 재신다는 “으윽, 절대 이해할 수 없어.”라고 했다. 그녀는 눈에 보이지 않는 벌레를 잡는 것처럼 손사래를 치며 말했다.

“빨리 날 차 안으로 들어가게 해줘. 진심이야. 블루 바이오하자드가 이렇게 매력적으로 보일 거라고는 생각도 못했는데.”

“내가 지금 잘못 들은 거겠지? 그 말은 꼭 내 사랑스러운 그녀를 무시하는 것처럼 들리네.”

라자스가 으르렁거렸다.

지금 이게 무슨 일이야? 진짜 화났나?

“블루 뭐?”

내 물음에 재신다가 대답했다.

“바이오하자드는 라즈의 차야. 하여튼 그 차 앞에 허리를 납작 숙이고 찬양하지 않으면 저렇게 삐딱하게 나온다니까.”

"넌 찬양 안 해도 돼. 휠캡만 반짝반짝하게 닦아놔."

나는 라자스의 귀 쪽으로 몸을 기울였다. 무생물체에 이름을 붙이는 거야 전적으로 지지한다지만 그래도 그렇지.

"블루 바이오하자드?"

"블루는 이유가 뻔하고. 바이오하자드*는 내 차가 리터당 우아하게 2킬로미터 이상 나가기 때문이지."

라자스가 자랑스럽게 가슴을 쭉 폈다.

"그거야말로 가는 데마다 연료를 질질 흘리고 다니는 것과 마찬가지잖아."

"그게 그녀만의 사랑을 나누는 방식이라니까, 제이."

나는 살짝 몸을 뒤로 젖혔다. 내 몸의 무게중심이 옮겨 가는 바람에 라자스가 나를 잡고 있던 손의 위치를 바꾸었다. 서로 살이 닿는 면적이 늘었다. 속에서 찌릿찌릿한 느낌이 밀려 올라온다.

"리터당 2킬로미터? 허머**보다 더 심한 거 아냐?"

라자스가 소리 내어 웃는다.

"너도 아는구나. 그 차를 모느니 그냥 할아버지 차를 빌려다가 길바닥에서 퍼질 때까지 몰고 다니면 6만 달러는 절약할 수 있을걸."

우리 모두 기분 좋은 침묵에 빠져들었다. 주위 나뭇가지 위로 동고비와 박새들이 종종거리며 달려간다. 라자스의 부츠가 땅 위를 부드럽게 디딘다. 재신다의 플립플롭은 걸을 때마다 발바닥에

---

* '바이오하자드'는 영어로 '생물학적 위험'을 뜻한다.
** 제너럴 모터스의 대표적인 오프로드 자동차.

부딪쳐 첩, 첩, 첩 하는 소리를 냈다. 상록수 숲 사이를 뚫고 들어온 햇살 줄기들을 바라보는 사이 라자스가 나를 업은 손을 다시 고쳐 잡는다. 앗, 또 찌릿찌릿.

"내가 갈수록 무거워지지?"

"괜찮아."

라자스가 위쪽으로 몇 인치 나를 더 들쳐 올렸다.

"정말이지 이건……."

나는 '구조' 말고 다른 단어를 생각해내느라 문득 말을 멈췄다.

"정말이지 구조는 아니라고?"

라자스가 물었다.

"왜냐하면 넌 위기에 빠졌다고 발을 동동 구르는 여자애 타입은 아니니까. 맞지?"

나는 큰 소리로 웃었다.

"맞아."

"나도 늘 내가 영웅인 척하는 타입은 아니라고 생각해."

라자스가 말했다.

"그러시겠지. 아무렴, 그렇고말고."

재신다가 말했다.

"너희들이 이렇게 여기까지 오지 않았다면 난 진짜 오래 기다려야 했을지도 몰라."

"우리도 이런 티 내지 않는 구조 좋아해. 그렇지, 라즈?"

"물론이지."

라자스의 어깨와 가슴팍에 땀방울이 송글송글 맺혔다. 두 몸뚱이 사이의 마주 닿은 살이 서로 미끄러지고 들러붙기 시작했다.

"거의 다 왔어."

"블루 바이오하자드, 우리가 간다!"

재신다가 뛰기 시작했다.

"잘됐네."

그렇게 말했지만 속으로는 더 걸어야 한대도, 그게 몇 킬로미터라고 해도 상관없을 것 같았다. 그래서 오래, 아주 오래 이렇게 라자스와 있을 수만 있다면.

"여기서 돌아."

나는 자갈길을 가리켰다.

"우리 집 진입로는 저 언덕 위야."

"알아모시겠습니다."

라자스는 구멍이 숭숭 난 길 위로 차를 돌렸다. 블루 바이오하자드는 크고, 기름이 새고, 녹이 슨, 부서지기 일보 직전의 집채만 한 자동차에 딱 어울리는 이름이었다.

"우리가 지금 환경에 얼마나 몹쓸 짓을 하고 있는지 생각하니 몸이 부르르 떨리네."

내가 말했다.

"그렇지만…… 이 차 너무 멋지지 않냐. 개성이 넘치잖아."

나는 발목 때문에 라자스 옆 앞자리에 앉아 있었다. 보통은 재신다가 앉는 자리겠지. 제기랄, 심장아, 제발 그만 좀 쿵쿵거릴 수 없겠니. 아, 그렇지만 그는 너무나 잘생겼어. 게다가 친절하기까지 해. 유머 감각도 뛰어나. 그와 재신다는 소소하지도, 평범하지도 않은 내 농담을 찰떡같이 알아듣는다. 나는 내 또래의 친구들을 거의 만나본 적이 없다.

라자스가 운전대를 토닥거리더니 말했다.

"고마워, 1976년생 뷰익 스카이락. 내 사랑스러운 아가씨."

"그렇담 넌 내 차의 진가도 알아보겠다. 마사, 그러니까 우리 엄마랑 난 1961년산 폭스바겐 미니버스를 갖고 있거든."

"말도 안 돼. 그거 진짜 멋진 차잖아."

재신다가 앞좌석에 앉은 우리 둘 사이로 얼굴을 불쑥 내밀었다.

"니들 장난 아니다. 다 낡아빠진 고물차라니, 끼리끼리 모이셨어!"

끼리끼리? 그렇게 말해주면 고맙지! 땀방울 때문에 이마가 따끔거렸다.

"그게 우리 차 이름이야. 클렁커."

재신다가 눈을 동그랗게 뜨더니 신음소리를 내질렀다. 라자스가 그녀를 팔꿈치로 밀쳐 도로 자리에 앉도록 한 것이다.

"하지만 난 너랑 게임이 안 되겠는걸."

나는 라자스에게 말했다.

"이 명문 대학들 좀 봐."

바이오하자드의 뒤쪽 창에는 대학 스티커들이 가득 붙어 있었다.

그는 진심으로 하는 소리냐는 듯 눈을 가늘게 뜨고 나를 쳐다보았다.

"이 녀석은 하여튼 앞뒤가 안 맞아."

재신다가 불쑥 끼어들었다.

"왜? 지독한 고물차 주제에 스티커들은 죄다 최고 학교들이라서?"

"쟤 이미 눈치챘어, 제이."

라자스가 의뭉스럽게 한쪽 입꼬리를 씨익 올리며 웃는다. 눈이 부시다. 속에서 회오리바람이 휘몰아친다.

재신다는 나에게 말을 걸기 전에 라자스를 향해 얼굴을 찡그렸다.

"코넬 말고 아이비리그는 다 있지."

"왜 코넬은 빼놨는데?"

"기다리고 있는 중이야."

라자스는 뒷좌석 쪽으로 턱을 치켜들었다.

"제이가 나한테 넘겨줄 때까지."

"왜냐하면 거긴 내년에 내가 들어가고 싶은 곳이거든."

재신다가 설명했다.

"진짜?"

나는 몸을 돌렸다. 이 소녀는 사람을 놀라게 하는 재주가 있다. 이러니 어찌 사랑스럽지 않을 수 있겠어. 하지만 라자스는 왜 재신다가 코넬대에 입학할 때까지 기다린다는 걸까? 스티커 하나 얻으려고? 둘이 사귀는 게 틀림없어. 그렇지 않고서야 왜 그렇게 그녀의 장래 계획에 대해 신경을 쓰겠어?

"나도 거기 들어갈 생각인데."

"진짜? 와, 근사하다!"

라자스가 나를 건너다본다.

"정말이야? 코넬? 너 그렇게 안 봤는데……."

"아이비리그 갈 애 같지는 않다고?"

나는 눈썹을 치켜 올렸다.

"왜? 내가 신발도 안 신고 다리털 면도도 안 해서?"

그가 한 대 맞은 표정을 지었다.

"난 그런 뜻은 전혀 없었어."

나는 큰 소리로 웃었다.

"네가 옳아. 난 그런 학교에서 일반적으로 관심을 가질 만한 애가 아니지. 그렇지만 그동안 온라인 강의들을 쭉 들어온 데다 그 학교에 사회정의와 관련해서 꽤 괜찮은 속성 도시계획 프로그램이 있어서 말이야. 건축가나 도시계획 전문가들이랑 같이 일하거나 빈곤 퇴치 캠페인 같은 일들을 할 수도 있어. 핵심은 사람들이 스스로 자립할 수 있도록 지역사회를 어떻게 개발하느냐를 배우는 거야. 거기 학생들 중 상당수가 허리케인 카트리나가 뉴올리언스를 덮쳤을 때 생존자들의 도시 재건을 도왔지."

나는 심호흡을 했다.

"그런 프로그램이 있는 곳이라면 모리스빌 사회교육원이건 시티 칼리지건, 아니면 이스트 포덩크 대학이건 상관 안 했을 거야. 하지만 그게 코넬이라도 뭐 괜찮아. 이타카는 멋진 곳이니까."

내 말이 라자스의 마음에 들었나 보다. 그가 미소를 짓는다.

"그거 어디다 써서 범퍼 스티커로 붙여야겠다."

"그렇지?"

나는 웃음을 터트렸다. 아, 그는 총명하기까지 하다.

라자스가 뭔가를 골똘하게 생각하더니 턱을 비스듬히 젖혔다.

"그래서 올해 고등학교를 가려는 거야? 입시 때문에?"

그가 길의 움푹 파인 곳을 피하려고 핸들을 홱 꺾었다.

"홈스쿨링을 한 학생들도 입학 허가를 내주나?"

"대학에서 그런 애들을 얼마나 좋아하는데."

재신다가 내 대신 대답했다.

"그거랑 관련해서 『뉴욕 타임스』에 난 기사를 읽은 적이 있어."

와, 이 천상 소녀 같은 여자애한테 한 방 먹었는데. 야심도 있고 박식해. 멋져, 재신다.

나는 라자스에게 말했다.

"고등학교란 데가 궁금했는데 이제 1년밖에 안 남았잖아. 그래서 생각했지. 직접 가서 어떤 곳인지 보면 되지 뭐가 문제야? 종소리, 방과 후 남는 벌, 라커에 애를 넣어 가두고 괴롭히기, 프롬 퀸, 하우스 파티, 그런 거 말이야. 〈아직은 사랑을 몰라요〉, 〈조찬 클럽〉, 〈클루리스〉 같은 영화에 나오는 것처럼. 나는 고등학교가 배경인 영화라면 사족을 못 쓰거든. 특별히 오래된 영화들로."

"너무 기대하지 않는 게 좋아."

라자스가 말했다.

"그런 고등학교는 과장된 거야."

"김빠지게 하지 마!"

재신다가 앞으로 몸을 기울였다.

"고등학교가 얼마나 재미있는데. 친구들도 많이 생기고, 갖가지 특별활동도 하고, 선생들 중 몇몇은 정말 괜찮아……."

라자스가 얼굴을 구겼다.

"그리고 몇몇은 끔찍하게 재수가 없지."

"하여간에."

재신다가 손을 휘휘 저어 라자스를 물리친 다음 나를 향해 돌아앉았다.

"우리가 어떻게 해야 하는지 알려줄게. 넌 입이 딱 벌어지게 해낼 수 있을 거야. 그리고 당당하게 코넬에 들어가는 거지!"

"나도 그랬으면 좋겠다."

코넬대만은 결코 망치고 싶지 않다.

"그러니까 네 말은 고등학교 생활이 영 맘에 안 든다 싶으면 다시 홈스쿨로 돌아갈 수 있다는 거네."

라자스는 재신다의 말을 귀담아 듣는 대신 줄곧 자기 생각에 빠져 있었던 것 같았다.

"괜찮은 대안이야."

"그렇지! 코넬에서는 절대 알지 못할 거야."

나는 오른쪽으로 난 작은 비포장도로를 가리켰다.

"여기야. 저기 크리스마스트리 농장 위쪽에."

나는 하나로 묶었던 머리를 풀고 손가락으로 빗어 내렸다.

"도시계획과의 주임교수를 만난 적이 있는데 굉장히 똑똑하고 친절한 사람 같더라. 내가 얘기를 나눠본 학생들도 아주 굉장했고."

"무슨 소리야! 너 벌써 인터뷰까지 한 거야?"

재신다가 당황한 듯 말했다.

"언제? 나는 인터뷰를 하는 줄도 몰랐는데."

머리를 도로 하나로 올려 잡고 고무줄로 재빨리 묶은 뒤에 나는 최대한 발목이 떠밀리지 않도록 조심하면서 얼굴을 뒤로 돌려 재신다를 바라보았다. 블루 바이오하자드가 심하게 흔들리는 바람에 이미 발목이 여러 번 무리하게 충격을 받은 뒤였다.

"정식 인터뷰는 아니었어."

나는 어깨를 으쓱 올렸다.

"마사랑 같이 그냥 한번 가본 거야."

혼란에 빠진 재신다는 눈썹을 일자로 모았다.

"마사? 네 엄마 말이야? 무슨 소리야? 그러니까 그냥…… 불쑥 찾아간 거라고?"

나는 미안한 얼굴로 말했다.

"이메일을 먼저 썼지."

그녀는 자리 위로 털썩 주저앉았다.

"나는 그런 게 가능하다는 것조차…… 까맣게 몰랐지 뭐야."

"그 사람들이라고 특별한 건 없어."

나는 말했다.

"자기들이 하는 일에 대해 말하기 좋아하는 사람들이라 넌 그냥 그럴 기회만 주면 되는 거야."

그녀는 여전히 우거지상이다.

좋아. 이쯤에서 말을 돌려야겠다.

"그런데 말이야, 넌 왜 코넬이야?"

그녀의 얼굴에 예쁜 미소가 떠올랐다.

"그야 당연히 코넬이니까. 그리고 집에 와서 빨래도 할 수 있을 만큼 가깝기도 하고. 엄마는 내가 너무 멀리 가는 걸 싫어하서."

“쟤 말 믿지 마.”

라자스가 말했다.

“제이는 그 대학 이름이 써진 스웨터를 입고 싶은 거야. 라벨이 중요하신 거지.”

“입 닥쳐!”

재신다가 그의 뒤통수를 찰싹 때렸다.

“아이비리그에 가고 싶은 건 당연하잖아.”

“그런데 왜 하필이면 꼭 코넬이야?”

내가 물었다.

“거기에 뭐가 있어서…….”

재신다의 얼굴을 보니 내 말에 점점 흥미를 잃어가는 눈치다. 나는 다시 말을 바꾸었다.

“뭘 공부하고 싶은 건데?”

“음, 그게 말이지, 아마도, 역사나 경제학? 엄마는 항상 ‘너무 스스로를 몰아붙이지 마라. 넌 네 꿈을 따라가라’라고 하지만, 역시 난 로스쿨을 가고 동시에 MBA를 따게 되지 않을까 싶어.”

“제이는 꿈이고 뭐고 이미 악마에게 영혼을 팔아먹을 계획인 거야.”

“그런 게 아니라니까!”

또 다른 커다란 구덩이에 차가 덜컹 걸리자 발목이 욱신거렸다. 다시 주제를 바꿀 시간인가.

“넌 무슨 계획 있어?”

나는 라자스에게 물었다.

“라즈는 게으름뱅이야.”

재신다가 말했다.

"쟤 계획은 그냥 빈둥거리는 거라니까."

"게으름뱅이와 악마에게 영혼을 판 자라. 너희 둘이 상당히 잘 어울린다."

라자스가 머리를 긁적였다.

"제이는 곧장 대학에 진학하지 않는 애들은 다 게으름뱅이라고 생각해."

"나만 그런 게 아니야, 라즈. 엄마한테 가서 물어봐."

저게 농담일까? 모르겠네.

라자스가 못 들은 척한다.

"기술 선생님인 파스칼 씨가 목수 견습직을 제안하는 바람에 홀딱 넘어가버렸지. 내가 어떻게 귀가 솔깃하지 않을 수가 있겠어. 웬만해선 정말 잡기 힘든 기회란 말이야."

"굉장한데!"

내가 열광하며 말했다.

"부모님은 별로 좋아하지 않으셔?"

"아빠는 괜찮은 것 같은데 엄마는 내가 의사나 소프트웨어 엔지니어가 되길 바라시지. 맨날 똑같은 얘기지, 뭐. 젠장, 도대체 진입로가 얼마나 긴 거야?"

그가 말을 바꿀 기회를 노리나 보다. 그럼 내가 도와주지. 나는 막 시야에 들어오는 하얗고 둥근 돔을 가리켰다.

"거의 다 왔어."

"설마! 진짜?"

재신다는 다시 뒷좌석에서 급하게 몸을 앞으로 내밀었다.

"너 저기 살아?"

"그래. 돔 홈에 오신 걸 환영합니다."

아무리 봐도 사뭇 가슴 설레는 광경이긴 하다. 우리 집은 땅에서 막 솟아오른 반구형의 반짝거리는 거대한 이글루처럼 생겼다. 삼각형 모양의 구조재들이 하나로 연결된 위에 나일론과 폴리에스터 천을 덮고 부드러운 무광택 페인트를 칠했다. 그리고 동그란 투명 플라스틱 창이 그 위에 물방울처럼 찍혀 있다. 반구형 건물 한쪽으로는 바닥에서부터 커다랗게 반원형 비닐창이 달려 있다. 그리고 꼭대기 3분의 1 역시 투명 플라스틱 창이다. 마사와 나는 항상 우리가 손수 지은, 환경을 거스르지 않고 오랫동안 유지할 수 있는 집을 꿈꿔왔고, 지금 사는 집이 바로 우리의 꿈의 집이다. 나는 우리가, 그리고 우리 집이 아주 자랑스럽다.

라자스는 돔 홈 근처의 단단한 땅 위에 차를 세웠다. 내가 문을 열고 차에서 겨우 기어나가는 동안 그는 차에서 내려 재신다를 위해 좌석을 앞으로 젖혀주었다. 나는 해먹이 걸려 있는 곳까지 깡충거리며 뛰어가 조심스럽게 걸터앉았다. 라자스가 바로 옆 잔디밭 위에 대자로 누웠다.

내게 배낭을 건네준 뒤, 재신다는 눈에 보이는 것 하나라도 놓치지 않으려는 듯 사방팔방으로 어슬렁거리며 다녔다. 그녀의 발에 걸린 플립플롭이 다시 첩, 첩, 첩, 소리를 낸다.

"이거 지오데식 돔*이야?"

라자스가 물었다.

"똑똑한걸."

나는 미소를 지었다.

"전에 이런 거 본 적 있어?"

"본 적은 있지. 환경과학 교과서에 실린 사진 속에서 말이야."

그가 몸을 굴려 모로 눕더니 한 손으로 머리를 괴어 올렸다.

"그렇지만 그건 아주 흉측했어. 회색 철골에 아스팔트 싱글**을 덮었더라고. 그런데 이건……."

그가 턱짓으로 우리 집을 가리켰다.

"아주 근사하네."

"고마워."

환경과학 수업이라니 그것 참 흥미로운걸. 그렇지만 내 학교 시간표는 이미 졸업에 필요한 필수과목들로 꽉 찼다. 생활지도 카운슬러가 선택과목을 위한 여지를 하나도 남겨놓지 않은 탓이다. 이전까지 내 삶은 온통 선택의 연속이었건만. 나는 다시 아무렇게나 머리채를 틀어 올려 묶고 라자스에게 말했다.

"오레곤에 있는 회사에서 조립용 세트를 주문한 거야."

"손수 만들었어?"

그는 꽤 감동을 받은 눈치다.

그의 관심은 산으로 여행을 떠난 다음 날의 따뜻한 침낭 속만큼이나 편안하게 느껴진다.

---

* 측지선을 따라 경량의 직선 구조재를 연결시켜 만든 돔. 극장, 전람회장, 온실 등의 용도로 사용됨.
** 유리섬유인 화이버 글라스 위에 아스팔트와 돌가루를 뿌려 만든 지붕재.

"물론이지. 조립용 세트 안에 모든 부속품이랑 커다란 안내서도 같이 들어 있거든. 처음에는 좀 까다롭지만 일단 요령만 알면 완전히 식은 죽 먹기야."

나는 돔 홈을 보며 미소를 지었다.

"최고의 순간은 말이지, 반쯤 만들고 났더니 갑자기 이게 살아 있는 것처럼 저절로 볼록하게 입체적인 모양이 돼가는 거야. 공사장 비계 위에서 보면 기분 정말 죽인다니까. 믿기지가 않아서. 우린 너무 놀라서 하마터면 아래로 떨어질 뻔했어. 그리고 깔깔 웃었지."

"우리?"

"나, 마사, 그리고 리치. 리치는 마사 남동생이야, 나한테는 삼촌이지."

"그게 다야? 그렇게 셋이서?"

라자스가 물었다.

나는 고개를 끄덕였다.

그는 다시 등을 대고 누워 하늘을 물끄러미 쳐다보았다.

"정말 놀랍다."

"너도 집 짓는 거 좋아해? 진즉에 알아봤지. 목수 견습직에 관심이 있더라니."

라자스가 얼굴을 찡그린다. 당황했나 보다.

"그래. 이 돔에는 비할 바가 못 되긴 하지만 말이야."

그가 눈 위로 손가리개를 하고 나를 쳐다보면서 말을 이었다.

"사실은 그냥 노닥거린 수준이지. 연수도 우리 집 창고에서 했거든. 테이블 몇 개 만든 게 다야. 지금은 흔들의자를 만들고 있고."

"이런, 스스로를 그렇게 과소평가 하지 마. 누군가 이런 말을 한 적이 있어. '의자 하나를 만드느니 차라리 성당 하나를 짓는 게 낫겠다.' 의자가 얼마나 제대로 만들기 힘든 건데."

나는 미소를 지었다. 그리고 제멋대로 튀어나온 머리카락들을 귀 뒤로 넘기며 아래로 손을 뻗어 인사를 하러 나온 조그만 회색 아기 고양이를 들어 올렸다. 고양이의 귀를 쓰다듬으며 나는 말했다.

"네가 만든 의자 보고 싶은데."

라자스는 깜짝 놀란 듯했다. 마치 내 관심이 의외라는 듯이. 아니면, 청하지도 않았는데 내가 먼저 나선 꼴이 돼서 그런가. 그러나 이내 그는 미소를 지었다. 아, 눈부셔라.

재신다가 돔 홈의 모서리 너머에서 모습을 드러냈다. 맞다, 재신다가 있었지. 틀림없이 둘이 사귀는 사이야.

우리는 첩,첩, 소리를 내며 야채밭 근처에서 헛간으로 사라지는 그녀를 바라보았다. 널빤지로 만든, 다 허물어져가는 평범한 헛간이다. 마사와 내가 여기 오기 전부터 있던 곳이다. 잠시 후 재신다가 도로 튀어나왔다.

"이봐! 여기 무슨 고양이들이 이렇게 많아? 그리고 맙소사! 소까지 있어!"

라자스가 재신다에게 소리쳤다.

"소? 헛간에? 미쳤군."

재신다는 그에게 다 죽어가는 얼굴을 해 보이더니 다시 사라졌다.

"그 안에 닭도 있어! 소 이름은 한나 브람블이야."

나는 재신다에게 큰 소리로 외쳤다.

"걔는 아주 얌전하지만 닭들은 조심하는 게 좋아! 지독한 애들이거든. 깃털로 덮인 피라니아 떼 같다니까."

재신다는 닭장 앞을 쏜살같이 지나쳐서 우리에게 경중거리며 뛰어왔다.

"장난치지 마! 설마 진짜야?"

그녀는 혹시 뒤를 쫓아온 닭은 없는지 뒤를 돌아 확인했다.

라자스가 배꼽을 잡고 웃었다. 나도 참을 수가 없었다.

재신다는 라자스 옆 잔디밭에 벌러덩 드러누웠다. 그리고 화라도 난 양 라자스를 홱 떠다밀더니 같이 웃기 시작했다.

"이런 게 필요했어! 나를 놀려먹으려고 라즈랑 한통속이 돼줄 사람 말이야."

라자스가 나를 집 안으로 안고 들어갔다. 심장이 다시 폭주하기 시작한다.

"고마워. 거기 앉아, 얘들아."

라자스가 나를 부엌 테이블 위에 내려놓자 내가 말했다.

"너희들 배고프겠다."

자리에 앉는 대신 둘은 집안 곳곳을 둘러보았다. 천장의 채광창을 올려다보고, 만다라 문양의 코르크 바닥을 꼼꼼하게 살핀다. 그리고 은은하게 반짝거리는 천으로 된 벽에 손을 가만히 대어본다.

"저런……."

재신다가 나직이 속삭이며 천천히 빙글빙글 돌았다.

"구조가 정말 그럴 듯하다."

라자스가 지주대 위를 손으로 천천히 쓸었다.

나는 미소를 지으며 그들의 말에 귀를 기울였다. 마치 소나무숲 사이로 부는 부드러운 바람 소리처럼 마음이 편안해진다. 주의를 돌리려고 아무리 애를 써도 내 눈은 금세 라자스를 쫓고 있다.

"배관 공사도 다 돼 있네."

욕실 문 뒤를 빼꼼히 훔쳐보던 재신다가 약간 놀란 목소리로 말했다. 오크나무 판자로 만든 욕실의 벽과 천장은 이 돔 홈에서 유일하게 판판하고 곧은 사각형으로, 침실로 쓰는 다락을 지탱해주고 있다.

"음, 음."

나는 냉장고를 향해 깡충거리며 뛰어갔다. 행주에 싸서 발목 주위를 감쌀 얼음과 아이스티 주전자를 꺼냈다.

"화장실을 쓰고 싶으면…… 좀 이상하게 들리겠지만 콤포스트 토일렛*이라서 말이야. 휴지는 쓰고 나서 그냥……."

"아냐, 아냐. 난 괜찮아."

재신다는 손을 휘휘 내저었다.

"그냥 난 이런 곳에 화장실이 있을 거라고 생각을 못해서 말이야."

"물론이지. 배관, 전기, 뜨거운 물."

나는 빵을 자르기 위해 칼을 뽑아 들었다.

"스토브랑 오븐은 바깥에 있는 탱크랑 연결해서 프로판 가스를 쓰고 나머지는 태양열 전지판으로 해결하고 있어."

---

* 배설물에 자동으로 톱밥을 섞어 퇴비로 만드는 장치를 한 화장실.

"세상에나. 라즈, 이리 와서 이것 좀 봐! 에비한테 가네시*도 있어."

재신다는 각종 종교적 성물로 가득 찬 제단 위에 오도카니 앉아 있는 코끼리 모형을 만지작거렸다. 그 밖에도 다양한 힌두의 신들, 조그만 부처상, 멕시코에서 온 도자기 십자가들, 코란의 구절을 달필로 옮겨놓은 작품, 자개 위에 새긴 다윗의 별**, 세계 종교의 상징들이 한자리에 모여 있다. 마사와 내가 여행 중에 틈틈이 수집한 것이다.

라자스가 재신다의 곁에 나란히 서서 컬렉션을 찬찬히 훑어보았다.

"이 주변에 가네시가 뭔지 아는 사람은 아무도 없을걸."

"좁아터진 동네에 사는 단점이지, 그게."

내가 말했다.

"그래도 여기 식품조합과 유니테리언 교회가 있어서 마사와 내가 얼마나 신나했는데. 그렇지만 여전히 다양성이란 게 없어, 여기는. 특히 종교에 관해서는 말이야."

"진짜로 그래."

재신다가 말했다.

"여기서 최대한 선택할 수 있는 건 가톨릭이나 개신교나 둘 중 하나지. 참, 유니테리언도 있구나."

"그나저나 넌 힌두야? 너희 둘 다?"

* 코끼리 모양을 한 힌두의 풍요의 신.
** 삼각형 두 개를 짜 맞춘 유대의 상징.

“응. 얘네 엄마랑 우리 엄마 다 봄베이 출신이야.”

라자스가 수공예품 부처상을 들어 손바닥 위에 올려놓았다.

“디왈리* 때문에 빙행텀 대학으로 오면서 우리를 데리고 온 거지.”

“우리 아빠는 감리교 신자야.”

재신다가 말했다.

“그리고 라즈의 아빠는 불가지론자야. 그래서 모두가 적당히 타협을 하면서 살아. 가끔은 유니테리언 교회도 가고 말이야.”

도대체 왜 얘네 둘의 가족 전체가 서로 타협을 한단 말인가? 아니야, 그럴 리가. 재신다와 라자스가 약혼이라도 한 거야? 내가 할 말을 잃고 있는 사이 라자스가 나를 돌아보았다.

“거기 유니테리언 교회에서 널 본 적이 있는 것 같은데?”

그가 물었다.

“어, 가끔.”

나는 평정을 유지하고 있었지만 속은 전혀 아니었다. 그가 거기서 날 알아본 적이 있다지 않는가! 나는 심호흡을 했다. 침착하자, 침착해.

“나는 모든 종교의 메시지는 결국 한가지라고 생각해. 서로를 사랑하라. 위대한 영혼에 존경심을 가져라. 그렇지만 동시에 이 세상 모든 인간과 만물에 흐르는 생명의 에너지가 있다고 믿지. 월드 휘트먼의 「나는 몸의 홍분을 노래하네」라는 시 알지?”

재신다가 따분하다는 표정을 짓는다. 아차, 내가 횡설수설하고 있

---

* 힌두교의 중요한 축제.

구나.

"어쨌든……."

나는 말을 정리하려고 입을 열었다.

"마사와 난 우리가 어디에 있느냐에 따라 다양한 곳을 다니기도 하고 때로는 잔디밭 위에서 요가를 하거나 그냥 누워서 뒹굴거리거나 명상을 하면서 지내기도 해."

"아주 많은 곳에서 살아본 것처럼 얘기한다."

라자스가 말했다.

"여기저기 많이 다녔어. 그런데 난 어딘가에서 2년 이상 머물지 않으면 거기서 살았다고 할 수는 없다고 생각해. 그래서 그중 내가 진짜 '살았던' 곳은 시애틀과 몬트리올뿐이야. 그리고 지금은 여기고."

라자스가 얼굴을 찌푸렸다.

"나라면 여긴 빼고 다른 델 골랐을 거야."

"어머, 라즈. 그렇게 밉살스러운 소리만 골라 할래."

재신다는 그를 향해 손가락을 탁 튕겼다.

"업스테이트 뉴욕만큼 아름다운 데가 어딨다고. 그렇지 않니, 에비?"

"정말 그래. 다양성이 부족한 시골이지만 아름다운 자연으로 만회를 하고 있지."

"잠깐만!"

재신다가 갑자기 얼어붙은 듯 동작을 멈췄다.

"텔레비전은 어디 있어?"

하여튼 그녀의 이 밑도 끝도 없는 엉뚱함은 알아줘야 한다니까.

"없어."

나는 반대편 찬장으로 깡총거리며 다가갔다.

"그렇다고 우리가 러다이트족*은 아니야. 컴퓨터로 DVD도 보고, 그 뭐더라⋯⋯?"

나는 기억해내려고 애를 쓰면서 손가락을 딱딱 튕겼다.

"정보가 오고가는 통로들의 집합첸데. 튜브 트론이었나? 아니다. 인터웹?"

"너 인터넷 말하는 거야?"

재신다가 걱정스러운 얼굴로 나를 쳐다보았다.

라자스가 어이없다는 듯 눈을 굴렸다.

"걔 농담하는 거야, 제이."

"그런 거야?"

재신다의 말에 나는 웃음을 터트렸다.

"미안! 그런데 너 너무 쉽게 넘어온다."

"남자애들이 다 하는 얘기지."

라자스가 중얼거렸다. 묘하게 이상하게 들리네.

"시끄러워!"

재신다가 쏘아붙였다. 전혀 화난 투는 아니다. 그리고 나를 향해 몸을 돌렸다.

"얘 말 귀담아 듣지 마. 내가 얼마나 조신하게 몸을 사리는

---

* 신기술에 반대하는 사람들.

데……."

라자스가 얼굴을 찌푸린 채로 덧붙였다.

"네 그 익명의 인터넷, 그 연인을 위해서 말이지. 아주 영리한 짓이야, 제이."

"그 입 좀 닥쳐."

재신다가 이번에는 조금 진지한 얼굴이다.

이건 또 뭐야? 농담하나? 나는 혼란스러운 기분에 빠졌다. 사귀는 사이가 아닌가? 그녀한테 인터웹 연인이 따로 있나? 말이 안 되잖아. 그런데 재신다가 노려보는 걸 보니 지금은 물어볼 타이밍이 아닌 것 같아. 게다가 비록 애들이 낯도 가리지 않고 편안해 보이기는 하지만 우리는 조금 전에 만난 사이란 걸 명심해야지. 내가 상관할 일이 아니잖아.

재신다가 허리에 양손을 짚고 다시 한 번 돔 홈의 구석구석을 살피기 시작했다.

"와, 이 집 진짜 멋지다. 그런데 텔레비전이 없다는 게 상상이 안 가."

나는 어깨를 으쓱 올렸다.

"마사와 난 보통 대화를 하거나, 책을 읽거나, 나가서 놀거나 그래."

"아니면, 인터웹을 하거나?"

"그렇지."

내가 씨익 웃었다. 앙증맞고 사랑스러운 외모, 내가 익숙한 것들과는 극과 극이다. 그녀는 사람의 마음을 단숨에 끌어당기는 순진함 뒤에 깊이와 진중함을 두루 갖춘 속이 꽉 찬 애처럼 보인다.

말 그대로라기보다는 보다 상징적인 의미로, 그녀는 정말 귀엽다. 나는 멀쩡한 한쪽 발로 깡충거리며 테이블 위에 꿀이 든 병을 꺼내놓았다.

잠시의 침묵 뒤에 라자스는 돔 홈 한가운데 장작들이 타고 있는 스토브를 가리켰다.

"나무로 난방을 하나 봐? 단열은 잘돼? 겨울을 대비해서 안에 뭘 덧댈 수도 있는 거야?"

"응."

나는 테이블에 몸을 기댔다. 발목이 욱신거려 죽을 지경이다.

"겨울용 덮개로 돔 전체를 덮을 수 있게 되어 있어. 일종의 거대한 방수포지. 그런데 불행하게도 그게 창문에서 들어오는 빛을 죄다 가리지 뭐야. 그렇지만 꼭대기에 공기 순환용 환기구가 하나 달려 있긴 해."

나는 집의 서로 다른 구역들을 가리켰다.

"지금쯤은 뭐 다들 알았겠지만, 저건 마사가 쓰는 공간이야. 저 커튼 너머에. 거실, 부엌, 욕실. 나는 저 위층 다락을 쓰고."

"벽도 없고, 사생활이랄 게 없겠군."

라자스는 여전히 관찰 중이다. 고개를 삐딱하게 젖히고 거실과 마사의 방 사이에 놓인 커튼 옆 책장을 훑어보고 있다.

"나는 사생활 같은 거 크게 필요 없어. 이거 짓는 동안 내내 마사랑 리치랑 한 텐트 안에서 생활한 뒤로 나는 다락 하나만으로도 충분히 천국 같아."

나는 깨끗한 절임용 병에 아이스티를 따르고 마사와 내가 만든 블루베리잼 병 옆에 꿀단지와 가지런히 자른 빵을 놓았다.

"좀 먹어."

나는 자리에 앉아 행주 속에서 다 녹아가는 얼음을 발목 위에 올려놨다. 으윽.

둘 다 계속 둘러보고 싶은 눈치였지만 결국 다가와서 자리에 앉았다. 라자스가 차를 벌컥 들이켰다.

재신다는 얌전하게 차를 한 모금 마시더니 병을 내려놓고 두껍게 자른 빵 한 조각을 집어 들었다.

"이거 저 위쪽 셔번에 있는 빵가게에서 산 거니?"

나는 빵을 한입 베어 물고 삼키면서 도리질을 쳤다.

"돔 홈 오븐에서 방금 나온 빵이야."

그녀의 눈이 휘둥그레졌다.

"네가 이걸 만들었단 말이야? 여기서? 직접 반죽을 밀고, 이런 걸 다 했다고?"

나는 미소를 지었다.

"밀가루 반죽 말이니? 맞아."

손에 든 빵조각에 잼을 더 얹으며 내가 말했다.

"그렇게 어렵지 않아. 정말이야."

재신다가 빵을 들고 꼼꼼히 살핀다.

"그럴 수도 있겠지. 그렇지만 난 이걸 어떻게 만드는지 하나도 몰라."

"기회가 되면 얼마든지 보여줄게."

"잼은? 이것도 네가 만들었어?"

라자스가 물었다.

나는 고개를 끄덕였다.

"그리고 그 꿀도 우리가 양봉해서 딴 거야."

"벌도 키운다고? 이젠 놀랍지도 않다."

라자스가 한쪽 입꼬리만 삐딱하게 올리는 미소를 지으며 빵조각을 한입 크게 베어 물었다. 검고 깊은 눈동자가 동그랗게 커진다.

"놀라워, 이브. 이거 정말 훌륭한걸."

두 뺨이 달아오른다. 라자스가 나를 이브라고 불렀어. 다른 사람들이 부르는 것처럼 에비라고 하지 않고. 그가 그렇게 불러주니까 왜 이렇게 숨이 막히지. 뭔가 성숙해진 기분이야. 섹시한…… 그런 거 말이야. 찌릿찌릿한 게 뜨거워. 이브라니. 어우. 나는 전화기를 충전하기 위해 깡충거리며 부엌을 가로질렀다.

"여기도 전기가 들어와?"

재신다가 물었다.

내가 대답도 하기 전에 라자스가 투덜거렸다.

"너 대체 뭘 듣고 있었던 거야? 밖에 있는 태양열 전지판 못 봤어?"

으르렁거리는 대신 재신다는 가만히 미소를 지으며 어깨를 으쓱 올렸다.

"한나 때문에 정신이 없었단 말이야……. 네 소 이름이 뭐랬지?"

"한나 브람블."

"맞다."

재신다가 말했다.

"그리고 그 피라니아 같다는 닭들은?"

"깃털 두른 상어 떼."

라자스가 웃었다.

"킬러 닭."

나도 따라 웃었다.

시간이 얼마나 흘렀지? 라자스와 재신다를 만난 게 겨우 한두 시간 전인데 이미…… 너무나 편안하다. 어떻게 이럴 수 있지. 어떤 사람들은 몇 년을 알고 지내도 지나친 격식과 어색한 단계를 못 벗어난다. 그리고 그들은 나에 대해 쥐뿔도 모른다. 그런데 또 어떤 사람들은 그저 무심하게 내 인생에 걸어 들어왔는데 그게 정말 제대로 된 한 방일 때가 있다. 그들과 서로 삶을 나누는 것이 당연한 것처럼 느껴지는 것이다. 내 또래의 아이들과는 한 번도 그런 식으로 엮여본 적이 없다. 학교는 아직 시작도 안 했는데 벌써 이런 일이 벌어지다니. 나는 내 삶이 결코 이전으로 되돌아갈 수 없을 거라는 걸 깨달았다.

3

농부의 목숨을 앗아갈 수 있는 세 가지.
번개, 트랙터 전복 사고, 그리고 노령.
– 빌 브라이슨(작가, 1951~)

"그런데 말이지."

나는 발목 위에 얼음을 댔다.

"너희 둘은 어떻게 만난 거야?"

만약 둘이 사귀는 사이라면 이 정도는 물어봐 줘야 되는 거 아닌가? 대범하게 굴 거야. 질투하지 않을 거야. 난 남들과 다르니까.

재신다와 라자스가 서로를 쳐다보았다. 라자스는 퉁명스럽게 어깨를 으쓱 올렸다.

"태어날 때부터."

그리고 그는 아무 말도 하지 않았다. 마치 더 할 말이 없다는 듯.

재신다는 빵 한 조각을 덥석 베어 물고 아이스티를 벌컥벌컥 마셔 목구멍 뒤로 넘겼다.

"맛있다, 에비. 정말 잘 만들었어."

얘는 먹지 않고 버티는 다른 여자애들이랑 다르구나. 다행이다.

"그런데 어떻게 만났냐니까?"

재신다가 침을 삼킨다.

"네가 꼭 알아야 할 건 말이야, 라즈가 옛날에 벽돌을 갖고 날 두들겨팬 적이 있어."

"그건 네가 버릇없이 굴 때만이지."

"그게 다가 아냐. 쟤는 욕조 안에다가 오줌을 싸는 버릇도 있었다니까."

그녀가 그를 향해 만족스런 얼굴로 혀를 삐죽 내밀어 보인다. 도대체 무슨 소리야. 재신다가 내 얼빠진 얼굴을 알아챈 게 분명했다. 왜냐하면 이렇게 말했거든.

"아, 그거? 우린 태어날 때부터 알았어. 라즈가 말한 것처럼. 같이 자랐거든."

"그러니까 너희 둘은 아주 오랫동안 친구였단 말이구나."

그런데 어떻게 둘 사이에 로맨스가 싹틀 수가 있지? 고상하게 대화를 시도하던 나는 어디로 가고 이제는 필사적으로 그 답을 얻어내려고 용을 쓰고 있다.

"친구?"

라자스가 웃음을 터트린다.

"우린 친구 아냐."

재신다가 사무적인 말투로 말했다.

"우리 둘 엄마끼리 자매거든."

아하! 엄마끼리 자매면 재신다와 라자스가…… 사촌이란 얘기 잖아. 사촌! 나는 뺨이 얼얼하도록 활짝 미소를 지었다. 와, 애네 둘은 진짜 친한 것 같은데. 멋지지 않아? 가족인 동시에 친구라니. 마사와 리치가 혈연관계의 전부인 내가 그런 걸 알 리가 없지.

"사촌이라고! 멋지다!"

나는 들뜬 목소리로 말했다.

"네가 그렇다면 그런 거겠지."

라자스는 여전히 빵을 오물거리며 심드렁하게 대답했다. 그에 반해 재신다는 먹다 말고 나를 향해 눈을 가늘게 떴다. 내가 왜 그 얘기에 이렇게 흥분을 하는지 막 알아챘다는 듯이. 체셔 고양이의 능글거리는 미소가 천천히 그녀의 얼굴 위로 번져간다.

서둘러! 그녀가 뭔가 말을 꺼내기 전에 주제를 바꿔야 해!

"그래서, 학교는 어때? 뭐 나한테 미리 귀띔이라도 해줄 비밀 같 은 거 없어? 내가 무사히 살아남을 수 있을까?"

효과가 있다. 재신다의 눈이 신이 나서 반짝거리기 시작했다.

"걱정하지 마. 네가 필요한 거라면 뭐든 우리가 알려줄게. 그렇 지, 라즈? 수업은 뭐뭐 들어?"

"잠깐, 내가 시간표 좀 갖고 올게."

내가 자리에서 막 일어서려는데 라자스가 손을 내밀어 나를 막 았다.

"내가 갖다 줄게. 넌 그냥 가만히 있어. 발목 움직이지 말고."

이건 그냥 배려일 뿐이야. 나는 다시 한 번 연약한 여자가 된 기 분을 느끼는 대신 그렇게 마음을 다잡으려고 애썼다. 욱신거리는 발목 위에 얹힌 얼음이 기분 좋을 정도로 차갑다.

"다락에 있는 내 책상 위에 있어."

그가 약간 걱정스러운 눈치다.

"저 위에 올라가는 거 안전해? 재신다가 가야 하는 거 아냐? 여자애들 물건이 막 널려 있는 거 아니지?"

나는 큰 소리로 웃었다.

"안전해. 괜찮을 거야."

그가 입꼬리 한쪽을 씨익 올리며 웃는다. 그 미소에 속이 휙 뒤집어지는 것 같다. 그가 사다리를 올라갔다.

"맙소사!"

"뭐야?"

재신다가 의자에서 용수철처럼 튀어 올랐다. 나는 그녀 너머로 기웃거렸다.

"무슨 일이야?"

"아무것도 아니야…… 이건……."

다락에서 바스락거리는 소리가 들려온다.

"나도 볼래!"

재신다는 라자스를 한쪽으로 비켜서게 하고는 짧은 여름 드레스 자락을 한 손으로 여미며 사다리를 올라갔다. 하여튼 여자애들은 기술도 좋아.

그녀는 시간표를 집어 들었다.

"내가 말한 건 시간표가 아니야, 제이. 저길 봐."

나는 이미 한 발로 깡충거리며 사다리를 올라가는 중이었다. 분명 도시랑 마을, 빌딩들을 축소해서 만든 내 미니어처 모형들을 본 거야. 슬그머니 환한 웃음이 비어져 나왔다. 멋진 사람들이 나에게 가치가 있는 것, 내가 어떤 사람인지를 드러내는 것, 내가 손수 만들어놓은 것을 알아봐주는 것보다 더 근사한 일이 또 있을까. 마음이 너무나 뿌듯했다.

라자스가 나에게 보이도록 다락방 구석에 놓여 있던 모형 중 하나를 위로 들어 올렸다.

"이거 정말 놀라운데."

"고마워. 내 에코 빌리지는 봤어? 순전히 자급자족으로 유지가 되게 만들었는데. 이론상으로는 말이야."

"맙소사. 이거 네가 만든 거야?"

재신다의 맨다리가 사다리 위쪽으로 사라지고 위에서 이리저리 돌아다니는 소리가 들려왔다.

"뭔가를 디자인하는 게 좋아. 아주 행복한 기분이 들거든."

"너 아주 죽여주는 재능을 가지고 있구나. 넌 진짜 코넬에 가야 겠다."

라자스가 말했다.

"이제 그 이유가 확 와 닿네."

그들은 꽤 오랫동안 내 모형들을 찬찬히 살펴본 뒤 사다리를 내려왔다. 재신다가 손에 들고 온 시간표를 훑어보았다.

"우리 세계관이랑 체육 수업을 같이 듣네!"

재신다가 신이 나서 꽥꽥거렸다.

라자스가 얼굴을 찡그렸다.

"그러니까 너희 둘 다 브루크너 수업을 듣는단 말이지."

"시끄러워!"

재신다가 거의 잡아먹을 듯이 으르렁거렸다. 내가 미처 무슨 뜻이냐고 묻기도 전에 라자스가 재신다에게서 내 시간표를 뺏어 들었다.

"저기…… 우리는 같이 듣는 수업이 없어?"

나는 무심한 척 목소리를 꾸며내느라 애를 썼다.

"점심시간. 그거라도 괜찮다면."

라자스가 자리에 앉으며 말했다.

재신다가 내 반응을 살핀다.

"응, 그것도 물론 괜찮지."

재미있어 죽겠다는 표정으로 그녀가 나를 바라본다.

그때 자갈들이 우드득거리는 소리에 우리는 진입로로 관심을 돌렸다. 클렁커가 부르르 떨다가 요란하게 덜커덩거리며 멈춰 섰다.

"마사일 거야."

내가 말했다.

라자스와 재신다는 엄마가 불쑥 집 안으로 들어서자 자리에서 벌떡 일어났다.

"저 기름 잡아먹는 귀신같이 생긴 고철덩이는 도대체……."

그녀는 라자스와 재신다를 보자 우뚝 발을 멈췄다.

"이쪽은 라자스와 재신다. 저 아래 개울가에서 만났어. 진입로에 있는 차는……."

나는 그녀가 확실하게 상황판단을 할 수 있게 한마디 한마디 끊어가며 말했다.

"라자스 거야. 이름은 블루 바이오하자드."

순식간에 마사의 얼굴이 짜증에서 놀라움으로, 그리고 다시 호기심으로 반짝반짝 빛났다. 이제까지 내가 돔 홈에 낯선 손님 둘을 덥석 데려온 적은 한 번도 없었으니 그럴 만도 하다. 그녀는 얼른 내 말뜻을 알아차리고 평정을 되찾았다.

"만나서 반가워."

그녀가 손을 내밀었다.

"차 때문에 마음 상하지 말았으면 해. 나도 고철덩이 몰고 다니는 건 마찬가지거든."

"괜찮아요. 만나뵙게 돼서 반갑습니다."

그가 문 너머로 마사의 차를 재빨리 훔쳐보았다.

"안녕하세요. 전 재신다예요."

그녀는 마사의 손을 꼭 쥐고 아래위로 흔들었다. 마사가 나를 쳐다보았다. 도대체 이런 별종들을 어디서 주워 왔냐는 얼굴이다. 이것 보라지. 재신다가 하루 종일 나를 쳐다보던 바로 그 표정, 넌 어느 별나라에서 왔니, 라고 묻는 것 같은 얼굴과 똑같다. 나란히 서 있는 두 사람을 보고 있자니 이보다 더 완벽한 대조가 또 있을까 싶다. 커다란 안경을 쓰고 철사처럼 뻣뻣한 은색 머리카락에 우중충한 셔츠와 바지, 실용적인 신발을 신은 마사와 깜찍한 사내아이 같은 짧은 머리에 앙증맞은 원피스, 반짝이가 붙은 플립플롭을 신은 재신다.

"재신다…… 흔한 이름이 아닌데. 분명 전에 내가……."

그녀가 손가락을 탁 튕겼다.

"아하! 전단지에 있던 그 베이비시터, 맞지?"

"맞아요! 그거 저예요! 어디서 보셨는데요?"

"발정 난 독신자 모임."

마사가 부엌을 가로질러 냉장고를 열었다.

"무…… 무슨 모임요?"

"유니테리언 교회에서 만든 한 부모 가정을 돕는 모임이야."

내가 설명했다.

"줄여서 HSP라고 하는데 마사는 꼭 그걸 발정 난 독신자 모임이라고 부른단 말이지."

마사가 당근을 들고 다시 나타났다.

"왜냐하면 그게 그 모임의 정체거든. 발정 나서 안달 부리는 패거리 말이야. 어쩌다 보니 이혼을 했고, 아이가 있다는 공통점 말고 핵심은 따로 있어."

나는 마사를 노려보았다.

"첫째, 그건 발정 난 독신자 모임이 아니고, 둘째, 엄마한테 좋다니까."

"그건 네가 하는 소리고."

그녀는 당근을 마치 시가처럼 손가락 사이에 끼우고 쩝쩝거리며 먹어치웠다. 무성한 당근 잎사귀들이 살랑살랑 흔들렸다.

"그런데 무슨 일이 있었던 거야?"

"라자스와 재신다가 나를 곤경에서 구해줬어. 내가 발목을 삐끗했거든."

마사가 쏜살같이 달려와 무릎을 꿇고 내 발을 만졌다.

"삐었어?"

"그런 것 같아."

그녀가 먹던 당근을 떨어트렸다. 당근 조각이 테이블 위에 놓인 내 아이스티 옆에 착륙했다. 그녀는 내 발목을 유심히 들여다보다가 얼음팩을 한쪽으로 치우고 발목 위를 가만히 손으로 짚었다. 회복의 에너지 치료 같은 거다. 그녀는 두 눈을 감고 치유의 기를 모으는 데 정신을 집중했다. 라자스와 재신다 쪽으로는 눈길도 돌리고 싶지 않다. 그 애들이 이걸 보면서 무슨 생각을 할지 누가 알겠는가? 그리고 마사에 대해서는? 나랑은 아주 잘 어울릴 수 있었을지 몰라도 마사의 별남은 차원이 다르다.

"멋진데. 61년산 미니버스."

라자스가 문간에 서서 차를 보며 감탄을 했다.

마사가 눈을 뜨더니 그를 향해 환한 미소를 지었다.

"그래. 정말 그렇지! 나의 클렁커란다. 나의 자랑이자 기쁨이지. 너 차에 대해 아는 게 많구나?"

"한번 봐도 될까요?"

"그보다는 이편이 더 낫지 않을까."

그녀가 그를 향해 자동차 키를 던졌다.

"한 바퀴 돌고 오지 그러니?"

라자스는 믿을 수 없다는 얼굴로 그녀를 쳐다보았다.

"진심이세요?"

"물론이지. 갑자기 시동이 꺼져서 차를 밀어야 할 경우를 대비해서 재신다를 데려가렴."

재신다의 시선이 라자스에게서 내게로, 그리고 마사에게로 옮겨 갔다.

"방금 그 말, 농담이시죠? 그렇죠?"

"직접 확인해보렴."

마사가 두 사람을 향해 손을 휘이휘이 내저으며 문가로 몰아냈다.

"서둘러라. 인생은 짧아. 젊음은 한 번뿐이란다. 그렇지 않니?"

"알았어요. 고마워요!"

라자스가 미소를 짓는다.

"금방 돌아올게요."

"천천히 와도 돼. 만약 조수석 쪽 문이 떨어지면 밀어서 대충 제자리에 맞춰놓으면 된다."

재신다는 거의 울기 직전이다.

"네……."

라자스는 벌써 밖으로 나가고 없었다.

"다녀오겠습니다!"

그녀가 사촌을 따라잡기 위해 첩,첩,첩, 소리를 내며 뛰었다. 사촌! 나는 만족스러운 한숨을 내쉬었다.

마사가 눈썹을 한껏 치켜뜨더니 내 눈을 똑바로 들여다보았다. 그리고는 양쪽 눈을 가늘게 뜨며 내 어깨 위에 손바닥을 올려놓았다. 저 능글맞은 미소.

"이런, 이런, 이런, 내 사랑하는 딸내미. 보아하니 번개라도 한바탕 맞은 모양이지?"

　마사. 그녀는 늘 이런 식이다. 극적이고, 수수께끼 같고, 언제나 유쾌하다. 그녀는 스물세 살 때 남동생 리치와 함께 록그룹을 따라다니다가 나를 임신했다는 사실을 알게 됐다. 내 아빠는 그때 그녀와 데이트를 하던 남자였다. 그리고 우리 가족들 사이에 전설처럼 전해오는 이야기에 따르면 그로부터 9개월 뒤 마사는 록그룹의 공연장에서 콘서트의 시작과 함께 진통을 시작했다. 그녀의 산파 친구는 이미 땀범벅이 된 군중들 사이로 내빼버렸고 나를 받아준 것은 리치였다. 그는 살면서 그보다 더 환상적이고, 그보다 더 오금이 저렸던 일은 없었다고 했다. 그리고 그 후 그는 환각제를 완전히 끊었다.

　나는 아빠에 대해 아는 것이 없다.

　"우리는 좋은 시간을 함께 보냈지만 그는 좋은 아빠가 될 재목은 아니었어."

　이게 마사가 늘 해주는 얘기의 전부다. 그리고 리치는 내가 물어볼 때마다 그저 눈만 이리저리 굴릴 뿐이다. 지금까지 그가 최대한 털어놓은 얘기는 이것이다.

　"그 남자는 정말 최악이었어. 머쉬룸*을 아무한테나 팔았다니까. 그게 사람들을 끔찍하게 망쳐놓을 거라는 걸 뻔히 알면서 말이야. 양심의 가책이라곤 손톱만치도 없는 인간이었지."

　마사의 인생에 변함없이 남아 있는 남자는 리치 하나뿐이었다. 그녀는 그편이 낫다고 했다. 말하는 걸 들어보면 그녀는 더 이상

---

* 마약의 일종.

진정한 사랑을 믿지 않는 것 같다. 그리고 스스로 그런 사랑을 찾아낼 가능성에 대한 믿음조차 없어 보인다.

"너랑 나. 그걸로 충분해."

정원을 가꾸다가, 혹은 애플소스를 만들기 위해 사과를 끓이다가 그녀는 중얼거렸다.

"특별히…… 외롭다는 생각이 들 때 하룻밤 인연 정도는 괜찮겠지. 네가 내 말을 알아듣는다면 이해하겠지만. 그렇지만 에비, 넌 살면서 앞으로 멋진 사랑을 하게 될 거다. 깊고, 강하고, 지독하게 사랑에 빠지겠지. 마치 번개가 네 가슴속 깊숙이 번쩍하면서 꽂히는 것처럼 그건 거부할 수 없는 운명이란다. 그리고 애야, 이런 소리를 하게 돼서 유감이다만, 엄청난 사랑에는 엄청난 고통이 따를 수도 있어."

나는 부엌 테이블에 앉아 옆에 있는 마사를 바라보며 벌린 입을 다물지 못했다. 번개라니. 목구멍이 버석거렸다.

"방금 뭐라고?"

"다 들었으면서."

그녀는 내 다리를 무릎에 올려놓고 발목을 부드럽게 잡았다.

"번개는 척 보면 알아."

나는 문 밖을 바라보다가 문득 깨달았다. 라자스가 저 문을 나간 뒤로 내가 거의 숨을 멈추다시피 하고 있었다는 것을. 그가 저 문으로 다시 들어오길 기다리면서 말이다. 이런, 제기랄. 마사가 말한 그대로다. 갑자기 감당할 수 없는 현실감이 밀어닥친다.

"속이 안 좋아."

나는 벌떡 일어나 한 발로 깡총거리며 욕실로 뛰어갔다. 위가 뒤틀리는 것 같다.

"나 아프려나 봐."

"열이 좀 있긴 하더라. 아하, 라자스 때문이로군."

엉덩이를 씰룩거리며 그녀는 노래를 부르기 시작했다. 긴 밤 내내 식을 줄 모르는 몸의 열기에 대한 노래다.

"그보단 난 식중독 같은데."

나의 말에도 마사는 여전히 엉덩이춤을 추고 있다.

"오, 애야, 번개를 맞았으면 대가를 치러야지."

그녀가 뱅글뱅글 돈다. 나는 금방이라도 토할 것만 같다. 그녀가 나를 향해 눈썹을 찡긋찡긋 올린다. 그리고 다시 노래를 부르기 시작한다.

"You give me fever! Fever!(너 때문에 난 온몸이 뜨거워! 아, 뜨거워!)"

4

교육은 결국 삶의 한 과정이지 미래의 삶을 위한 준비가 아니다.
- 존 듀이(철학자이자 교육학자, 1859-1952)

클렁커가 길 위에서 털털거리며 달린다. 리치가 멕시코에 살 때 그를 보러 가느라 얻어 탔던, 닭을 가득 실은 트럭처럼 흔들흔들, 요란한 진동이 느껴진다. 내 옆에서 마사는 거의 자고 있었다. 길 위에 움푹 파인 곳들을 지날 때마다 그녀는 유리창에 이마를 콩콩 찧었다. 붕대를 감은 발목은 시큰시큰하고 기어를 바꿀 때마다 통증이 밀려온다. 그러나 학교를 간다는 생각에 마음이 급해져서 마사에게 운전대를 맡기고 느긋하게 앉아 있을 수가 없었다.

"3시쯤 데리러 가면 되는 거지?"

"응, 응."

지난 금요일 재신다와 라자스가 우리 집을 나서며 등교 첫날 학교까지 데려다 주겠다고 제안했다. 도대체 내가 왜 사양해버린 걸까? 그 이후로 그와 재신다는 페이스북에 나를 친구로 등록하고 잠깐 채팅을 하기도 했다. 지금 그 애들과 함께 블루 바이오하자드 안에 앉아 있다면 얼마나 좋을까. 너무 간절해서 마음이 아플 지경이다. 라자스가 있는 곳에 나도 있고 싶다. 그렇지만 그러면 마사가 실망하겠지. 같이 차를 타고 가면서 어떤 하루를 보냈는지 내 이야기에 귀를 기울이고 가능한 많은 시간을 함께 보내는 것, 그것이 학교라는 제도권 안으로 들어가기로 결정한 나의 결심에 대처하는 그녀의 전략이다.

나는 하품을 억지로 참고 휴대용 머그잔에 담긴 마테차를 한 모금 마셨다. 오늘 아침 나는 평상시와 다름없이 5시에 일어나 샤워를 하고, 아침을 먹고, 가축들과 정원을 돌봤다. 하지만 마사가 발목을 아끼라고 해서 대부분은 그냥 앉아만 있었다. 아침나절 내내 생각들이 앞을 향해 내달리면서 심장이 요동을 쳤다. 라자스에 대한 생각을 도저히 멈출 수가 없다. 구조 아닌 구조를 당했던 그 날, 그와 재신다는 저녁을 먹고 아주 오랫동안 놀다가 돌아갔다. 이야기를 나누고, 깔깔대며 웃고, 마사랑 나랑 보드게임을 했다. 나는 일관된 모습을 보이려고 애쓰며 때로 대화 속에 끼어들기도 했지만 주로 침묵 속에서 마음을 다스리고 있었다. 라자스에 대한 온갖 생각으로 머릿속이 난장판이었다.

그는 나에 대해 어떻게 생각할까? 내가 반한 만큼 그도 나에게 반했을까? 사귀는 사람이 있는 건 아닐까? 그들이 돌아가고 난 뒤 나는 일기를 쓰고 밖으로 나와 쏟아지는 별들을 바라보았다. 그리고 스케치를 한 뭉치 끄적인 다음 가슴을 진정시키고 잠

을 청했다. 요가를 하면 좀 도움이 되었겠지만 발목을 삐는 바람
에 할 수가 없었다. 그러니까 내 말의 요지는, 두 사람이 떠난 뒤
나는 줄곧 라자스 생각에 빠져 있었다는 거다. 그가 못 견디게
보고 싶다.

 마을이 가까워오자 길이 포장도로로 바뀌면서 한결 매끈해지
고 집들이 촘촘히 늘어서 있다. 상점들도 보이기 시작한다. 처음
나타난 곳이 월마트. 마사가 작년부터 일하는 곳이다. 그녀는 주
저했지만 대학 졸업장 없이는 선택의 범위가 그리 넓지 않다. 그
녀는 직장을 참 많이도 옮겨 다녔다. 거의가 판매직이었다. 그녀
가 일을 그만두는 이유는 두 가지 중 하나다. 단 1분도 더 그곳에
있는 걸 참을 수 없는 지경에 이르거나 물건들을 사적인 용도로
전용하다 들켜 해고를 당하거나. 나는 그녀가 마지막으로 의료
보험의 혜택을 받았던 게 언제였는지 기억도 나지 않는다. 그래
서 그녀는 도시설계를 공부하겠다는 나의 목표와 코넬에서 학위
를 따겠다는 나의 꿈을 그렇게 반겼던 건지도 모른다. 물론 내가
스스로 행복해지는 길을 따르기를 바랐지만 그것이 잠재적 혜
택을 제공하는 그럴싸한 직업과 연관되어 있다는 사실에 기뻐했
다. 그동안 그녀는 생계를 위해, 대형 기업을 위해 일을 하고 조
합에서 자원봉사를 했다. 나는 한시라도 빨리 자립해서 그녀를
돌보는 일이 내 몫이 되었으면 좋겠다.

 "엄마가 옛날에 달았던 이름표 기억나?"

 내가 물었다.

 "물론이지."

"그리고 우리가 만든 스티커는?"

오늘의 캠페인 스티커는 농약과 식품 첨가물, 그리고 방부제의 위험성에 대한 것이다. 그녀는 이번 주에 식료품 코너에서 교대 근무를 하도록 되어 있다.

마사는 몸을 숙여 나에게 키스를 하고 내 뺨을 두 손으로 감쌌다.

"사랑한다, 우리 딸. 그 학교라는 곳이 네 아름다운 영혼을 다치게 내버려두지는 말거라."

나는 초조한 마음을 감추고 그녀를 안심시켰다.

"그냥 학교일 뿐이야."

"쳇. 학교나 가게나 그게 그거지 뭐."

그녀가 문손잡이를 힘껏 잡아당기자 거친 쇳소리를 내며 문이 열렸다.

"약속해."

"난 괜찮을 거야. 약속해."

"그리고 너답게 처신할 거라는 것도?"

나는 얼굴을 찌푸렸다.

"학교가 끝나면 데리러 갈게."

그녀가 차에서 내린 다음 나는 클렁커를 끌고 살짝 막히는 도로로 돌아왔다. 공동묘지를 지나고, 맥도널드를 지나고, 브로드 스트리트의 타이어 가게를 지났다.

그곳은 마을에서 가장 번화한 두 개의 거리 중 하나다. 브로드 스트리트는 남북으로 뻗어 있고 메인 스트리트는 동서 방향이다. 내추럴리스타 식품조합을 지나 도우의 샌드위치 가게와 나노의 피자 가게, 그리고 영화관을 지났다. 그리고 지방법원과 조그만 공원이 있는 마을의 중심부에서 우회전을 해서 메인 스트리트로 들어섰다.

몇 블록 위쪽에서 또다시 우회전. 그리고 결전의 순간이 왔다. 학교다.

마을 동쪽에 위치한 세 개의 건물을 유치원부터 12학년까지 나눠 쓰고 있다. 초등학교는 정글짐과 놀이터로 둘러싸인 북쪽 건물이고 남쪽은 9학년부터 12학년까지 다니는 고등학교. 7학년과 8학년이 다니는 중학교는 짐작하는 것처럼 그 둘 사이에 끼어 있다.

땀에 젖은 손바닥이 자꾸 핸들에서 미끄러진다. 주차장으로 들어섰다. 생각했던 것보다 훨씬 긴장이 된다. 이곳에 들어가본 건 두 번뿐이다. 첫 번째는 이 학교의 교장인 폴거 박사와 면접을 보기 위해서였다. 그는 몇 학년으로 들어갈지 결정하기 위해 나에게 일련의 시험을 보게 했고, 시험을 마치자 나는 흠씬 두들겨맞은 사람처럼 피곤해졌다. 두 번째 방문은 생활지도 카운슬러를 만나기 위해서였다. 그는 3학년으로 올라가기에 점수가 충분하다고 하면서 과학과 수학에서 점수를 두 배로 올린다면 주에서 요구하는 졸업 자격 요건에 무난하게 통과할 수 있을 거라고 했다. 오늘부터 나의 하루 일과는 아주 치열할 것이다. 세계관, 체육, 생물학, 물리학, 그리고 라자스랑 같이하는 점심! 그다음은 영어와 기하학, 삼각법.

주차할 곳을 찾는 동안 클렁커의 브레이크가 끼기긱거린다. 주차장은 이미 만원이다. 오래된 머스탱과 다 낡은 미니밴들, 픽업 트럭*, 몇 대 안 되는 반짝거리는 새 차들이 잔뜩 들어차 있다. 2학년과 3학년 중 많은 학생들이 차를 몰고 등교를 하나 보다. 삼삼오오 몰려 있는 애들을 쭉 훑다 보니 그중 희미하게 기억날 것도 같은 얼굴이 몇몇 보이긴 했지만 진짜로 아는 친구는 하나도 없었다. 요가 심호흡을 했다. 그때 갑자기 재신다의 얼굴이 눈앞에 나타났다. 그리고 라자스! 속에서 천 마리의 나방들이 한꺼번에 퍼덕거리며 날아오르는 것처럼 간질거린다. 손가락 끝이 찌릿찌릿하다. 번개다.

나는 간신히 주차를 하고 클렁커에서 내려 아스팔트 위를 천천히 걸었다. 서두르지만 않으면 웬만큼 무게를 지탱할 수 있을 정도로 발목이 나아졌다.

커다란 미소가 나를 반겨준다. 이보다 더 따뜻한 환영 인사가 또 있을까.

"이브!"

라자스의 목소리는 태어나서 들어본 목소리 중 가장 멋지다.

"모든 게 네가 상상했던 그대로야?"

재신다가 재잘댄다.

"아직까지는 좋은데."

나는 두 사람과 가벼운 포옹으로 인사를 대신했다.

라자스와 몸이 닿자 척추 위아래로 전류가 관통하는 것 같았다.

---

* 뒤에 짐칸이 딸린 트럭.

그가 내 배낭을 낚아채 갔다. 주위에 있던 학생들이 우리를 쳐다보고 있었다. 호기심을 넘어 의혹이 잔뜩 어린 시선이었지만 라자스나 재신다는 전혀 아랑곳하지 않았다.

그들은 건물 안으로 나를 데리고 들어가 첫 번째 수업이 있는 교실을 찾는 걸 도와주었다. 홀들은 차만 없었지 마치 러시아워에 걸린 멕시코시티나 다름없는 모양새였다. 구석구석마다 몰려서 있는 애들로 발 디딜 틈이 없고 그 사이를 지나다니는 애들은 무서운 속도로 쌩쌩 걸어 다녔다. 이렇게 복잡할 거라고는 미처 생각하지 못했다.

"여기가 세계관 수업이 있는 교실이자 우리 홈룸이야."

재신다가 설명했다.

"홈룸?"

그게 뭘 의미하는 건지 알 것 같으면서도 확실치가 않다.

재신다는 놀란 표정을 지었다.

"홈룸 몰라? 선생님들이 출석 체크를 하고 공지사항 같은 걸 알려주는 곳 말이야."

"흥."

미처 생각도 하기 전에 소리부터 불쑥 튀어나왔다.

"뭐가 '흥'이야?"

라자스가 물었다.

"아니, 아무것도 아냐. 학생들이 학교에 왔는지 안 왔는지에 대한 기록을 보관한다는 건 알고 있었지만, 그게…… 난 아직 낯설어서 말이야."

가슴이 살짝 내려앉는 기분이다. 교육은 의무적인 것이 아니라 신나는 것이어야 하지 않은가.

"금방 모든 게 익숙해질 거야."

재신다가 나를 안심시켰다.

"그게 더 무섭다."

이곳의 조명은 모두를 초록색 외계인처럼 보이게 만든다. 교실들마다 창이 나 있긴 하지만 천장에서 웅웅거리는 소리를 내며 형광등이 부자연스러운 그림자를 드리우고 있다. 그나마 홀들은 아예 빛이 들어오지 않는다. 바닥은 회색 타일이고 콘크리트 블록으로 만든 벽에 쇠로 된 라커들은 흠집투성이다. 너무나 삭막하고 개성도 없다. 이보다 더 매력 없는 공간이 또 있을까. 창고랑 다를 게 뭐야. 오히려 창고가 이보단 낫겠다.

학교에 등록을 한다는 것 자체가 그리 좋은 생각이 아니었을지도 모르겠다. 그렇지만, 난 도대체 뭘 기대한 거야?

나는 다시 한 번 깊이 숨을 들이마시고 긍정적인 생각에 초점을 맞추려고 노력했다. 라자스, 재신다, 다른 새로운 친구들, 새로운 관점들, 신선한 시각들. 신선한 것 얘기가 나와서 말인데 천장에 채광창 좀 만들면 누가 죽기라도 하나? 하다못해 살아 있는 식물이라도 들여놓던가.

벽에 줄줄이 눈이라도 달린 것 같다. 라자스가 행운을 빌어, 라고 하며 내게 몸을 바짝 갖다 대자 그 눈들이 동그랗게 커졌다. 나는 어깨를 펴고 다시 심호흡을 했다. 다리를 절뚝거리며 라자스에게서 멀어져가고 있으려니 마치 상처에 붙여놨던 반창고를 누군가 인정사정없이 홱하고 떼어버린 기분이다.

　나는 시계를 들여다보았다. 점심시간까지 아직 세 시간 반이나
남았다.

5

종교는 인민의 아편이다.
- 카를 마르크스(철학자이자 경제학자, 1818-1883)

교실 앞 칠판 위에 마르크스의 인용구와 함께 질문이 쓰여 있다. '동의하는가, 동의하지 않는가?' 그걸 보는 순간 기운이 번쩍 났다. 전에 라자스에게 말했던 것처럼 나는 지난 몇 년 동안 온갖 인용구들을 수집해 왔다. 게다가 저녁을 먹는 내내 마사와 리치와 함께 마르크스의 이론들을 놓고 토론을 벌인 게 몇 번이었는지 셀 수도 없다. 나는 한쪽 다리로 비틀거리며 곧장 칠판으로 다가가 화학약품 냄새가 나는 파란색 마커를 집어 들고 내 대답을 써넣었다.

'동의할 수 없음. 텔레비전이야말로 인민의 아편이다.'

종이 울린다. 그런데 영화에 나오던 학교 종소리와는 사뭇 다르다. 쇠로 된 종을 망치로 내려치는 뎅, 뎅, 소리가 아니다. 이 길고 귀에 거슬리는 삑삑 소리가 어떻게 '종소리'란 거지. 너무나 인위적인 그 소리에 깜짝 놀라서 나는 거의 마커를 손에서 떨어트릴 뻔했다. 나는 재신다 근처에 있는 책상을 찾아 깡총거리며 뛰어갔다. 도중에 보니 어떤 여자애 하나가 입을 벌린 채로 나를 쳐다보고 있었다. 재신다의 뒤에 앉은 남자애는 핸드폰의 스크린을 손가락으로 부지런히 눌러대고 있었다. 재신다가 바로 옆에 있는 빈 의자를 툭툭 쳤다. 나는 그 의자에 앉아 책상 위에 소지품들을 꺼내놓았다.

"아주 용감한걸!"

재신다가 감명받은 목소리로 칠판 위의 인용구를 향해 턱짓을 했다. 그때 뭔가가 그녀의 시선을 사로잡았다. 나는 그녀의 눈을 따라갔다. 선생님이 막 교실로 들어서던 참이었다. 물 빠진 청바지 안으로 버튼다운 셔츠를 집어넣어 입고 넥타이는 매듭을 느슨하게 푼 채로 테가 두꺼운 안경을 썼다. 말끔하니 멋지고 잘생겼다. 사십 가까이 됐을까. 대놓고 유행을 좇는 것 같지 않게 트렌디하면서도 옛 향수를 자극하는 스타일이다.

남자가 목청을 가다듬었다.

"안녕, 여러분. 다시 만나서 반갑구나. 나는……."

그 순간 천정 가까이 달린 스피커에서 잡음이 튀어나왔다. 콘크리트 블록으로 만든 벽에 장식품은 그거 하나다. 그 나머지 교실 안에 있는 거라곤 두 발 너비의 칠판과 바퀴 달린 카트 위에 놓인 텔레비전, 그리고 커다란 아날로그 시계가 전부다. 선생님은 교실을 꾸밀 기회가 한 번도 없었던 것일까? 아니면 아예 그런 데에는 관심이 없나?

"안녕하십니까, 학생들과 선생님들."

스피커가 꽥꽥 댄다.

"잠시 양해의 말씀을 드립니다. 저는 폴거 박삽니다. 방학을 마치고 돌아온 10학년, 11학년, 12학년 여러분, 돌아와서 반갑습니다. 그리고 특히 이제 막 고등학교를 시작한 9학년 학생들을 진심으로 환영합니다. 충분한 휴식을 취하고 이제 학업을 시작할 마음의 준비는 다 되었을 거라고 믿습니다. 지난번 학년말 시험에서 좋은 성적을 내주어서 우리가 학력 향상 학교가 되었음을 알려드립니다. 아주 기쁜 일입니다. 올해에도 이대로 좋은 성적을 유지한다면 주지사에게 우수 학교로 선정되는 데 별 문제가 없을 거라고 생각합니다."

그의 말에 귀를 기울이는 사람은 아무도 없었다. 재신다는 이리저리 눈을 굴리며 '잘났어, 그래서 뭐 어쩌라고?'라고 하는 투로 집게손가락을 뱅글뱅글 돌렸다.

폴거 박사가 계속 말을 이어간다.

"저는 올해가 지금까지 그 어떤 해보다도 가장 성공적인 한 해가 되기를 기대하고 있습니다."

뭔가 종이를 넘기는 듯 바스락거리는 소리가 난다.

"유능한 선생님들을 믿고 이 모든 소임을 맡기도록 하겠습니다. 제 사무실 문은 언제나 활짝 열려 있을 것입니다. 퍼플 토네이도 학생들이여, 힘을 냅시다!"

스피커에서 지지직거리는 소리가 나더니 툭 꺼졌다.

선생님은 교실 맨 앞에 놓인 책상에 비스듬히 걸터앉아 있었다.

그 책상으로 말할 것 같으면 투박하기가 1950년대에 만들어진 공업용 책상 같았다. 그는 팔짱을 풀고 넥타이 매무새를 반듯하게 다듬었다.

"자, 하던 얘기를 계속하지. 나는 브루크너다. 이건 세계관 수업이고. 공지 사항은 없다."

그는 미소를 지으며 스피커를 향해 손을 흔들었다.

"에, 그 밖의 공지 사항 말이야. 지금부터 출석부에 적힌 이름을 확인하고 바로 수업을 시작도록 하겠다."

브루크너 선생은 책상 위에 놓인 폴더를 들어 올렸다.

"참, 출석 체크 전에 핸드폰은 묵음으로 돌려놓고 수업 중에는 가방 속에 집어넣으라는 얘기는 굳이 따로 안 해도 되겠지?"

그러자 부스럭거리며 가방과 주머니 속으로 핸드폰을 밀어 넣는 소리가 들려왔다. 브루크너 선생이 출석을 부르기 시작했다. 대부분의 아이들은 이름이 불리자 손을 들거나 웅얼웅얼 대답을 했다. 나는 양손으로 책상 옆을 꽉 붙든 채 반쯤 넋이 나가 있다가 브루크너 선생이 내 성의 첫 글자를 입에 올리기 직전 정신을 차리고 마음의 준비를 했다.

"테라 맥클레논?"

"여기요."

브루크너 선생이 체크 표시를 한다. 그러더니 잠시 동작을 멈추고 눈을 가늘게 뜬 채 출석부를 들여다보았다.

"흠. 이거 맞는 건가?"

그가 중얼거렸다.

"에……."

나는 그의 입을 막기 위해 번쩍 손을 들었다.

"그냥 에비라고 불러주세요. 부탁드립니다. 이유는 굳이 말씀 안 드려도 아시겠죠?"

브루크너 선생은 잠시 나를 찬찬히 뜯어보더니 고개를 끄덕였다.

"알았다."

그리고 그는 출석부 위에 뭔가를 적어 넣었다.

휴. 출석부 하나는 해치웠고, 이제 여섯 개 남은 건가.

브루크너 선생은 출석을 다 부르고 나자 칠판을 향해 돌아섰다.

"자, 오늘 수업은 여기……."

말꼬리가 툭 끊겼다.

"이거 흥미롭군. 누군가 이미 자기 생각을 덧붙여놓으셨네."

즐거운 목소리였지만 동시에 약간의 짜증도 섞여 있다.

교실 전체에 킥킥대는 소리가 퍼졌다. 내 뒤에서 누군가 속삭이는 소리로 쉬쉬거렸다. 나는 재신다를 쳐다보며 '그러면 저게 그냥 수사 의문문이었단 말이야?'라고 묻는 표정을 지어 보였다. 그녀는 슬쩍 어깨를 올리며 미소를 지을 뿐이었다.

"조용, 조용."

브루크너 선생이 목을 가다듬었다.

"누군지 모르겠지만 아침부터 아주 열정에 불타셨구먼."

열정? 질문에 답했을 뿐인데 그게 열정적인 거야? 이런.

"텔레비전은 인민의 아편이다. 흠. 이걸 쓴 사람은 좀 더 자세한 설명을 해줄 수 있겠나?"

그가 나를 향해 똑바로 시선을 겨누었다. 볼 장 다 봤네.

나는 자리에서 일어섰다.

"당연히 할 수 있죠."

나는 생각을 하나로 모으느라 심호흡을 했다.

"그러니까 마르크스는 종교가 억압받는 이들에게 억압에 맞서 싸우는 대신 그저 기분을 좋게 만들어 현실을 잊게 만드는 환상에 불과하다는 것을 지적하고 있어요. 물론 어느 정도는 사실이라고 생각해요. 종교는 우리가 실제로 존재하는 세계가 아니라 천국이나 내세와 같은 전혀 다른 영역에 초점을 맞추는 경향이 있으니까요."

브루크너 선생이 아까부터 안경테 밖으로 삐져나올 정도로 눈썹을 한껏 치켜뜨고 있다. 그의 표정을 살피다가 나는 그만 말에 탄력을 잃고 말았다.

"그러니까, 에, 종교는 다른 의미로 보자면."

나는 겨우 말을 이어갔다.

"최소한 자신의 가치관에 대해 생각할 수 있는 기회를 만들어줘요. 그리고 그것이 종교의 참모습이죠."

점차 흥이 났다.

"종교는 사람들로 하여금 타인을 돕는 일을 실천에 옮기도록 만들어요. 가톨릭 노동자 운동이 노동기준법을 위해 투쟁한 것처럼 말이죠. 퀘이커 교도들도 마찬가지예요. 그들은 비밀 지하조직을 만들어 노예들을 돕는 노예제 폐지론자였으며 지금은 평화를 위한 로비 활동을 하고 있죠. 그렇지만 텔레비전을 볼까요? 이건 그냥 수동적인 물건일 뿐이에요. 수동적이라는 말도 아깝죠. 텔레비전을 보는 데 소모하는 열량이 자는 데 쓰이는 열량보다 적다는 거 아시나요? 그에 비하면 잠자는 게 훨씬 능동적인 활동이에요. 게다가 무엇보다도 광고 회사들이 쏟아내는 쓰레기 같은 헛소리는 어쩌고요. 당신은 불완전하고 뭔가 모자라니까 그걸 상쇄하려면 이 제품을 사라. 이런 식이죠."

우아, 이거 오늘 청산유수네!

"광고 캠페인들과 TV 프로그램들이야말로 사람들의 가치관을 좌우하는 이 시대의 아편이라고 할 수 있죠. 왜냐하면 사람들이 아무것도 하지 않고 궁둥짝이나 딱 붙이고 앉아서 소다에 포테이토칩을 우적거리다가 제2형 당뇨병에 걸리는 동안 텔레비전은 잘못된 자부심과 소비 지상주의로 그들을 위로할 테니까요."

나는 제법 응집된 주장을 펼쳤다는 생각에 기분이 좋아서 주위를 둘러보았다. 그런데 다들 눈이 튀어나올 것처럼 얼빠진 표정을 한 채 나를 뚫어져라 쳐다보고 있다.

"죄송해요. '궁둥짝이나 붙이고 앉아서' 대신 '자리에 가만히 앉아서'로 수정할게요."

나는 마음에 걸리는 단어를 고쳐보았다. 침묵이 흐른다.

"그럼 '뒤쪽'으로 할까요?"

나는 애를 썼다.

"아니면 귀여운 엉덩이?"

브루크너 선생이 빙그레 웃었다.

"네 단어 선택이 문제는 아닌 것 같구나."

그는 나머지 학생들을 향해 몸을 돌렸다.

"자, 이거 아주 근사한 출발인 것 같은데. 누구 에비의 의견에 덧붙이고 싶은 사람?"

나는 궁둥짝, 아니 궁둥이, 아니 뒤쪽, 아니 귀여운 엉덩이를 그만 의자 위에 슬그머니 내려놓았다. 앞쪽 줄에 앉은 여자아이 이름이 마시였던가? 그 애가 헛기침을 했지만 정작 아무도 입을 열지 않았다. 바늘 떨어지는 소리도 들릴 만큼 조용하다. 재신다는 손톱을 들여다보고 있었다.

"좋아. 그러면."

브루크너 선생이 초록색 마커를 집어 들었다.

"이 인용구의 문맥을 살펴보도록 하자."

그는 칠판에 날짜를 적어나가기 시작했다. 주위에서 학생들이 노트를 펼치더니 한시름 놓은 얼굴로 바람 빠진 타이어처럼 몸을 축 늘어트린다. 이편이 그들에게는 더 익숙한가 보다. 듣고, 받아 적는 것.

나는 노트 위의 푸른색 선들을 물끄러미 바라보았다. 두 뺨이 홧홧하게 달아오르다 못해 갈라질 것 같다. 마치 아무도 눈치채지 못한 폭풍 속에 혼자 서 있다 나온 것처럼. 등교 첫날, 그것도 딱 10분 만에 나는 이미 다른 사람들을 불편하게 만들고 있다. 어떻게 이럴 수가 있지.

재신다와 같이 듣는 체육 시간이 바로 연달아 있었다. 옆에서 축 늘어져 걷고 있는 나를 향해 재신다는 쉬지 않고 중계방송을 해댔다.

"맙소사, 정말 굉장했어! 잘 가, 마시!"

그녀가 세계관 수업을 같이 들었던 소녀를 향해 매니큐어가 곱게 칠해진 손을 흔든다.

"안녕, 닐!"

이번에는 홀 반대편에 서 있는 빨간머리 남자애를 향해 인사한다.

"브루크너한테 한 방 먹인 거 말이야. 그 사람 진짜 똑똑한데 믿어지지 않을 정도였어. 안녕, 피터! 어이, 사라!"

세상에나. 얘는 모르는 사람이 없구나.

"두 번째 수업이 체육이라니 정말 바보 같지 않니. 아침부터 땀범벅이 되고 싶은 사람이 누가 있어. 말도 안 돼. D 선생이 없어서 정말 유감이야. 정말 좋은 사람인데. 글리스 선생에 대해서는 정말 참을 만큼 참았다고."

그녀가 또 다른 소녀를 향해 손을 흔든다.

"안녕, 캐리!"

꼬리를 물고 이어지는 그녀의 말 속에 수많은 '헬로'와 '굿바이'가 끼어들어 평소보다 더 알아먹기가 힘들었다. 그렇지만 이 '종소리'는 분명 끔찍하게 듣기 싫은 소리와 수업 시간, 양쪽을 의미하는 게 틀림없어.

체육을 맡은 글리스 선생은 아주 사무적이었다. 그녀는 재신다처럼 작고 굴곡이 진 몸매에 머리부터 발끝까지 온통 보라색과 흰색 차림이다. 그게 이 학교를 상징하는 색이라는 걸 대번에 알아차릴 수 있었다. 그녀는 스포츠용 치마바지를 입고 신발 끈에 솜

방울들이 달린 비싸 보이는 운동화를 신고 있었다. 종이 울리자 그녀가 호루라기를 불었다. 이미 모두가 조그맣게 무리를 지어 주위를 서성거리고 있는데 그게 무슨 소용이람. 그리고 여자아이들뿐인 반 전체를 라커룸으로 몰아넣었다. (침침한 조명과 녹슨 라커들, 사방에 진동하는 퀴퀴한 냄새.) 그녀는 둥글게 부풀린 금발 머리를 귀 뒤로 넘기며 조그만 엉덩이 위에 두 주먹을 척하고 얹었다.

"제대로 졸업하려면 체육은 꼭 들어야 하는 수업이야."

글리스 선생이 말을 시작했다.

"그러니 핑곗거리를 들고 날 찾아오지 말 것. 여러분 나이 대에 체력은 특별히 중요한 의미를 갖는다. 9월은 국가에서 정한 소아 비만에 대한 의식 고취의 달이다. 숙녀 여러분들, 지금 이곳에서도 만연하고 있는 문제야. 그것을 방지하는 것이 나의 역할이고 최선을 다하려고 한다."

그리고 그녀는 강조를 하려는 듯 잠시 말을 끊었다. 호기심이 동했다. 그러나 그녀가 뚱뚱한 여자애들을 향해 표 나게 신랄한 눈길을 던지고 있는 걸 알아챈 순간 호기심은 산산조각 나고 말았다. 심술궂고 편견에 가득 찬 얼굴이었다.

"그러니 체육 시간이 좀 힘들더라도 진지하게 임해주기 바란다. 졸업이 코앞이라고 게을러터진 것들을 봐줄 생각은 없다. 알아들었나? 수업에 참여하지 않으면 점수는 국물도 없다는 걸 알아둬라. 여기서 참여라 함은."

그녀는 목록을 꼽으며 손가락을 하나씩 세어 나갔다.

"수업 시간에 적절한 운동복으로 갈아입을 것, 모든 과제는 반드시 완수할 것……."

이런 빌어먹을. 체육 시간 하나에 도대체 얼마나 많은 규칙이 필요한 거야?

"여기 너희들의 라커 배정표가 있다. 조용! 그리고 한 가지 너희들이 명심해야 할 것이 있는데 말이야, 난 어떤 남자 체육선생님처럼 그렇게 호락호락한 사람이 아니야. 생리 기간은 어쩔 수 없는 현실이다. 그러니 생리를 핑계로 수업에 빠질 생각일랑 안 하는 게 좋아."

누군가 키득거리는 소리가 들려왔다.

글리스 선생이 목소리를 높였다.

"조용하라고 했잖아! 생리대나 탐폰이 필요한 사람이 있으면 얼마든지 가지러 오너라. 그렇다고 내 사무실을 약국으로 착각하지는 말고."

그녀가 처음으로 미소를 지었다. 그녀에게 너무나 잘 어울리는 묘한 매력의 사랑스러운 미소였다.

"모두들 방과 후 스포츠 활동에도 참여하기를 권하는 바이다. 2군 팀이나 교내 축구 팀, 필드하키 팀에 지원하고 싶으면 아직 늦지 않았어. 그리고 이번에도 마찬가지로 학기 중에 빈곤 퇴치를 위한 걷기나 치료제 개발을 위한 경주, 에이즈 환자를 돕기 위한 걷기 등등 이 지역에서 벌어지는 각종 기금 마련 걷기 혹은 달리기 행사에 참가 신청을 받을 예정이다."

마침내 저 여자 입에서 내가 동조할 만한 이야기가 나오네!

"물론 이런 기금 마련 행사들이 필수는 아니다. 그러나 함께할 만한 일이라고 생각한다. 너희들 몸에도 좋고 정신 수련에도 좋을 것이다. 자, 모두 알다시피 올해는 응원단에게 아주 중요한 해다."

그녀의 미소가 반짝반짝 생기에 넘치기 시작했다.

"지난번 아주 멋진 활약으로 주 결선까지 진출을 해냈다. 그렇지 않니, 재신다?"

"네, 글리스 선생님."

글리스 선생은 고개를 끄덕거렸다. 그리고는 수업 종소리가 그녀의 1인극에 끼어들 때까지 신체 단련과 운동, 영양과 건강한 체질량지수를 위한 체중 감량의 중요성에 대해 열변을 토했다.

재신다와 나는 라커룸을 빠져나왔다.

"그건 무슨 얘기였어?"

내가 물었다.

"뭐? 글리스 선생님이 한 말?"

"응. 응원단이라니?"

"아, 그녀가 코치야. 안녕, 줄리!"

그녀가 누군가를 향해 손을 흔든다.

"잘 가, 안드레아! 서둘러, 에비. 다음 수업 시간에, 또 만났네, 스티브! 데려다 줄게."

흐음. 뭐가 뭔지 하나도 모르겠다. 하지만 재신다는 사방팔방 사교에 힘쓰느라 침착하게 설명을 해줄 시간이 없다.

생물학, 물리학, 그리고 마침내 점심시간이다. 라자스. 라자스!

야호! 재신다가 카페테리아로 나를 데리고 가서 함께 줄을 섰다. 이런 빌어먹을! 저게 음식이야? 끔찍해라. 아니 끔찍하다는 말로도 부족해. 법의학자가 놀라 자빠질 일이지. 질척거리는 흰 빵에 햄버거 패티라고 나온 게…… 저 기름에 전 동그란 잿빛 물체가 소에서 나온 거라니 가당키나 해? 웩. 그리고 저 젤로는 또 뭐야. 자연에서 나는 음식 중에 저런 네온그린색이 뭐가 있나 한 번 보여주시지. 당치도 않아.

그나마 샐러드 바에는 음식 비슷한 모양새를 갖춘 것들이 있었다. 이것도 기억해둬야겠다. 내일은 꼭 점심을 싸올 것. 그리고 앞으로도 계속.

점심값을 계산하고 라자스와 재신다를 따라 절뚝거리며 테이블로 가다가, 나는 그들을 불러 세웠다.

"날씨가 정말 좋은데 우리 밖에서 먹을래?"

라자스가 얼굴을 찌푸렸다.

"미안, 이브. 벌 받을 각오가 아니면 밖에서 먹는 건 금지야."

학교에 한 번도 다닌 적이 없는 초짜인 나도 '벌'이라는 게 피해갈수록 좋은 거라는 건 안다. 그래서 나는 얌전히 재신다를 따라 비좁은 테이블로 갔다. 의자 두 개만 달랑 빈 채로 놓여 있었다. 마치 그 위에 라자스와 재신다의 이름이 붙어 있는 것만 같았다.

"앉아."

라자스가 나에게 말했다.

"내가 다른 의자를 찾아올게."

말씨름을 할 힘이 없어서 의자 위에 털썩 주저앉자 재신다는 테이블 주위 아이들에게 나를 소개했다. 대부분의 아이들이 내게 미소를 보내주었다. 그들의 두 뺨과 입술은 밝은 표정을 짓고 있었지만 그 안에는 뭔가 멈칫거리는 공허한 기운이 감돌았다. 여자애들 중 하나— 메건이었나? —가 핸드폰에서 눈을 떼고 고개를 들더니 리바이스 청바지와 허름한 티셔츠를 입고 있는 나를 위아래로 훑어보았다. 그리고는 잔뜩 찡그린 표정을 지으며 입술을 오므리고 다시 핸드폰으로 고개를 숙여 스크린을 손가락으로 톡톡 두드리기 시작했다. 전반적으로 남자애들이 좀 더 친절하고 덜 재는 편이다. 그에 비하면 여자애들은 좀 더 분발할 필요가 있다.

재신다가 미소를 짓더니 누군가의 뒷소문을 두고 하는 다른 애의 농담에 와 하고 웃음을 터트렸다. 그동안 나는 속으로 사람들의 이름을 맞히는 연습을 하고 있었다. 마시, 스티브, 메건(이건 확실해.), 매트, 짐. 서로 다른 얼굴과 머리 모양, 옷들과 음식, 핸드폰과 수다 떠는 소리들이 한데 엉켜 돌아간다. 정신을 차릴 수가 없다. 라자스가 돌아와 내 옆에 의자를 내려놓았을 때 나는 비로소 안도감으로 기분이 누그러졌다. 나는 고마운 마음을 전하기 위해 팔꿈치로 그의 팔꿈치를 툭 건드렸다. 이 가벼운 접촉에 그가 몸을 살짝 떨었다. 그저 내 상상인가? 아니면 희망 사항? 그가 미소를 짓는다. 속이 휙 뒤집어지면서 심장이 쿵쿵 달음박질을 시작한다. 그의 옆에 있으면 마야의 피라미드를 걸어 올라가는 것만큼이나 심장 박동 수를 높이는 효과가 있다.

"지금까지 수업은 어땠어?"

소음 속에서 내게 들리도록 라자스가 거의 소리를 지르다시피 물었다. 우리 테이블은 카페테리아 안에서도 한가운데였다.

"괜찮았어. 모든 게 생소하니까 좀 몰아치는 기분이긴 한데 지금까진 괜찮아."

테이블 건너편에서 재신다가 오렌지 껍질을 벗기며 우리의 대화 속으로 슬쩍 끼어들었다.

"저런, 겸손은 그쯤해두시지."

라자스 쪽으로 몸을 돌리며 그녀가 말했다.

"세계관 시간에 쟤가 무슨 짓을 했는지 네가 봤어야 해."

"대수로운 일도 아닌데 뭐."

나는 스티로폼 그릇(스티로폼이라니! 어떻게 이게 여태까지 사용되고 있단 말인가?)에 담긴 잘게 자른 양상추 조각을 포크로 콕콕 찌르며 말했다.

"어쨌든! 브루크너랑 멋지게 맞짱을 떴다니까."

그녀는 오렌지 껍질을 마저 벗겨내고 하얀 속껍데기를 골라냈다.

"라즈, 에비한테 브루크너만의 방식이 어떤 건지 설명 좀 해줄래? 특히 그의 인용구에 관해서?"

그녀는 오렌지를 갈라 한 조각을 나에게 내밀었다.

"라즈는 작년에 세계관 수업을 들었거든."

라자스가 눈을 흡떴다.

"말도 안 돼! 너 설마 인용구에 대해 토론을 한 거야?"

"토론만 했으면 좋게."

재신다가 신이 나서 소리를 쳤다.

"칠판에다가 아예 대답을 써놨다니까!"

라자스가 활짝 웃었다. 그는 머리를 휘휘 내저으며 오렌지 조각을 받아 들었다.

"그렇지만 브루크너가 그 인용구들을 아주 진지하게 생각한다는 건 알아둬."

재신다가 고개를 끄덕였다.

"아무도 감히 걸고넘어질 수가 없다고."

라자스가 말했다.

"그건 말이지 그에게 지적인 도발과도 같은 거야. 그는 늘 인용구로 수업을 시작하거든. 말이야 토론을 원한다고 하지만, 그가 진정으로 원하는 건 스스로 인용구에 대해 설명하면서 곧장 설교를 시작하는 거야."

"말도 안 되는 소리!"

재신다가 브루크너 선생의 편을 들었다.

라자스가 그녀를 향해 수상쩍은 눈초리를 던졌다.

"음, 이거든 저거든 누군가는 그와 인용구에 대한 토론을 해야 할 거 아냐."

라자스와 재신다가 도리질을 치며 시선은 내 얼굴에 고정시키고 있는 통에 네 개의 눈만 좌우로 왔다 갔다 흔들렸다. 라자스가 입을 열었다.

"그렇지 않아. 들어보니 그것도 오늘까지인 것 같지만."

"참 별난 사람이네."

내가 말했다.

"난 내가 무슨 짓을 하고 있는지 전혀 몰랐으니 도발에 대한 책임은 없는 거야.”

“지금은 상황이 틀리잖아. 내 말은, 이젠 다 알지 않느냐고.”

재신다가 말했다. 그녀는 또 다른 오렌지 조각을 입속으로 휙 던져 넣은 뒤 라자스를 향했다.

“그런데 그 사람, 꽤 감동받은 눈치였어. 약간 화난 것 같기도 했고.”

그녀는 냅킨에 씨를 뱉어냈다. 우아하고 여성스럽게 씨를 뱉는 것도 재신다의 전매특허인가 보다.

“그 사람의 인용구에 대해 그렇게 똑 부러지게 말한 게 나였으면 얼마나 좋을까.”

그녀가 한숨을 쉰다.

라자스가 내 쪽으로 몸을 기울였다. 오, 세상에나. 이 사람한테서 너무 좋은 향기가 나. 오늘은 계피와 커피콩, 그리고 오렌지 냄새야. 그러다가 나는 거의 플라스틱 포크를 손에서 놓칠 뻔했다. 그가 내 귀에 대고 속삭였다.

“재신다는 브루크너 얘기만 나오면 저렇게 눈이 풀려. 거의 1년이 다 되도록 브루크너만 애타게 바라보고 있다니까.”

반은 농담조의 목소리였지만 나머지 반은 진심인 것 같았다. 그리고 못마땅한 기색이 역력했다.

“입 닥치지 못해! 너 지금 무슨 말 하는지 다 알아.”

재신다가 얼굴을 잔뜩 일그러트렸다. 그리고는 테이블 주변을 흘깃흘깃 살폈다. 사람들은 여전히 우리를 쳐다보고 있었지만 워낙 시끄러워서 우리가 무슨 이야기를 하는지 엿들을 수는 없을 것이다. 재신다가 나에게 바싹 몸을 붙이고 말했다.

"그래 뭐, 좋아. 내가 반하기는 했지. 그렇지만 아무한테도 말하면 안 돼."

"응, 참 멋진 사람인 것 같았어. 선생님으로서."

오전에 만난 선생들 중에는 가장 흥미로운 인물이었다.

라자스가 재신다에게 무언가를 이야기하며 목소리를 한껏 낮췄다. 나는 겨우 단어 한두 개를 알아들었을 뿐이다.

'진심이야'…… '조심해'…… '믿지 마'.

재신다가 입을 삐죽 내밀었다.

"그건 그냥 소문일 뿐이야. 알면서."

그녀가 가방 속에 손을 집어넣고 핸드폰을 꺼내 들었다.

나는 샐러드를 포크로 찍어 올렸다. 브루크너 선생에 대한 얘기가 틀림없다. 그런데 정확한 내용은 알 수가 없다. 물어봐야 하나? 그럼 너무 꼬치꼬치 캐묻는 것 같을까? 주머니에 넣어둔 핸드폰이 울릴 때까지 나는 계속 갈등만 하고 있었다. 나는 핸드폰을 꺼내 열었다. 누군지 전화번호를 확인할 필요도 없다.

"난 괜찮아, 마사."

"얘! 난 그저 어떤지 궁금해서 걸었을 뿐이야. 어때? 오늘은 월마트가 아주 한가하네."

마사는 늘 이런 식이다. 내가 염려가 돼서 전화를 걸고는 자기 얘기부터 늘어놓는다. 창밖을 내다보며 골똘히 생각에 잠겼다.

"밖의 날씨가 너무 좋아서 그런가 보지."

순간 라자스의 얼굴이 눈에 들어왔다. 마치 내가 강아지를 악랄하게 고문해서 죽이고 있거나 그와 동급의 극악무도한 짓이라도 하고 있는 걸 본 것처럼 충격을 받은 표정이다.

"뭐야?"

내 질문에 대답하는 대신 그는 내 어깨 너머로 시선을 던졌다. 재신다와 다른 애들도 마찬가지였다.

"핸드폰은 금지다!"

내가 아는 목소리다. 조그만 손이 앞으로 불쑥 튀어나왔다.

"이리 내놔!"

나는 몸을 돌려 그 손의 주인을 마주 보았다. 글리스 선생이다.

"금방 끊을게요."

나는 전화기에 대고 말을 이어갔다.

"마사? 그만 가봐야겠어. 데리러 갈 테니 걱정 마. 알았지?"

한숨 소리가 들린다.

"너 기다리다가 숨넘어가겠다."

"알았어. 사랑해."

그렇지만 이미 글리스 선생이 내 손에서 핸드폰을 잡아채 간 뒤였다. 권력을 쥔 건 이 여자다.

6

법에 대한 존경심에 앞서 정의에 대한 존경심을
기르는 것이 바람직하다.
- 헨리 데이비드 소로
(작가이자 철학자, 1817-1862)

글리스 선생에게 핸드폰을 압수당했다.

"4차 헌법수정을 보시면 불법수색과 압수로부터 보호받을 권리가 있다고 되어 있거든요. 제 핸드폰을 그렇게 갖고 가실 순 없는데요."

그녀가 이마를 찡그렸다.

"4차 헌법수정으로부터 보호는 너희 집에 가서나 받으시지. 넌 지금 여기, 내 구역에 있거든."

우아, 이렇게 당당할 수가! 그래도 이럴 수는 없지. 학교라고 해서 수색과 압수를 할 권리는 없는 거야. 안 그래? 정당한 이유도 없이 말이야. 어쨌거나 지금은 이런 생각을 해도 소용이 없다. 내 핸드폰은 이미 그녀의 손에 있다.

"수업 다 끝나고 나면 교무실로 와서 찾아가."

그녀가 말했다. 목소리가 대놓고 으스대는 투다.

나는 카페테리아 안을 둘러보았다. 핸드폰을 손에 들고 손가락을 휘두르느라 여념이 없는 재들은 뭐야? 왜 그냥 내버려두는 거지?

"출발부터가 별로 좋지 않군, 아가씨."

글리스 선생은 서류 위에 뭔가를 적더니 삼중으로 된 페이지 중 하나를 북 찢어 내게 내밀었다. 노란색 먹지다.

"부모님이나 보호자 사인을 받아 와."

"직접 말씀하시지 그러셨어요. 마침 통화하던 중이었는데."

그녀의 시선이 딱딱하게 굳어졌다.

"입 조심해."

"그런 규칙들이 어디 쓰여 있나요? 핸드폰 사용에 대해서 아무런 주의도 듣지 못했는데요."

나는 이제 혼란스러운 정도를 넘어섰다.

얼굴 표정을 보아하니 글리스 선생은 친절한 설명이나 경솔한 행동과는 거리가 먼 사람이다.

글리스 선생이 사라지자마자 그동안 무릎 위에 얌전히 손을 얹고 침묵을 지키고 있던 재신다가 말을 쏟아놓기 시작했다.

"정말 미안해, 에비! 글리스 선생이 진짜 엄하거든. 학교에서는 핸드폰을 쓸 수 없다고 미리 말을 해줬어야 했는데."

나는 여전히 모르겠다. 재신다가 핸드폰을 붙들고 있는 다른 아이들을 향한 나의 시선을 알아차렸다.

"아, 학교에서 핸드폰으로 전화를 할 수는 없지만 인터넷은 쓸 수가 있거든. 점심시간이랑 수업 시작하기 전, 방과 후, 그리고 네 시간표에는 없지만 수업이 없는 빈 시간도 괜찮아."

그녀가 기억을 하고 있군.

인터넷은 되고, 전화는 안 된단 말이지. 재미있네.

"학교에서 아이폰을 나눠준 거야?"

재신다가 나를 빤히 쳐다본다. 정신 나간 애를 보는 듯한 눈이다. 넌 도대체 어느 별에서 왔니, 라고 묻는 그런 표정.

"에비, 여기는 공립학교야."

"그렇다면 그건 차별이지."

"그건 또 무슨 소리야?"

"스마트폰은 비싸잖아. 그렇다면 학교가 그걸 완전히 금지하든가 아니면 모두에게 공평하게 제공해야지. 안 그러면 사회경제적인 의미에서 엄연한 차별이야."

"미디어 센터에 컴퓨터가 있어. 아무나 쓸 수 있게 말이야."

"들고 다닐 수 있어? 조그맣고 최신형이야?"

"아니지."

재신다가 얼굴을 찡그렸다.

"크고 오래된 데스크탑들뿐이야."

"몇 대나 있는데?"

"나도 몰라. 서너 대?"

"학교 전체에?"

나는 머리를 내저었다.

“그건 공평치가 않지. 불편한 데다가 수량도 한정돼 있잖아.”

“네 말이 맞아.”

라자스가 말했다.

“학교 정책이 불공평하긴 해. 나도 그런 생각을 한 적이 있어.”

재신다가 라자스를 노려보았다.

“너 아이폰 포기하고 싶어?”

라자스가 그녀의 말을 못 들은 척했다.

“학습 목적으로만 사용하도록 되어 있지만 그걸 일일이 통제할 수는 없잖아.”

“맞아.”

재신다가 동의했다.

“어떤 웹사이트에 들어가봤는지 하나하나 검사하지는 않으니까.”

그녀가 인상을 썼다.

“설마 그렇게까지는 안 하겠지.”

그녀가 테이블 주위를 둘러봤다.

“학교에서 너희들 인터넷 사용 내역을 확인하니?”

마시와 스티브가 어깨를 으쓱 올렸다. 매트가 말했다.

“월만 선생이 그러는데 학교 안에서는 뭘 하든 다 감시당할 거라던데.”

“정말?”

라자스가 의심스럽다는 듯 말했다.

스티브가 말했다.

“그래도 상관없어. 인터넷 사용 내역이랑 정보 파일은 언제든

지워버릴 수 있으니까.”

이런, 내가 배워야 할 게 산더미군.

점심시간이 끝나고 절뚝거리고 옮겨 다니며 영어와 기하학, 삼각법 수업을 차례로 들었다. 선생들은 지나치게 기대만 하지 않으면 그런대로 무난한 것 같았다. 오전에 봤던 몇몇 얼굴들이 다시 보였다. 영어를 가르치는 월만 선생은 색인 카드에 각자 제일 좋아하는 책들을 적으라고 시켰다. 그러면 우리를 좀 더 잘 알 수 있다나. 그는 앞뒷면에 빽빽하게 책 이름을 써넣은 내 카드를 보고 미소를 지었다. 좋은 징조다.

영어 수업을 같이 듣는 메건은 점심시간 때보다 훨씬 다정했다. 세계관 수업과 점심시간을 함께했던 매트는 삼각법 수업에서 자기 옆에 앉으라고 날 불렀다. 학교에서의 첫날을 그럭저럭 무사히 보낸 셈이다.

마지막 수업의 종소리가 울리고 나는 압수품을 찾으러 다리를 절며 교무실을 찾아갔다. 비서인 프랭클린 씨는 상냥해 보이는 얼굴이다.

“첫날이라 고생이 많지?”

그녀가 나를 향해 플라스틱 통을 기울였다.

“초코퍼지 먹을래? 내가 만든 건데.”

“우아! 말이 통하는 분을 이제야 만났네요.”

나는 퍼지 하나를 집어 들었다. 입에서 살살 녹는다.

“음. 마음의 상처를 치유하는 데는 초콜릿만 한 게 없다니까요. 정말 감사합니다.”

그녀는 책상 서랍을 열고 내 핸드폰을 건네주었다.

"내일은 그냥 집에다 두고 오는 게 나을 거다."

"아니면 더 잘 감추거나요."

그녀가 미소를 지었다.

"그건 못 들은 걸로 하마. 가기 전에 퍼지 하나 더 가져가렴."

"그래도 될까요? 고맙습니다."

나는 주차장을 향해 절뚝거리며 걸어갔다. 숙제 때문에 배낭이 무겁다. 이런 때 그런 이상한 생각이나 하다니.

주차장까지 반쯤 갔을까. 갑자기 라자스가 나타났다. 그는 내 가방을 받아주려고 손을 뻗었다.

"괜찮아. 내가 들 수 있어."

"그건 기사도 정신에 어긋나. 네 발목이 낫는 동안만이야."

나는 가방을 넘겨주었다. 정신 사나운 주차장을 통과하는 동안 우리는 몇 마디 주고받지 않았지만, 오히려 마음의 위로가 되는 다정한 침묵이 되었다. 그와 이렇게 단둘이 있을 수만 있다면 무슨 짓이라도 할 수 있을 것 같아. 나는 그의 입술을 슬그머니 쳐다보았다. 저 입술에 키스를 한다면 얼마나 황홀할까? 그가 다른 여자애들과 얘기를 나누는 모습을 자주 보기는 했지만 재신다 외에 특별히 붙어 다니는 애는 없었다. 그건 사귀는 사람이 없다는 얘기겠지? 나한테 관심이 있을 수도 있을까? 그런 생각만으로도 다리의 힘이 탁 풀린다.

클렁커까지 다 왔다. 내가 차를 타자 그가 가방을 내밀며 말했다.

"내일 봐."

나는 떠나기가 싫었지만 달리 할 말이 생각나지 않았다.

마사를 데리러 가기 위해 차에 시동을 거는데 그가 손을 흔든다.

마사는 건물 옆쪽에서 나를 기다리고 있었다.

"무슨 일이 있었는지 하나도 빼놓지 말고 다 말해 봐."

그녀가 조수석으로 잽싸게 올라탔다.

"아직 완전히 물들어버린 건 아니지? 나는 오늘 진짜 말도 마. 거의 들킬 뻔한 거 있지. 그래서 할 수 없이 우리가 만든 스티커들을 변기에 넣고 물을 내렸더니 화장실이 콱 막혀버렸잖아. 발목은 어때?"

"욱신거려. 전체적으로 좋아지긴 했는데 아침보다는 아프네."

"쉬어야 낫지."

도로를 이리저리 통과해 집으로 가는 자갈길에 들어섰다. 그리고 그녀가 일하는 동안 무슨 일이 있었는지 간추린 이야기를 들었다. 평소처럼 그녀는 매일같이 와서 필요하지도 않은 물건들을 사들이는 고객들의 과소비에 대해 한탄을 늘어놓았다. 그러다 제풀에 시들시들해졌다.

"좋아, 이제 네 얘기 좀 들어보자. 학교라는 데는 어떻디?"

"아직 뭐라고 판단을 내리긴 이른 것 같아. 대체적으로 괜찮았어. 그리고 좀 이상하기도 하고. 궁금해할 만한 얘기가 하나 있긴 한데, 나 오늘 벌 받았다."

마사가 짜증 섞인 신음소리를 냈다.

"뭣 때문에?"

"사회경제적인 지위 때문에."

나는 핸드폰 사용에 대한 규칙을 설명해주었다.

"얘, 지들이 내릴 수 있는 최고의 벌이 거기 더 오래 잡아두는 거라니 어떤 덴지 말 안 해도 알겠다. 정말이지 프레이리의 은행저축식 교육론*이 생각날 수밖에 없는……."

나는 손을 들어 그녀의 입을 막았다.

"부탁인데 여기서 목청 돋궈가며 못마땅한 소리를 늘어놓을 생각일랑 하지 마. 더 이상의 비판은 사양할래."

"알았어. 그렇지만 이 말은 해야겠다."

그녀는 손을 뻗어 내 머리를 헝클어트렸다.

"만약 네 목표가 위대한 사회학적 실험이라면 바닥부터 흔들리기 전에 시간 낭비하지 않는 게 좋을 거야."

그 말이 맞다. 취재기자, 학교 개혁 세력. 그것이 내가 학교에 등록해야 한다고 마사를 설득했던 이유였다. 그러나…….

"만약 지금은 그게 주목적이 아니라면?"

"그럼 도대체 다른 무슨……."

그녀가 즐거운 듯이 싱긋 웃는다.

"아, 라자스는 어때?"

나는 나도 모르게 그녀를 향해 헤벌쭉한 미소를 지었다.

"훌륭하지."

---

* 브라질의 교육학자 파울루 프레이리는 저서 『페다고지』를 통해 교사가 학생에게 일방적으로 지식을 주입하는 '은행저축식' 교육보다 서로가 공동으로 탐구하는 '문제제기식' 교육이 바람직하다고 주장했다.

“번갯불이 쳤군.”

속이 울렁거린다. 나는 고개를 끄덕였다.

“근데 임자가 있어? 누군가한테서 뺏어 오기라도 해야 하는 거야?”

“몰라. 페이스북을 봐도 확실하게 밝히지 않았더라고.”

“그 말은 가능성이 있다는 거네?”

나는 한숨을 쉬었다.

“그 말은 그가 똑바로 대답을 안 해줬다는 거지.”

그녀가 믿을 수 없다는 듯한 표정으로 나를 쳐다봤다.

“아직 물어보지도 못했단 말이야?”

“그렇게 무심코 해치우기에는 질문이 너무 이상하잖아.”

“이런, 이런.”

그녀가 혀를 쯧쯧 찼다.

“용감한 애로 키웠다고 생각했는데. 그렇지만 뭐, 사는 게 다 그렇긴 하지……. 라자스에게 직접 물어보고 싶지 않으면 재신다에게 물어보지 그러니?”

“그거 너무 촌스럽지 않아? 뒷구멍으로 호박씨 까는 거 같아서 말이야. 비겁하게.”

“정보란 건 원래 여자친구들한테서 나오는 거야. 어쨌든 걔가 널 아주 주의 깊게 보는 것 같긴 하더라. 이건 확실해.”

속이 다시 한 번 파르륵 요동을 쳤다.

“그런 것 같긴 한데.”

“그러니까 그렇게 멀거니 손 놓고 있지 말고…….”

“뭐라도 해보라고?”

나는 클렁커를 몰고 집으로 가는 진입로로 들어섰다.

"말도 못하고 꿔다 놓은 보릿자루처럼 있지 말란 얘기야. 혁명은 이미 시작된 거야! 그리고 꼭 사랑에 빠져야겠거든, 뭐……."

그녀가 내 머리카락을 잡아당겼다.

"허락해줄게. 내가 허락 안 해준다고 뭐가 달라질 일도 아니지만."

"엄마 말이 맞아."

집 앞에 차를 세우자 클렁커가 몸을 부르르 떨다가 멈췄다.

할렐루야. 집이다. 나는 절뚝거리며 현관을 향해 걸어갔다.

"저기."

마사가 나무 위로 손을 뻗어 올해 들어 처음 열린 사과 한 알을 움켜잡았다.

"우리 둘 다 지칠 대로 지쳤잖니. 너도 옆에 누가 같이 있어주면 좋잖아. 그래서 말인데, 오늘 밤 발정 난 독신자들 모임에는 가지 말까 봐."

"마사, 그런 생각은 하지도 마. 엄마는 엄마 또래랑 놀 필요가 있어. 게다가, 난 숙제도 해야 해."

숙제가 산더미다.

마사의 얼굴이 일그러진다.

"다들 자기가 이혼한 사연들을 돌려가며 털어놓는데 오늘이 내 차례란 말이야……."

"그러면 적당히 지어내! 아주 격정적이고 선정적인 걸로. 드라마 뺨치게 극적이고 흥미진진하게 꾸며보라고."

나는 그녀를 향해 손가락을 까딱까딱 흔들었다.

"하지만 그보다 더 좋은 건……."

나는 말했다.

"그냥 사실대로 확 털어놓는 거야! '사실이 허구보다 더 허구 같다' 몰라?"

마사가 웃음을 터트렸다.

"어느 쪽을 할 수 있나 한번 보지 뭐."

나는 헛간으로 가서 젖 짜는 걸상 위에 발목을 얹고 앉았다. 그리고 암소인 한나 브람블의 따뜻한 체온을 벗 삼아 라자스에 대한 몽상을 일기에 한가득 적어 내려갔다. 클렁커가 덜컹거리며 집으로 돌아오는 소리가 들려온다. 옆에는 들통에 담긴 우유가 차갑게 식어가고 있었다. 크림색 표면 위로 힘없는 수증기가 뱅글뱅글 피어오른다. 처음 짠 우유는 늘 고양이들 몫이다. 제 밥그릇을 한참 전에 비운 고양이들은 저마다 구석에 틀어박혀 우유 방울이 묻은 수염과 발바닥을 말끔하게 다듬고 있고 그 옆에 있는 닭장 안에서 닭들이 조용히 꼬꼬댁거린다. 몇 분 뒤 마사가 와인 잔을 들고 나타났다. 그녀는 나에게 한 모금 마시라고 잔을 내밀었다. 나는 도리질을 치고 일기장과 펜을 한쪽으로 치웠다. 마사가 짚더미 위에 풀썩 주저앉았다.

"HSP는 어땠어?"

"별거 없었어."

그녀가 좀 더 가까이 오라는 손짓을 해 보였다.

나는 그녀의 다리에 등을 기대고 앉았다. 그녀가 내 머리 고무줄을 잡아당겨 빼자 나는 한숨을 쉬었다. 그녀가 내 일기장을 턱으로 가리킨다.

"혁명이라도 준비하고 있는 거야?"

"아직은 아냐. 아름다우면서도 친환경적으로 지속할 수 있는 학교에 대해 생각을 좀 하고 있었어. 통합적 건축설계와 천연 자재들, 태양열 전지판 자연광, 이런 거 말이야. 맙소사. 학교가 꼭 그렇게 공장처럼 생겨야 돼? 틀림없이 학생들 모두 비타민……."

"비타민 D 결핍증. 안 봐도 뻔해."

그녀가 내 말을 마저 끝내주었다. 그리고 와인을 홀짝거렸다.

"그래서 애야, 재신다하고는 얘기해봤니? 라자스한테 여자친구가 있대?"

나는 고개를 저었다.

"라자스에 대해서 물어보려고 걔한테 전화나 문자를 하는 게 영 꺼림칙해서 말이야. 내일 보자마자 물어볼 거야."

우리는 조용히 입을 다물고 한나 브람블이 꼬리를 붕붕 휘두르는 소리를 듣고 있었다. 마사가 내 머리를 쓰다듬다가 머리채를 세 갈래로 나누었다. 나는 이렇게 마사가 내 머리를 만질 때가 좋다. 세상에서 가장 편안한 기분이 든다. 그리고 그것은 내 이야기에 귀를 기울이고 있으며 좀 더 내 생활에 대해, 그리고 내 생각에 대해 듣고 싶다는 마사만의 신호이기도 하다.

"정말 이상해. 학교 말이야. 문제투성이야."

"예를 들면?"

나는 한숨을 쉬었다.

“몇 가지 있는데 첫 번째로 체육 선생인 글리스 씨.”

그녀가 코웃음을 쳤다.

“네가 가져온 서류에 있던 그 이름?”

“응, 그 사람. 내 핸드폰을 어떻게 뺏어 갔는지 얘기하면 놀라 자빠질 거야. 그냥 내 손에서 휙 낚아채 갔다니까. 자긴 선생이고 난 학생이니까 내겐 아무런 권리도 없고 자긴 하고 싶은 대로 마음껏 할 수 있다는 투였어. 아무런 제재도 없이 말이야.”

“늘 그런 식이지.”

그녀가 못마땅한 듯 헛기침을 했다.

“그거 말고 또 있어?”

“글쎄, 이건 대놓고 그런 건 아닌데, 그 여자는 체력 단련에 너무 집착해. 어떻게 몸무게가 좀 나가는 여자애들을 그런 눈으로 볼 수가 있어? 체질량지수에 대한 얘기를 하는데 건강보다는 외모와 날씬한 몸매를 더 강조하는 것처럼 들리더라니까.”

마사는 계속 내 머리를 땋으며 말했다.

“놀랐어?”

“어떻게 저렇게 노골적일 수 있을까, 도저히 믿어지지가 않더라고. 어디선가 저울을 휙하고 꺼내서 모두의 몸무게를 재보지 않은 게 놀라울 따름이야.”

“그럼 뭔가 해보렴. 그 선생에 대해 까발리는 거야. 글을 써서 어딘가에 게재를 하는 건 어때? 그게 네가 거기 있는 이유 아냐? 안 그래?”

“모르겠어. 분명 학생신문 같은 게 있긴 할 텐데.”

나는 어깨를 으쓱 올렸다.

그녀는 나의 심드렁한 태도가 마음에 들지 않는다는 듯 내 머리채를 뒤로 잡아당겼다.

"피곤해서 그래, 마사."

"천천히 하면 되잖아."

"알았어."

그게 분부시라면. 그러나 지금 나는 그저 온몸이 물에 젖은 솜뭉치처럼 무겁기만 하다.

"라자스와 침대로 기어 들어가는 것도 천천히 해."

나는 그녀를 찰싹하고 한 대 때렸다.

"마사! 지킬 건 지키자고, 아줌마! 아줌마는 내 엄마라는 거 잊었어?"

"어우, 농담이야 농담. 그리고 네 엄마로서의 의무를 다하기 위해 충고하건대 말이야, 잠자리는 되도록 안 하는 것이……."

"알아, 안다고. 내가 완전히 준비가 될 때까지 기다려야 된다는 거."

"완전히 준비가 될 때까지 기다리고, 확신이 들 때까지 좀 더 기다려."

마사가 와인 잔을 치켜들며 미소를 짓는다. 나는 눈을 감고 잠시 끊겼던 라자스에 대한 몽상 속으로 다시 빠져들었다.

7

삶의 참맛은 '이렇게 할 수도 있었는데'가 아니다.
삶의 참맛은 오로지 '난 이렇게 했어'에서 얻어진다.
실패하는 것은 상관없지만
시도도 하지 않은 자신을 용서하는 건 상상도 할 수 없다.
– 니키 지오바니(시인이자 사회운동가, 1943)

To: editor@purpletornadonews.org

From: eviepeaceandjustice@gmail.com

Re: for publication in the student newspaper

에디터님께,

불평등에 대해 한 말씀 드리고자 이렇게 메일을 쓰게 되었습니다.
지금 이 순간 이 학교에서 매일매일 벌어지고 있는 일에 대해섭니다.
저는 여기 다니기 시작한 지 불과 몇 주밖에 안 됐지만 학생들의 인권
이 얼마나 형편없이 바닥에 떨어져 있는지가 너무도 분명히 눈에 보입

니다. 교사들의 권리와 학생들의 권리 사이의 괴리는 말할 것도 없고 학습 환경 또한 쾌적한 것과는 거리가 멉니다.

우선 믿기 힘든 인권의 부재에 대해 말씀드려볼까요. 예를 들어, 학생들은 왜 핸드폰으로 전화를 걸면 안 되는 거죠? 물론 수업 중에 그러면 안 되겠지만 점심시간이나 공강 시간에 사용하는 것에 무슨 문제가 있다는 건가요? 저는 이해가 되지 않습니다. (그리고 스마트폰을 살 형편이 안 되는 학생들에 대한 분명한 차별입니다.) 또한 야외에서 점심을 먹거나 자유 시간을 보내는 건 왜 안 되나요? 미국의 십대와 성인층 4분의 3이 햇빛에 노출되는 시간이 부족한 나머지 암, 당뇨병, 뼈나 심장질환을 야기할 수 있는 비타민 D 결핍증을 앓고 있다는 건 과학적으로 증명된 사실입니다. 밖으로 나가기만 하면 미연에 방지할 수 있는 문제죠. 이 두 가지 예는 일상적으로 벌어지는 수많은 일들 가운데 아주 작은 부분에 지나지 않아요.

교사와 학생 간의 격차에 대해서는 할 얘기가 끝도 없지만 한 가지 예만 말씀드리도록 하겠습니다. 화장실 말입니다. 교사들이 쓰는 화장실에 가보신 적이 있으신가요? 우리가 쓰는 시설에 비하면 진짜 반짝반짝하더군요. 학생 화장실에서는 지독한 담배 냄새와 찌든 지린내가 진동을 하고 화장지는 구경도 못해봤어요. 단 한 번도요! 변기는 네 개가 있는데 휴지통은 출입구 옆에 달랑 하나가 다예요. 제대로 사리분별을 할 줄 아는 사람이라면 그게 왜 거기 놓여 있어야 하는지 묻지 않을 수가 없지요. 그러니까 생리 기간에 쓰고 난 생리대나 탐폰을 쓰레기통에 버리기 위해서, 다시 한 번 강조하지만 휴지도 없이 화장실 밖으로 들고 나가란 말인가요? 변기들이 늘 막히는 게 이상한 일이 아닙니다. 생리대를 넣고 그냥 물을 내려버리니 안 넘치고 배길 수가 있나요. 실상 여자 교사용 화장실에는 각 화장실 칸마다 휴지통이 있습니다. 화장지도 여유분까지 갖추고 있고요. 향 좋은 비누에 배수가 잘되는 깨끗한 세면대도 있습니다. 그 화장실 사용이 금지된 사람은 누굴까요? 바로 학생들입니다. 교사용 화장실을 사용했다는 이유로 테오도르 선생님으로부터 5일간 방과 후 남는 벌을 받은 다음에 알게 된 사실입니다.

음, 제가 어디까지 말씀드렸죠? 아, 그렇군요. 이번에는 쾌적함과는 거리가 먼 환경에 대한 이야기를 할 차례군요. 조금만 주의를 기울이신다면 앞서 언급했던 자연광 결핍이나 끔찍한 화장실 모두가 이에 해당되는 얘기란 걸 금세 알아차리실 겁니다. 거기에 덧붙여 카페테리아에서의 부적절한 스티로폼과 1회용 식기 사용 문제에 대해서 말씀드리려고 합니다. 그냥 일반적인 식기를 사용하는 것이 그렇게 어려운 일일까요? 마지막으로 (보세요, 울만 선생님, 저도 설득력 있는 글을 쓸 수 있다니까요.) 하고 싶은 말이 있어요. 학생 여러분, 지금까지 대부분의 시간들을 이 같은 불평등 속에서 지낸 탓에 그것이 마치 당연한 것처럼 익숙해졌을 수도 있습니다. 길들여진 거지요. 혹은 그저 아무런 관심이 없을 수도 있고요. 그렇다고 해서 문제가 사라지는 건 아닙니다. 학생들이 받는 불평등이 용납될 수준이라는 의미도 아닙니다. 이런 말이 있죠.'아무도 불평하지 않는다고 해서 그것이 완벽한 것은 아니다.'

저와 뜻을 같이한다면 함께 목소리를 높여요! 모두 힘을 모아 이 학교를 더 나은 곳으로 만들어가요!

3학년, 에비 M. 올림

* 제 말이 믿기지 않으신다면 이 자료를 참조해주세요.

『Scientific American』, 2009년 3월 23일, 「미국에서 급증하고 있는 비타민 D 결핍증에 대한 연구 보고서」, 조던 라이트

To: eviepeaceandjustice@gmail.com

From: editor@purpletornadonews.org

Re: Re: for publication in the student newspaper

안녕, 에비. 내 이름은 스티브야. 우리는 세계관 수업을 같이 듣고 있지. 에디터에게 편지를 보내줘서 고마워. 아주 잘 썼더구나. 재밌기도 하고. 그런데 불행하게도 「퍼플 토네이도 뉴스」는 특정 교사의 이름이 거론된 기사는 실을 수가 없어. 학교 규칙이거든. 그러니까 만약 세부적인 것에 대한 언급이나 이름을 명시하지 않는 방향으로 편지를 고쳐서 보내준다면 내가 다시 읽어볼게. 만약 내가 봐서 괜찮고 담당 교사(울만 선생님인데 아직 네 편지를 보여드리진 않았어.)가 승인을 하면 신문에 실릴 수 있을 거야.

편지를 보내줘서 다시 한 번 고마워. 나중에 보자.

「퍼플 토네이도 뉴스」 편집장, 스티브 와그너

8

그래도 지구는 돈다.
- 갈릴레오 갈릴레이(철학자이자 과학자, 1564~1642)

이런, 이런, 이런. 브루크너가 이번에는 밑돈을 올렸다. 대놓고 한판 붙자는 거다.

"얘들아, 조용."

그가 손뼉을 쳤다.

"에비, 이건 어떠냐? 이 말을 한 사람이 누구지?"

모든 눈이 나에게 쏠렸다. 나는 침을 꿀꺽 삼켰다. 매일같이 브루크너와 일대일로 주고받는 대화, 방과 후 남는 벌, 학교신문에 편지를 보낸 일로 나에 관한 소문은 이미 퍼질 대로 퍼졌다. 라자스와 재신다는 아직 직접적으로 얘기하지 않았지만 나를 걱정하고 있는 것만은 분명했다. 보아하니 나는 '흥미로움'에서 '재수 없음'으로 단계가 내려가 아이들은 이제 나에 대해 별로 좋지 않은 이야기들을 수군거리고 있었다. 세계관 수업 시간에 나에게 친절하게 구는 건 마시와 스티브 편집장뿐이다. 특히 메건은 대놓고 나를 미워한다. 라자스와 재신다 사이에 껴서 유일하게 한시름 놓을 수 있는 점심시간에는 다들 정중하지만 그건 어디까지나 예의를 갖추는 것뿐이다. 내가 말을 걸면 매트와 짐 같은 애들은 퉁명스럽게, 응, 아니로 대답하는 게 전부다. 그들의 눈빛이 나를 향해 소리친다. 괴짜, 부적응자, 히피.

페이스북에서 친구 맺기를 했던 애들이 친구를 끊었다.

물론 대중 선동가의 역할에서 곱게 물러날 수도 있다. 보통의 애들이 하는 것에 맞춰서 에디터에게 보내는 편지나 브루크너와 나누는 이런 재담 따위는 깨끗이 포기하고 말이다. 그럼 사는 게 얼마나 쉬울까. 게다가 재신다와 라자스(잘생기고, 재신다 말에 의하면 아직 여자친구도 없는)랑 너무나 재미있게 잘 지내고 있으니 그냥 느긋하게 적당히 넘어가면서 즐기면 좋잖아. 나도 그러고 싶어. 그렇지만 뭘 위해서? 나는 뭔가 새로운 경험을 하고 진솔한 내 자신을 발견하기 위해 학교에 온 것이다. 나만의 시각을 잃지 않으면서 다른 이들의 다양한 관점을 배우려고. 그리고 불평등에 맞서며 권력에 이의를 제기하는 법에 대해 마사가 나에게 가르쳐온 모든 것들을 실제로 써먹어보고 싶다.

게다가 나는 브루크너와 인용구에 대해 토론하는 게 좋다. 그는 다른 선생들이랑은 아주 다르게 굉장히 흥미로운 사람이다. 크랜달 선생과 와이슨 선생도 좋지만 글리스 선생은 별로. 울만 선생이나 테오도르 선생과는 격렬하게 싸운 적이 있고 그 나머지 선생들은 그럭저럭 괜찮은 편이다. 방과 후 남은 애들을 감시하는 담당자

와도 아주 친해졌다. 그는 내 물리학 숙제를 도와주기도 한다. 그렇지만 그중에서도 내가 제일 좋아하는 건 역시 브루크너다.

나는 목을 가다듬기만 하고 아직 한마디도 입 밖에 내지 않았다.

브루크너는 마치 어색한 침묵에 리듬이라도 붙이려는 듯 까치발로 서서 시계추처럼 잠시 멈췄다가 다시 발바닥을 굴려 제자리로 돌아오는 일을 반복했다.

"모르겠니, 에비? 음, 좋아. 이 말은 코페르니쿠스가 남긴 말이다."

그의 시선이 슬쩍 내 얼굴을 스쳐지나간다.

"이것은 지구의 자전을 가리키는 말로……."

이 사람은 지금 어서 입을 열라고 내 옆구리를 쿡쿡 찌르며 재촉하고 있는 것이다.

"브루크너 선생님."

그가 미소를 지었다.

"왜 그러니, 에비?"

"그건 갈릴레오가 한 말인데요."

교실 뒤쪽에서 짜증 섞인 신음소리들이 터져 나왔다. 오른쪽에서 매트가 속삭였다.

"이봐, 그냥 좀 적당히 넘어가주면 안 되냐!"

기분이 좋지 않다.

브루크너가 고개를 삐딱하게 기울였다.

"확실한가, 에비?"

나는 심호흡을 했다.

"네, 확실해요."

"좀 더 자세히 설명해보겠니?"

"권력 앞에서 진실을 말하는 것에 대한 얘기죠."

브루크너의 두 눈이 반짝거렸다.

"오호, 그래."

나는 고개를 끄덕였다.

"네."

마시가 못 봐주겠다는 듯 눈을 흘겼다. 누구한테 그러는 거니? 나? 아니면 브루크너? 헷갈려. 의연하게 버티는 거다.

"갈릴레오는 지구가 태양 주위를 돈다는 사실을 발견해냈어요. 그렇지, 애들아?"

나는 주위를 둘러보며 스티브와 재신다, 그리고 마시를 향해 미소를 지어 보였다. 토론에 동참하라는 신호였다. 그러나 반응이 없다. 나는 계속해서 말을 이어나갔다.

"교회는 그걸 이단으로 간주했어요. 하나님의 창조물인 지구가 우주의 중심이어야 한다는 게 그들의 믿음이었죠. 종교재판이 벌어졌고 교회는 갈릴레오에게 그의 이론을 철회할 것을 명령했어요. 그는 마지못해 굴복한 뒤 바로 이런 말을 해요. '그래도 지구는 돈다.' 진실을 부인할 수는 있지만 그렇다고 해서 진실이 진실이 아닌 게 되지는 않는다는 걸 그는 알고 있었기 때문이죠."

브루크너가 미소를 지었다.

"흠, 권력, 앞에서, 진실을, 말한다, 라……."

그는 마치 매우 중요한 순간임을 강조하려는 것처럼 각 음절마다 구두점을 붙여가며 또박또박 끊어 읽었다. 나는 그를 똑바로 쳐다보았다. 그 역시 조금도 흔들림 없이 내 눈을 마주 보았다. 팽팽한 그의 시선 속에 갇혀 나는 옴짝달싹도 할 수가 없었다. 마치 내 영혼의 깊은 곳까지 꿰뚫어보려는 것 같은 눈이었다. 한껏 우쭐한 기분이 들게 했지만 너무 오래 그러고 있으려니 약간 소름이 돋았다. 캐나다에서 만났던 마사의 친구 하나가 떠오른다. 그는 자기가 손가락으로 머리를 누르기만 하면 두통이 낫는다고 믿었다. 스스로에 대한 믿음이 너무나도 굳건한 나머지 다른 이들이 믿든지 말든지는 관심 밖이었다. 브루크너가 딱 그짝이다. 전생이 있다면 그는 복음주의 부흥을 전파하는 전도사였거나 초월론자를 가려내는 인간 리트머스 시험지, 아니면 스스로의 권위에 도취하여 추종자들의 인정과 찬사를 먹고 사는 광인이었을 것이다.

내가 그를 너무 박하게 깎아내리는 건지도 모른다. 그는 내가 여태까지 본 선생들 중 가장 똑똑한 데다 그가 책과 음악, 영화를 인용하고 그것들을 서로 절묘하게 결부시키는 재주를 볼 때마다 깜빡 넘어가는 게 사실이다. 세상의 사회질서는 커피와 아편, 초콜릿 무역에서 그 기원을 찾을 수 있다는 그 괴상한 논리처럼 말이다. 사람의 넋을 빼놓는 그의 카리스마는 말할 나위도 없다. 재신다가 왜 그렇게 맹렬하게 그를 원하는지 알겠다. 바로 이거였다. 라자스가 여러 번 되풀이하며 우리에게 조심하라고 경고했던 이유. 그는 브루크너가 관심과 매력이라는 치명적인 덫으로 우리를 사로잡을까 봐 걱정했던 것이다. 그럼 그다음엔 뭐지? 우리를 뱀파이어로 만들기라도 하나?

나는 브루크너와 시선이 마주치자 슬그머니 미소를 짓지 않을 수 없었다. 짜릿한 설레임이 밀려왔다.

"잘 아시네요. 권력 앞에서 진실을 말하다."

"진실이라."

그는 여전히 나를 쳐다보고 있었다.

"넌 믿음이 있는 애로구나. 그렇지, 에비?"

브루크너가 한 질문의 의미를 곱씹는 동안 뒤에서 누군가 코웃음을 쳤다.

"반드시 그렇다고 할 수는 없는데요."

"그래. 그러면 넌 모든 것을 하나로 끌어안는 진실이 존재한다고 믿니?"

"네."

사랑이 있잖아요.

그는 한쪽 팔을 귀족처럼 우아하게 내뻗으며 인사를 보내고는 서성대기 시작했다.

"그러면 에비 너는 믿음이 있는 애가 맞구나. 하지만 만약 네가 믿는 그 진실이 잘못된 거라면?"

"진실은 잘못될 수가 없어요. 그건 진실이니까요."

"네가 어떤 시각으로 보느냐에 따라 달라지지 않겠니?"

나는 하나로 올려 묶은 머리를 단단히 조였다.

"진실을 바라보는 선생님의 시각이 다른 거겠죠. 진실은…… 손댈 수 있는 게 아니에요. 변하지 않는다고요. 그냥 그 자체로 진실이니까요."

"오, 이제 봤더니 믿음이 아주 강력한 친구였구먼."

두 뺨이 화끈 달아올랐다. 나는 재신다를 흘깃 건너다보았다. 그녀는 입술을 오므리고 브루크너를 홀린 듯이 쳐다보고 있었다. 그리고 브루크너의 시선은 나에게 고정되어 있었다.

"그래, 뭐, 시간이 모든 걸 밝혀주겠지. 안 그래?"

그는 교과서를 폈다.

"자, 다음으로 넘어가자. 110페이지를 펴면 갈릴레오가 했던 말들이 적혀 있을 것이다."

책상 위에 교과서를 내려놓는 소리, 페이지 넘기는 소리가 들려왔다. 그제야 다들 한시름 놓은 기색이다. 나는 111페이지에 있는 갈릴레오 갈릴레이의 그림을 들여다보았다. 내가 의심했던 대로 브루크너는 그 인용구가 누구의 것인지 알고 있었다. 그는 내 입을 열게 하려고 코페르니쿠스를 언급한 것이다. 교활한 구석이 있어.

재신다가 펜을 누르고 노트 위에 무언가를 쓸 채비를 하고 있다. 그녀가 나를 괴짜나 건방 떠는 애, 뭐든 다 아는 척하는 애로 생각하지 않는 게 천만다행이다. 이런 점에 있어 그녀의 사회적 영향력은 아주 막강하다. 만약 라자스와 재신다가 나를 감싸주지 않았다면 나는 벌써 굶주린 늑대들의 비참한 먹잇감이 되고 말았을 것이다.

어쨌든 수업 서너 개만 더 참으면 점심시간이다. 라자스를 보는 시간. 아직은 사귀는 여자친구가 없는 라자스. 내가 여기에 있어서 매우 기쁜 듯이 보이는 사람. 반면 9월에 있었던 그 끔찍한 점심시간 핸드폰 사건 이후로 글리스 선생은 나를 잡아먹지 못해 안

달이다. 그새 벌써 두 번이나 더 내게 벌을 내렸다. 둘 다 죄목은 불복종이었다.

불복종. 권력을 남용하는 입장에서 보면 완벽한 좌절이다. 그래서 선생들이 싫어하는 것에는 다 갖다 붙일 수 있는 다용도의 죄목. 질질 끌며 잘 낫지 않는 내 발목처럼 말이다.

"수업에 참가해."

글리스 선생이 내게 통보하듯 말했다.

"이미 체력이 많이 떨어졌어."

그녀는 으레 하는 것처럼 내 배를 집요하게 보았다.

"지금쯤은 발목도 다 나았을 거라고 생각하는데."

"필드하키를 뛸 정도는 아니에요. 하지만 요가라면 기꺼이 하죠."

이 말이 화근이었다. 학생에게 과연 교사의 학습계획을 뒤집어 엎을(그녀가 주장하는 단어다.) 자유가(내가 주장하는 단어다.) 있는지에 대한 논쟁이 붙었다. 땅! 땅! 넌 방과 후 남도록 해.

그다음으로 글리스 선생이 벌을 내린 이유는 적절한 운동화를 신지 않았다는 것이었다. 나는 학생들에게 노동력 착취 환경에서 생산된 제품을 사지 않도록 권하는 것이 옳다고 주장했다. 그러나 그녀는 눈도 깜짝하지 않았다. 그래서 나는 결코 마사에게 과도하게 비싼 운동화를 사달라고 조를 수는 없다고 말했다. 글리스 선생은 나무토막처럼 반응이 없었다. 결국 나는 혹시 나이키에서 판촉비라도 받은 거냐고 물어보았다. 아뿔싸! 넌 방과 후 남도록 해.

재신다는 그냥 눈 딱 감고 운동화를 사라고 내게 충고했다. 나는 재신다를 무척 좋아하지만 그녀는 형편이 넉넉하지 않다는 게 뭔지 모른다. 마사와 나는 부족한 것이 없지만 그건 순전히 우리가 바라는 게 많지 않아서다. 우리가 돈에 쪼들린다는 건 피할 수 없는 현실이다.

또 다른 벌은 운동화나 교사용 화장실과는 아무런 상관이 없었다. 생물학 교실에 사는 비단뱀이 너무 가여워서 종이 울리기 전에 한 번 꼭 안아주려고 우리에서 잠시 꺼냈던 것뿐이다. 와이슨 선생은 펄쩍펄쩍 뛰는 대신 오히려 미안해하며 학교 규칙에 어떤 상황에서든 학교에서 기르는 동물 우리를 열면 벌을 주도록 되어 있다고 말했다. 와이슨 선생은 몇 년 전 카페테리아의 젤로에서 개구리가 튀어나온 사건을 넌지시 얘기해주었다. 그래서 또 방과 후 남는 벌이 떨어졌다.

글리스 선생의 체육 시간, 와이슨 선생의 건초 냄새 나는 생물학 실험실, 그다음에는 머리에 쥐가 날 것만 같은 물리학. 참으로 긴 아침이었다.

지정된 점심시간 랑데부 장소에서 라자스가 나를 기다리고 있었다. 이제는 습관처럼 새겨진 '라자스 리듬'으로 심장이 쿵쾅쿵쾅 뛰기 시작했다. 나는 주위를 둘러보았다.

"재신다는?"

그녀는 늘 라자스와 함께 이 복도에 서서 핸드폰으로 그녀의 인터넷 연인으로부터 온 이메일을 체크하면서 나를 기다리곤 했다.

"응원단 회의가 있대."

그가 어깨를 으쓱 올렸다.

"뭔가 문제가 있나 보지 뭐."

“아.”

나는 아직도 재신다가 응원단장이라는 것이 믿어지지가 않는다. 처음에는 그녀가 장난치는 줄 알았다. 그러고 보니 글리스 선생에 대한 재신다의 이상한 반응이 이해가 갔다.

“왜 나한테는 말하지 않았을까?”

“네가 탐탁치 않아 할 거라고 생각했겠지.”

“내가 왜? 나 그렇게까지 비판적인 사람은 아니야!”

라자스가 깔깔 웃었다.

“아, 그러서. 그럼 괜찮다고 생각하는 거야?”

“음…… 아니.”

그의 말이 맞다. 나는 치어리더에 대해 아주 강한 편견을 가지고 있다. 그렇다고 어마어마한 정도는 아니다. 마사한테서 옮은 건가? 아니면 심술궂은 여자애들이 나오는 영화들을 너무 봤나? 이건 기억해둘 것. 재신다는 얄팍하고, 머리에 든 거 없고, 못된 짓만 골라 하는 전형적인 치어리더 타입보다는 훨씬 많은 걸 가지고 있는 애라는 걸. 이참에 이 고정관념에 대해서도 재검토를 해봐야겠는걸.

“도시락 싸 왔어?”

라자스의 목소리에 나는 골똘하게 잠겨 있던 생각에서 빠져나왔다.

나는 천으로 된 도시락 가방을 들어 보이는 걸로 대답을 대신했다.

“잘했어.”

그는 주위를 둘러보았다. 다들 경계의 눈초리를 보내고 있다. 라자스가 내 팔을 잡았다. 그의 손이 닿자 머리부터 발끝까지 모든 신경 말단부가 파지직, 전기가 통하는 것처럼 뜨거워진다.

"가자."

완전히 낫지 않은 내 발목을 조심하면서 그는 나를 데리고 카페테리아에서 나가 체육관을 지나더니 거기 있는지조차 몰랐던 복도 쪽으로 모퉁이를 돈다.

"우리 지금 어디로 가는 거야?"

"쉿, 아무도 눈치 못 채게 해야 해."

또 다른 모퉁이를 돌자 교실 하나가 나타났다. 그는 멈춰 서더니 주머니에서 열쇠를 꺼내 문을 연다. 그리고 혹시 누군가에게 들킬 염려는 없는지 확인이라도 하려는 듯 교실 안을 빼꼼히 들여다보았다. 그가 따라오라는 손짓을 했다.

어둠 속에 막 들어서는 찰나 그의 몸과 부딪쳤다. 그가 손을 더듬어 전기 스위치를 찾아 올렸다. 깜빡거리며 들어온 형광등 불빛 아래 커다란 교실이 모습을 드러냈다. 크기는 체육관의 반만 한데 창문이 하나도 없다. 테이블 톱과 둥그런 전기 사포들, 톱의 각도를 고정하는 연귀 이음통들과 작업대들이 이리저리 흩어져 있었다.

"이게 그 전설적인 기술 수업 교실이구나."

나는 경탄의 눈초리로 주위를 두리번거렸다.

"카멜롯으로 가는 열쇠를 네가 가지고 있었단 말이지?"

라자스의 얼굴에 엷은 미소가 떠올랐다.

"파스칼 선생이 준 거야. 아무도 들어오지 못하게 해야 하는데…… 네가 좋아할 것 같아서 말이야. 게다가 이것 좀 봐……."

그는 내가 미처 알아채지 못했던, 외벽 쪽으로 난 문 하나를 가리켰다.

"슬쩍 밖으로 나가서 신선한 공기도 마실 수 있어. 네가 그렇게 미치도록 바라던 거 맞지?"

"완벽해!"

나는 그를 왈칵 껴안았다.

"너무 좋아!"

순간, 그의 온몸의 근육들이 바짝 긴장하는 게 느껴졌다. 이런, 어떡하지…… 내가 불편하게 했나? 아니면 놀란 건가?

나는 팔을 풀고 뒷걸음질을 쳤다. 그가 나를 붙잡았다.

두 개의 몸이 동시에 앞으로 기울어졌다. 이게 현실일 리가 없어. 너무나 급작스럽게 벌어진 일이었다. 마침내 두 개의 입술이 포개어지고 우리는 키스를 하기 시작했다. 따뜻한 그의 혀는 생각했던 것처럼 축축하지는 않았다. 우리는 서로를 한껏 끌어안았다. 톱밥 냄새가 났다. 발밑이 까마득해지면서 한없이 어디론가 떠밀려 내려가는 기분. 영화에서 보던 것처럼 서로 얼굴을 짓이기는 격렬한 키스가 아닌, 완벽한 첫 키스였다. 부드럽고 달콤한 동시에 느리고 섹시한 키스.

라자스가 뒤로 물러섰다.

"맹세하건대, 이러려고 작정하고 널 여기 데려온 건 아니었어."

"그랬대도 상관없어."

나는 미소를 지으며 말했지만 뭔가 어색해진 기분이었다.

"이제 여기 구경 좀 시켜줄래?"

그때 그가 엄지손가락으로 턱을 슥 닦는 것이 보였다.

나는 두 손으로 얼굴을 가리곤 말했다.

"내가 혹시 침이라도 흘렸어? 이런 쪽으로 내가 진짜 젬병이거든."

"진짜? 그럴 줄 알았어."

라자스가 큰 소리로 웃으며 두 뺨을 덮고 있는 내 손을 잡았다.

"좀 더 연습하면 나아질지도 몰라."

"내 생각도 그래."

우리는 다시 키스를 했다. 오, 신이시여. 조금만 더 이러고 있다가는 온몸이 다 녹아내려서 바닥에 웅덩이처럼 고이고 말 거예요. 심호흡을 했다. 그리고 겨우 몸을 떼고 간신히 물었다.

"그런데 말이지, 우리 여기 기술 수업 교실에서 뭘 할 건데?"

"아, 그거."

그가 웃음을 터트렸다.

"우리 처음 만났을 때 기억나?"

내가 그걸 어떻게 잊겠어? 사람들은 번개에 맞은 그 순간을 영원히 되새김질하는 법이라고.

"어떤 부분을 말하는 거야?"

그가 교실 한구석을 턱으로 가리켰다.

"흔들의자를 가지고 왔어. 완성했거든."

그러니까 그는 진짜 순수한 의도로 여기에 왔다는 거잖아. 제기랄. 그럼 우리의 키스가 서로의 매력을 참을 수가 없어서 충동적으로 저지른, 좀 더 자극적인 게 되는 거야? 아니면 내가 바보처럼 그의 품으로 거의 뛰어들다시피 한 게 되는 거야?

잠깐만. 내가 왜 이러지? 왜 이렇게 스스로를 의심하면서 남이 날 어떻게 생각할지 고민하는 거야? 난 남의 시선 따위 아랑곳하지 않는 자신감 빼면 시쳇데. 그렇지만…… 라자스에 대한 내 감정은 나를 생굴처럼 부드럽고 연약하게 만들었다. 단단한 보호막이 벗겨진 채 망망대해에 던져져 온갖 혼란한 마음의 파도에 휩쓸려 들어가버린 것이다. 라자스는 무슨 생각을 하고 있을까? 그 역시 불안하고 약해질 때가 있을까? 가끔은 얼핏얼핏 그런 순간들이 보이는 것도 같다.

라자스가 내 손을 잡고 그의 흔들의자가 있는 곳으로 데려갔다.

이럴 수가. 이렇게 멋진 의자가 있다니. 정말 놀랍다. 화려하지도 않고 천박하게 복잡한 장식을 갖다 붙이지도 않았다. 단순하고 고전적이면서 솜씨 좋게 만들어진 의자다. 매끈한 선과 꾸밈없이 깎은 팔걸이와 등받이. 나무의 천연 질감을 그대로 살렸다. 실용적이면서 예술적 감성이 넘치고 자연 그대로의 맛을 담고 있다.

뜻밖이야. 와. 그가 이걸 만들었어.

우리는 여전히 손을 잡고 있었다. 그의 손은 내 손보다 약간 크고 약간 더 거칠었다. 그의 손바닥에 박힌 굳은살이 내 손의 굳은살들과 마주 닿았다. 그의 엄지손가락에 반창고가 감겨 있다. 뭐든 할 수 있는 강한 손이다. 그가 국유림에서 나를 업고 나온 날부터 일찌감치 눈치를 채고 있었지만, 막상 그의 작품을 눈앞에서 보고 나니 나는 다시 한 번 깨닫지 않을 수 없었다. 그는 재주 있는 손뿐만 아니라 아름다움과 유용성을 분별하며 무언가를 만들어내는 타고난 지성을 함께 갖춘 사람이다. 이런 사람이야말로 정교하면서도 실용적인 것들을 만들어낼 줄 안다.

그리고 결코 변할 수 없고 변하지도 않을 진실은, 내가 라자스와 사랑에 빠졌다는 것이다.

나는 믿는다.

그는 흔들의자를 손으로 살짝 밀어 움직이도록 만들었다.

"와, 이거 정말 환상적이다."

그 말은 의자에 대해, 그에 대해, 그리고 우리가 함께 있는 지금 이 순간에 대해 한 말이었다.

"이거 마치 블루마운틴 아트 페스티벌에서나 볼 것 같은 의자잖아. 정말 아름다워."

아름다운 건 의자뿐만이 아니었다. 번개다. 사랑이라는 이름 아래 내 모든 것이 산산이 부서지고 있다. 라자스는 그만 한 가치가 있다. 이 의자만 봐도 알잖아.

"진짜 그렇게 생각해?"

그의 미소 속에 얼핏 약한 속내가 드러났다. 마치 나에게 자기가 만든 의자를 보여주기 전에 얼마나 긴장했는지 모른다는 것처럼. 지금은 한시름 놓은 얼굴에 자부심이 가득 번져 있다.

"진심이야."

나는 나무를 찬찬히 살펴보았다.

"단풍나무야?"

그는 내가 단박에 그걸 알아차린 사실에 놀라움보다 감동을 받은 듯 눈썹을 추켜올렸다. 그리고 고개를 끄덕였다.

"스타일이 정말 마음에 든다. 완벽하게 셰이커 스타일*은 아닌 데 거의 비슷해. 강하면서도 섬세한 것이 말이야."

나는 손아귀에 힘을 한 번 꼭 주었다가 그의 손을 놓아주었다. 그리고는 의자의 옆선을 찬찬히 보기 위해 무릎을 꿇고 앉아 팔걸이를 손가락으로 가만히 쓰다듬었다.

"착색제 대신 동유를 사용했구나?"

그가 다시 고개를 끄덕인다.

나는 자리에서 일어나 의자를 훑어보며 한 바퀴를 돌았다.

"대부분의 사람들은 이렇게 아름다운 것 한번 만들어보지 못하고 일생을 마칠 텐데. 넌 참 자랑스럽겠다."

"이게 내 첫 번째 의자야."

"오늘이 첫 번째들의 날인가 보네."

오, 나 좀 웃길 줄 아는데.

"그러게."

그가 씩 웃었다.

"이제 뭣 좀 먹으러 가자."

나는 이미 배고픔의 단계를 넘어 굶어 죽을 지경이라는 사실을 깨달았다. 성욕이 강하면 식욕도 강해지는 것처럼 라자스와 단둘이 있고 싶은 욕망도 다를 바가 없다. 아니면 진짜로 그저 배가 심하게 고픈 거거나. 제발 머리 좀 그만 굴리자. 심지어 프로이트조

차 가끔 시가는 그저 시가일 뿐*, 눈에 보이는 그 이상도 그 이하도 아니라고 했지 않은가.

문을 열고 밖으로 나가면서 우리는 의자 두 개를 햇빛 아래 내다 놓았다. 고등학교와 중학교 건물 사이의 옥외 통로 근처 잘 보이지 않는 으슥한 구석이었다. 발각될 염려는 없을 것 같았다. 우리는 도시락을 꺼냈다. 라자스와 이렇게 함께 있으면 모든 것이 뒤죽박죽이다. 느긋한 동시에 흥분되고, 어색한 동시에 편안하다. 어떻게 그런 동시적인 모순이 가능할 수가 있지?

"오늘도 방과 후 남아 있어야 해?"

그가 물었다.

"으응."

나는 치즈와 머스터드, 아르굴라를 넣은 샌드위치를 한입 베어 물고 웅얼거리는 소리로 대답했다.

"이번엔 뭣 때문이야?"

"뱀을 석방시켰거든."

그가 깔깔대며 웃었다.

"너답다, 이브."

나는 천으로 된 냅킨으로 입가에 묻은 머스터드를 닦아냈다.

"그 불쌍한 게 너무 비참해 보이잖아!"

"그래서 허락도 없이 무턱대고 뱀을 놓아줘도 된다고 생각했단 말이야?"

---

* 프로이트는 시가를 무의식의 세계에서 남성의 성기를 상징한다고 봤다.

"뱀을 납치하거나 하진 않았어. 뒤꽁무니로 몰래 한 것도 아냐. 종이 울리는 사이 그 몇 분 동안, 햇빛 밑에서 그냥 조용히 안고 있었던 것뿐이야. 지금도 그게 뭐가 잘못됐다는 건지 모르겠어."

"와이슨 선생은 좋은 사람이야. 그를 원망하진 마. 그냥 학교 규칙일 뿐이니까."

그가 웃음을 터트렸다.

"작년에 네가 여기 있었으면 좋았을걸. 젤로에서 사방팔방으로 뛰쳐 달아나던 개구리들을 봤어야 해."

머리를 흔들며 킬킬거리고 웃던 그는 사과를 우적우적 씹어 먹었다.

"모든 규칙에 적응하려면 아직도 시간이 더 걸리려나 보다."

"규칙이 문제가 아니야. 아니, 규칙만이 문제가 아닌 거지. 내가 적응할 수 없는 것은 권력 남용과 인권의 부재야."

"너한테는 그렇게 느껴지겠지."

"너한테는 안 그래?"

눈썹을 하나로 모으며 그가 말했다.

"그런 식으로 생각해본 적은 한 번도 없어. 별로 마음에 들지는 않지만 그건 그냥…… 너도 알다시피 늘 그런 거니까."

그가 사과를 우물거렸다.

"그렇지만 내가 진짜로 참을 수 없는 게 뭔지 아니? 라벨을 붙여서 서로를 분류하는 거야. 부잣집 애, 가난한 애, 공부벌레, 잘난 척하는 애, 말썽쟁이, 운동에 미친 애……."

"인기 많은 치어리더."

"집에서 공부하는 부적응자."

"집에서 공부하는 부……."

따라 말하던그가 얼굴을 찌푸렸다.

"넌 부적응자가 아니야, 이브. 너는 그저…… 남들과 다를 뿐이야. 그리고 넌 이제 더 이상 홈스쿨링을 하지 않잖아. 너한테 붙어 있던 그 라벨을 스스로 벗어던지고 나온 거지. 안 그래?"

그렇지, 내가 그러긴 했지. 그런데 공립학교를 가면 나 스스로를 홈스쿨링 한 애라고 생각하면 안 되는 걸까? 내 정체성의 아주 큰 부분을 차지하는 건데 그렇게 뱀 껍질 벗듯 내팽개칠 수는 없다. 파충류가 탈피하는 건 자연스럽지만 난 파충류가 아니잖아.

"왜 모두가 사이좋게 지내는 건 안 되는 거야?"

라자스가 누군가의 말을 옮기기라도 하는 것처럼 목소리를 높여 말했다. 사과를 한 입 더 베어 물고서 그는 말을 이어나갔다.

"모두가 저마다의 라벨에 갇혀서 자기들이 옛날에 어땠는가는 기억도 못해. 난 여기서 벗어나고 싶어 죽겠어. 졸업만 하면 안녕이야. 진짜 세상으로 나가서 견습직을 시작해야지."

어찌 보면 참 변변찮게 들리는 얘기다. 하지만 그는 영리한 사람이다. 이거야말로 현명한 생존 방법인 걸까? 납작 엎드려서 분위기를 살피며 총알이 날아올 만한 곳에는 가까이 가지 않는 것. 그럼에도 불구하고 나는 물었다.

"넌 이곳을 좀 더 나은 곳으로 만들어보고 싶다는 생각 안 해봤어?"

"전혀."

그가 미소를 지었다.

"판도라에서 탈출하고 싶은 생각뿐이야."

"판도라?"

"〈아바타〉에 나오는 판도라 말야."

"아, TV 프로그램?"

"영화잖아! 특수효과가 죽여주는데. 본 적 없어?"

그는 충격에 빠진 얼굴로 입을 다물지 못했다.

나는 머리를 저었다.

"그래, 뭐, 어쨌든. 그래도 상상하기 힘든 일이긴 하다. 설마 〈매트릭스〉는 봤겠지."

다시 나는 도리질을 쳤다.

"용납 불가야. 있을 수도 없는 일이라고. DVD의 밤을 한 번 가져야겠어. 넌 앞으로 갈 길이 아주 멀어."

라자스와 DVD의 밤이라. 생각만으로 왜 이렇게 온몸이 후끈후끈 달아오르는 거지.

"문화교육이라고 생각해."

그가 잠시 말을 멈추고 물병을 기울여 물을 마셨다.

"네가 TV를 보지 않는 건 알지만 영화는 좋아한다고 생각했거든. 그게 네가 학교에 나가기로 결심한 이유였잖아? 십대들과 고등학교 생활에 대한 영화들 말이야."

"다 본 건 아냐. 리치 때문에 고전 영화를 많이 봤지. 〈페리스의 해방〉, 〈핑크빛 연인〉, 〈풋루스〉, 〈더티 댄싱〉, 〈그리스〉 같은."

"그리고 그 영화 속 얘기처럼 모든 것을 바꾸려고 하는 거야?"

“나도 어쩔 수가 없어!”

입으로는 깔깔대며 웃고 있었지만 진심이었다.

“불평등을 참으려니 돌아버리겠는 걸 어떡해. 그게 그렇게 나쁜 거야?”

“아니.”

그가 한숨을 쉬었다.

“전혀. 그게 내가 널 좋아하는 점이기도 하거든. 넌 너만의 독특한 눈으로 세상을 보지. 그리고 그걸 진짜 실행으로 옮길 배짱도 있어. 네가 그렇게까지 열성적일 줄은 몰랐지만 말이야.”

“내가 그렇게 열성적인 것 같지는 않은데.”

“아니라고? 「퍼플 토네이도 뉴스」에 몇 번이나 편지를 썼지?”

“한 번.”

그가 나를 보며 눈살을 찌푸렸다. 진짜 멋진 눈이야.

“한 번이라고! 넌 세 번이나 고쳐 써서 다시 보냈잖아.”

나는 인정했다.

그가 상대를 무장해제시키고 마는 그 삐딱한 미소로 느물거렸다.

“스티브는 아직도 신문에 싣지 못하겠대?”

“어조도 좀 더 부드럽게 고치고 이름들도 다 뺐거든. 그리고 다시 한 번 더 어조를 다듬고. 그다음에 내가 또 뭘 했는지 알아? 한 번 더 어조를 낮추고 이것저것 고치고. 또 고치고. 그런데 걔는 아직도 못 내보내겠다는 거야. 벽에다 대고 머리를 쾅쾅 들이박고 있는 기분이라니까.”

그가 손을 뻗어 내 머리카락을 만졌다.

"그러지 마. 이렇게 예쁜 머리로."

두 뺨으로 피가 확 솟구치더니 귓불까지 빨개졌다. 간신히 한마디를 했을 뿐이다.

"넌 참 다정하구나."

다른 말로 옮기자면 이거다. 넌 정말 멋지고, 영리하고, 재미있고, 난 네 거고, 네 손은 정말 섹시하고, 너의 목공 기술은 너무나 놀라울 따름이고, 넌 나한테 무려 예쁘다고 말도 해주는구나…….

반창고가 감긴 엄지손가락으로 그는 내 머리채를 뒤로 잡아당겼다. 심장이 세차게 뛰었다. 그리고 잠시 우리 둘 사이에 정적이 흘렀다. 나는 샌드위치를 먹으며 말했다.

"정말 바보 같아."

그는 어리둥절한 눈으로 나를 쳐다본다.

"뭐가 바보 같은데?"

"학교신문 말이야."

나는 설명을 시작했다.

"진짜 뉴스다운 뉴스를 내보내지 않는 게 바보 같은 일이 아니고 뭐겠어. 스티브는 좀 더 용감해질 필요가 있어."

그가 웃음을 터트렸다.

"그만 좀 몰아붙여. 걔가 나쁜 애는 아니야. 관리 팀 때문에 이러지도 저러지도 못하는 게 분명해. 아니면 담당 교사든 누구든."

"흠. 혹시 주제가 이런 거야? 스티브는 좋은 아이다. 와이슨 선생은 좋은 선생이다. 그들은 어쩔 수가 없을 뿐이다. 그들은 규칙을 따를 뿐, 좋은 사람들이다. 나치 군인에 대한 인용구 중에 이런 게 있지 않아? '그는 명령에 따랐을 뿐이다.'"

"이봐, 난폭한 아가씨, 와이슨 선생은 나치가 아니에요. 그리고 스티브가 비록 겉보기엔 아리안 국가에 딱 어울리는 놈이지만 장담하건대 개도 절대 나치는 아니야."

"알아."

나는 순순히 동의했다.

"그들은 나치가 아니야. 그 말은 하지 말았어야 했어. 나는 단지……."

나는 단지, 뭐?

"나는 단지 그 이상을 기대했던 것뿐이야. 선생님들도. 그리고 학생들도. 다들 나한테 동의할 거야. 당연히 그래야지! 난 학생들이 존중받고 평등하게 대우받아야 한다고 생각해. 누가 거기 이의를 달겠어? 아무도 없지. 그런데 자기 소신을 밝히고 변화를 일으키는 게 왜 그렇게 어려워야 하는 건데?"

잠시 나는 생각에 잠겼다.

"가만있자, 학생회는 어떨까? 이런 목적으로 존재하는 게 학생회잖아?"

"학생회?"

라자스가 껄껄 웃는다.

"학생회는 대학입시원서에 멋져 보이라고 있는 거지."

"학생들의 지도자가 되는 게 걔네들의 임무 아니겠어? 변화를 위한 목소리?"

그는 거의 어이가 없다는 표정을 지었다. 나의 순진함을 지지해주고는 싶지만…… 이렇게까지 순진해 빠진 게 믿어지지 않는다는 얼굴이었다.

"시도는 해볼 수 있겠지, 이브. 하지만…….

그는 얼굴을 찡그렸다.

"조심해. 걔네들은 별로 본 적이 없을 거야…….

"평지풍파를 일으키는 사람들 말이야?"

"나는 네가 다치는 건 보고 싶지 않아."

"내가 뭣 때문에 다치겠어?"

그가 입술을 앙다물었다.

"뭐야? 말 안 하고 있는 게 뭔데?"

"나도 몰라. 그냥 솔직하게 말해서 난 학생회가 하는 일은 아무것도 없다고 생각해. 예외라면…….

그가 말을 하다 말고 멈췄다.

"그래, 난 걔네들이 무슨 일을 하는지 전혀 몰라…….

그렇지만 나는 그가 하는 말을 한 귀로 흘려듣고 있었다. 이미 머릿속으로 탄원서를 쓰기 시작했기 때문이다.

9

우리의 문제들은 이 추악하고 썩어빠진 시스템을

받아들이는 것에서부터 생겨난다.

– 도로시 데이(급진주의 가톨릭 운동가, 1897-1980)

학생 자치위원회 위원회의 의사록

가을 학기 두 번째 회의

참석자: 메건 앳워러(서기), 켈리 루피토(의장), 테라 맥클레논(회계 담당), 스티브 와그너(부의장)

의사록 제출: 메건 앳워러(학생 자치위원회 서기)

첫 번째 안건: 회계 담당자 보고. 테라가 말하길 학생회가 가진 428달러 중에 돌아오는 3학년 학생들의 홈커밍* 전 행사 준비(파티 장식)

---

* 소속 학교의 풋볼 팀을 응원하기 위한 이벤트. 미국 고등학교의 꽃으로 불리며 경기 전 일주일 동안 다양한 행사가 펼쳐진다. 경기 당일에는 퍼레이드 및 학교 킹과 퀸을 뽑고 댄스파티를 한다.

에 200달러를 기부하고 나면 228불이 남게 된다고 했다. 스티브가 기금 마련 행사를 벌여 다른 학년의 향후 행사들을 돕자고 제안했다. 켈리가 쓸 데없는 소리 하지 말라며, 3학년이 무조건 우선이라고 말했다. 우리 모두는 웃음을 터트렸다. 테라가 자동차 세차를 추천했다. 켈리가 말도 안 된다고, 너무 춥다고 말했다. 테라는 점심시간 동안 도넛을 파는 건 어떠냐고 물었다. 메건(본인)의 오빠가 던킨에서 일을 하므로 기금 마련을 위해 도넛을 좀 기부해줄 수 있는지 물어볼 수 있을 것이다. 스티브가 폴거 박사에게 승인을 받으면 이 사안을 자원봉사 신청서와 함께 학생자치위원회 총회 안건으로 상정하기로 했다. 기금 마련을 위한 도넛 이벤트에 찬성한 사람은 모두 네 명이다.

두 번째 안건: 학생자치위원회 앞으로 온 탄원서. 에비 M.(성을 쓰지 않다니?)은 학생회 우편함을 통해 '탄원서'를 제출했다.(별도 첨부) 그녀는 다음번 학생회 회의에서 이것에 대해 논의할 것을 원하고 있지만 켈리는 웃기고 있네, 라고 말하며 그녀의 주장이 비현실적이고 우리는 홈스쿨링을 하는 히피들이 아니라고 했다. 테라는 탄원서의 진짜 목적에 대해 궁금해했으며 메건(본인)은 우리(위원)들이 정치적인 문제에 대해 공개적인 입장을 표명하는 일은 하지 않는 게 좋겠다고 했다. 그래서 스티브가 제안하기를, 다음번 학생회 회의 때 책상 위에 탄원서를 놔두고 아무라도 앞으로 나와 탄원서를 읽고 원하는 사람이 있으면 서명을 하게 하자고 했다. 에비가 요청했던 그대로는 아니지만 그 정도에서 사안을 매듭짓기로 했다. 찬성자는 모두 네 명.

세 번째 안건: 없음.

회의 끝.

학생회 위원들에게: 이 학교를 이끌어가는 대표들께서 이 안건을 회의에서 논의하시고 부디 서명을 해주세요! 그러면 우리가 폴거 박사와 행정부에 제출하도록 하겠습니다.

폴거 박사와 학교 행정부, 그리고 교육위원회에 대한 탄원서

이것은 불만 사항에 대한 시정을 공식적으로 요청하는 탄원서입니다. 학생들은 미국 헌법과 권리장전에 명시된 정당한 권리를 주장합니다. 우리는 학교 밖에서와 동등한 권리를 교내에서 누릴 권리가 있습니다. 이는 다음과 같은 내용에 한정합니다.

—학생들은 교사가 학생들로부터 받는 존경과 품위에 상응하는 대우를 받아야 합니다. 결국에 가서는 우리 모두가 이 지역사회의 동등한 구성원들입니다.

—학생들은 특히 변기와 세면대가 깨끗한 환경에서 생활할 권리가 있습니다.

—학생들은 점심시간과 자유 시간에 핸드폰으로 전화를 할 권리가 있습니다.

—학생들은 점심식사로 좀 더 건강에 좋은 음식을 선택할 권리가 있습니다.

—학생들은 신선한 공기와 햇빛을 즐길 권리가 있습니다.

밑에 서명한 우리들은 폴거 박사와 학교 행정부가 이 같은 문제들을 시의적절하고 신속하게 다루어줄 것을 탄원합니다.

3학년, 에비 M. 올림

(필요 시 추가적인 서명 별첨)

10

인터넷은 역사상 가장 거대한 무정부 상태의 실험장으로
인류가 이해하지 못하도록 만들어진 최초의 작품이다.
- 에릭 슈미트(GOOGLE 회장, 1955-)

오늘 브루크너는 인용구에 대한 질문을 던지지 않았다. 종이 울리자마자 그는 까치발로 섰다가 도로 발꿈치를 내리며 말했다.

"곧장 수업을 시작하도록 하지. 빨리 해치우자고. 그래야 뭔가 다른 걸 할 시간이 날 테니까."

한바탕 강연을 쏟아내고 난 뒤 그는 잠시 말을 멈추고 눈으로 교실을 한 바퀴 쭉 훑었다. 그는 손뼉을 쳐서 아이들을 주목시켰다.

"이제 책상들을 한쪽으로 치우고 의자만 가지고 와서 원을 만들어 앉아라."

모두가 귀찮은 듯이 툴툴거리면서도 잽싸게 책상과 의자를 옮기는 걸로 봐서 반항은 그저 시늉뿐인 듯했다. 판에 박힌 듯한 하루 일과 중에 이런 변화는 기꺼이 환영이다. 특히 비가 살살 흩뿌리면서 쌀쌀한 데다 하늘이 우중충한 콘크리트 천장처럼 낮게 드리운 이런 날엔 말이다. 다들 둥글게 둘러앉자 브루크너는 책상 서랍에서 안전핀 한 상자와 함께 색인 카드 한 뭉치를 꺼냈다.

"한 사람이 하나씩이다. 어떤 카드라도 상관없으니 그냥 하나씩 집고 다음 사람한테 넘겨. 알겠니? 그리고 모두가 다 볼 수 있도록 카드를 핀으로 가슴에 달아라."

카드와 핀이 원을 한 바퀴 돌았다. 재신다와 내 차례가 되자 남아 있는 카드는 몇 장 되지 않았다. 우리는 서로를 마주 보았다. 이것이 내가 브루크너를 좋아하는 이유다. 그는 호기심을 가지고 놀 줄 안다.

내 카드에는 이렇게 적혀 있다. 아티스트, 55세, 자녀 3명. 나는 카드에 핀을 쿡 찔러 넣어 스웨터에 단단히 고정시켰다.

재신다는 게이 남창, 32세, 자녀 없음이라고 쓰인 카드를 상의의 단춧구멍 사이에 대고 핀으로 꽂으며 말했다.

"이렇게 하면 자국이 남지 않거든."

브루크너가 입을 열었다.

"모두 한 장씩 가졌나? 좋아. 이제 주위를 한번 둘러보거라. 서로 비슷한 집단이 있는지 잘 살펴봐."

교실 안에는 가지각색의 직업과 연령대, 가족 사항이 적힌 카드들이 일렬로 몽타주처럼 늘어서 있다.

의사, 62세, 손자 3명
대학생, 19세

학생, 8세

주부, 42세, 자녀 2명

유명 배우, 35세, 입양아 2명

변호사, 50세, 성인이 된 자녀 2명

소방관, 30세, 자녀 1명, 이혼

공장 노동자, 45세, 자녀 1명

절도범, 47세, 자녀 없음

출납원, 35세, 자녀 5명, 이혼

작가, 90세, 손주 다수

교사, 39세, 자녀 2명

바텐더, 22세, 자녀 없음

마약 판매상, 25세, 자녀 1명

목수, 60세, 손주 6명

청소부, 42세, 자녀 2명

사제, 35세, 자녀 없음

컴퓨터 프로그래머, 33세, 자녀 1명

브루크너가 목청을 가다듬었다.

"조용, 조용. 지금부터 뭘 할지 가르쳐주마. 너희들은 태평양 한가운데 있다. 타고 온 유람선은 가라앉았고 주위에는 배고픈 상어 떼가 우글우글한데 구명보트는 물이 새기 시작했지. 5분 이내에 누군가를 보트 밖으로 밀어내지 않으면 배가 뒤집히면서 모두 죽게 될 것이다."

사방에서 쿡쿡대는 소리가 쏟아져 나왔다. 모두가 열중해서 서로의 카드를 보다 자세히 들여다보고, 다른 사람이 자신의 카드를 읽을 수 있도록 자세를 바로잡았다. 내가 추측한 브루크너의 계획은 한 사람도 빠짐없이 대화에 참여하도록 만드는 것이다. 제대로 먹혀 들어가고 있는 듯했다. 묘수가 아닐 수 없다.

"좋아, 이제 시간을 잰다……. 시작!"

브루크너가 손목시계를 모두가 볼 수 있도록 치켜들며 버튼을 눌렀다.

잠시 침묵이 흐른 뒤 재신다가 헛기침을 하더니 손을 번쩍 들어올렸다. 브루크너가 이름을 부르지도 않았는데 그녀가 자진해서 손을 든 건 이번이 처음이었다.

"너희들은 나를 버려야 돼."

그녀가 말했다.

"너무 서두르지 마라."

브루크너가 끼어들었다. 그리고 한마디 덧붙였다.

"미안하다, 재신다."

그녀가 얼굴을 붉혔다. 브루크너가 그녀의 이름을 입에 올릴 때마다 나오는 자동 반응이다. 그가 말을 이어간다.

"두 가지 중요한 규칙을 잊었구나. 첫째, 누구든 자진해서 희생자가 될 수 없다. 둘째, 결정은 만장일치로 한다."

그가 시계의 버튼을 다시 눌렀다.

"5분이다. 시작."

원의 건너편에서 스티브가 말을 시작했다.

"나는 게이 남창인 재신다에 한 표."

라자스는 나에게 스티브가 예의도 바르고 꽤 괜찮은 녀석이라고 누누이 얘기했지만 도저히 내 눈에는 '불알 차고 나온 놈'다운 구석이라고는 하나도 없다.

"아이도 없으니 아무도 그리워할 사람이 없을 거 아냐."

그가 어깨를 으쓱 올렸다.

"게다가 에이즈나 퍼트리고 다닐지 어떻게 알아."

"그리고 빌어먹을 호모야."

매트가 말했다.

충격을 받은 나는 얼른 브루크너 쪽을 쳐다보았다. 그는 얼굴을 찌푸리고 있었지만 아무 말도 하지 않았다.

재신다가 말했다.

"입 닥쳐! 그런 돼먹지 못한 말을 쓰다니. 게다가 내가 게이라고 해서 꼭 에이즈에 걸렸다는 법은 없어."

잘한다, 재신다!

"그렇지, 네가 게이라서가 아니지."

스티브가 말했다.

"네가 남창이라서 그런 거지."

원 주위로 애들 여럿이 고개를 끄덕거렸다. 마시가 말했다.

"우리가, 음…… 우리가 그녀를 희생시키면 결론적으로 수많은 생명을 살릴 수 있는 거잖아."

스티브가 말했다.

"좋아. 투표로 결정하자. 다들 찬성?"

마치 태양을 향해 목을 길게 빼는 꽃들처럼 일제히 손들이 허공으로 올라갔다. 스티브, 마시, 매트, 재신다, 나만 빼고 다. 스티브가 나를 바라보았다.

"넌 뭐야?"

나는 미안한 표정을 지었다.

"누군가의 직업을 근거로 그런 결정을 내리는 건 옳지 않아. 성적 취향이나 자녀가 있는지 없는지, 혹은 에이즈에 걸렸는지도 마찬가지고."

스티브는 인상을 쓰며 뭔가를 생각하는 듯 팔짱을 꼈다.

나는 앞으로 나섰다.

"그렇다면 질문이 있는데 말이지. 만약 재신다가 남창이 된 이유가 엄마가 암에 걸려서라면? 매춘을 하는 것만이 엄마의 비싼 약값을 댈 수 있는 유일한 길이라면? 그녀는 매번 콘돔을 사용하고 매달 HIV* 테스트를 받고 있을지도 몰라. 우리가 어떻게 사람들이 왜 그런 일을 하는지 이유를 다 알 수 있겠어?"

"그 말이 맞아."

재신다가 동의했다.

용기를 얻은 나는 좀 더 단호하게 밀고 나갔다.

"그리고 그녀가 게이라는 게 왜 여기서 문제가 되어야 하지? 다른 사람들의 카드에는 아무 데도 성적 취향에 대한 언급이 없어."

재신다가 맞장구를 쳤다.

---

* 인체면역결핍 바이러스.

"정말 그렇네. 그러니까 지금 우린 이성애자가 표준이라는 생각들을 하고 있는 거잖아?"

나는 그녀를 향해 활짝 웃었다.

스티브가 말했다.

"너희들 말이 일리가 있어. 그렇지만 누군가를 선택하지 않으면 우리 모두는 여기서 죽게 돼. 여기 나머지 사람들은 대부분 아이들이 있거나……."

"난 소방관이야, 친구."

매트가 말했다.

"영웅을 죽일 수는 없다고."

나는 눈을 찡그리며 생각에 잠겼다.

"만약 우리가……."

"시간이 없어."

스티브가 모두를 독촉했다.

"투표를 해야 한다고. 모두 찬성?"

다들 손을 든다. 재신다도 그중 하나다. 나만 빼고.

짜증이 섞인 신음 소리들.

"끝!"

브루크너가 외쳤다.

"자, 이제 너희들은 모두 상어밥이다."

"고맙기도 하지."

마시가 비꼬는 소리로 말했다.

재신다가 내 어깨를 두드렸다. 그녀는 모두에게 들리도록 목소리를 높였다.

"개인적으로는 상어한테 내던져지는 신세를 면해서 다행이라고 생각해."

하지만 자신을 내던지는 데 손을 든 건 그녀였다! 반대의 목소리를 낸 사람은 나 혼자. 구명보트는 가상에 불과했지만 교훈은 현실이었다. 그것도 냉혹하기 짝이 없는. 누구나 듣기 좋은 소리를 하며 큰소리를 치지만 뚜껑은 열어봐야 아는 것이다. 과연 믿을 수 있는 사람은 누구인가? 그것을 어떻게 확신할 것인가? 동지가 생겼다고 생각했지만 어느 순간 갑자기 그것은 '브루크너 바운티 호의 반란'*이 되고 말았다.

"얘들아, 조용. 이거 참 흥미롭구나. 너희들이 전원 사망한 유일한 반이야."

"다 에비 덕이죠."

누군가 중얼거렸다. 내가 생각하기엔 매트인 것 같은데 확실치는 않다.

"맞다. 에비 덕이지."

원을 따라 돌던 브루크너가 내 뒤에 멈춰 서더니 어깨 위에 두 손을 올려놓았다. 그 순간 종이 울렸다. 아이들은 합성된 삐 소리에 다음 교실로 이동하도록 훈련된 파블로프의 개처럼 즉시 반응했다.

"의자들은 제자리에 돌려놓도록!"

---

* 〈바운티호의 반란〉. 1938년 작. 영국 군함 바운티호에서 일어난 실화를 소재로 한 영화.

브루크너가 소리쳤다.

"잊지 마라. 내일은 지구 행사의 날이고 레포트 제출 마감이야. 프린트를 해서 내든지 인터넷을 통해서 내든지 자유지만 참고 자료 출처는 꼭 표시해야 한다. 점수를 매길 거야!"

의자를 옮기고 소지품들을 챙기는데 브루크너가 나를 향해 손가락을 까딱거린다.

"에비, 넌 좀 남거라."

재신다가 눈을 동그랗게 떴다. 그러더니 귓가에 대고 속삭였다.

"그럼 나중에 보자. 무슨 일이 있었는지 다 말해줘야 돼."

모두가 교실을 빠져나가고 나자 브루크너가 내 앞으로 가까이 다가왔다. 그리고 바로 코앞에서 서성거리기 시작했다. 이건 무슨 의도가 있는 건가? 아니면 개인 공간에 대한 감각이 정상이 아닌가? 닭으로 가득 찬 양계장 우리에서 자란 거야, 아니면 권력 좀 있다고 시위하는 거야?

그게 뭐든 나도 물러서지 않을 테다.

"궁금한 게 말이야……."

그가 속삭였다. 무슨 음모라도 꾸미는 사람처럼 목소리를 낮춘 채 몸을 더 바싹 다가붙인다.

"그때 뭔가 다른 생각이 있었던 게냐?"

그의 숨결에서 커피와 상한 우유 냄새가 난다.

나는 꼼짝도 하지 않았다.

"무슨 뜻이시죠?"

"설마 모두가 그렇게 죽기를 바랐던 건 아니었을 거 아냐."

"물론이죠."

"음, 내 생각도 그래. 다른 생각이 있었어."

"설명할 시간이 없었을 뿐이죠."

"그럼 지금 해보거라."

나는 팔짱을 꼈다.

"좋아요. 분명 선생님은 우리가 카드에 적혀 있는 내용을 토대로 결정 내리기를 바라셨죠. 그게 그렇게 어려운 일도 아니고요. 하지만 사람은 나이나 직업, 아이가 있는지의 여부 외에도 훨씬 더 많은 것들을 가지고 있어요. 게다가 도대체 우리가 무슨 자격으로 그걸 평가하죠?"

"사람들을 죽음으로 내모는 것이 사람의 가치를 저울질하는 것보다 낫단 말인가?"

"아니, 더 나은 방법이 있죠. 더 나은 방법들요. 두 가지는 금방 생각해낼 수 있어요."

브루크너는 피부에서 나는 비누냄새까지 맡을 수 있을 정도로 가까이 몸을 기대 왔다. 이건 너무 심하게 가깝잖아. 정신을 차릴 수가 없다. 나는 항복하고 약간 뒤로 물러섰다.

"그래서?"

그가 재촉했다.

"음, 그러니까, 첫째, 가장 연장자부터 시작해서 나이순으로 가는 거죠. 오래 살았으니 젊은 사람들에게 삶의 가능성을 양보해야하지 않겠어요. 두 번째로는 제비뽑기를 하는 거예요. 완전히 운에 맡기는 거죠. 그렇지 않으면 자신의 가치를 다른 사람들에

게 설득하는 방법도 있고요. 나이 말고는 아무것으로도 따지면 안
돼요."

"재미있구나."

"그렇게 하면 모두 기회가 있는 셈이잖아요. 그런 걸 두고 형평
성이라고 부르는 거 아닌가요?"

나는 이제 그를 향해 화살을 돌렸다.

"들어본 적은 있으시죠?"

"그보다는 무정부 상태처럼 들리는데."

나는 생각할 겨를도 없이 콧방귀를 뀌고 말았다.

"그렇지 않아요. 설사 그렇다 쳐도 무정부 상태가 뭐가 그렇게 나
빠요? 그보다 더 나쁜 것도 많아요. 예를 들면 파시즘, 권위주의."

브루크너가 싱긋 웃는다. 그가 책상 모서리 위로 몸을 기댔다.

"흠, 그래. 이제 가도 좋다. 너한테 문제가 있는 건 아니야."

"도대체 제가 무슨 문제가 있겠어요?"

그가 능글맞게 히죽거린다. 눈 깜짝할 사이의 짧은 순간이었지
만 그의 눈길이 재빨리 내 신발에서부터 리바이스 바지로 올라오
더니 진회색 후드 점퍼를 훑고는 내 눈동자 속으로 뛰어들었다.
호기심에 가득 찬 표정이었다. 마치 나를 새로운 도전, 혹은 풀 만
한 퍼즐로 생각하는 것 같았다. 으쓱해지면서도 동시에 마음이 언
짢았다.

"가봐야겠어요."

나는 책을 챙겨 들었다.

브루크너가 다가왔다. 우리 사이에 놓인 공기가 일순간에 다시

압축되는 것 같았다. 이게 힘이라는 건가? 내가 지금 이 상황에서 그게 누구 손아귀에 쥐어져 있는지 잊어버릴까 봐 그렇게 염려가 되시나? 왜 그는 나를 불편하게 만들지 못해 이렇게 안달일까? 그는 한숨을 내쉬더니 몸을 돌려 메모지로 손을 뻗었다.

"다음 수업에 늦었을 거야. 그러니 내가 편지 한 장을 써주마."

그거였군. 또 다른 힘의 과시.

나는 고맙다는 말을 하지 않았다. 그가 나보다 우월한 입장이라는 생각을 하게 만들고 싶지 않았다.

메모지를 건네받다가 손바닥 위에 그의 손끝이 가볍게 닿았다. 열기가 고스란히 느껴지는 손가락들이 주춤거리며 시간을 끌었다.

기술 작업실. 라자스와의 점심시간이다. 신통하게도 모든 일들이 잠시 머릿속에서 말끔하게 지워진다. 글리스 선생은 내 발목에 대해 다시 한바탕 잔소리를 늘어놓더니 이번에는 반 전체에다 대고 체질량에 대해 못마땅한 목소리로 고함을 치다시피 했다. 그러나 이미 지나간 일. 와이슨 선생의 퍼니트스퀘어에 대한 골 때리는 숙제도 더 이상 걱정하지 않기로 한다. 거기다 브루크너와의 요상한 힘의 줄다리기는 어쩌고. 그러나 이 모든 것들이 바람 앞의 한줄기 구름처럼 훌렁 다 날아가 버렸다. 이 순간은 오로지 라자스와 나뿐이다. 키스하고, 먹고, 얘기하고. 지금까지 우리는 이 기술 작업실의 밀회를 비밀로 잘 지켜오고 있는 중이다.

재신다가 점심시간 동안 우리를 찾을 걱정은 없다. 응원단 연습을 이 시간에 하기로 스케줄을 잡았기 때문이다. 그 애들이 언제 밥을 먹는지는 신만이 아실 것이다. 재신다는 무슨 수를 써서라도 주 결선까지 진출하려고 아주 열을 내고 있다. 자기가 하는 일에 탁월한 능력을 발휘한다는 점은 인정해줘야 한다. 응원단에 대한 재신다의 리더십은 출중하다. 그리고 그 애들이 연습하는 모습을 직접 본 바에 의하면 상당한 기술을 요구하는 일인 듯했다. 특히 율동 순서 같은 것 말이다. 내가 하자고 덤볐다간 뿔을 세우고 돌격하는 수컷 무스처럼 보일 것이다. 광견병에 걸리고, 거기다 필로폰까지 맞은 맛이 간 무스.

점심시간이 끝나고 작업실에서 나와 라자스와 나는 각자의 교실을 찾아가기 위해 막 헤어지려던 찰나였다. 체육관 근처에서 쉬지 않고 꽥꽥대는 소리가 들려 우리는 발을 멈췄다. 무슨 일이지? 나는 라자스를 쳐다보았다. 그는 내 무언의 질문에 어깨를 으쓱 올렸다. 우리는 소리의 진원지를 찾아 체육관 안으로 발걸음을 옮겼다.

안쪽에 한 무리의 치어리더들이 몰려서 있는 가운데 재신다가 우리를 발견했다. 그녀가 눈을 크게 뜨면서 거기 서라는 신호로 나와 라자스를 향해 손을 들어 보였다. 우리는 시키는 대로 그 자리에 서서 귀를 쫑긋 세웠다. 그렇게 날을 세워 악을 써대는 소리를 제대로 알아듣기란 어려운 일이다. 마침내 고함 소리가 무슨 말인지 알아먹을 수 있게 되자 이번에는 숨통이 탁 막혀왔다. 듣기에도 끔찍한 말들이었다.

"너희들이라면 이제 정말 신물이 나!"

글리스 선생이 소리를 꽥 질렀다.

"너희 스스로를 좀 봐봐! 어떻게 이렇게 무신경할 수가 있어!"

그녀가 눈물을 보이기 시작했다.

"이런 뱃살들은 내가 보다 보다 처음이야! 아주 유니폼이 터져 나가기 직전이잖아! 이러니 들어 올리는 동작에서 계속 떨어트리는 게 당연하지!"

나는 그녀를 향해 걷기 시작했다.

"기다려, 이브."

라자스가 내 팔을 낚아채고 속삭였다.

"지금 뭐 하는 거야?"

"몰라. 뭐든지!"

글리스 선생이 딸꾹질을 한다.

"체력 단련은 그저 운동만 하는 게 다가 아니야! 칼로리를 제한하는 거지! 알아들어?"

재신다가 내 주의를 끌었다. 눈썹을 곤두세우고 입술을 동그랗게 오므리며 고개를 저었다. 내가 끼어들기를 원치 않는 것이다.

라자스도 고개를 가로젓고 있었다.

"여기는 제이의 영역이야. 걔가 알아서 하게 내버려둬."

우리는 거기 그렇게 충격 속에서 얼어붙은 채 가만히 서 있었다. 글리스 선생이 줄줄 흘러내리는 검은 눈물을 훔쳐내고는 말을 이었다.

"정신 바짝 차려! 지금 너희들 꼬락서니는 도저히 용납할 수가 없어. 눈 뜨고 못 보겠다고! 그중에서도 너."

그녀가 마시를 향해 손가락을 흔들었다.

"내가 2킬로그램이나 찐 그 살을 눈치채지 못했을 거 같아? 아니, 4, 5킬로그램이든가?"

글리스 선생이 사무실을 향해 걸어가기 시작했다. 하얀 운동화가 체육관 바닥 위에서 끼긱거리는 소리를 냈다. 그녀가 뒤를 돌았다.

"여기서 나를 악역으로 만들지 마라."

그녀가 코를 훌쩍거렸다.

"그렇게 가혹한 소리를 하려고 했던 건 아니다만 진실은 때로 고통스러운 법이지. 다 너희들을 위해서야. 응원전도 있고 홈커밍도 곧 다가오잖니. 만약 지금 내가 이 얘기를 안 하고 그냥 넘어가면 나중에 온 학교가 이 얘기를 하게 될 거야. 그게 이보다 훨씬 끔찍할걸."

그녀가 라커룸의 문을 벌컥 열고 사무실로 사라졌다.

여자애들이 훌쩍거리기 시작했다. 재신다는 울고 있는 마시를 꺼안았다. 응원단 전체가 일제히 한 덩어리로 모여들었다. 모두의 눈이 응원단장인 재신다에게 쏠렸다. 뭐라도 해보라는 애원의 눈빛이다. 체육관 건너편에는 한 무리의 남자애들이 라커룸으로 가려고 문 주위에서 얼쩡거리고 있었다. 마시가 당한 것은 공개적인 모욕이었다.

"세상에나, 마시, 넌 뚱뚱하지 않아."

그녀를 두 팔로 감싸 안은 채 재신다는 라자스와 내가 서 있는 문으로 걸어왔다. 다른 여자애들도 그 뒤를 따랐다. 재신다는 어깨를 뒤로 당겨 몸을 꼿꼿하게 세우고 모두를 향해 말했다.

"들어 올리는 동작을 좀 더 연습하기만 하면 돼. 힘과 균형감각에 신경을 써서 제대로 해보자. 알겠니, 애들아?"

재신다는 그들을 위해 문을 잡아주고 있는 라자스에게 고맙다는 듯 미소를 지어 보였다.

"그렇지만, 그렇지만 글리스 선생이……."

마시가 뭔가 말하려고 했지만 흐느끼는 소리에 묻혀버렸다.

"글리스 선생 따위 엿 먹으라고 해."

재신다가 내뱉듯이 말했다. 와. 그녀가 욕도 할 줄 아네. 라자스의 넋이 나간 얼굴을 보니 이런 경우가 흔치는 않은가 보다.

"스트레스를 받으면 욱할 수도 있어. 그렇다 쳐도 그건 도가 지나치잖아!"

나는 마시의 어깨에 가만히 손을 얹었다.

"재신다가 옳아. 너한테 이럴 수는 없는 거야. 다시는 이런 짓 못하게 할게."

라자스가 더 이상 끼어들고 싶지 않다는 듯 손으로 내 손을 가볍게 툭 치더니 속삭였다.

"나중에 봐."

나는 고개를 끄덕였다.

마시는 라자스의 뒷모습을 물끄러미 쳐다보더니 눈가를 스윽 닦아내고 말했다.

"글리스 선생 말이 맞아. 난 너무 뚱뚱해."

"허튼소리 그만해."

재신다가 크게 소리 내어 한숨을 쉬었다.

"이렇게 해. 지금 당장 클리어리 씨한테 가서 편두통이 있는 척하는 거야. 그러면 조퇴를 시켜주겠지. 오늘 하루는 푹 쉬도록 해. 단장의 명령이야. 그리고 밥을 굶는 짓 같은 건 하기만 했단 봐!"

마시가 소매로 코를 슬쩍 훔쳤다.

"알았어."

재신다가 다른 애들을 향해 몸을 돌렸다.

"나머지도 오늘 방과 후 연습은 쉬도록 하자. 하지만 내일은 확실하게 평상시와 다름없이 모이는 거야. 오늘 일은 깨끗하게 잊어버리고 몸에 좋은 음식으로 저녁을 먹은 다음 멋진 얼굴로 돌아오도록 해. 우리는 강하다. 그리고 우리는 한 팀이야. 천하무적 토네이도 응원단이라고!"

웅얼웅얼 동조하는 소리를 남기고 애들은 라커룸과 교실을 향해 뿔뿔이 흩어졌다. 나는 재신다와 함께 뒤에 남았다가 느린 걸음으로 모서리를 돌아 애들이 복닥거리는 복도로 들어섰다.

"괜찮아?"

내가 물었다.

"그 미친년!"

그녀가 폭발했다.

"맙소사. 평소에도 늘 신경질적이긴 했지만 요새 점점 심해지네. 너도 봤잖아! 완전히 제정신이 아니었어. 그렇지?"

재신다는 9학년 학생처럼 보이는 누군가와 부딪쳤지만 사과는 커녕 말을 끊지도 않았다.

"그 여자는 입만 열면 그놈의 '체력 단련'(재신다는 공중에다 대고 손으로 따옴표 모양을 만들어 보였다.)에 완전히 미쳐 가지고는. 그게 무슨 뜻인지 누가 몰라! 그게 무슨 암호라도 되니? 기가 막혀. 그러니까 말라비틀어진 몸을 만들어라 이거 아냐. 그게 얼마나 스트레슨지 너 아니? 그렇지만 전에는 그렇게까지 누구 하나를 딱 집어서 몰아세운 적은 한 번도 없었어. 마시한테 한 얘기 있잖아, 그거 혹시 불법이거나 뭐 그런 거 아니니?"

"명백한 폭력이지."

"폴거 박사한테 말해야겠어."

재신다가 걸어가면서 손톱 위의 매니큐어를 잡아 뜯었다. 이번만은 그녀도 지나치는 애들의 이름을 죄다 불러가며 인사하는 짓을 하지 않았다.

"교장은 교사를 해고할 수 있는 거잖아. 그렇지?"

"지금 그걸 나한테 물어보는 거야?"

그러나 그녀는 농담 따위가 귀에 들어오지 않을 정도로 화가 나 있다. 나는 말했다.

"학교의 관료주의에 대해 아는 건 별로 없지만, 과연 교장이 교사를 해고할 수 있을까? 아마도 쉽게는 안 될 거야."

"그래도 뭔가 해야 해."

가만있자. 브루크너의 칠판 위에 쓰여 있던 인터넷에 관한 인용구. 그리고 구명보트 게임 후에 그와 나누었던 대화. 학교신문…… 학생회를 통해 뭔가를 바꿔보려고 했던 건 잊어버리자…… 그렇지만 이렇게 한다면…….

재신다가 이마를 찡그리며 어리둥절한 얼굴로 나를 쳐다보았다.

"너 왜 그렇게 실실 웃고 있는 거야?"

"왜냐하면, 나한테 좋은 생각이 있거든."

11

나는 손으로 무언가를 만들어내는 즐거움에
흠뻑 빠진 사람들 사이에서 살고 싶다.
– 윌리엄 코퍼스웨이트(교사이자 건축가)

학교가 끝나고 오는 길에 마사를 데리러 월마트에 잠깐 들렀다가 재신다와 함께 집으로 왔다. 우리는 다락방에 컴퓨터와 노트를 펼쳐놓았다.

마사는 저녁을 준비하느라 부엌에서 쿵쾅거리며 돌아다니고 있었다.

“나 아무래도 오늘 저녁 일은 그냥 취소할까 봐!”

그녀가 위쪽에 있는 우리를 향해 큰 소리로 말했다.

“조합 말이야?”

나는 사다리 위로 허리를 숙이고 내려다보았다.

“가는 게 좋지 않아?”

“조합 말고. 발정 난 독신자들 모임 말이야.”

“또? 요번에 가지 않았어?”

“아, 이건 틀려.”

그녀가 약간 과장하듯 힘주어 얘기했다.

“독신들 몇 명이 커피 한잔 하러 모이는 거야. 과외활동이라고나 할까. 하지만 역시 안 가는 게 좋겠어. 난 그냥 너희 둘이랑 놀래.”

그녀는 신선한 우유병의 뚜껑을 비틀어 열더니 그대로 꿀꺽꿀꺽 마셨다. 굳이 옆으로 고개를 돌리지 않아도 재신다가 콧등에 주름을 잡으며 잔뜩 찡그리고 있는 모습이 눈에 훤하다.

“마사! 첫째, 제발 컵에 좀 따라 마셔. 야만인처럼 그러지 말고. 그리고 둘째, 외출해. 나가서 즐기라고.”

“여기서 즐기고 있잖아.”

“같은 어른들이랑 놀란 말이야.”

그녀가 손등으로 이마를 짚는다.

“알았어요, 엄마. 나처럼 힘없는 것에게 그렇게 무섭게 호통을 치시다니. 얼른 사라져서 조용히 집안일이나 하겠어요.”

나는 웃음을 터트렸다.

“이런, 불쌍한 신데렐라. 아마도 생쥐랑 파랑새가 도와줄 거야.”

마사가 눈을 가늘게 뜨고 나를 향해 손가락을 흔들었다.

“나한테 하룻밤 잡초 뽑는 일을 빚진 줄 알아. 그 발목이 지금은 제법 멀쩡하다는 거 다 알고 있어.”

마사는 밥 딜런의 〈매기의 농장〉의 후렴구를 흥얼거리며 우유병을 제자리에 놓고 난롯불을 올리더니 정원용 바구니를 들고 터벅터벅 밖으로 나갔다.

나는 컴퓨터를 켜고 우리가 짜낸 아이디어들을 치기 시작했다. 재신다는 생각에 잠긴 채 발을 꼼지락거리면서 나의 친환경 마을 모형을 손가락으로 톡톡 두드리고 있었다.

"나 말이야, 한편으로는 충격을 받긴 했지만, 그거 알아? 사실 다른 한편으로는 전혀 놀라지 않았어."

그녀는 거대한 채광창을 내다보며 벌러덩 드러누웠다.

"글리스 선생은 늘 마시에 대해 불만이 있었거든. 그리고 단지 몇 파운드라도 우리 유니폼이랑 쫄쫄이 바지 밑으로 감쪽같이 감추기는 어렵지."

"무슨 바지?"

나는 친환경 마을 모형을 안전한 곳으로 옮겨놓으며 물었다.

"쫄쫄이 바지 말이야. 팬티 말고 그 위에 입는 할머니 팬티처럼 생긴 거."

그녀가 머리를 내저었다.

"일단 응원단에 들어오면 좀 더 성차별을 받게 되어 있어. 멀리 갈 것도 없이 오늘 글리스 선생과 마시가 그랬던 것처럼 말이야."

그녀는 마시의 흐느끼는 소리가 다시 떠오르기라도 한 듯 진저리를 쳤다. 그리고 글리스 선생의 악다구니도.

"몸무게 가지고 사람을 그렇게 들들 볶는 스포츠가 또 뭐가 있겠어?"

"체조?"

나는 대답했다.

"레슬링? 피겨 스케이팅? 복싱? 수영?"

"좋아, 좋아. 다 맞는 얘긴데 내 말뜻은 그게 아니잖아. 응원단에서는 단순히 저울 눈금이 얼마나 나가느냐가 문제가 아니라고. 중요한 건 남들 눈에 어떻게 보이느냐야. 사람들은 우릴 보면 추파를 던지면서 우리가 무식하고 천박하고 남의 험담이나 하고 다니는 애들이라고 생각해. 단지 치어리더라는 이유로 말이야. 마치 〈브링 잇 온〉*에서 바로 튀어나온 애들처럼."

"그렇게 골치 아픈 걸 왜 하는 건데?"

"그럼 너는 그 위험한 하이킹을 왜 하는 거니?"

그녀가 톡 쏘아붙였다.

"미안해. 너 기분 상하라고 한 소리는 아니었어. 그 일을 진짜로 좋아하는구나."

"좋아했었지. 지금은 그저 엄청난 스트레스야. 그래도 율동 순서 같은 건 지금도 신나긴 해."

그녀가 매니큐어를 갉작거린다.

"한편으로는 있잖아, 이게 좀 복잡한데, 응원단인 게 좋거든. 다른 애들에 비해 우리는 뭘 해도 다 봐주니까. 너 이제까지 방과 후 남는 벌을 몇 번이나 받았지? 나는 그런 건 상상도 할 수 없는 일이야. 한 번도 문제를 일으킨 적이 없으니까. 심지어 벌을 받아 마땅한 상황에서도 말이야."

나는 하나로 올려 묶은 머리의 고무줄을 빼고 머리채를 뱅글뱅글 돌려 느슨하게 말아 올렸다.

---

* 치어리더 경연대회를 놓고 벌어지는 고등학교 치어리더 팀들의 이야기를 담은 영화.

"그게 바로 속임수야. 권력을 가지고 억압하는 사람들은 일부러 그렇게 하는 거야. 그래야 사람들이 변화에 대한 욕구를 상실하거든. 그들은 특히 타고난 지도자들에게 더 신경을 쓰지. 제도권 안에 말뚝을 박도록 한 자리를 맡기는 거야. 그렇게 하면 혁명을 이끄는 대신 현상 유지에 힘을 쏟게 되거든."

재신다가 무릎을 끌어안았다.

"성차별에 맞서 싸우는 대신 응원단의 단장이 되는 것처럼 말이야?"

"아마도."

그녀는 아랫입술을 가볍게 떨기 시작했다.

"너 지금 우스운 거지. 응원단 말이야. 내가 꼭두각시처럼 놀아나고 있다고 생각하는 거잖아."

"아니야, 재신다. 그런 생각 한 적 없어."

"거짓말."

"좋아, 사실대로 말해서 처음에 난 널 이렇게 생각했어. (어떤 말을 써야 덜 상처가 될까?) 아, 내가 익숙한 것들과는…… 다르구나. 그렇지만 그건 네가 아니라 내 문제지. 너는 굉장히 멋진 사람이야. 똑똑하고 유능하고 훌륭한 친구지. 만약 누군가 응원단 단장을 해야 한다면 너만 한 사람이 없을 거야. 넌 아주 은밀하고 영리한 방법으로 치어리더에 대한 고정관념을 무너트리고 있으니까."

"세상에나. 진짜로 그렇게 생각해?"

"진심이야. 넌 치어리더 혁명가가 될 만해."

그녀는 침대로 쓰는 울퉁불퉁한 매트리스 위에 몸을 파묻었다.

"다행이다. 네가 바보 같다고 생각할까 봐 겁났었어."

"그럴 리가. 봐봐, 그쪽 일은 전혀 내 타입이랑 거리가 멀어. 천만금을 줘도 난 절대 그 손바닥만 한 스커트는 안 입어. 그걸로는 내 궁둥이 반의 반쪽도 못 가릴 테니까."

"에이, 왜 이래. 너도 쫄쫄이 바지 입고 살랑살랑 흔들면서 자랑하고 싶잖아."

재신다가 킬킬 소리 내어 웃었다.

"내가 지금 쫄쫄이 바지를 안 입고 있다고 누가 그래? 라자스가 내 쫄쫄이 바지라면 깜빡 죽는 거 몰라?"

재신다가 손바닥으로 귀를 막았다.

"우웩! 그만해! 사촌 녀석의 섹스 라이프까지 듣고 싶진 않다고."

그러더니 갑자기 눈을 동그랗게 뜨면서 일어나 앉았다.

"잠깐만. 섹스 라이프?"

"아까는 듣고 싶지 않다며!"

"자세히 들어야겠어. 나랑 핏줄로 얽힌 놈이 아니라고 상상하지 뭐."

나는 침대 위를 덮은 태피스트리 덮개를 만지작거렸다.

"섹스 라이프는 아니야. 키스 라이프지. 아직까지는."

"너희들 완전 귀엽다! 라즈와 에비가 나무 아래 앉아서 뽀뽀를 쪼오오오옥⋯⋯."

나는 풀어헤친 머리로 얼굴을 가렸다. 알고 싶지 않지만 그래도 꼭 알아야 할 것이 있었다.

"라자스는⋯⋯ 그러니까 전에 라자스는⋯⋯ 경험이 있어?"

나는 짐짓 머리카락을 들여다보는 척했다.

“총각은 아니야. 일단은 그렇게 알아둬.”

속이 철렁 내려앉으면서 나는 할 말을 잃고 말았다.

“어휴, 내가 어떻게 사촌 녀석이 사귄 여자애들을 죄다 알고 있는지 몰라. 서로 그런 얘기는 하지도 않는데 말이야. 그렇지만 그 모든 여자애들이랑 내가 친구인 걸 어떡해.”

아아, 이 끔찍한 절망은 어떻게 해도 감춰지지가 않는다. 그가 사귄 모든 여자애들이라니! 재신다가 머리카락들 사이로 내 낯빛을 슬쩍 살피고는 손을 홰홰 내저었다.

“그렇지만 아무렴 어때! 야, 내가 한 말은 다 잊어버려. 헛소리야. 내 말은, 넌 그런 거 신경 안 쓰는 애잖아, 그렇지?”

눈곱만치도 자신이 없으면서 난 고개를 주억거렸다.

“넌 처녀니?”

나는 고개를 끄덕였다.

“넌?”

그녀가 얼굴을 일그러트린다.

“처녀라고 할 수도 있고, 아니라고 할 수도 있지. 음, 전에 스티브랑 사귄 적이 있는데…….”

“뭐라고! 세계관 시간의 그 스티브? 신문사 스티브? 나한텐 그런 소리 안 했잖아!”

“별거 아니야. 작년에 몇 번 데이트 하고 여름에 잠깐 만난 게 다야.”

“라자스도 알아?”

그녀가 입술을 동그랗게 말고 앙증맞게 찡그린 표정을 짓는다.

“아마도 알지 않을까 싶어. 걔는 여전히 내 섹스 라이프를 말도 안 되는 소리라고 생각하긴 하지만.”

그녀가 한숨을 쉬었다.

“아니면 꼬이는 놈이 없다고 믿거나.”

나는 손가락으로 머리를 빗어 내렸다.

“꼬이는 놈이 없다니 무슨 소리야? 다른 사람은 몰라도 네가 마음만 먹으면 누구라도 넘어올 텐데.”

그녀가 속을 알 수 없는 미소를 지었다. 왠지 쓸쓸한 표정이다.

문득 짚이는 것이 있었다.

“아, 그렇지. 네가 원하는 사람은 그 인터웹 연인이구나.”

그녀가 어깨를 으쓱 올렸다.

“내가 기다려주는 중이지.”

“재신다, 그 사람 누구야? 그냥 털어놔 봐.”

대답이 없다.

“이 근처에 살아?”

내가 물었다.

“너한테 그만 한 가치가 있는 사람이야?”

그녀가 채광창 너머를 뚫어지게 바라보았다. 다리를 어찌나 세게 떠는지 침대가 다 흔들릴 정도였다.

“다른 얘기 하자.”

“이 얘기만 나오면 꼭 말을 돌리더라. 도대체 무슨 비밀이야?”

그녀는 대답이 없었다. 평소에는 아무것도 숨기는 게 없는 그녀이기에 뭔가 감추려고 하니 이렇게 티가 나게 삐거덕거리는 것이다. 그저 시간이 좀 더 필요한 건가?

재신다는 모로 눕더니 미소를 지었다.

"그건 그렇고. 라즈 말이야, 걔 진짜 너를 좋아해. 진심으로 좋아한다고. 그렇게 누구한테 빠져 있는 걸 본 적이 없어. 눈만 마주치면 네 얘기라니까."

그녀가 과장되게 한숨을 쉬었다.

"솔직히 말해서 이젠 듣기 좀 지겨울 정도야."

두 뺨이 화끈 달아올랐다. 몸속에서 새들이 퍼덕퍼덕 날아다니는 것 같다. 너무 행복해서 정신을 차릴 수가 없다.

"라즈는 내 유일한 사촌이야. 그러니 당연히 팔이 안으로 굽는 거겠지만, 어딜 봐도 정말 걔만 한 애가 없어. 진짜 멋져. 사람들이 주목을 받고 싶어서 얼마나 기를 쓰는지 너도 알잖아? 걘 정반대야. 그러면서도 아주 태평하다니까. 걘 자기 얘기를 동네방네 광고하면서 다닐 필요도 없어."

"페이스북 말하는 거야?"

사실 반은 농담이었다.

"맞아."

그녀가 다시 웃음을 터트렸다.

"애인 있음, 없음, 같은 거?"

우리가 함께 시간을 보내기 시작한 이후로도 그 항목은 아직 변화가 없었다.

"딩동댕. 만약 걔가 거기다가 '애인 있음'이라고 표시해놓는다면 뒤로 넘어갈 일이지."

"왜? 걔는 자기한테 그런 라벨이 붙는 거 싫어하니?"

나는 갑자기 재신다의 의견이 몹시 궁금해졌다.

"그런 것 같아. 한 번도 누구랑 남자친구, 여자친구, 이러는 걸 본 적이 없거든. 도무지 심각하지가 않달까."

"그러니까 나랑도 심각한 관계는 아니란 말이야? 그렇지만 넌 걔가 나를 진심으로 좋아한다고 생각한다며? 나 헷갈려."

"헷갈리는 건 나도 마찬가지야."

그녀는 또 다시 웃음을 터트렸지만 이번에는 웃음소리가 이전 같지 않다.

"혹시 너를 독점하고 싶은 게 아닐까?"

이마를 찡그리며 그녀는 한마디 덧붙였다.

"그리고 진심으로 하는 얘긴데, 걱정하지 마. 전에 그랬다고 해서 너한테도 똑같이 하란 법은 없으니까."

여전히 이 모든 상황이 이해가 가진 않았지만 안도감이 물결처럼 온몸을 감쌌다. 나는 한 번도 내가 섹스에 대해, 나의 무경험에 대해 그토록 부담을 느끼고 있었다는 사실을 깨닫지 못했다.

"진짜 그럴까?"

"걱정이 된다면 걔랑 얘기를 한번 해보는 게 어때. 그렇지만 내 대답은 예스야. 확실해."

잠시 침묵이 흘렀다.

"걔가 내 쫄쫄이 바지를 정말 좋아하긴 해."

그녀가 내게 베개를 와락 집어던졌다.

"어우, 야! 내가 그런 시시콜콜한 것까지 들어야…… 웩! 그건 아니지. 자, 하던 일이나 마저 하자고.”

저녁 내내 나는 라자스 생각을 떨쳐버리기 위해 애썼다. 재신다와 함께 이름을 짓고 계획을 세우느라 머리를 맞댔다. 우리는 블로그를 만들 것이다. 사람들이 댓글을 달 수 있도록.

마사는 독신자 모임에서 만난 사람들과 커피를 마시러 나갔고 우리는 작업을 계속했다.

우리는 선언문을 세심하게 다듬었다. 재신다와 나의 팀워크와 밑줄이 잔뜩 그어진 벨 훅스의 『페미니스트 이론: 주변에서 중심으로』의 도움을 약간 받았다.

우리는 소리 내어 읽고 떠들며 서로 아이디어를 마구 쏟아냈다. 번갈아가며 타이핑을 하고, 깔깔대며 웃고, 때론 생각에 잠기고, 때론 분노를 터트리며 밤늦게까지 각자 쓴 문장들을 완성시켜나갔다. 재신다는 부모님에게 전화를 하고 우리는 마사가 차려놓은 저녁을 먹었다.

나는 재신다의 접시에 음식을 좀 더 덜어주었다.

“만지아*. 맛있게 먹어.”

한참 뒤에 재신다는 하품을 하며 고양이처럼 기지개를 켰다.

“지금 몇 시지?”

“12시 45분.”

“마사는 늘 이렇게 늦게 들어오니?”

재신다가 기지개를 켜는 걸 보니 나도 몸이 찌뿌둥하다. 힘을

---

* 이태리어로 ‘먹다’를 뜻함.

주어 발목을 빙글빙글 돌렸다.

"가끔은. 마침내 친구가 생겼나 보지 뭐."

나는 몸을 좌우로 비틀며 굳은 등을 폈다.

"레모네이드 마시면서 좀 쉬자. 이제 인터웹에 올리면 되는 거지?"

그녀가 눈을 크게 뜨며 활짝 웃었다.

"우리 진짜로 이거 하는 거야?"

"그래. 우리 진짜로 하는 거야."

"대단하다! 이거 완전 대박일 거야!"

"라자스한테 얘기해야지. 그런데 걔가 이런 일에 끼려고 할까?"

"우리를 위해? 아, 너를 위해? 그럼, 당연하지."

"벼락이 떨어지는 거지. 주홍글씨처럼 말이야!"

나는 펄쩍펄쩍 뛰는 시늉을 했다. 만약 발목이 여전히 욱신거리지만 않았다면 진짜로 펄쩍거리며 뛰었을 것이다.

"좋아. 하지만 걔한테는 좀 잘 알아들을 수 있게 얘기를 해야 할 거야. 그냥 가벼운 장난이라고 해. 주홍글씨라고 하는 것보다는 그게 더 잘 먹히겠다."

"지금 전화하자. 그래야 번개를 만들 시간이 있지."

그녀는 키득키득거리는 웃음을 멈추지 못했다.

나는 천장 유리창에 머리가 부딪치지 않게 약간 몸을 구부린 채 매트리스 위에 우뚝 섰다.

"인터웹 선언문! 정의를 쟁취하기 위해 맞서 싸우자!"

그녀가 나를 따라 일어섰다. 우리는 서로 어깨동무를 했다.

"블로그와 초강력 접착제와 번개 만세!"

그녀가 큰 소리로 부르짖었다.

우리는 깡충깡충 뛰면서, 그나마 나는 외발로 깡충거리면서 구호를 외쳤다.

"플루토스! 플루토스! 플루토스!"

어린애들처럼 우리는 숨이 차오를 때까지 계속 뛰었다. 그리고는 부엌으로 내려와 두 개의 깨끗한 유리병에 레모네이드를 가득 따랐다. 우리는 각자의 유리병을 높이 치켜들고 힘차게 부딪쳤다.

"건배!"

"우정을 위하여."

"진실을 위하여."

"우리 둘 다 말썽에 휘말려 들어가지 않기를!"

"삼총사여! 우리는 하나다!"

우리는 깔깔대며 웃느라 레모네이드를 거의 마시지도 못했다. 마침내 모든 것을 뒤흔들 수 있는 길이 열렸다! 내일 학교에서 어떤 일이 벌어질지 궁금해서 좀이 쑤실 지경이다.

12

여자가 진실을 이야기할 때
그녀는 주위에 더 많은 진실의 가능성을 열어두고 있는 것이다.
- 아드리안 리치(시인이자 페미니스트, 1929-)

두말하면 잔소리지! 플루토스의 계획은 바라던 것보다 훨씬 큰 효과를 가져왔다. 홈룸 종이 울리기도 전에 소문은 빠르게 번져나갔다. 사방이 난리였다. 마치 학교 전체가 단체로 리탈린*이라도 들이마신 것 같았다. 시냅스로 연결된 신경세포들이 총알처럼 움직이듯 여기저기 수군대는 소리들이 난무하고 전화기마다 불이 나고 그 소리가 복도를 쩌렁쩌렁 울리다 못해 브루크너의 교실까지 흘러들어왔다.

— 너 그거 봤어?

— 도대체 무슨 뜻이니, 그게?

---

* 어린이 주의결핍장애에 쓰이는 약물.

— 인종차별이나 뭐 그런 거 하는 사람에 대한 경고라잖아.

— 그거 심오한데.

세계관 시간에 미처 자리에 앉기도 전에 마시가 갑자기 덮치듯 들이닥쳤다.

"그거 너니?"

옆에 있던 재신다가 힐긋 쳐다본다. 반은 '빌어먹을! 아무 말도 하지 마! 이거 정말 장난 아니다'라고 하는 깜짝 놀란 표정이고, 반은 '마시가 왜 나 말고 너한테 그런 걸 올렸냐고 묻는 거야?'라고 하는 짜증 난 표정이다.

"무슨 말인지 잘 모르겠는데."

나는 마시에게 말했다.

그녀가 의심의 눈초리로 나를 쳐다봤다.

"글리스 선생이 그게 나라고 생각할까 봐 겁난단 말이야."

"안 그럴 거야."

재신다가 말했다.

"그 여자가 너한테 소리를 지를 때 응원단 전체가 같이 있었잖아. 그 소리를 들은 사람이라면 누구라도 할 수 있는 일인데 뭐. 게다가 체육관 맞은편에 소년 축구 팀 애들까지 있었다고."

마시가 끙하는 신음 소리를 냈다.

"걔네들은 못 들었을 거야! 거리가 얼만데!"

재신다가 마시의 팔에 손을 올렸다.

"걱정하지 마, 알았어?"

"진짜?"

마시가 말했다.

"응."

재신다와 나는 서로를 쳐다보았다. 절대 말하지 말자, 서로 갈라지기 없기야, 마음 약해지지도 마. 재신다와 나, 라자스. 우리 셋은 한밤중에 서로 맹세를 했다. 죽어도 같이 죽고 살아도 같이 산다. 이번 일은 철저히 익명에 부쳐야 하고 우리는 똘똘 뭉쳐야 한다. 만약 파스칼 선생이 라자스가 작업실 열쇠로 우리를 도운 걸 알기라도 하는 날에는 내년의 견습직이고 뭐고 당장 취소할지도 모른다. 그리고 재신다가 무슨 일을 당할지 누가 알겠는가? 응원단 단장 자리에서 쫓겨나기라도 한다면? 스무 번의 고비도 넘겼는데 이제 처음으로 방과 후 남는 벌이라도 받게 된다면?

종소리가 팽팽하게 당겨진 신경을 건드렸다. 브루크너가 부리나케 달려 들어왔다. 평소의 그답지 않게 지각이다. 겨드랑이 사이에 노트북 컴퓨터를 끼고 있다. 그가 목을 가다듬고 막 말을 시작하려는 찰나 확성기 스피커에서 잡음이 흘러나왔다.

"선생님들, 방해를 드려서 죄송합니다."

폴거 박사다.

"되도록 짧게 마치도록 하겠습니다. 학생 여러분, 안녕하십니까. 오늘 여러분에게 공공 기물 파손과 학교 물건의 훼손은 명백한 범죄라는 사실을 상기시켜 드리고자 합니다. 이것은 학교 규칙 위반일 뿐 아니라 법에 의해 처벌받을 수 있는 행위라는 걸 명심하세요. 또한 그 대상이 교사이든 학생이든, 괴롭히는 사람은 어떤 경우라도 엄중하게 처벌할 것입니다. 인터넷상이라고 해도 예외는 없습니다. 이 규칙을 어기는 학생은 신상을 파악해서 즉시 정학과 함께 강제 전학 조치를 할 것입니다. 서로의 명예를 존중해주도록 합시다. 이상입니다."

확성기에서 딸깍거리는 소리가 연달아 흘러나오더니 이내 조용해졌다.

이런. 우리가 들킬 경우에 무슨 일이 일어날지에 대한 대답이 다 나왔네. 불쌍한 재신다와 라자스. 나는 다행히 안전 대책이라는 게 있다. 언제든 홈스쿨로 돌아가면 되는 것이다.

"좋아, 이제."

브루크너는 노트북 컴퓨터를 열고 버튼을 눌렀다. 그리고는 까치발을 하고 서서 몸을 흔들었다.

"소문이 이미 퍼질 대로 퍼졌나 보지?"

대부분의 아이들이 고개를 끄덕였다. 그중 몇 명은 모른다는 사실을 들키기 싫은 듯 책상 위만 뚫어져라 쳐다보고 있다. 마시는 금방이라도 펑 터질 것 같은 얼굴로 안절부절못하고 있다.

브루크너가 컴퓨터 자판을 치기 시작했다.

"무슨 일이 벌어지고 있는지 아직 잘 모르는 친구들을 위해 요약해서 말해주지. 누군가 골판지, 아니 얇은 베니어합판 같아 보이던데, 하여튼 그런 걸로 번갯불 모양을 만들어서 체육관 입구와 글리스 선생의 사무실 문에다가 붙여놓았어. 그 번개에 적힌 웹사이트에서 더 자세한 설명을 찾아보라고 하면서 말이야. 얼마나 이걸 야무지게 붙여놨는지 청소부들이 엄청나게 애를 썼는데도 떨어지지가 않는다는구나."

야단났네. 나는 이 화끈거리는 두 뺨이 남들 보기에도 빨갛게 달아오른 게 아니기를 빌었다. 재신다는 정신을 똑바로 차리고 있을까? 그러나 차마 쳐다볼 용기는 나지 않는다.

"그렇군, 흐음."

브루크너는 책상 위를 손가락으로 짚더니 컴퓨터 화면 쪽으로 몸을 숙였다. 눈으로 뭔가를 훑어 내려가며 그는 안경테 밖으로 눈썹이 삐져나오도록 눈을 치켜떴다.

"솔직히 말해서, 이거 보통이 아니네."

그는 컴퓨터 화면에서 눈길을 돌려 곧장 나를 바라보았다.

"참으로 대단해."

눈길을 거두기 직전, 그의 얼굴 위로 섬광처럼 무언가가 번뜩 스치고 지나갔다. 즐거움? 아니면, 동의?

"어차피 오늘은 시사 문제를 토론하는 날이니 이것부터 한번 들여다볼까? 이 웹사이트에 뭐라고 쓰여 있는지 궁금한 사람?"

대답을 기다리지도 않고 그는 교실 TV의 케이블을 노트북 컴퓨터에 연결했다.

우리의 블로그가 TV 위에 떡하니 나타났다. 브루크너는 멀찍이 물러서서 화면을 살폈다. 그는 까치발을 하고 몸을 흔들며 팔짱을 꼈다.

"어떻게 생각하니? 응?"

저마다 화면에 떠오른 글을 읽느라 교실은 찬물을 끼얹은 듯 조용했다. 그것은 선언문이었다. 물론 재신다와 내가 만든 우리의 선언문이다. 미합중국 헌법을 만드신 어르신들과 마사, 백 훅스의 도움을 약간 받기는 했지만. 파급 효과는 완전히 기대 이상이다. 학교에서는 퇴학시키겠다는 협박 방송을 하고, 브루크너는 우리한테 수업 시간까지 할애하고 있다. 다른 선생들도 똑같이 하고 있을까? TV 화면에 커다랗게 떠 있는 우리의 목소리를 음미하며 나는 자랑스러움에 심장이 쿵쾅거렸다.

우리, 진정한 억압을 타파하기 위해 일어선 민중들의 번개(People's Lightning to Undermine True Oppression, 줄여서 플루토스)는 아래와 같은 일들을 만천하에 선언합니다.

1. 모든 사람은 '저마다의 가치'가 있습니다! 이건 단순한 노래 제목만이 아닙니다, 여러분! 모든 사람들, 그러니까 사람이라면 누구나! 존중받아 마땅합니다. 언제나요. 이는 어린아이나 어른, 학생과 교사를 가리지 않습니다.

2. 제도 자체에 무시와 불평등이 내재되어 있을 때 이것은 곧 억압으로 발현됩니다. 그 예는 다음과 같습니다.

A. 스마트폰을 살 만한 형편이 안 되는 학생들은 부유한 학생들이 누리는 인터넷 사용권이 자연스럽게 박탈됩니다.

B. 교사들은 학생들보다 훨씬 좋은 화장실을 사용합니다.

C. 교사들은 학생들이 복종하지 않을 때마다 목소리를 높이거나 방과 후 남는 벌을 줌으로써 학생들을 무시합니다. 교사에게 소리 지르는 학생을 상상해보신 적이 있습니까? 그러면 바로 정학을 당하겠지요.

이는 몇 가지 사례에 불과합니다. 단호히 말하건대 우리 학교는 억압적인 제도를 가지고 있습니다. 그리고 구성원 다수가 여러 가지 형태의 압제에 일조를 하고 있습니다.

3. 제도적인 억압의 예는 다음과 같은 사항에 한정됩니다.: 인종차별, 성차별, 엘리트주의, 나이 차별, 권위주의, 뚱뚱한 사람 차별, 동성애 혐오증, 종교적 편협성. 이 모든 것들이 바로 지금 이 학교에서 벌어지고 있는 일들입니다.

4. 개인과 집단 모두에 대한 어떠한 억압도 용납되어선 안 됩니다.

5. 누구나 실수는 할 수 있습니다. 그러나 누군가 도를 넘는 행위를 하거나, 누적되는 실수의 횟수가 습관적인 억압 행위로 간주할 수 있는 정도라면 우리는 책임을 묻기 위한 조치를 취할 것입니다. 번개가 찾아가는 거죠!

6. 이 웹사이트에 번개를 맞은 사람들의 비인도적 행위를 낱낱이 밝히고 이니셜로 명단을 올릴 것입니다.

7. 플루토스의 설립자는 익명에 부쳐질 것입니다. 그러니 묻지 말아주세요!

언제 어디서건 우리의 대의에 동참하세요. 억압에 맞서 하나로 뭉칩시다! 모두에게 언론의 자유를! 당당하게 말하세요! 혁명을 시작합시다!

아래에 댓글을 달아주세요!

댓글

1호로 번개를 맞은 사람: G 선생. 노골적인 성차별과 뚱뚱한 사람에 대한 차별, 몸무게와 신체 사이즈를 가지고 학생에게 소리를 지르면서 무례하게 행동함. 학생을 모욕하고 수치심을 안겨주는 것이 정당하다고 생각하시겠지만 천만의 말씀! 정의의 심판을 피해 갈 수는 없을 것이다! 흥!

천재적인 플루토스 블로그에 홀딱 빠져 있던 나는 누군가 교실 문을 쾅, 쾅, 쾅, 두드리는 소리에 문득 정신이 돌아왔다.

브루크너가 문을 열자 폴거 박사가 서 있었다. 재신다가 헉하며 숨을 멈추더니 얼굴에서 핏기가 싹 가신다. 겁에 질린 표정이다.

"브루크너 선생님, 학생 여러분, 방해해서 죄송합니다."

폴거 박사는 살짝 허리를 숙여 인사를 했다.

"잠깐 드릴 말씀이……."

그는 브루크너를 향해 손짓을 하더니 그의 귓가에 대고 뭔가를 속삭였다. 브루크너는 뒷짐을 진 채 고개를 끄덕거리며 잠자코 듣고 있었다.

두 남자가 마침내 떨어지고 나서 브루크너는 몸을 돌려 호기심과 동정이 반반 섞인 눈으로 나를 바라보았다.

"에비, 폴거 박사님이 너한테 할 얘기가 있으시다는구나."

재신다는 미동도 하지 않았다. 완전히 얼어붙은 채 뚫어져라 앞만 바라보고 있었다. 나는 심호흡을 했다.

"소지품을 챙겨가지고 나오너라."

폴거 박사가 말했다. 당장은 교실로 돌아오지 못할 거라는 뜻이렷다. 별로 좋은 징조는 아니다.

다시 한 번 깊이 숨을 들이마셨다. 나는 당당한 표정으로 주섬주섬 물건들을 챙겼다. 심장이 목구멍으로 튀어나오기라도 할 것처럼 미친 듯이 뛰고 있었다.

13

만약 여성에 대한 특별한 관심과 보호가 없다면
우리들은 최후까지 맞서 싸울 것이며,
우리에게 어떤 의사 발언권이나 대표권을 허용하지 않는 법에
속박되지도 않을 것입니다.
- 애비게일 애덤스(노예제 폐지론자, 1744-1818)

폴거 박사는 커다란 나무 탁자 뒤 회전의자에 몸을 묻고 앉아 있었다. 벽에는 온통 상패와 학위 증명서들이 매달려 있고 책장과 탁자 위, 서류 캐비닛 위에는 셀 수 없이 많은 슬링키*들이 놓여 있었다. 나는 가방을 내려놓고 두 개의 빈 의자 중 하나를 끌어다가 그와 대각선이 되도록 문을 향해 앉았다. 광활한 탁자를 사이에 두고 이야기를 하는 건 탐탁치가 않다. 그건 권위의 선포나 다름없기 때문이다. 폴거 박사는 내가 하는 짓을 지켜보며 눈썹을

---

* 매직 스프링 장난감.

치켜뜨기만 할 뿐 말리지는 않는다. 그의 탁자 위에는 얇은 서류 철들이 어지럽게 흩어져 있었다. 저 안에 뭐가 들었을까? 내 시험 지들? 성적표? 방과 후 남는 벌의 서류가 3중으로 되어 있던데 그 중에서도 정체를 알 수 없는 흰색 복사지들?

"이렇게 시간을 내줘서 고맙구나."

마치 나에게 선택권이라도 있었던 것처럼 그가 말했다.

"모닝듀* 양."

"그냥 에비라고 불러주세요."

그가 고개를 삐딱하니 젖히고 나를 훑어본다.

"마사, 그러니까 저희 엄마가."

나는 설명했다.

"이런 말도 안 되는 이름을 지어주셨지 뭐예요. 이름과 중간 이 름뿐 아니라 성까지 제멋대로 지어냈다니까요."

그가 미소를 지었다.

"어쨌든 좋다. 그렇지만 가끔은 나에게 상기를 시켜줄 필요가 있을 거야, 에비."

그가 무지갯빛의 플라스틱 슬링키를 집어 들고 부드럽게 움직였다.

"나는 네가 우리 학교에 온 것을 진심으로 기쁘게 생각하고 있다."

"감사합니다."

나는 말했다.

"환영해주서서요. 그렇지만 다른 용건으로 절 보자고 하신 거

---

* 모닝듀는 영어로 '아침 이슬'을 뜻한다.

아닌가요?"

그가 다시 미소를 지었다. 친절한 웃음이다.

"그렇지. 네 말이 맞다."

다시 한 번 깊이 숨을 들이마셔야 할 순간이다.

"어떤…… 일에 대해 의논을 좀 하고 싶어서 널 보자고 했다만."

"번개요? 플루토스 웹사이트?"

그는 깜짝 놀란 얼굴이었다. 틀림없이 고개를 똑바로 쳐들고 맞서는 학생들보다는 슬슬 피하려고 애쓰는 쪽이 더 익숙한 것이다. 그는 슬링키를 내려놓고 서류철을 열었다.

"보아하니 글리스 선생과 테오도르 선생, 그리고 와이슨 선생과 문제가 좀 있었나 보구나."

"그건 이미 시간을 다 채웠는데요."

나는 화장실과 핸드폰 규칙의 사회경제적 불평등에 대해 한소리를 하려다가 문득 이미 플루토스 블로그에 써놓은 얘기란 것을 기억해내고 입을 다물었다.

그는 서류들을 훑어보았다.

"그랬지. 그렇지만 자네는 그것 말고도 문제들이 좀 있군."

"제가 좀 봐도 될까요?"

나는 손을 내밀었다.

그는 나의 행동에 크게 놀란 듯 서류철을 뒤로 휙 잡아 뺐다. 진짜로 몹시 놀란 것 같았다!

"그건 저에 대한 거잖아요. 그렇죠?"

"그렇지."

“그런데 왜 제가 보면 안 되죠?”

그가 헛기침을 했다.

“안에 뭐가 있는지 내 기꺼이 얘기는 해주마.”

그는 서류를 손가락으로 툭툭 치며 말했다.

“그렇지만 보게 해줄 수는 없다. 교사들의 기밀 사항은 보호를 해줘야 하니까.”

나는 눈을 흡떴다.

“교사들의 기밀 사항이라고요? 교사들이 제 서류에 뭔가를 적어 넣을 수 있단 말인가요? 그 사람들이 이걸 본다고요?”

그는 또 다른 슬링키를 들고 슬렁슬렁 움직였다. 이번에는 좀 더 작고 쇠로 된 것이다.

“교사들이 정 필요하면 한두 가지 메모를 할 수 있도록 되어 있다.”

“아, 그래요. 그렇군요.”

나는 머리 고무줄을 풀어 팔찌처럼 팔목에 찼다.

“그럼 저도 거기에 메모 하나를 추가해도 될까요? 제 서류니까?”

폴거 박사는 미소를 지으며 피식 웃었다.

“모닝듀 양.”

“에비라니까요.”

“에비, 이례적인 일이긴 하지만, 뭐…… 좋다. 네 메모를 포함시켜주마. 그런데 뭐라고 쓸 거지?”

“아직은 잘 모르겠어요.”

“아.”

그는 다시 내 서류철로 눈을 돌려 이번에는 꽤 오랫동안 읽어

내려갔다.

"여기 보니 대학 진학에 관심이 있다고."

"네, 코넬 대학요. 사회정의를 기반으로 한 도시계획학과가 있어서요."

"그런 게 있지."

그는 미소를 지으며 벽에 걸린 액자 하나를 손가락으로 가리켰다.

나는 액자에 끼워진 졸업장을 흘깃 쳐다보고는 벌떡 일어나 좀 더 가까이 보기 위해 다가갔다.

'코넬 대학교 수여…… 제임스 찰스 폴거, 도시과학과 지역학 학위 증서'.

나는 순간적으로 손을 올려 입을 틀어막았다.

"설마! 어떻게 이런 일이!"

폴거 박사가 싱긋 웃었다.

"제가 말한 바로 그 과잖아요!"

나는 똑같은 학과 과정을 밟아 내 이름이 박힌, 이것과 똑같이 생긴 졸업장이 그 옆에 나란히 걸려 있는 모습을 마음속에 그려보았다.

"게다가 박사 학위는 하버드에서 받으셨군요. 근사한데요."

"하버드 교육대학원이지. 다른 대학원들보다 분위기가 좀 더 현실적이라고나 할까. 모두가 최우수 학생들뿐이거든. 자만에 빠져 있을 틈이 없지."

"와!"

나는 다시 자리에 앉으며 고개를 절레절레 흔들었다.

"코넬은 좋으셨어요?"

"전혀."

"전혀라고요?"

그가 활짝 웃었다.

"좋았던 정도가 아니지. 너무나 사랑했어."

그가 회전의자에 앉은 채 몸을 빙글 돌렸다.

"훌륭한 교과목에 교수들은 감탄이 나올 정도였거든. 교과과정 뿐만 아니라 실습과목에서도 정말 많은 것을 배웠단다. 그리고 평생의 친구들도 만났고 말이야."

"와! 그럼 제 추천서를 써주실 수도 있겠네요!"

그것은 나의 생각이자 제안인 동시에 질문이기도 했다. 내가 왜 이 자리에 있는지 깨닫기 전까지는 말이다. 그가 나를 교실에서 여기까지 끌고 온 걸 보면 척 보기에도 이번 규칙 위반 사태는 꽤 나 심각한 것이 아니겠는가.

그는 자신의 손을 내려다보았다. 양복 재킷이 어깨 솔기선 쪽으로 약간 당겨 올라가 있었다.

"나도 그러고 싶지. 모닝듀…… 아니, 에비. 만약."

그가 손가락을 들어 올렸다.

"만약 내가 양심상 거리낄 것이 없다면 말이야."

심장이 쿵 내려앉았다. 올 것이 왔구나…….

"이번의 그…… 번개……라는 게 전례가 없던 획기적인 사건이라 는 건 우리 둘 다 아는 사실이다. 심각하게 받아들일 필요가 있어."

그는 목을 가다듬었다.

"그리고 그게 우연히도 네가 이 학교에 나타난 것과 동시에 벌어졌단 말이지. 게다가 '사회정의 실현을 위한 운동'이라고 해야 할까, 네 관심사와도 일치를 하고 말이야."

그렇군. 저 서류철 안에는 내가 학생자치위원회 앞으로 보낸 탄원서의 복사본도 들어 있겠군. 설마 에디터에게 보낸 편지까지? 둘 다 완전한 실패작으로 폐기 처분된 것들인데. 그리고 또 뭐가 들어 있을까?

"상관관계가 꼭 인과관계를 의미하는 건 아니죠."

나는 말했다.

"물론 그렇지."

그가 동의했다.

"그렇지만 아니 땐 굴뚝에 연기가 나진 않거든."

나는 손목에 끼고 있던 고무줄을 잡아당겨 머리를 하나로 올려 묶었다. 무슨 이야기를 더 해야 하는 걸까? 폴거 박사가 지금은 차분한 것처럼 보이지만 당장은 이렇게 마음씨 좋은 경찰 흉내를 내다가 2분 뒤에 폭력 경찰로 돌변한다면? 무엇보다도 그는 교장이다. 권력의 핵심인 것이다. 나는 다시 한 번 크게 숨을 들이마시고 그에게 물었다.

"그냥 궁금해서 묻는 건데요, 학생이 블로그를 만들었다고 해서 그게 범죄는 아니잖아요, 그렇죠? 언론의 자유는 미국 헌법수정 제1조에서 보장하고 있는 권리니까요. 공립학교 학생들은 헌법상의 권리를 행사할 수 있는 걸로 아는데요. 제가 잘못 생각하고 있는 건지도 모르지만요. 이 학교에서는 언론의 자유가 매우 주관적으로 해석되고 있는 것 같아요.”

“그 웹사이트가 블로그라는 건 어떻게 알았지?”

“브루크너 선생님이 보여주셨거든요.”

오, 주여! 아슬아슬했다.

“그랬나? 방금?”

그는 무지갯빛 슬링키를 다시 집어 들었다.

“그건 네 말이 맞다. 블로그를 하는 게 범죄는 아니지. 그러나 미국 헌법수정 제1조라고 해도 학교 시스템에 적용될 때는 기관에 최선의 이익이 되는 방향으로 조정되어야 한다.”

“그러게요. 저도 그런 게 아닌가 하는 의심을 품기 시작했거든요. 이왕 이렇게 된 거 확실하게 짚고 넘어갈게요. 그렇다면 선생님은 양심에 거리낌 없이 학생 개개인의 권리를 부정할 수도 있다는 말씀이세요? 최대 다수의 최대 행복이 장땡이란 말인가요? 그 정도로 실리적인 분이셨나요?”

“굳이 그렇다고 할 수는 없지.”

그는 이런 토론이 인상적이라는 듯 아주 엷은 미소를 지었다.

“그렇지만 말이다, 에비. 누군가를 지목해서 괴롭히는 건 범죄야. 우리는 온라인 왕따나 인터넷 왕따로 불리는 것들에 대해서도 구체적인 규칙을 세워놓고 있다.”

그는 슬링키를 양손에 올려놓고 가볍게 한쪽으로 튕겨 올렸다.

“그리고 명예훼손 역시 범죄지. 글로 누군가를 중상모략하는 행위 말이야. 우리는 지금 교사들의 명예에 대한 얘기를 하고 있는 거다.”

"진심으로 그녀가 명예라고 부를 만한 걸 갖고 있다고 생각하시는 거예요?"

나는 조심스럽게 물었다.

"만약 그 웹사이트가 정말로 사실이라면요? 만약 그녀가 진짜로 학생에게 끔찍하게 지독한 소리를 했다면요?"

"물론 나에게는 학생들을 보호할 의무도 있지. 그래서 교육청장인 존스 박사와 내가 비밀리에 웹사이트에 올린 주장들을 면밀히 조사해볼 작정이란다."

나는 고개를 끄덕였다. 우리의 시선이 맞부딪쳤다. 그가 헛기침을 했다. 무승부다. 마른 덩굴잡초만 외롭게 굴러다니는 황야의 두 무법자처럼, 오로지 두 사람만의 대결이었다.

목을 가다듬으며 그가 말했다.

"네게는 부당하게 들릴지도 모르겠다만, 앞으로 계속 널 주의해서 지켜보도록 하겠다, 에비."

그는 할 얘기가 다 끝났다는 듯 고개를 살짝 숙였다.

"프랭클린 씨가 너에게 사유서를 써줄 거야. 시간을 내줘서 고맙다."

"천만에요. 알겠습니다."

나는 책을 집어 들었다.

막 사무실 문을 열려는 찰나 그의 목소리가 들려왔다.

"에비."

나는 뒤를 돌았다.

"네, 폴거 박사님."

"한 가지 네가 꼭 알았으면 하는 것이 있다."

"그게 뭔데요?"

그는 서류철 위를 손가락으로 톡톡 두드렸다.

"네가 학교에 다니는 건 여기가 처음이라고 알고 있다. 그리고 이번이 네 마지막 학년이고."

나는 미소를 지었다.

"저도 다 아는 얘기만 하시네요."

그도 나를 마주 보며 미소를 지었다.

"이 기록들이 코넬 대학 입학원서에 반영된다는 걸 네가 모르는 것 같아서 말이다."

"아, 그렇군요. 그게 그러니까 그 무시무시한 '영구 기록'이로군요."

"바로 맞혔다."

"미리 경고해주셔서 감사합니다."

나는 다시 문을 향해 몸을 돌렸다. 나는 얼른 재신다와 라자스에게 달려가 이 모든 일들을 재방송해주고 싶은 마음에 몸이 달았다. 지금쯤이면 분명 라자스는 재신다에게서 이 소식을 들었을 것이고 둘 다 무슨 일인지 궁금해 죽을 지경일 것이다.

"네가 학교를…… 그만두기로 결정하더라도 이 기록들은 계속 따라다닐 게다."

뭐라고? 머릿속이 하얘지면서 뇌와 심장이 동시에 바닥까지 뚝 떨어지는 것처럼 아찔했다. 이런 빌어먹을, 말도 안 돼!

"무슨 뜻인지……."

"만약 네가 학교를 중퇴하더라도 코넬 쪽에서는 네 학교생활 기록을 언제든지 볼 수 있다는 얘기지. 그 기록에는 네가 여기에 있는 동안 일어났던 모든 사건들이 아주 상세하게 나와 있을 거야."

나는 다시 의자로 돌아가 앉았다.

"그만 나가봐도 괜찮다."

그럴 수는 없다. 순식간에 학교와 플루토스가 흥미진진한 새로운 경험에서 끔찍하게 잘못된 아이디어로 추락하고 말았다. 이제 내 미래의 꿈이 벼랑 끝에 몰렸다.

"그 부분에 대해 정확히 해두고 싶어서요."

그가 조용히 하라는 신호를 보냈다. 나는 고개를 끄덕였다.

"이번 일로 부모님과 통화를 좀 해야겠구나. 대개 이런 일에는 부모와 상담을 하지. 수년 간 내가 배운 게 뭔지 아니? 부모에게 자녀의 일을 그때마다 자세히 알리는 것이 상당히 중요하다는 거야. 훨씬 시간이 지나고 난 다음에 가서야 깜짝 놀라는 상황을 피하기 위해서 말이지."

나도 모르게 코웃음을 치고 말았다.

"내 말이 우습니?"

"죄송합니다. 그렇게 하세요……. 전화를 하시는 건 좋은데 미리 마음의 준비를 하셔야 할 거예요."

그는 당황한 표정을 지었다.

"어머니가 그렇게 엄하시니? 이 시간에는 전화를 하지 않는 편이 좋을까?"

"마사는 엄한 것과는 거리가 아주 멀어요. 하셔도 돼요. 그렇지만 마사랑 통화를 하시다 보면 교육철학 공부를 다시 하고 싶어지실지도 몰라요. 분명 듀이*를 들이댈 거거든요.”

“아하. ‘교육은 삶의 한 과정이지 미래를 위한 준비가 아니다’.”

나는 내 미래 전체를 알 수 없는 소용돌이 속으로 몰아넣어버린 폴거 박사를 향해 그럭저럭 웃는 얼굴을 내보일 수 있었다.

“제가 제일 좋아하는 인용문 중 하나예요.”

그는 살짝 허리를 숙여 인사를 보냈다. 존중의 의미를 담은 멋진 제스처였다.

“그 소리를 들으니 네 어머니와의 통화가 기대가 되는구나.”

우리는 사무실을 나와 교무실로 갔다. 내가 들어올 때는 자리를 비우고 없던 프랭클린 씨가 고개를 들어 우리를 쳐다봤다. 그녀는 바늘로 수놓은 티슈 박스 덮개 옆에 다이어트 코카콜라 캔을 내려놓았다.

“안녕, 애야.”

“둘이 이미 만난 적이 있군.”

폴거 박사가 말했다.

“네.”

그녀가 미소를 지었다.

“에비, 맞지?”

나는 고개를 끄덕였다.

“사유서를 써줄까요?”

폴거 박사가 말했다.

---

* 미국의 철학자이자 교육자.

“그래 주겠소?”

프랭클린 씨는 서랍에서 파란색 메모장을 꺼내더니 뭔가를 써 내려가기 시작했다.

“시간 내줘서 고맙다. 모…….”

그가 머리를 휘휘 내저었다.

“미안하구나. 에비였지. 말썽에 휘말리지 않도록 해라. 그러면 내가 코넬대에 추천서를 써줄 수도 있어.”

코넬. 잊어버릴 뻔했다.

영구 기록은 진짜일 것이다.

그동안 마사는 내가 학교를 가는 게 별로 좋은 생각이 아니라고 말해왔었다. 그리고 이제 나는 그 말에 동의할 수밖에 없다. 이런 망할 구석에 제 발로 걸어 들어오다니.

<h1 align="center">14</h1>

응시하라. 그것이 눈을 단련하는 방법이다.
응시하라. 기도하라. 귀를 기울여라. 엿들어라.
지식을 갈망하라. 삶은 그리 길지 않다.
— 워커 에번스(사진가, 1903-1975)

"이런, 애야, 위기 없이는 혁명도 없는 거란다."

학교와 일이 끝나고 함께 집에 돌아온 뒤 마사가 내게 말했다. 그녀는 눈썹을 씰룩씰룩 움직였다.

"그래서 내가 폴거 박사의 귀에다가 작은 씨앗을 하나 심어놓고 왔지 않겠니."

"그거 상상만 해도 재밌네. 그럼 귀지에서 싹이 자라는 건가."

나는 얼굴을 찌푸렸다.

"그런데 벌써 전화를 했단 말이야?"

마사는 레모네이드가 든 병을 나에게 건네주고는 쨍그랑 건배를 했다.

"금쪽같은 20분의 자유 시간 동안 전화통을 붙들고 있었지. 축하한다, 얘야. 높으신 분의 우선 사항에서도 아주 제일 꼭대기 자리에 오르셨더군."

"고마워."

"그런데 왜 그렇게 우울해?"

"코넬."

나는 레모네이드를 홀짝거리며 마음을 다잡으려고 애썼다.

"그래서. 거기 심어놓은 씨앗이란 게 도대체 뭔데?"

"웬일이니, 관심도 없을 줄 알았더니만!"

그녀는 부엌 의자를 뒤로 돌려 다리를 벌린 채 걸터앉더니 등받이 위에 팔을 올려 팔짱을 꼈다.

"어떤 식으로든 너를 비난하는 소리가 되지 않게 조심하면서 상황 설명을 해주더구나. 플루토스와 번개에 대한 대략적인 얘기였어. 난 이미 다 알고 있는 건데……."

"우리가 한 짓이라는 말은 설마 안 했겠지, 그렇지?"

마사는 지독한 모욕이라도 당한 듯한 얼굴로 나를 쳐다봤다.

"내가 내 금쪽같은 새끼와 그 친구들의 뒤통수를 칠 사람으로 보여? 넌 어떻게……."

나는 번쩍 손을 들어 올렸다.

"아, 알았어, 알았어. 고함은 제발 그만. 그러니까 그 씨앗이 뭐냐고?"

"아 참, 그러니까 그 사람이 나한테 무슨 일이 일어났었는지 다 얘기를 해주고 나서."

그녀가 중간 부분은 생략한다는 의미로 손을 흔들었다.

"내가 그래도 어른이라고 내 말은 듣더라."

그녀가 코를 흥흥거렸다.

"분명 잠자코 듣고 있었다니까. 괜찮은 사람 같은데 어쩌다가 그런 돼먹지 못한 학교의 교장 나부랭이가 됐는지……."

"마사, 똑같은 질문 자꾸 하는 것도 힘들어서 못 해먹겠어."

"응? 내가 지금 그렇게 횡설수설이야?"

"씨앗 말이야!"

"아, 그렇지, 씨앗."

그녀는 레모네이드를 벌컥벌컥 들이켰다.

"그 사람이 나한테 무슨 일이 있었는지 설명을 하고 나자 내가 그 사람한테 이랬지. '뭐니 뭐니 해도 최고의 소독제는 햇빛이다'."

그녀가 자랑스럽게 두 팔을 활짝 벌렸다. 짜잔!

나는 잠시 할 말을 잃었다.

"그게 다야?"

"물론 아니지! 음, 사실은 맞아. 그게 다야."

그녀는 레모네이드를 내려놓더니 과장되게 한숨을 푹 내쉬었다.

"그걸 자기 생각인 것처럼 하게 만드는 게 진짜 전략인데. 그렇지 않아?"

"도대체 뭘 그렇게 만든단……."

"햇빛이 최고의…… 그러니까 결국에 가서는 언론의 자유가 최고다, 뭐 그런 거지."

"그 사람이 그런 거에 동의할 리가 없어. 솔직히 말해서 절대 안

한다에 한 표."

"잘 들어봐. 네가 하고 있는 혁명의 요지는 권리를 찾는 거잖아. 그렇지? 만약 학생들이 자신들에게 권리가 있다고 생각한다면 당당하게 소신을 말할 거야. 높으신 분들한테는 그만큼 무서운 게 없지. 하지만……."

그녀는 손가락을 번쩍 치켜들며 덧붙였다.

"만약 권력을 가진 쪽에서 상대방이 아무리 체제에 완강히 맞서고 있다고 할지라도 내 통제권 안에 있다, 내 마음대로 할 수 있다, 라는 생각을 하게 되면 그때 가서는……."

그녀는 갑자기 말을 끊고 스스로에게 매우 흡족한 듯한 미소를 지었다.

"난 아직도 엄마가 무슨 말을 하는지 모르겠어."

"그냥 기다려봐. 내가 씨앗을 심어놨으니 만약 상황이 요상하게 돌아가면, 아니 요상하게 돌아가려고 할 때면 그 사람 머릿속에 내가 한 말이 도로 떠오르게 되어 있어. 마치 자기가 스스로 생각해낸 것처럼 말이야."

이쯤 되고 보니 나는 모든 것이 헷갈리지 않을 수가 없었다.

"도대체 자기 생각인 것처럼 하는 게 뭔데?"

"'햇빛' 말이야. 언론의 자유. 그걸 생각 못하다니 이거 약간 실망인데."

"이거 왜 이러셔. 그 얘기라면 나도 이미 생각했다고. 언론의 자유 말이야. 그 블로그의 목적이 학생들에게 자유롭게 댓글을 달고 불만 사항들을 털어놓도록 만드는 거라는 걸 잊지는 않았겠지?"

"그렇지만 진정한 꼼수는 전략에 있는 거야. 폴거 박사로 하여금 그게 마치 자기 생각인 것처럼 느껴지도록 만드는 거지."

그녀가 자리에서 일어났다.

"그건 그렇고. 그 잘생긴 라자스는 언제 다시 만날 거니?"

좋은 질문이다. '지상낙원'인 기술 작업실 말고 다른 데서 라자스와 단둘이 있을 수 있다면 소원이 없겠다. 그러면 그 나머지는? 전략과 폴거 박사에 관한 것들은? 뭐가 뭔지 하나도 모르겠다.

금요일 밤 라자스와 나는 데이트를 했다. 마사는 독신자 모임에서 만난 사람들과 외출을 하고 재신다는 아이 보는 일을 하러 갔다. 나와 라자스 단둘이 남았다. 우리를 갈라놓을 일은 아무것도 없다. 11시가 지나 재신다가 일을 마치고 나면 다운타운에서 만나기로 했다. 그리고 재신다는 우리 집에서 자고 갈 것이다.

라자스는 맥도널드와 공동묘지를 지나서 마을 어귀의 생긴 지 얼마 안 된 놀이터에 블루 바이오하자드를 세웠다.

달빛에 가려 별도 거의 보이지 않는 밤이다. 사과처럼 붉게 달아오른 두 뺨에 닿는 공기가 산뜻하게 느껴졌다. 라자스는 바이오하자드의 후드 위에 피크닉 담요를 펼쳐놓았다. 우리는 거기 누워 키스를 나누었다. 몇 시간…… 아니 몇 분…… 아니면 몇 주. 내 머릿속에는 오로지 그의 혀와 입술, 손, 숨결과 그의 눈동자 외에 아무것도 없었다.

나는 그와 하나가 되어 내 존재 자체도 잊었다.

내 주머니 속에서 진동 소리가 부르르 나기 전까지는 말이다.

핸드폰이다. 이내 벨소리가 울린다.

"받지 마."

라자스가 입술을 떼지 않고 웅얼거렸다.

"그러려고."

나는 담요 밑으로 핸드폰을 밀어 넣었다. 전화를 건 사람이 누구든 간에 좀 기다리라고 하지 뭐. 여태 한 번도 경험해보지 않은 느낌이었다. 그래서 뭐라고 말로 설명하기가 힘들다. 온 신경이 끊어질 듯 팽팽하게 당겨지고 피부가 빈틈없이 찌릿찌릿하다. 라자스의 손이 스웨터 속으로 슬금슬금 들어왔다. 그리고 면으로 된 탱크톱을 들춰 올리며 갈비뼈 위를 더듬어 올라온다. 그의 엄지손가락이 아슬아슬하게 가슴 가까이까지 왔다. 이러다 숨이라도 멈춰버리는 게 아닌가 걱정이 될 지경이다.

우리는 담요 위에서 엎치락뒤치락 뒹굴었다. 그 바람에 라자스가 피크닉을 위해 가게에서 산 바게트가 뭉개지는 소리가 들렸다. 우리는 계속해서 키스를 나누었다. 거의 만월에 가까운 달은 빛으로 터질 것처럼 가득 차올랐다. 라자스의 손길이 닿으면 내 가슴도 분명 저렇게 되고 말 거야. 그의 손가락 끝이 불이라도 붙일 것처럼 뜨겁다.

"잠깐만."

나는 숨을 가다듬고 일어나 앉아 스웨터를 냉큼 머리 위로 벗어 던졌다. 놀라면서도 기쁜 듯이 보이는 라자스의 얼굴이 내게 용기를 줬다.

"설마 네 앞에서 이런 짓을 한 여자애가 그동안 하나도 없었던 건 아니겠지."

슬쩍 옆구리를 찔러보았다.

"이런 적은 없었지."

그가 미소를 지었다.

"주로 내가 하던 일이었으니까."

심장이 바윗덩이처럼 곤두박질을 친다. 나는 스웨터를 다시 목
에 끼우고 끌어 내렸다.

"그러셔."

"그런 뜻으로 한 얘기가 아니야."

그가 슬쩍 몸을 기대왔다. 그러나 얼굴에는 짜증이 역력했다. 내
가 불쾌해서 기분이 나쁜 거야? 아니면 스웨터를 도로 입어서?

"내 말을 들어봐. 내가 지금 여기 너와 함께 있잖아. 그보다 더
중요한 게 어딨어."

라자스가 눈썹을 찡긋 올렸다. 마치 그 한마디로 모든 설명이
말끔하게 끝나기라도 한 것처럼.

"관심을 갖지 말아야 한다는 거 나도 알아. 그렇지만 아무래도
물어봐야겠다. 그렇게 많았어?"

"뭐가 많았냐는 거야?"

그의 얼굴에 장난기가 서렸다. 순순히 대답을 내놓고 싶지 않은
것이다.

"무슨 말인지 다 알잖아! 여자친구 비슷했던 애들 말이야."

"수백 명. 아니, 수천 명이던가."

그가 손가락으로 내 콧등을 쓸어내렸다.

“이제 기분이 좀 나아져?”

“아니.”

“그러면 내가 만약 한 번도 여자친구가 없었다고 말하면?”

“그래도 아냐. 사실이 아니란 걸 아니까.”

“사실인데. 난 여자친구니 남자친구니 하는 거 안 믿거든.”

“라벨이 붙는 게 싫은 거지.”

“맞아. 남자친구, 여자친구, 이런 건 부담스러워. 여자는 그 자체로 완벽한 인간이야. 나와의 관계로 인해 존재가 규정되어서는 안 되지. 게다가 상황만 복잡하게 만들 뿐이야.”

좋아, 여성의 자주권 얘기는 나도 동감이야. 그런데 라벨이 대체 왜 관계를 복잡하게 만든다는 거야? ‘여자친구’란 말을 좋아하지 않는 건 나도 마찬가지야. 그래도 이 경우라면 그 말이 정말 근사할 것 같아. 아주 많은 것들이 분명해지겠지. 그와 내가 서로 합의한 우리들의 관계가 어디쯤인지도 알게 되고. 정말 까무러치도록 사랑스러울 텐데.

“알았어. 좋아, 뭐.”

나는 바닥에 떨어진 심장을 도로 주워 담으려고 애를 썼다. 여기 이 근처 어딘가에서 나뒹굴고 있을 텐데.

“이브, 난 네가 정말 좋아. 너랑 같이 있고 싶어. 거기다가 왜 꼭 이름을 붙여야 해?”

나는 목이 잔뜩 메어서 겨우 모깃소리만 하게 “으응” 하는 소리를 짜내고는 얼른 숨을 내쉬었다.

“그래, 알아들었어. 나도 라벨 같은 건 반대야. 그런 거라면 질색하는 부류의 여자애란 말이지. 노동력 착취도 반대, 농약도 안 돼. 그러니 라벨은 말할 필요도 없지. 라벨은 아무런 쓸모도 없어. 유기농이나 공정거래, 노동력 착취 상품이 아니라는 표시가 아닌 이상엔 말이야……."

말을 멈출 수가 없다. 바보처럼 들리는데도, 왜 멈춰지지가 않는 거지?

"아니면, 너도 알다시피 프탈레이트가 안 들어 있다거나, 혹은……."

그가 내 뺨을 잡고 키스를 했다.

"너, 괜찮은 거야?"

나는 입을 여는 대신 고개만 주억주억 흔들었다. 환경친화적으로 오랫동안 지속 가능하고 공정거래품이며 세이드 그로운*에 유기농의 커피 규격에 대해 정신을 놓고 지껄이는 일까지는 절대 일어나지 않기를.

라자스는 한쪽 입꼬리만 살짝 올리는 특유의 살인미소를 지어 보였다. 그의 시선이 흐려진다.

"이브, 우리가 뭘 하든 하지 않든, 다 네 뜻에 달렸어. 네가 원한다면 그냥 이렇게 별이나 보면서 함께 시간을 보내도 괜찮아."

빌어먹을. 내가 이렇게 자신감 없이 질투나 하고 있다니. 딱 내가 질색하던 것이다. 그런 여자애가 되는 건 싫어. 난 다르다고. 난 언제나 나 자신에게 충실하지. 내가 원하는 거라고 그랬어? 난 이

---

* 아라비카종 커피나무가 가장 잘 자라는 최적 기온인 연중 섭씨 15-24도를 유지하는 것.

걸 원해. 나는 등을 꼿꼿이 펴고 앉아 라자스의 말랑말랑한 눈동
자를 쳐다보며 다시 스웨터를 훌렁 벗어던졌다. 그리고 라자스를
향해 미소를 지으며 스웨터를 입었다 벗었다 하느라 정전기가 잔
뜩 일어난 머리카락을 매만졌다. 라자스의 손이 천천히 내 가슴을
향해 다가왔다. 그리고 행동 개시! 나는 단박에 황홀함에 빠져들
었다. 사방에서 거품이 터지면서 파밧파밧 전기가 흐르고 내가 흔
적도 없이 증발해버리는 것 같은.

핸드폰이 다시 울린다. 라자스가 숨죽인 소리로 욕을 했다. 나는
고개를 돌리지 않은 채 담요 밑으로 손을 집어넣어 핸드폰의 벨소
리를 진동으로 바꾸었다.

그의 두 손이 분주하게 움직인다. 나의 온몸이 그의 손길을 기
다리며 열려 있다.

핸드폰이 요란한 진동 소리를 냈다.

"쳇!"

라자스가 짜증 섞인 신음 소리를 내뱉었다.

"꺼버려!"

"알았어."

전원을 끄려고 핸드폰의 뚜껑을 여는 순간 나는 액정 화면을 보
고 얼굴을 찌푸렸다.

"재신다가 왜 전화를 거는 거지? 그것도 쉬지 않고? 그리고 이
거 뭐야, 전화해달라는 문자 메시지를 세 번이나 남겼잖아. 비상
사탠가 봐."

"분명 내가 우리를 방해하지 말라고 말해놔서 그러는 걸 거야."

라자스가 얼굴을 문질렀다. 핸드폰이 다시 울리기 시작했다.

"안 돼! 받지 마……."

"여보세요?"

나는 전화를 받으며 라자스에게 미안하단 표시로 어깨를 으쓱 올려 보였다.

"에비? 하나님, 감사합니다! 제발 나 좀 도와줘!"

재신다의 흥분한 목소리가 귓속을 파고들었다. 마치 돌고래 울음소리 같다.

"왜 그래? 재신다, 일단 진정하고 한 옥타브만 좀 목소리를 낮춰봐. 무슨 소린지 고래들이나 겨우 알아듣겠다."

잔뜩 겁에 질린 그녀의 설명을 찬찬히 듣고 나서 나는 말했다.

"알았어. 금방……."

"무슨 소리!"

라자스가 내 핸드폰을 낚아챘다. 지금 뭐 하자는 거지? 그의 목소리가 살벌하다.

"제이, 바보 같은 짓 하지 마. 우리는 바쁘다고."

그는 버튼을 잽싸게 누른 뒤 내 핸드폰을 바이오하자드의 열린 창문 안으로 내던져버렸다.

"자, 어디까지 했더라?"

그가 나를 자기 쪽으로 끌어당겼다.

"라자스, 나도 계속 있고 싶어. 진심이야."

다시 뜨겁고 끈적끈적하게 녹아내려 정신이 홀랑 나가기 전에 얼른 말부터 시작하고 봐야 한다.

"그렇지만 재신다는 내가 필요해."

"네가 필요한 건 나야."

나는 스웨터를 주워 들며 말했다.

"넌 얼마든지 기회가 있어. 재신다를 도와주고 난 다음에 말이야. 뱀이 풀려났다잖아."

"아직은 아니야."

그가 옆구리를 간질였다.

"그렇지만 만약 네가 준비가 됐다면……."

"이런, 바보 같기는."

나는 스웨터를 도로 입으며 깔깔거리고 웃었다.

"지금 내가 그걸 빗대서 하는 소리가 아니잖아."

나는 콧잔등을 찡그렸다. '페니스'란 소리가 어쩌나 무식하고 웃기게 들리는지. 그렇다고 더 나은 말이 있는 것도 아니다. 거시기, 자지, 아랫도리, 고추. 유치원 수준 아니면 창녀. 중간이 없다. 나는 말을 바꾸었다.

"지금 재신다가 봐주고 있는 꼬마가 뱀을 한 마리 기르고 있는데 그게 도망을 갔대. 다시 말하지만 야한 의미로 해석하지 말아줘. 그런데 부모랑은 연락이 안 되고 난리가 났나 봐."

라자스가 땅이 꺼져라 애절하게 한숨을 내쉬었다.

"할 수 없지 뭐. 그래, 가보자."

재신다가 가르쳐준 집주소로 찾아가니 현관 앞에서 우리를 기다리고 있는 그녀가 보였다. 핸드폰을 손에 꼭 쥐고 안절부절 못한 채 한쪽 발을 번갈아가며 깡충거리고 있었다. 마치 무시무시한 사이즈의 번득이는 송곳니에서 독을 뚝뚝 흘리는 뱀이 어디선가 불쑥 나타나 그녀를 덮치기라도 할 것처럼 작은 소리 하나에도 소스라친다.

"조심해, 제이."

라자스가 바이오하자드의 문을 닫고 현관의 계단을 한 번에 두 개씩 훌쩍훌쩍 올라갔다.

"뱀이 얼마나 날쌔다고."

그는 강조하는 것처럼 가라데 손동작을 해 보였다.

재신다는 라자스를 향해 뚱한 표정을 지어 보이고는 나를 한껏 껴안았다.

"맙소사. 이렇게 와줘서 정말 고마워! 좋아. 이제 너희 둘은 안으로 들어가고, 나는 바이오하자드에서 브룩한테 계속 전화를 할게."

라자스의 얼굴이 순간 굳어졌다.

"누구한테 전화를 한다고?"

재신다가 손으로 입을 막았다. 눈이 화등잔만 해졌다.

라자스가 손가락으로 가리키며 말했다.

"이게 브루크너의 집이란 말이지."

잔뜩 성이 난 목소리다.

그런데 왜? 나는 라자스와 재신다를 번갈아가며 쳐다보았다.

라자스가 그녀를 쏘아보았다.

"맞아?"

"젠장. 네가 그를 어딘가 뒤가 구린 인간이라고 생각하는 거 알

아. 그렇지만 내 말 좀 들어봐. 그 사람 애를 봐주던 이가 갑자기 약속을 취소하는 바람에 나한테 전화를 해서 대신 와줄 수 있냐고 한 거야. 내가 쩔쩔매는 그를 못 본 척해야겠어? 어디서 헛소문을 주워듣고 오신 과보호에 피해망상적인 사촌 때문에?"

그녀가 팔짱을 꼈다.

"그건 아니지. 그건 직업의식이 전혀 없는 거야. 아기를 돌보는 직업윤리 강령에 어긋나."

"그 인간이 네 전화번호를 알고 있다고?"

"내 전화번호를 모르는 사람이 어디 있어. 아기 봐주는 아르바이트 전단지를 온 동네에다가 붙이고 다녔는데."

라자스가 머리를 절레절레 흔들었다.

"죽어라고 내뺀 뱀 한 마리 찾자고 음침한 브루크너 집을 뒤집어 터는 일은 관둘래."

나는 그를 향해 몸을 돌렸다. 이렇게까지 고집스럽게 구는 그가 의외였다. 도대체 이게 말이 돼? 이 두 사람은 늘 서로의 든든한 버팀목이 되어준다. 가까운 친척관계란 바로 이런 거라는 걸 온몸으로 보여주는 전형적인 인물들이다.

"왜 그렇게 모질게 구는 거야? 사촌을 그런 식으로 내팽개치면 안 되지."

그의 표정이 의미심장했다.

"이브, 지금 이 순간에 이보다 훨씬, 훠얼씬 하고 싶은 일은 따로 있어. 그리고."

그가 이번에는 재신다에게 말했다.

"브루크너는 그냥 뒤만 구린 게 아니야. 아주 질이 나쁘다고, 제이. 니쉬가 한 말 너도 들었잖아."

니쉬는 라자스의 누나이자 재신다의 사촌이다. 그러나 그녀가 무슨 상관이 있단 말인가?

라자스가 더 인상을 썼다.

"그리고 브루크너는 왜 전화를 안 받는 건데? 부인은 뭐 하고? 부인은 핸드폰도 없나?"

재신다가 팔짱을 꼈다.

"그는 혼자야. 이혼했거든."

라자스가 코웃음을 쳤다.

"그럴 줄 알았어. 사방팔방 찝쩍거리고 다니는 남자를 세상 어느 여자가 참아주겠어."

"아무렴, 라즈. 픽도 고맙구나."

재신다도 화가 난 것 같다. 게다가 불안한 얼굴이다. 분명 뱀이 달려들까 봐 걱정이 되는 것이다. 그녀가 나를 쳐다보았다.

"저기, 부커는 방에 있어. 거기로 쭉 들어가서……."

"지금 부커라고 했어? 그 꼬마 이름이 부커야?"

그녀가 고개를 끄덕거렸다.

라자스가 내 생각을 읽기라도 한 것처럼 입을 열었다.

"부커 브루크너*. 자기 아들 이름을 부커 브루크너라고 짓다니. 정신 나간 놈이라고 대놓고 광고를 해요."

---

* '부커(booker)'는 영어로 장부 정리하는 사람이라는 뜻.

나는 한숨을 쉬었다. 그리고 그동안 천 번도 더 했던 말을 다시 되뇌었다.

"자기 아이 이름을 자기들 멋대로 짓는 건 부모의 특권이지."

"진심으로 그렇게 생각하는 건 아니겠지?"

라자스가 말했다.

"물론 아니지."

하지만 지금은 끔찍한 작명 센스에 대해 울컥하는 심정을 잠시 접어둬야겠지.

"부커는 뱀이 어디 있을 거래?"

재신다는 내가 본론으로 돌아와준 것에 안도한 것 같은 미소를 지었다. 그녀는 손가락으로 머리카락을 들쑤셔 삐죽삐죽하게 세웠다.

"부커의 방은 일층 뒤쪽에 있어. 그래서 아마도 부엌을 생각하는 것 같던데."

그녀가 몸서리를 쳤다.

"거기를 찾아보더라고."

나는 재신다에게 고갯짓을 하고는 라자스를 쏘아보았다. 절반은 진심이었다.

"진짜로 안 도와줄 거야?"

"당연히 진짜……."

"아, 됐어."

나는 그의 말을 탁 잘랐다.

"여기서 기다려."

나는 현관문을 열고 브루크너의 거실로 들어섰다.

첫인상부터 나의 기대와는 정반대였다. 성숙한 어른과 문학의 향기를 머금은 정돈된 공간. 최신 유행의 안경테와 꽤 괜찮은 스타일 감각이 말해주는 것처럼 방마다 늘어서 있는 마호가니 책장과 가짜 얼룩말 가죽 러그 위에 놓여 있는 모던한 느낌의 눈에 띄는 가구들을 상상했었다. 그런데 여기는 사람 사는 집이 아니라 동물 우리에 가깝다. 축 늘어진 소파는 얼룩투성이에 커버도 씌우지 않았고 소나무 틀은 마감도 제대로 되지 않았다. 소파 옆에는 피자 상자들이 테이블 높이만큼 쌓여 있고 웃기게 생긴 할로겐 플로어 램프 불빛에 거미줄과 금이 간 천장이 고스란히 드러났다. 위층으로 올라가는 계단은 세탁물로 뒤덮여 있었다. 책이라고는 단 한 권도 눈에 띄지 않는다. 잡지 한 권도 없다.

"아무도 없어요?"

나는 소리를 질렀다. 대답이 없다. 나는 계속 앞으로 나아가 부엌에 다다랐다. 환하고 기능적이고 다른 데보다 그나마 덜 지저분하다. 재신다가 치워놓은 건가?

"여기예요!"

당황해서 어쩔 줄 몰라 하는 어린아이의 목소리다.

"평상시에 제 침대 밑으로 기어 들어가곤 했는데 이번에는……."

둔탁하게 부딪치는 소리가 났다.

"없어요. 이런 망할 것! 아무리 찾아봐도 없어요!"

부커의 방은 장난감과 옷, 이층 침대와 책들, 상자들, 쓰레기들로 미어터지기 직전이었다. 무릎을 꿇고 엉덩이를 하늘로 치켜든 채 그는 침대 밑을 들여다보고 있었다.

"어두운 곳을 좋아하거든요."

부커는 그대로 기어서 몸을 돌려 나를 쳐다보았다.

"찾을 수가 없어요."

두 뺨이 눈물자국으로 얼룩덜룩했다. 여덟 살이나 아홉 살쯤 되었을까. 하지만 나는 어린아이들의 나이를 알아맞히는 데는 영 신통치가 않다.

"걱정하지 마. 네 뱀을 찾아낼 테니까."

"길을 잃었거나 다쳤거나 그랬음 어떡하죠?"

"찾아낸다니까. 그 녀석의 이름이 뭐야?"

"자비에."

부커는 바닥에 있던 장난감과 옷가지들 사이를 헤집었다.

"콜롬비아산 붉은 꼬리 보아예요."

"아, 그래. 정말 예쁘겠는걸."

나는 부커의 방에 놓여 있는 빈 뱀 우리를 점검했다.

"무서워서 난리를 치는 대신 녀석이 잘 있는지부터 걱정하다니 멋진데."

부커는 옷가지 사이를 뒤지다 말고 성난 눈초리로 나를 본다.

"제가 왜 무서워하겠어요? 그런 건 계집애들이나 하는 짓이죠."

오호라. 이런, 미래의 성차별주의자시로군.

"나도 여자라는 사실을 잠시 잊었나 본데? 널 도우려고 여기에 온 나 말이야."

나는 미소를 지으며 한결 누그러진 어조로 말했다.

“페미니즘에 대한 첫 번째 교훈이라고 생각해두렴.”

방을 살피던 나는 라디에이터를 가리켰다.

“증기 난방을 하고 있으니 뱀이 숨어들 만한 통풍관은 없다는 얘기네. 잘 됐어.”

부커는 조그만 턱을 덜덜 떨며 그저 눈만 깜빡거렸다. 우리는 다시 뒤지기 시작했다.

한 시간쯤 지났을까. 이만 하면 아래층은 찾을 만큼 찾은 셈이다. 부커와 나는 위층으로 향했다. 그는 울지 않으려고 안간힘을 쓰고 있었다.

“녀석이 배가 고프면 어쩌죠? 거리로 나갔는데 누가 차로 깔아 뭉개기라도 하면요?”

그가 눈을 비볐다.

나는 발에 치이는 옷더미들을 요리조리 피해가며 계단을 올라갔다.

“여기를 찾아보고 나서 그다음에는…… 지하실이 있니?”

그가 코를 훌쩍이며 고개를 끄덕인다.

“그러면 다락은?”

다시 고개를 끄덕인다.

유르트*에 살았으면 한결 쉬웠을 텐데.

“자비에는 차가운 데보다는 따뜻한 곳을 찾아갔을 거야.”

나는 말했다.

---

*몽골 유목민들이 사는 전통적인 텐트 가옥.

"그러니까 여기서 찾지 못하면 그다음으로 다락을 뒤져보자."

"좋아요."

그가 눈을 불끈 떴다.

"누나는 아빠 방을 맡아요. 제가 서재를 맡을게요."

"이런, 그건 아니지. 안 돼. 거기 서."

난 브루크너의 침실에 한 발자국도 들여놓고 싶지 않다. 거긴 완전히 사적인 공간이잖아.

"알았어요. 거기가 서재예요."

서재. 오오, 내가 생각하던 모습 그대로다. 바로 이거야. 커다란 책상과 오래된 나무 의자, 한가득 쌓인 종이더미 위에 올라앉아 있는 노트북 컴퓨터. 모든 것이 여기에 있다. 펼쳐진 사전과 베이비 모니터*, 전화기. 책상 위에는 '게으름뱅이들의 천국'이라고 쓰인 낡은 간판이 걸려 있다. 바닥에 깔린 떡갈나무 널빤지들이 내가 움직일 때마다 삐그덕삐그덕 비명을 지른다. 마룻바닥은 이미 엄청난 중량의 책들로 혹사를 당하고 있는 중이었다.

책들. 서재의 모든 벽이 책으로 둘러싸여 있다. 손가락으로 쭉 훑다 보니 브루크너가 책들을 픽션과 논픽션처럼 카테고리로 나누고 다시 저자의 이름을 알파벳순으로 분류해놓은 것을 알아챘다. 커다란 초들이 책장 군데군데 놓여 있다. 마치 문학의 성지 같다. 나는 제일 좋아하는 책들을 찾아 책장을 살폈다. 때로는 위안을 얻기도 하고, 때로는 영감이 되기도 하고, 때로는 이 세상에 나

와 똑같은 걸 느끼고 그걸 말로 생각해내고 적어놓은 이가 또 있다는 사실을 확인하기 위해 몇 번이고 다시 읽었던 내 영혼의 치료제들이다.

브루크너는 내 목록의 책들을 모조리 가지고 있었다. 윌라 캐더의 『나의 안토니아』, 세나 지터 내스런드의 『아합의 아내』, 바바라 킹솔버의 『포이즌우드 바이블』, 네드 비지니의 『좀 더 느긋하게』, 그리고 '리틀 하우스'에서 출판된 모든 책들, 필립 풀먼의 『히즈 다크 머티리얼즈』 3부작, 게다가 다니엘 핑크워터의 『알란 멘델손』, 『화성에서 온 소년』도 여기에 있다. 그리고 주옥 같은 논픽션 작품들도 있었다. 크리스토퍼 알렉산더 외 공저의 『패턴 언어』, 파울루 프레이리의 『페다고지』, 벨 훅스의 『페미니즘 이론 : 주변에서 중심으로』, 하워드 진의 『미국 민중사』, 해리엇 앤 제이콥의 『노예 소녀의 삶에서 일어난 사건들』, 알프레드 랜싱의 『섀클턴의 위대한 항해』.

그래, 워낙 방대한 양의 책들을 가지고 있으니 내가 좋아하는 책들이 모두 여기에 있다고 해서 그렇게 놀랄 일은 아니지. 그렇다고 그가 내 관자놀이에 두 손가락을 대고 내 오라를 읽어서 색깔별로 나누어 내가 좋아하는 책들을 귀신같이 알아낸 건 아니잖아.

그렇지만 어쩐지 꼭 그런 것처럼 느껴지는 건 사실이다. 그것이 바로 브루크너의 역설적인 점이다. 일순간 더할 수 없는 매혹으로 다가왔다가 슬쩍 음침해지는가 싶더니 별안간 바로 옆으로 바짝 다가서는 재주 말이다.

『아홉의 아내』 하드커버를 펼쳐 한 장 한 장 넘기기 시작한 순간 나는 그 자리에 얼어붙고 말았다. 책장 뒤로 뭔가 긁히는 소리 같은 것이 들려왔다. 이거다. 나무 위로 파충류의 비늘이 긁히는 소리.

나는 숨을 죽인 채 책을 덮고 책장 끝을 향해 까치발로 살금살금 다가갔다. 자비에가 그 뒤에서 미끄러지듯 움직이고 있었다. 늘씬한 몸통 중간 부분과 벽돌색의 꼬리만 눈에 보인다.

또 다른 소리. 갑자기 사람의 목소리가 튀어나온다. 이건 어디서 나는 소리지? 이 안에는 아무도 없는데! 아, 베이비 모니터. 소리가 커질수록 표시등에 불이 더 환하게 들어온다.

재신다와 브루크너다.

나는 모니터 쪽으로 걸어갔다. 무슨 말이 오고가든 내가 전혀 상관할 일이 아니라는 예감이 들었다. 그런데 내 뒤에 있던 자비에가 어디론가 움직이기 시작한다. 제기랄.

"자, 이리로 오렴."

나는 뱀에게 좋은 느낌을 주려고 애쓰며 속삭였다.

"다치게 하지 않을게."

그리고 막 녀석이 달아나기 직전에 꼬리 끝을 간신히 움켜잡았다. 나는 아주 천천히 양손을 번갈아가며 잡아당겼다. 뱀은 무게가 꽤 나가는 데다 힘도 셌다. 그렇지만 싸우려고 들지는 않았다.

"괜찮아, 자비에. 이제 무사하단다."

마침내 한 손으로 머리를, 그리고 다른 한 손으로는 몸통을 받친 채 뱀을 들어 올렸다. 녀석은 나를 좀 더 잘 보기 위해 몸을 돌려 혀를 날름거렸다.

“안녕, 귀여운 녀석. 내 냄새가 마음에 들어?”

나는 뱀의 머리를 쓰다듬었다. 사랑스럽게 생겼다.

“부커! 내가 찾았⋯⋯.”

말을 막 시작하던 참에 베이비 모니터가 내 관심을 채 갔다. 내 이름이 흘러나온 것이다. 내 이야기를 하고 있는데도 나랑 상관없는 소리라고 해야 할까? 그래, 별거 아닐 거야. 틀림없이 재신다가 뱀 수색과 구출 작전에 대해 설명하고 있는 걸 거야.

나는 자비에를 다른 손에 옮겨 들고 더듬거리며 모니터의 전원 스위치를 찾았다. 그냥 꺼버리면 그만이다.

그때 그들의 입에서 또 다른 이름이 흘러나왔다. 라자스.

내 머리카락 사이로 머리를 들이민 자비에는 마치 오랜 친구라도 만난 것처럼 나를 칭칭 감기 시작했다. 망할 놈의 전원 스위치는 대체 어디 있는 거야?

“여기에 개들을 데려왔단 말이야?”

브루크너의 목소리다. 화가 단단히 났다.

“에비가 필요했단 말이에요!”

재신다다. 거의 빌다시피 하고 있다.

“약속했던 것처럼 전화만 받았더라도 이런 문제가 생겼겠어요? 천만에요.”

재신다의 목소리가 평소의 그녀답지 않게 짜증에 북받쳤다. 그리고 너무나 이상하고 낯선 것이 브루크너와 지나치게 허물없는 사이처럼 들리는 것이다.

잠시 침묵이 흘렀다.

"이 모든 일은 순전히 학교 밖에서 너를 만날 그럴듯한 구실을 만들기 위해서였어."

"치명적인 독사는 우리 계획이 전혀 아니었어요!"

이런 세상에. 재신다, 지금 뭐 하고 있는 거니? 너와 브루크너가 계획을 해? 도대체 왜 학교 밖에서 그를 만나는 건데?

속에서 천불이 났다. 그녀가 무슨 짓을 하고 있는지 깨닫는 순간 나는 경악했다. 더 이상 알고 싶지 않아. 제발 내가 틀렸다고 해줘. 지나치게 가깝게 다가붙는 브루크너의 습관. 그리고 사유서를 건네주며 내 손바닥 위를 미끄러지듯 스치고 지나가던 그의 손가락들. 모든 게 딱 맞아떨어진다.

그러나 그는 정말 훌륭한 교사다. 진심으로 학생들에게 뭔가 흥미로운 것을 가르치고 싶어한다.

그렇지만 이건 흥미의 도가 약간 지나쳤군.

라자스가 옳았다. 그가 걱정을 하는 게 너무도 당연했다.

다른 소리는 한마디도 더 듣고 싶지 않다. 나는 모니터 선을 잡고 벽에서 플러그를 뽑았다.

"부커! 네 뱀 찾았다!"

나는 자비에의 신경을 긁을 위험을 기꺼이 감수하고 집 안 전체에 울려 퍼지도록 소리를 질렀다. 재신다와 브루크너를 방해할 수만 있다면 뭐든지 하겠어.

"내 말 들려? 자비에를 잡았다고!"

자비에가 나를 감은 몸에 힘을 주며 숨이 막히도록 죄어온다. 그러나 그건 내 걱정의 가장 사소한 부분일 뿐이다. 저 아래층에서 내 친구에게 세 치 혀를 놀리고 있는 뱀 같은 놈보다는 이쪽이 훨씬 믿을 만하다.

부커가 브루크너의 침실에서 급하게 벌컥 뛰쳐나왔다. 안도한 나머지 다리가 풀려 거의 주저앉을 뻔했다.

"고마워요, 고마워요, 고마워요! 에비, 최고예요!"

나는 자비에를 쓰다듬으며 몸을 풀도록 구슬렸다.

가슴 언저리와 팔에서 떨어져나간 자비에를 부커가 받아 들었다. 그는 애정이 듬뿍 담긴 말을 쉬지도 않고 조잘조잘 쏟아냈다.

"자비에, 도대체 어디 있었던 거니? 내가 얼마나 걱정했는지 알아? 이리 오렴. 다시는 그런 짓 하면 못써!"

아래 부엌에서 브루크너와 재신다가 우리를 기다리고 있었다. 공기가 심상치 않다. 재신다는 가슴 위로 바짝 팔짱을 낀 채 탁탁거리며 한쪽 발을 떨고 있다. 브루크너는 싱크대에 비스듬히 몸을 기대고 있다. 미처 알아채기도 전에 부커는 자비에에게 사랑의 밀어를 속삭이며 자기 방으로 사라졌다.

나는 숨을 한 번 훅 몰아쉬고 겨우 미소를 짜냈다.

"이런, 또 만났네요."

브루크너가 안경을 고쳐 썼다.

"안녕, 에비, 만나서 반갑구나."

그는 재신다 쪽으로는 눈길도 주지 않은 채 머리를 살짝 기울였다.

"재신다가 그러는데 용맹한 자비에가 또다시 탈출을 감행했다고. 응?"

그가 까치발을 했다가 다시 발꿈치를 내려놓았다.

"고맙구나…… 음……. 그러니까 도와줘서 말이다. 고마워. 보아하니 우리 애를 봐주던 사람은 뱀을 무서워하는 게 확실하군."

입술을 앙다문 재신다의 몸놀림은 새침하고 변덕스러운 고양이 같았다.

"에비는 내가 뱀이라면 얼마나 치를 떠는지 잘 알죠. 그래서 나를 구하러 온 거고요."

나는 친구와 선생을 번갈아가며 쳐다보았다. 그들은 내가 이곳에 있게 된 사건의 개요를 요약하면서 서로가 서로의 말을 반복하고 있다는 사실을 눈치채지 못하고 있는 것 같았다.

브루크너 뒤로 부커의 방으로 들어가는 출입구 가까운 싱크대 위에 또 다른 베이비 모니터가 놓여 있었다…… 감시를 한단 말이지. 부커는 더 이상 아기가 아니지만 이 집은 너무 크고, 오래되고, 사방이 삐걱거린다. 브루크너는 서재에 있고 부커는 잠자리에 들었을 때 이걸 사용하겠지. 혹시 나쁜 꿈이라도 꾸는 건 아닌지 귀를 기울이면서 말이다. 브루크너가 위층에 있는 모니터의 플러그가 빠져 있는 걸 알아챌까? 내가 자비에를 찾는 동안 잘못해서 전선에 발이 걸렸을 거라고 생각할지도 모른다. 그와 재신다가 하는 말을 엿듣다가 플러그를 잡아 뽑은 거라는 사실을 브루크너가 절대로 알게 하고 싶지 않다.

"이쯤이야 아무것도 아니죠."

나는 말했다.

"그렇지만 자비에 우리 위에다가 조금 더 무거운 걸 올려놓는 게 낫지 싶은데요."

브루크너가 손뼉을 쳤다.

"와! 그거 정말 훌륭한 생각인데. 그래야겠다."

그는 마치 내가 천재라도 되는 것처럼 나를 향해 손가락 총알을 날렸다.

"꼭 그렇게 하마."

어색하고 무거운 침묵이 흘렀다.

"그럼, 재신다, 우리는 그만 가는 게 좋겠다. 그렇지?"

"음, 그래. 가자."

폭 주저앉은 목소리로 마지못해서 그녀는 브루크너를 향해 몸을 돌렸다.

"그럼, 안녕히 계세요. 오늘 밤 전 에비네 집에서 잘 거예요."

브루크너는 이미 알고 있는 사실이라는 듯 한쪽 눈썹을 곤추세웠다. 재신다가 가방을 어깨에 둘러메고 앞장을 섰다.

"저기, 재신다?"

나는 말했다.

그녀가 빙글 몸을 돌려 나를 바라보았다.

"작별인사를 하고 싶지 않아? 부커한테?"

"맙소사, 부커."

그의 방으로 다시 가보니 부커는 자비에 우리의 뚜껑 위에 문고판 책들을 차곡차곡 쌓아올리고 있는 중이었다.

"나라면 하드커버를 쓰겠다. 그쪽이 더 무겁잖아."

나는 그에게 말했다. 재신다는 침묵만 지키고 있다.

“자, 우리 이제 간다. 나중에 보자.”

“다시 한 번 고마워요, 에비!”

부커는 책더미 꼭대기에 하드커버의 해리포터 책을 올려놓았다.

“자비에가 집에 돌아와서 정말 좋은가 봐요. 그렇지, 자비에? 그럼, 그럴 줄 알았어.”

나는 재신다의 손을 잡아끌고 집을 나와 현관 아래로 내려갔다.

라자스가 바이오하자드의 후드에서 미끄러져 내려왔다.

“위기는 넘겼어?”

그가 나를 끌어당겨 키스했다.

“그닥 그런 거 같지는 않아.”

나는 속삭이는 소리로 말했다.

마치 내 얼굴에서 무슨 정보라도 애써 얻어내려는 양 그는 그 아름다운 검은 눈을 가늘게 뜨고 나를 뚫어지게 보았다.

“나중에 말해줄게.”

우리 옆에는 재신다가 있었다. 그녀는 멍하니 허공에 시선을 던지고 있었다. 차라리 또 다른 차원의 세계를 헤매고 있다고 하는 편이 낫겠다.

“집에 데려다 줄래?”

나는 라자스에게 부탁했다.

“벌써?”

그가 얼굴을 찌푸렸다.

“좋아. 그렇지만 나한테 아무도 방해하지 않는 밤을 하나 빚졌다는 거 잊지 마.”

그는 사촌을 향해 몸을 돌려 손가락을 흔들었다.

"알아들었어, 제이?"

"응?"

그녀가 위를 올려다보았다.

"미안. 나 잠깐, 그러니까, 딴생각을 하고 있었어."

"브루크너의 독성 효과가 이렇다니까. 서둘러. 어서 여기서 나가자. 이 망할 놈의……."

"판도라에서?"

나는 말했다.

그가 미소를 짓는다.

"바로 그거야."

재신다가 브루크너의 집을 돌아보았다. 이마를 찡그린 채 눈동자 위로 깃털 같은 눈썹을 드리우고 있다. 나는 바이오하자드의 문을 열고 어서 타라는 손짓을 해 보였다.

집에 도착하고 나면 우리는 할 말이 엄청나게 많을 것이다.

15

거의 모든 사람들이 역경을 견뎌낼 수 있다.
그러나 만약 한 인간의 인격을 시험해보고 싶다면
그에게 권력을 쥐여주어라.
- 에이브러햄 링컨(미국 대통령, 1809-1865)

집까지 가는 동안 차 안에는 팽팽한 긴장감이 감돌았다. 라자스의 두 눈은 우리의 데이트를 중간에 망친 재신다에 대한 분노로 이글이글 타올랐고 재신다는 창밖만 바라보고 있었다. 나는 대화를 붙여보려는 수고를 일찌감치 포기했다. 그 대신 가슴을 쿵쾅거리며 내가 들었던 것들을 다시 떠올리고 있었다. 브루크너가 이런 말을 했었다. '우리가 학교 밖에서 만날 수 있게'. 그리고 '이 계획의 목적'…… 두 사람은 계획을 짠 것이다. 계획! 나는 아직도 속이 뒤집히는 것 같다. 재신다, 도대체 무슨 일을 벌이고 있는 거니?

라자스가 바이오하자드를 몰고 우리 집으로 가는 진입로에 들어섰다. 집에 도착하자 우리는 몸을 숙여 작별 키스를 나누었다. 재신다가 있는 관계로 서두르기는 했지만, 우리는 자석처럼 붙어 서로를 감싸 안았다. 라자스와 단둘이 더 시간을 보내고 싶은 마음이 간절했다. 그래도 지금은 재신다와 얘기를 해야 한다.

손을 흔들어 인사하고, 바이오하자드의 미등이 진입로 아래로 사라져갔다. 길고 긴 한숨이 내 입술 사이를 비집고 흘러나와 상쾌한 가을바람 사이로 섞여들었다. 나는 몸을 돌렸다. 클렁커가 있는 걸 보니 마사가 일찍 집에 왔나 보다. 어쩔 수 없지. 재신다와 오붓하게 둘이서 이야기를 나눌 수 있기를 바랐건만…….

"애들아, 안녕!"

마사가 손에 든 와인 잔을 쏟지 않으려고 애쓰면서 우리를 안으로 맞았다. 그녀는 재신다를 꼭 끌어안았다. 그리고는 내 차례였다. 그리고는 와인을 한 모금 마셨다.

"오늘 아주 재미있는 저녁이었단다. 독신자 모임 멤버들이 어쩌면 그렇게 흥미진진하고 알수록 궁금한 게 생기는지 놀랍지 뭐니."

"생각보다 집에 일찍 왔네."

나는 실망감을 감추려고 애를 썼다. 그녀는 잔 속에 담긴 와인을 빙글빙글 돌리며 깔깔대고 웃었다.

"너무 어이없게 끝났거든. 그런 게 인생이지 뭐."

마사는 와인을 다시 한 모금 들이켰다.

"넌 어땠니, 사랑하는 딸?"

"좋았어."

그녀가 눈썹을 추켜올렸다.

"좋았어,야? 아니면 조오오오오오옹았어,야?"

재신다가 부엌 의자에 푹 주저앉았다.

"에비가 절 도와주러 왔었어요."

이 밑도 끝도 없는 말에 어리둥절해진 마사는 재신다와 나를 번갈아가며 쳐다보았다. 어깨를 한 번 으쓱해 보이곤 나도 자리에 앉았다. 아직 발목에 시큰거리는 기운이 남아 있었다.

"아주 파란만장한 밤이었어."

"내가 다 들어줄게, 애들아!"

그녀는 와인 잔을 마저 다 비우고 와인 병을 거꾸로 든 채 마지막 한 방울까지 털어냈다.

재신다는 비에 젖은 낙엽처럼 참담한 표정으로 앉아 있었다.

"재신다랑 먼저 얘기를 좀 해야 할 것 같아."

나는 마사에게 말했다.

"물론이지! 어서 시작해."

"둘이서만."

마사는 김빠진 얼굴을 했다.

그녀는 와인을 한 모금 홀짝 마시더니 입안에 머금고 이리저리 굴렸다.

"그럼 나중에 얘기해줘."

나는 재신다에게 말했다.

"밖으로 나가자."

"좋아."

나는 헛간으로 앞장을 섰다. 흙냄새와 익숙한 소와 닭, 지푸라기

냄새가 마음을 부드럽게 달래주었다. 전등 스위치를 찰칵 올렸다. 전구 주위로 황금빛 먼지 알갱이들이 구름처럼 떠돌았다. 나는 재신다를 위해 낡은 담요를 깔았다. 그녀는 자리에 앉아서 짧은 스커트 자락을 다리 밑으로 얌전히 여며 넣었다.

나는 한나 브람블의 따뜻한 옆구리를 토닥거렸다.

"안녕, 예쁜 아가씨, 오늘 하루 어땠어?"

꼬리를 홰홰 치면서 한나는 자세를 바꿔 나에게 자리를 내어주려고 했다.

"아, 한나, 젖 짜는 시간은 아니란다."

어미 고양이들과 새끼 고양이들이 사방의 헛간 구석에서 슬금슬금 나타나 가냘픈 목소리로 합창을 해댔다.

"다들 내가 젖 짜러 여기 온 줄 아나 봐."

재신다는 미소를 지었지만 거의 찡그린 표정에 가까웠다. 그녀가 작은 새끼 고양이를 향해 손을 뻗자 녀석은 버둥거리며 도망을 쳤다. 재신다가 얼굴을 찌푸렸다. 입을 뾰로통하게 내밀고 있는 모습이 더없이 앙증맞다.

"네가 싫어서 그러는 게 아냐. 우유를 좀 먹고 나면 네가 잡아도 가만히 있을걸."

나는 그녀에게 말하고, 한나 브람블의 배와 옆구리 사이 오목한 곳에 이마를 기댔다. 따뜻하고 푹신하다. 만약 내가 조금이라도 젖을 짜지 않는다면 고양이들이 폭동이라도 일으킬 기세다. 나는 고양이 밥그릇을 가져다가 젖을 짜기 시작했다. 첫 번째 젖줄기가 그릇에 떨어졌을 때 나는 재신다를 쳐다보았다.

“너도 한번 해볼래?”

“뭘?”

그녀는 한기를 피하기 위해 담요의 가장자리를 끌어다 덮었다.

“젖 짜는 거 말이야.”

그녀는 제정신이냐는 듯한 시선으로 나를 바라봤다.

“세상에나. 됐거든!”

“그래도 난 너한테 젖 짜는 일을 시킬 거야. 두고 봐. 몇 주면 돼.”

그녀는 파리하고 애처로운 미소를 날렸다.

일단 이걸로 오늘의 젖 짜기는 끝. 나는 두 손을 청바지에 슥슥 문질러 닦고 고양이들이 소용돌이를 이루고 있는 한가운데 그릇을 내려놓았다. 어미 고양이들과 새끼 고양이들이 우유를 핥으려고 기어드는 동안 야옹거리는 소리가 딱 멈췄다. 마지막 우유 한 방울까지 남김없이 사라지고 나자 재신다는 고양이 무리에서 새끼 고양이 한 마리를 쏙 집어 올렸다. 고양이는 그녀의 무릎 위에 얌전히 앉아 발과 수염에 묻은 우유를 핥아대기 시작했다.

“그놈은 용맹한 호랑이야.”

“줄무늬 때문에?”

“응.”

그녀는 말캉한 고양이의 발바닥을 누르고 발톱을 살폈다. 그 날카로운 끝에 살짝 손가락을 대보고는 발톱들이 다시 쏙 오므라드는 걸 지켜보았다. 그녀가 등을 쓰다듬자 용맹한 호랑이는 골골거리며 뺨을 들어 재신다의 손바닥에 비벼댔다. 용맹한 호랑이가 어떤 기분일지 잘 안다. 라자스의 손길을 느낄 때 내가 그렇다. 안

달이 나서 더 이상 기다릴 수가 없고 어서 그에게 달려들고 싶어
지지.

오 이런, 제발 재신다가 브루크너에게 느끼는 감정도 그런 거라
고 말하지는 말아줘. 그리고 제발, 이건 정말이지 제발, 브루크너
가 재신다에게 느끼는 감정도 같은 것이라고는! 누구나 마음 가는
대로 하는 건 대찬성이야. 하지만 그게 순결한 강아지를 꼬드기려
는 추악하고 늙은 늑대의 마음이라면 곤란하지.

"저기 말이야, 뭔가 좀 상황이 묘하지 않았어? 브루크너 집에서
말이야."

나는 말했다. 젖짜기용 걸상에 앉아 재신다를 내려다보고 있으
려니 뭔가 반대 신문하는 꼬락서니 같아서 짚단 위에 털썩 주저앉
았다.

재신다는 무릎 위의 새끼 고양이만 뚫어져라 보고 있다.

"그러게. 뱀이라면 이제 지긋지긋해. 아주 질색이야."

나는 머리를 고쳐 묶었다.

"너랑 브루크너는 아주…… 뭐랄까, 편한 사이인 거 같더라."

그녀가 너무 급작스럽게 머리를 벌컥 쳐드는 통에 새끼 고양이
가 작은 소리로 울었다.

"무슨 뜻이야?"

"내 말은……."

나는 신중하게 말을 골랐다.

"그가 꽤…… 너를 친숙하게 대하는 것 같았다고나 할까. 너도
그렇고 말이야."

그녀가 용맹한 호랑이를 내려다보며 미소를 지었다. 그녀의 두 뺨에 침울한 그림자가 내려앉았다.

"그렇게 생각해?"

내가 라자스에 대해 말하던 것과 똑같은 말투로 그녀가 내게 묻는다. 예감이 좋지 않다.

"으응."

나는 하나로 묶었던 머리를 풀고 동그랗게 말아 올렸다.

그녀는 고개를 들지 않았다.

"예를 들면 어떤 점이?"

이런, 안 되지. 여자애들이란 이런 세부적인 것들을 끝도 없이 파고들고 싶어하는 법이다. 대화의 방향을 바꿀 필요가 있다.

"화내지 마. 자비에를 찾으려고 위층에 올라가 있는 동안 좀 엿들었어."

"무슨 소리야?"

"그의 서재에 있던 베이비 모니터가 켜져 있었거든."

그녀의 얼굴에서 핏기가 가셨다.

"부엌에 송신기가 있잖아. 부커의 방문 바로 옆에. 엿들으려고 한 게 아니야. 자비에를 붙잡는 사이 벌어진 일이지."

용맹한 호랑이 위에 얹어진 그녀의 손은 미동도 하지 않았다.

"뭘 들었는데?"

그녀는 담요 위에서 발을 떨기 시작했다. 새끼 고양이 등에 손을 올려놓긴 했지만 쓰다듬는 건 완전히 잊고 있었다.

"둘 사이에 무슨 일인가 벌어지고 있는 것처럼 들렸어."

"그건 또 대체 무슨 소리야?"

그녀는 순순히 입을 열 생각이 없는 것이다. 좋다. 그렇다면 내가 털어놓도록 만들어주지.

"브루크너랑 너, 혹시 도를 넘는 짓을 하고 있는 거야? 너희 두 사람……."

적당한 말이 뭐가 있을까?

"그러니까, 만나는 거야? 사귀는 거냐고?"

그녀의 얼굴이 사색이 됐다.

"네가 상관할 일이 아닌 것 같은데."

"꼬치꼬치 캐고 싶은 생각은 없어. 그렇지만 걱정이 돼서 그래. 나한테는 말해도 괜찮아."

그녀가 용맹한 호랑이의 머리를 토닥거렸다. 깊은 생각에 빠진 듯했다. 그녀는 뭔가 말하려는 듯 입을 열었다가 이내 닫아버렸다.

나는 기다렸다.

"제기랄. 엄청 피곤하다."

그녀는 마침내 입을 열고는 그 말을 강조라도 하려는 듯 기지개를 켜며 하품을 했다.

좋아, 시간이 좀 더 필요한가 보군. 살살 압박을 하면서 질문을 던진 다음 기다리는 거야. 그래서 그게 마치 원래 자기 생각이었던 양 제 발로 다가오게 만드는 거지.

"가자."

나는 손을 내밀었다.

"좀 자는 게 좋겠다. 원한다면 용맹한 호랑이를 데리고 들어가도 좋아."

"마사가 싫어하지 않을까?"

"보통 여름에는 벼룩이랑 진드기 때문에 안 그러긴 하는데, 너
도 알다시피 우리가 규칙에 까다로운 사람들은 아니지 않니. 게다
가 날이 서늘해지고 있어서 괜찮을 거야. 개도 네가 좋은가 보다."

아침이 되자 우리는 스웨터를 껴입고 두꺼운 양말을 신고 고무
장화 속으로 발을 밀어 넣었다. 닭장까지 나를 따라온 재신다가
머그잔을 기울여 입술에 갖다 댄다. 컵 속에는 마테차 대신 진짜
커피가 들어 있다. 재신다가 히피들의 농장 생활 입문을 조금이라
도 수월하게 하게 해주기 위해서다.

"항상 이렇게 일찍 일어나니?"

그녀는 따듯한 머그잔을 동그랗게 감싸 쥔 채 물었다.

"얼어 죽을 것 같아."

"한나 브람블이나 피라니아 닭들은 아무도 기다려주지 않아. 우
리는 보통 돌아가면서 당번을 맡는데 내가 발목을 다친 동안 마사
가 혼자 도맡아 했거든. 그러니 빚을 갚아야지."

나는 닭장 문을 열고 암탉들을 옮긴 다음 계란을 거둬들였다.

"우욱! 그 계란들은 모조리 흙투성이잖아!"

이건 흙이 아니야. 닭똥이지. 그렇지만 지금은 굳이 이런 얘기를
해줄 필요가 없겠지.

"그걸 먹는단 말이야?"

그녀가 물었다.

나는 웃음을 터트렸다.

"아님 계란이 어디서 나오는 거겠어?"

"식료품 가게?"

그녀가 몸을 덜덜 떨었다.

"헛간은 좀 따뜻할 거야. 들어가 있어. 금방 갈게."

"알았어."

내가 헛간으로 들어섰을 때 그녀는 이미 몸에 담요를 둘둘 말고 있었다. 나는 젖짜기용 걸상에 잽싸게 앉아 한나 브람블의 젖꼭지를 깨끗하게 닦고 고양이들의 밥그릇을 잡았다. 새끼 고양이들과 어미 고양이들이 헛간 아래쪽에서부터 부산을 떨며 달려 나왔다.

"용맹한 호랑이!"

재신다가 꺄악 소리를 질렀다.

"거기 있었구나!"

녀석은 지난밤 사이 자취를 감추었었다. 마사가 내보낸 것이 틀림없다.

우리는 아무도 입을 열지 않았다. 재신다는 커피를 홀짝거리고 고양이들은 뜨거운 김이 모락모락 나는 밥그릇을 내줄 때까지 가느다란 소리로 야옹거리고 있었다.

한나 브람블의 따뜻하고 정직한 냄새를 깊숙이 들이마시며 나는 깨끗한 들통을 내려놓고 본격적으로 우유를 짰다.

잠시 동안의 침묵 끝에 재신다가 발을 떨기 시작했다.

"비밀을 지켜줄 수 있어?"

나는 젖 짜는 손놀림을 멈추지 않은 채 깔깔대며 웃었다.

"그 말은 우리가 플루토스를 시작하기 전에 물었어야지."

한나 브람블이 꼬리를 홱홱 친다.

"내가 그럴 만한 사람이길 바라는 게 좋을 거야. 안 그랬다간 넌 코넬에 들어가긴 다 틀려먹었을 테니까."

그녀가 씁쓸한 미소를 지었다.

"그렇담 너도 입학을 포기한단 말이겠네. 공갈 협박은 쌍방이 불리한 거야."

그녀는 한숨을 쉬며 화제를 돌렸다.

"좋아. 어젯밤 네가 어떻게 나와 브루크너의 얘기를 엿들었는지는 기억하고 있겠지?"

"우연히 들은 거지. 엿들었다고 하면 의도가 수상하잖아."

"뭐든 간에."

그녀는 용맹한 호랑이를 향해 손을 뻗어 무릎 위에 올려놓았다.

"그래, 맞아. 브루크너랑 난 쭉 연락을 하고 있었어. 인터넷으로."

"인터넷으로 연락을 하고 있었다니. 숙제 때문에 이메일을 주고받았다는 거야, 아님 인터넷으로 연락을 한다는 게……."

오, 이런. 나는 순간적으로 그녀가 핸드폰으로 이메일을 체크하던 모습을 떠올렸다. 그리고 그를 위해 몸을 사리고 있는 거라던…… 아냐, 제발, 아니라고 해줘.

"브루크너가 그 인터웹 연인이었던 거야?"

"어우, 야, 그런 소리 좀 하지 마!"

말은 그렇게 했어도 목소리는 오히려 즐거운 기색이다.

"어떻게 그 사람이 내 '연인'이 될 수 있겠어. 그냥, 그러니까, 말하자면, 내가 인터넷으로…… 일종의 데이트를 하던 사람이…… 바로 그 사람이긴 해."

"재신다, 그게 말이나 돼!"

한나 브람블이 내 목소리에 대한 항의로 음매 하고 울었다. 나는 요가 심호흡을 했다. 마음을 다스리려고 애쓰며 좀 더 침착한 어조로 다시 한 번 말했다.

"그건 잘하는 짓이 아니야. 너도 알잖아?"

나는 젖짜기가 끝났다는 걸 알리기 위해 한나 브람블을 툭툭 쳤다.

"그는 멋진 선생이긴 하지만 선생은 어디까지나 선생이야."

"그런 게 아니라니까! 그 사람도 내가 어리다는 걸 알고 있어."

나는 절로 코웃음이 나는 걸 막지 못했다. 그리고는 바로 후회했다.

"그렇게 비난만 하려고 드는 거 정말 달갑지 않아."

용맹한 호랑이가 그녀의 무릎에서 뛰어내려 헛간 밖으로 깡총거리며 달려나갔다.

"미안해. 진심이야. 그렇지만."

"우리는 아무 짓도 하지 않았어."

그녀는 담요를 집어 들었다.

"나는 그러고 싶었지만 말이야. 지난주에 그 사람 집에 갔을 때 난 준비가 됐다고……."

"지난주! 그 사람이랑 진짜로 만나고 있었단 말이야?"

나는 믿을 수가 없었다.

그녀는 내가 말귀를 못 알아들어 답답하다는 듯 한숨을 내쉬었다.

“딱 한 번이 다야. 지난밤 애 봐주러 가기 전까지 말이야.”

“왜 나한테 말 안 했어? 잠깐. 라자스도 알아?”

그녀가 나를 빤히 쳐다보았다. 그렇지. 물론 그가 알 리가 없다. 그랬다가는 화산 폭발하듯 길길이 뛰겠지.

“그쯤에서 관둬. 잘못된 일이야. 맙소사! 우리들 선생이라고!”

“그냥 정신적인 사랑이야!”

그녀가 담요를 툭툭 쳤다. 차가운 공기 속으로 지푸라기와 먼지들이 떨어져 내렸다.

“그 사람은 우리가 무슨 짓이든 할 수 있으려면 내가 졸업할 때까지 기다려야 한댔어.”

내 시선은 그녀 대신 한나 브람블에게 박혀 있었다.

“재신다, 어느 모로 보나 이건 도를 넘는 거야. 넘어서는 안 될 선이라는 게 있어.”

재신다가 담요를 박차고 일어섰다.

“이런 일이 벌어질 거라고 그가 말했었어! 결국에 가서는 너도 다른 사람들이랑 똑같아. 내가 너를 얼마나 편들어줬는데.”

“나에 대한 이야기를 했단 말이야?”

“아니! 그 사람이 네가 보이는 것만큼 그렇게 근사한 아이는 아닐지도 모른다고 하잖아.”

그녀가 땅이 꺼져라 한숨을 내쉬었다.

“나도 모르겠다, 에비. 그렇지만 이건 아니야. 난 너한테서 조금은 다른 걸 기대했었어.”

그녀의 실망이 내 마음을 흔들어놓았다.

그녀는 불안한 듯 몸을 떨었다.

"넌 언제나 권위에 물음표를 던지던 애잖아. '권력에 맞서 싸우자'가 네 관심사 아니었어? 그런데 넌 지금 그가 나이가 많다는 이유 하나만으로 우리를 비난하고 있어. 그건 말하자면 연령 차별인 거잖아. 넌 다를 거라고 생각했어."

빌어먹을. 급소에 정통으로 한 방 먹었다. 나는 남과 달라야 하지. 내가 너무 경솔하게 판단하고 있는 건가? 아니면 내가 찬성하지 않을 걸 브루크너가 미리 알고 교묘한 말재주의 대가답게 재신다에게 미리 손을 써놓은 건가?

"재신다, 모르겠어? 그는 우리가 서로에게 등을 돌리기를 바라는 거야. 분할 정복법* 말이야."

그녀는 잔뜩 겁을 집어먹은 짐승처럼 제정신이 아니었다.

나는 다시 목소리를 부드럽게 낮췄다.

"선생으로서 학생과 사적으로 만나는 건 권력 남용이야. 네 다른 친구들 중에 이걸 아는 애가 있어?"

"전혀!"

재신다가 풀었던 팔짱을 도로 꼈다. 그녀는 서성거리기 시작했다. 얼마나 흥분했는지 더러운 지푸라기 사이를 풀썩거리며 걷고 있는데도 상관없는 것 같았다.

"권력 남용이라니 말도 안 돼! 권력 남용이란 글리스 선생이 마

---

* 주어진 문제를 작은 사례로 나누어 각각의 작은 문제를 해결하는 방법. 1805년 아우스터리츠 전투에서 나폴레옹이 오스트리아-러시아 연합군을 물리친 전략에서 유래한다.

시에게 뚱뚱하다고 대놓고 말하는 것 같은 거지. 그게 권력 남용이라고. 존은 결코 그런 짓을 하지 않아."

"존?"

이제는 이름까지 부르시게? 나는 울컥하는 감정을 추스르기 위해 침을 삼켰다.

"재신다, 이건 옳은 일이 아니야."

이렇게 같은 말을 반복하다 보면 언젠가는 내 말이 들릴 때가 오겠지.

"이건 방식은 다르지만 글리스 선생만큼이나 질이 안 좋아."

뭔가 자꾸 내 신경을 거스르는 게 있다. 라자스가 우리에게 브루크너에 대해 경고하며 했던 말. 언제나 소문을 언급하며 '니쉬가 말하길'이라고 했었지. 그리고 브루크너를 뒤가 구린 음침한 인간이라고 했어.

"잠깐만. 브루크너가 전에도 이런 적이 있어? 다른 애들이랑?"

마치 순간적으로 버튼이라도 딸깍 누른 것처럼 재신다의 눈에 분노의 불꽃이 화르륵 타올랐다. 그러더니 소리를 지르기 시작했다.

"네가 아는 게 뭐가 있다고 그래! 쥐뿔도 없으면서! 넌 처녀잖아! 네가 학교를 제대로 다녀보기나 했어!"

그녀가 핸드폰을 휙 꺼내 들었다.

"뭐 하려고?"

그녀가 등을 돌렸다.

분명 핸드폰 화면을 손가락으로 누르고 있는 거다. 그녀는 핸드폰을 들어 귀에 대고는 머리를 절레절레 흔들었다. 전화를 안 받나 보네? 그녀는 화면을 다시 누르고 귀에 댄다.

"여보세요."

납득하기 어려울 만큼 생기발랄한 목소리다.

"이렇게 일찍 전화해서 정말 미안한데, 아주 어려운 부탁 한 가지만 해도 될까? 내가 지금 차가 필요하거든? 너희 엄마 차 좀 끌고 나올 수 있어?"

그녀가 잠시 말을 멈췄다.

"괜찮아. 아무튼 고맙다."

침묵.

"아니야, 난 괜찮아. 정말이야. 내일 보자."

"누구한테 전화한 거야?"

그녀가 내 말은 들은 척도 하지 않는다. 다시 핸드폰 화면을 누르더니 다른 누군가에게 전화를 한다.

"나야. 나 좀 데리러 와."

침묵.

"아니. 아직 에비네 집이야. 얼마나 빨리 올 수 있어?"

라자스다. 틀림없다. 달리 내가 사는 곳을 아는 이가 누가 있겠는가? 그녀는 다른 친구들에게 먼저 전화를 했던 것이다……. 그렇지만 그 애들이 여기까지 무슨 수로 찾아온단 말인가? 이 돔 홈은 구글맵에서도 잘 보이지 않는다.

그녀는 고개를 까닥거리며 핸드폰 너머에 귀를 기울이고 있었다.

"알았어. 그리고 한 가지 더. 에비가 너한테 뭔가 말하려고 할 텐데 개 말 믿지 마. 다 거짓말이야."

그녀가 나를 노려본다.

"에비는 우리가 생각했던 것처럼 그렇게 근사한 애가 아니야. 그렇게만 알아둬."

16

월요일에 학교로 가는 길이 여느 때보다 길게 느껴졌다. 내가 아무런 이야기도 해주지 않은 것을 개인적인 모욕으로 받아들인 마사는 부루퉁한 채로 조수석에 앉아 있다. 재신다가 씩씩거리며 떠난 후에 마사는 자세한 사정을 듣고 싶어했다. 나는 그저 그녀가 만나는 같은 학교의 남자가 그녀에게 별로 좋을 게 없는 사람이라 의견 충돌이 있었을 뿐이라고 말했다. 어느 정도는 진실인 셈이다. 그러나 마사는 그게 전부가 아니라는 걸 직감했다. 그녀가 내 생활에 대해 마지막 사실 하나까지 숨김없이 털어놓으라고 윽박지른 건 그때가 처음이었다. 나는 뭔가를 숨기고 있는 것이 꺼림칙하기는 했지만 그렇다고 말을 할 수는 없었다. 좀 더 찬찬히 생각할 시간을 가진 다음 라자스와 상의를 하고 재신다와 이야기해보는 것이 먼저다. 내가 어떻게 할지 결정을 해야 한다. 만약 그 남자가 선생이라는 걸 마사가 알았다가는 내가 바라든 아니면 말리든 브루크너를 가만두지는 않을 것이다. 딸의 친구에게 권력 남용을 저지르는 남자라? 무사하길 빌어, 브루크너. 그러려면 어마어마한 행운이 필요할 거야.

재신다가 집으로 돌아가고 난 뒤 우리는 한 번도 말을 할 기회가 없었다. 그녀는 내 전화를 받지 않았고 문자 메시지에도 답이 없었다. 그녀는 내가 라자스에게 작별 키스를 할 틈도 주지 않고 자기를 집으로 태우고 가게 만들었다. 나중에 내가 전화를 걸었을 때 라자스의 목소리는 무뚝뚝하고 차가웠다.

"그만 끊어야겠어. 엄마가 차고 진입로를 포장하는 걸 도와드려야 해서 말야."

차고 진입로를 포장한다고? 나는 20분 동안 아무것도 하지 않고 멍하니 앉아 있다가 결국 그에게 문자 메시지를 날렸다.

'너 괜찮아?'

오후 늦게 답장이 왔다.

'WNTT. 월요일 점심시간.'

WNTT? 이건 또 뭐야. 그게 무슨 뜻인지 알아차리기 전까지 나는 온갖 가능성들을 정신없이 짚어보고 있었다. 'We Need To Talk.' 그러니까 얘기 좀 하자는 거잖아. 가슴이 철렁 내려앉았다.

문자를 보냈다.

'왜?'

답장이 없다. 주말 내내 긴 침묵이 이어졌다.

이제 학교에 간다. 포장도로 위에서 차가 튀어오를 때마다 나는 마사에게 핸드폰을 봐달라고 부탁했다. 백만 번째쯤 될 것이다.

"뭐 온 거 없어?"

나는 물었다.

"없는데. 미안하구나, 얘야."

그녀는 내 머리를 향해 손을 뻗었다.

"모든 게 다 잘될 거야. 마음을 강하게 먹으렴."

월마트에 도착할 때까지 마사는 내 머리를 쓰다듬어주었다. 그녀는 우리가 함께 만든 평화의 상징이 잔뜩 든 가방을 들고 있었다. 나중에 장난감 총에 하나씩 붙이려고 만든 것이다. 이번 주에 그녀는 장난감 섹션에 재고를 채워 넣는 당번이다. 그녀가 내 뺨에 입을 맞추었다.

"필요하면 언제든 전화해."

그리고는 낑낑거리며 차 문을 열었다.

"그래도 핸드폰을 쓸 때는 사람들한테 들키지 말거라."

나는 혼란스러운 상태로 학교에 도착했다. 걱정거리가 한가득 쌓여서 속이 불편한데 몸을 움직이기란 쉬운 일이 아니다. 그러나 첫 수업 종이 울리기 전에 나는 홀마다 라자스를 찾으러 다녔다.

그는 아무 데도 보이지 않았다.

세계관 수업 시간. 내가 교실에 들어서자 마시와 얘기를 하던 재신다가 말을 뚝 멈춘다. 그리고는 자리에 앉아 팔짱을 끼고 다리를 떨기 시작했다. 브루크너는 아직 나타나지 않았다.

"안녕, 재신다."

내가 화가 났다는 걸 그녀가 알까? 우리의 싸움에 대해, 그리고 그녀의 침묵에 대해. 라자스에 대해. 그리고 이제 곧 걸어 들어올 선생과 그녀의 빌어먹을 사랑놀음에 대해.

"음. 주말은 어떻게 보냈어?"

재신다는 나한테 눈길도 주지 않는다.

다시 한 번 말을 걸어보았다.

"뭐 재미있는 일이라도 있었어?"

그녀는 가슴 위로 빗장을 지른 팔에 더 바짝 힘을 주었다.

"아니."

흠, 최소한 입은 여는군. 꿀 먹은 벙어리처럼 입을 꼭 닫고 있는 건 정말 참기 힘들다.

"혹시 말이야, 라자스가 나한테 화났니?"

"그걸 내가 어떻게 알겠어?"

"전화도 안 하고 문자도 없었거든. 게다가 너한테서도 아무 연락이 없어서 내가 얼마나 걱정했는데. 있지, 수업 다 끝나고 만날래? 마사 데리러 가기 전에 한 시간 정도 여유가 있는데."

그녀는 출입구에서 눈을 떼지 않는다. 한시라도 빨리 브루크너가 보고 싶어 미칠 지경이라는 얼굴이다.

"사양할래. 응원단 연습이 있어."

그녀가 허리를 꼿꼿이 세우고 뺨을 발그레하게 물들였다. 브루크너가 등장한 것이다. 그 순간 그녀가 거의 알아듣기 힘들 만큼 가느다란 소리로 속삭였다.

"인용구에 대해 한마디라도 하기만 했단 봐."

그녀는 칠판을 향해 고갯짓을 해 보였다. 거기에는 권력과 지혜에 관한 말이 쓰여 있었다.

그렇지만 재신다는 내가 인용구에 대해 의견을 말하는 걸 좋아하지 않았던가? 그런데 이제 와서 입 닥치고 있으란 거야?

브루크너는 잽싸게 재신다에게 눈길을 던졌지만 얼굴 표정에는 변화가 없었다. 그는 칠판 앞에서 까치발로 섰다가 손바닥을 마주치며 뒤꿈치를 내려놓았다. 우웩. 재신다와 라자스 생각만으로 머리가 꽉 차서 브루크너의 얼굴을 다시 마주 보게 되면 어떨지 한 번도 상상해보지 못한 것이다. 꼴도 보기 싫다. 역겨움으로 숨을 쉴 수가 없을 지경이다. 세상의 어떤 선생이 학생이랑 사귈 생각을 한단 말인가? 혐오스럽기 짝이 없다.

"조용."

브루크너가 말했다.

"좋은 아침이로구나. 오늘의 인용구는 아인슈타인이다. 권력에 대한 얘기지? 할 말 있는 사람? 아무 의견이라도?"

그럼 그렇지. 아무도 대답하지 않는다.

브루크너는 안경을 고쳐 썼다.

"에비? 넌 어떠냐?"

그는 이제 절대 용납할 수 없는 존재처럼 느껴진다. 마치 흉측한 병의 근원지처럼. 그의 온 땀구멍에서 경계 의식의 결여가 고름처럼 흘러내리는 것 같다.

"에비?"

그가 다시 내 이름을 불렀다.

재신다의 경고가 머릿속에 메아리친다. 나는 제 대답 소리에 목구멍이 지레 따끔거렸다.

"없어요."

"아무런 할 말이 없어?"

브루크너는 진심으로 놀란 듯했다.

나는 책상 위에서 눈도 들지 않았다. 속이 뒤틀렸다. 그리고 스스로가 맹렬한 분노에 사로잡혀 있다는 사실을 깨달았다. 그렇다. 재신다는 나의 친구이지 관리자가 아니다. 나는 그 누구의 명령도 받지 않는다. 그런데 왜 지금 이 순간 내가 내 입으로 얘기를 하는데 이렇게 겸연쩍은 기분이 들어야 하는 거지? 이건 내가 아니야. 내가 바라는 나도 아니야. 난 달라.

"자, 그럼 수업을 시작해볼까. 교과서를 펴고……."

나는 손을 번쩍 들었다.

"사실 하고 싶은 말이 있긴 해요."

재신다가 날카로운 숨소리를 내며 떨고 있던 발을 딱 멈췄다.

"아인슈타인의 말에 전적으로 동감이에요."

나는 마음을 독하게 먹고 재신다를 외면했다. 분명 엄청나게 화를 내겠지?

"지혜와 권력은 양립한다 하더라도 극히 드문 경우죠."

브루크너가 미소를 지었다.

"그렇지. 지혜는 상당히 희귀한 것이니까. 안 그래?"

나는 한 번도 눈을 깜빡이지 않고 내내 그의 눈을 똑바로 마주

보았다.

"그건 잘못 짚으셨네요."

"어째서?"

"그 인용구의 요점은 누군가 다른 이들 위에 군림하는 권력을 가졌을 때 비로소 지혜가 문제시된다는 걸 말하는 거예요. 예를 들면 의사와 환자처럼요. 환자가 지혜로운지 아닌지는 별로 중요하지 않죠. 그녀 혹은 그는 아무런 힘도 없으니까요."

나는 어깨에 빳빳하게 힘을 주었다.

"권력을 가진 쪽이 지혜롭지 않을 때가 문제죠."

재신다가 이전보다 더 심하게 발을 떨기 시작했다. 마치 경고의 표시로 꼬리를 흔드는 방울뱀 같다. 팽팽하게 긴장한 채 똬리를 틀고 만반의 공격 태세를 갖추고 있는 것이다. 한편 브루크너는 느긋한 표정이다. 넥타이를 한 번 매만지더니 다음 말을 기다렸다.

"의사는."

나는 말을 이으며 의사 뒤에 '혹은 교사'라고 넣고 싶은 것을 꾹 참았다.

"현명해야 하죠. 경계를 명확히 지키고 때로는 권력을 포기할 줄도 알아야 해요. 이쪽이냐 저쪽이냐 선택하는 거죠. 지혜가 없는 권력은 오만과 다를 바가 없어요."

"아주 멋진 설명이로구나. 고맙다, 에비."

내가 비꼬고 있는 걸 못 알아들은 거야? 아님, 이런 게 재밌나?

나는 재신다를 슬쩍 훔쳐보았다. 그녀의 얼굴에서 증오가 폭포처럼 떨어져내렸다.

수업 시간이 어떻게 지나갔는지 모르게 끝나고 종이 울리자마자 나는 잽싸게 재신다를 향해 몸을 돌렸다.

"제발 내 말 좀 들어봐. 난……."

"나한테 입도 뻥긋하지 마. 세상에나. 난 정말 믿어지지가 않는다. 네가 어떻게……."

그녀는 목소리를 낮춰 경멸조로 속삭였다.

"아주 반 전체에 대고 다 불어버리고 싶어서 안달이 나신 거지!"

"재신다, 아니야! 그게 아니라……."

"나한테 말 걸지 말라고 했어."

어쩌지. 이걸 어떻게 해야 하지. 나는 쉬는 시간 동안 라자스를 찾아다녔다. 평상시에 있을 만한 곳을 다 찾아봤는데도 없다. 지금 나를 피하고 있는 거야 뭐야? 점심시간이 될 무렵 나는 온 신경과 속이 너덜거리며 초주검이 된 상태로 잔뜩 겁에 질린 채 기술 작업실 문 앞에 서 있었다. 이게 잠겨 있으면 어떡하지? 우리들의 은밀한 키스 타임은 영영 역사 속으로 사라지게 되는 건가? 머리는 두려운 예감에 떨고 가슴은 희망에 뛰었다. 나는 문손잡이를 잡고 비틀었다. 문이 열린다. 나는 안도의 한숨을 내쉬었다. 그 안에서 라자스가 나를 기다리고 있었다.

그런데 뭔가 이상하다. 기나긴 키스로 나를 반겨주는 대신 그는 심각하게 굳은 얼굴로 꼼짝도 하지 않고 가만히 서 있다.

심장이 목구멍으로 튀어나올 뻔했다.

재신다가 뭐라고 한 걸까? 그 역시 나와 말도 하지 않으려고 하는 건가? 아니면 더 나아가서—최악 중에서도 최악으로—모든 걸 끝장이라도 내려는 건가? 제기랄. 처음부터 아무런 이름도 붙여놓지 않고 시작한 관계라도 실연의 단계를 거칠 자격이 있을까? 죽어가는 물고기처럼 맥없이 벌렁 드러누운 나의 심장은 벌써 고통에 잠겨가고 있었다.

베스트 프렌드를 잃었다. 그리고 이제 사랑에 빠진 남자마저 잃게 됐다. 그것도 하루 사이에.

삐끗한 발목에서 황홀감에 도취된 마음, 그리고 지금에 이르기까지 어쩜 이렇게 짧은 시간 동안 그 많은 일들이 줄줄이 일어날 수가 있지?

나는 말을 하려고 입을 벌렸다. 정확히 '무슨 일이야?' 하려고 했는데 라자스가 선수를 쳤다.

"이제 넌더리가 나."

그의 목소리에 증오가 깊숙이 스며 있었다.

"끝을 내야겠어."

17

행동이 조신한 여자들은 역사에 남을 일을 거의 하지 않는다.
— 로렐 대처 울리히(역사학자, 1938-)

나는 한 대 세게 얻어맞은 사람처럼 가슴으로 손을 가져갔다. 그가 끝을 내려고 한다. 재신다가 뭐라고 했길래 그가 저토록 나를 미워하는 것일까?

아니면 나에 대한 감정이…… 그새 바뀐 걸까? 사라져버렸나? 처음부터 그렇게 강렬한 것이 아니었던 것처럼? 뭐가 더 나쁜 건지 모르겠다. 나는 아무런 말도 할 수가 없었다.

라자스가 나를 향해 번쩍 손을 뻗었다.

"이브?"

그가 내 양쪽 팔꿈치를 잡았다.

"그만둬."

나는 앙다문 이빨 사이로 겨우 말을 내뱉었다. 만약 그가 이대로 끝내고 싶은 거라면 그렇게 하지 뭐. 난 괜찮을 거야. 하지만 그렇게 잔인하게 '끝을 내야겠어'라고 한 사람이 갑자기 스위치라도 다시 올린 것처럼 걱정하는 척하는 건 뭐야. 이건 아니야. 이런 굴욕을 당하다니. 나는 몸을 홱 비틀어 그에게서 벗어났다.

"그러니까 네가 원하는 게 그거란 말이지."

나는 눈물을 훔치고 이를 악물었다. 그의 이마가 일그러졌다.

"왜 그래? 나는 너도 나와 같은 생각일 줄 알았는데."

"같은 생각? 도대체 내가 뭣 때문에 같은 생각이라야 하는데?"

"왜냐하면 브루크너는 뒤가 구린 놈이니까. 진짜 비열해."

"브루크너? 지금 무슨……?"

나는 생각을 집중하려고 머리를 흔들었다.

"그래, 브루크너와 제이 말이야. 끝을 내야 한다고."

그가 말했다.

희망과 기쁨에 심장이 거칠게 뛰었다.

"우리 지금 헤어지는 거 아니었어?"

그가 눈을 부라렸다.

"이브, 내가 뭣 때문에 그런 짓을 하겠어? 그 헤어진다는 말도 전혀 마음에 들지 않아."

그의 안색이 갑자기 붉으락푸르락해진다.

"왜? 너 나랑 헤어지고 싶어?"

"전혀!"

"다행이다."

그가 한쪽 입꼬리를 올리며 씩 웃었다.

"이런 망할. 너 때문에 순간적으로 확 열 받았잖아."

"내가 널 열 받게 만들었다고? 네가 날 열 받게 만들었지. 그러면서 주말 내내 왜 그렇게 쌀쌀맞게 군 건데?"

"쌀쌀맞게 군 적 없어. 내 품은 언제나 따뜻하다고."

나는 그에게 '내 질문에 대답이나 해' 하는 표정을 지어 보였다.

"차고 진입로를 포장해야 했단 말이야. 게다가 주말 내내 가족끼리 일이 많았어. 재신다가 있어서 제대로 얘기할 수도 없었고."

"나한테 전화할 1분도 없었어?"

"그래, 네 말이 맞아. 전화를 했어야 했는데. 미안해."

"내가 얼마나 걱정했다고."

"내가 확실하게 안심시켜줄게."

"그 따뜻한 품으로?"

"물론이지."

그가 나를 두 팔로 감싸 안았다. 그리고 우리는 키스를 했다. 나는 그를 뒤쪽에 놓인 작업대로 밀어붙이며 강렬하게 그의 입술을 덮쳐 눌렀다. 너무나 기분이 좋다…… 이 충만한 느낌. 온 세상이 흔적도 없이 녹아 없어지는 것만 같다.

수업 종이 울릴 때까지 우리는 서로에게서 입술을 뗄 줄 몰랐다.

"제기랄, 이브. 지금 여기가 학교가 아니라면 얼마나 좋을까."

그가 잔뜩 쉰 목소리로 말했다.

"그러게!"

우리는 다시 입술을 포갰다. 나는 도저히 그에게서 헤어나올 수가 없다.

“이브, 우리 그만 가야 해.”

최대한 질질 끌며 발버둥을 치다가 결국 우리는 서로에게서 떨어져 복도로 나왔다.

라자스가 나에게만 들리도록 작은 목소리로 말했다.

“내가 말했던 것처럼 재신다와 브루크너가 하고 있는 일은 정말 추잡한 거야. 끝을 내야 해.”

“대찬성이야. 그렇지만 어떻게?”

수업이 모두 끝나고 주차장에서 라자스를 만났다. 우리는 클렁커의 뒷좌석에 몸을 숨기고 입술을 맞댄 채 서로에게 온전히 녹아들어갔다. 잠시 후, 나는 간신히 그에게서 몸을 떼어냈다.

“조금 있으면 마사가 일을 마칠 시간이야.”

라자스가 내 뺨에 손을 갖다 댔다. 눈꺼풀이 무거워 보인다.

“아직 시간이 좀 남았어.”

“나도 알아.”

나는 키스를 하는 중간에 중얼거렸다.

“그렇지만 재신다에 대해 얘기를 좀 해야 하잖아.”

“꼭 그래야 해?”

그의 두 손이 셔츠 밑을 파고들었다. 갈비뼈 위로 손가락 끝이 미끄러지듯 움직였다. 나는 고집스럽게 말을 이어갔다.

“브루크너와 재신다 일을 어떻게 알았어? 걔가 너한테 그냥 털어놓지는 않았을 거 아냐. 맞지?”

그가 한숨을 쉬었다.

"그래. 너희 집에서 데리고 올 때 걔가 그러더라, 네가 못되게 굴었다고."

화가 난 재신다를 떠올리자니 점점 기분이 가라앉았다. 그러나 라자스가 나를 가만히 내버려두지 않았다. 그가 내 몸을 만질수록 나는 하염없이 공중을 떠다니는 기분이었다.

"뭔가 말이 안 된다 했어. 네가 심술궂게 구는 게 상상이 안 갔거든."

그가 어깨를 으쓱 올렸다.

"야옹."

나는 그의 팔을 할퀴는 시늉을 했다.

그는 미소를 지으며 내 허리를 엄지손가락으로 재빨리 훑었다. 내 속이 이렇게 요란하게 떨리는 걸 그도 느낄 수 있을까?

"제이가 이상하게 굴기 시작한 지가 좀 됐거든. 그런데 금요일 에……."

"브루크너네 집에서?"

내가 물었다. 그의 손길에 넋이 나가 집중하기가 몹시 힘들었다.

"응. 제이가 완전히 제정신이 아닌 것 같았어. 무슨 일이 있다는 걸 눈치챘지. 그래서 어제 살살 구슬려서 마침내 제 입으로 털어놓게 만든 거야. 내가 그랬잖아, 그 자식은 더러운 인간이라고."

그의 목구멍에서 노여움에 떠는 소리가 흘러나왔다.

"걔가 너한테는 감추지 않고 다 얘기를 하디? 넌 어떻게 알게 됐는데?"

"뱀을 찾으러 다니다가 재신다와 브루크너가 하는 얘기를 우연히 듣게 됐지 뭐야."

그가 얼굴을 찌푸렸다. 절정의 순간에 그의 손가락이 우뚝 동작을 멈췄다.

"소문이 있었어. 그 인간이 전에 학생들이랑 놀아났다는."

"잠깐, 그게 니쉬랑 관련이 있어? 네가 재신다한테 니쉬가 했던 얘기를 너도 기억하느냔 소리를 했었잖아."

그가 몸을 일으켜 등을 대고 누웠다. 황홀한 순간은 우리의 우울한 대화로 인해 빼도 박도 못하게 망가져버리고 말았다.

"맞아. 브루크너가 자기 친구한테 찝쩍댔다고 니쉬가 우리한테 그랬거든."

라자스는 누나가 두 명이다. 둘 다 보스턴 대학에 다니고 있다.

나는 일어나 앉았다.

"누나한테 전화를 해봐. 그럼 누나가 친구한테 진짜로 무슨 일이 있었는지 물어봐 줄 수 있을 거야."

"그렇지만 그게 사실이 아니라고 해도……."

"재신다는 엄연한 사실이지."

그가 코를 비볐다.

"맞아. 이건 무슨 말도 안 되는 80년대 유행가 같아. '선생한테 홀딱 빠졌어'."

"우리가 브루크너와 직접 얘기를 해보는 건 어때? 무슨 일이 있었는지 다 알고 있다고 말하는 거야."

"과연 그게 효과가 있을까. 그렇다고 그만둘 인간이 아냐. 게다가 우리가 자기한테 그런 얘기를 했다고 제이한테 말할 거야. 그러면 걔는 틀림없이 우리랑 말도 안 할 거라고."

"이미 나하고는 말도 안 해."

라자스가 깜짝 놀란 듯했다.

"진짜?"

"오늘 세계관 수업 시간에는 그랬어."

그는 그녀의 침묵에 내가 얼마나 괴로웠을지 알겠다는 듯 내 손을 꼭 잡았다.

"개가 화가 났다는 건 알고 있었어. 그렇다 해도 그건 너무했다."

목이 메어왔다.

"오늘 브루크너의 인용구는 권력에 관한 거였어."

"그놈의 인용구. 진절머리가 난다."

"재신다는 내가 조용히 있었으면 했어. 그런데 내가 고집을 부려서 내 의견을 말했지."

"그럴 리가! 네가? 고집을 피워서 결국 말을 했다고?"

그가 미소를 지었다.

"안 그러던 애가 왜 그랬대?"

"아유, 나도 알아, 안다고. 그런데 재신다가 얼마나 화를 냈는지 넌 상상도 못할 거야. 자기한테 말도 걸지 말라고 그러더라."

라자스가 깊은 한숨을 내쉬었다.

"내가 말하던 게 바로 그거야. 지금 개는 전혀 개답지 않아. 경우에 없는 짓을 하고 아주 이상하다니까."

"사랑이 그렇게 만들어놓은 거야."

나는 그의 어깨에 기대어 누웠다.

"사랑은 사람을 불안정하고 비이성적이고…… 두려워하게 만들지. 사람을 미치게 해.”

“사랑이? 미치게 만들어?”

심장이 쿵쾅거리며 뛴다. 나는 숨을 죽였다.

그가 자세를 바꾸었다.

“지금 제이 얘기를 하는 거야? 아니면…… 우리?”

나는 용기를 내려고 요가 심호흡을 했다.

“둘 다.”

그는 입을 다물고 미동도 하지 않았다. 그렇게 깊은 고민의 한 순간이 지나고 그가 내 몸을 감싸 안았다.

“사랑이라?”

그가 내 목에 얼굴을 비볐다.

“그런 라벨이라면 감당할 수 있을 것 같아. 너와 나라면. 하지만 ‘선생에게 홀딱 빠졌어’의 경우는 아니야.”

심장이 폴짝거리며 신나게 춤을 춰대기 시작했지만—사랑! 그가 나를 사랑한다!—나의 말투는 여전히 심각했다.

“그래. 선생과 학생 사이의 사랑이라니 당치도 않아. 사랑이란 모름지기 남자친구와…….”

라자스가 끙하는 신음 소리를 내뱉었다.

나는 내가 매우 이해심이 많다는 것을 강조하기 위해 눈을 동그랗게 떴다.

“이런, 내가 지금 무슨 생각을 한 거지? 우리는 남자친구랑 여자친구가 아니잖아! 우리는…… 음…….”

나는 얼굴을 찌푸렸다. 이제부터는 진심이다.

“우리는 무슨 사이지?”

“이런 사이지.”

그가 나에게 키스를 했다. 우리는 또다시 무아지경에 빠져들었다. 멀리서 핸드폰 벨소리가 들려온다. 아니, 이건 멀리서 울리는 게 아니다. 바로 내 가방 속이다.

나는 벌떡 일어났다.

“으악! 마사를 잊고 있었어!”

나는 핸드폰을 찾아 열었다.

“번개처럼 달려갈게!”

나는 그녀의 호통에 얼른 핸드폰 뚜껑을 탁 덮어버렸다.

“가야겠다. 젠장, 언제까지 고민해야 할까? 그 인간에 대해 말이야……”

“브루크너.”

그의 눈빛이 매섭게 빛났다.

운전석으로 기어들어가면서 나는 그에게 말했다.

“내가 바이오하자드가 있는 데까지 데려다 줄게.”

“좋아.”

라자스가 조수석으로 건너왔다.

“그런데 제이가 그 인간을 그 정도로 좋아해?”

“완전히 맛이 갔어.”

나는 클렁커의 점화 스위치에 키를 꽂아 넣었다.

“키스도 해보지 않고 얼마나 좋아하는지 어떻게 알지?”

그 순간 그가 입을 딱 벌리더니 엄청난 충격을 받은 표정을 지었다.

“말도 안 돼! 그 인간이 개한테 키스를 했어? 내 이 인간의 턱을 날려버리고 말 거야.”

“아니야, 그건 아니야.”

나는 과장되게 손을 내저었다.

“아니라고. 재신다 말에 의하면 브루크너가 졸업까지 기다려야 한다고 했대.”

라자스의 눈이 튀어나올 것처럼 커졌다.

“브루크너가 그랬어? 졸업! 그리고 그다음은 뭘 하시게?”

이 소년은 거의 폭발 일보 직전이다.

“진정해! 숨 좀 쉬어.”

그의 날숨소리가 으르렁거렸다.

“걔는 나한테 그런 소리는 한마디도 안 했어.”

“그래서 내가 알아냈잖아.”

마침내 클렁커의 엔진이 열을 올리며 털털거리는 소리를 내더니 시동이 걸렸다. 나는 생각에 잠긴 채로 라자스가 차를 세워둔 곳까지 40피트 정도를 운전해 갔다.

“폴거 박사한테 얘기를 하면 어떨까?”

그가 머리를 내저었다.

“그런 식으로 제이를 배신할 수는 없어. 두말할 필요도 없이 그건 브루크너와 제이를 음해하는 소리가 될 텐데 그 둘은 발뺌을 할 게 분명해.”

“네 말이 맞네. 그녀를 더욱 멀어지게 만드는 것뿐이겠지. 그러면 더 막 나갈 테고 말이야."

"그렇지."

그가 얼굴을 문질렀다.

여전히 생각을 정리하려고 애쓰면서 나는 바이오하자드 앞에 차를 세웠다.

"잠깐. 좋은 생각이 있어!"

나는 대시보드를 탕하고 내려쳤다.

"번개가 있잖아!"

그의 어리둥절한 표정이 천천히 함박웃음으로 바뀌었다.

"와, 그거야! 완벽해."

나는 바쁘게 머리를 굴렸다.

"그렇지만 우리가 그랬다는 걸 재신다는 알 거야."

"상관없어."

라자스가 말했다.

"그러면 어차피 모든 것이 만천하에 드러날 테니까. 그리고 우리는 제이의 이름을 쓸 필요도 없어. 아니 개에 대한 언급 자체를 아예 빼버리는 거야."

"맞다. 그래. 브루크너가 창피해서 그만두게 만들면 되는 거잖아."

"만약 그 인간이 눈곱만큼이라도 체면이 뭔지 안다면 말이야."

"아주 뻔한 결말은 아니겠네."

그는 생각에 잠겨 엄지손가락으로 대시보드를 쓸었다.

"제이가 우리를 일러바칠 수도 있어."

"폴거 박사한테?"

내가 그의 생각을 마저 읽었다.

"그렇지만 그게 우리라는 걸 그녀가 어떻게 알게 됐는지 설명하기는 힘들걸? 그러려면 플루토스와 글리스 선생의 번개 사건에 그녀도 가담했다는 걸 인정해야만 하겠지. 폴거 박사가 고백하게 만들고 말 거야."

"하지만 그녀는 묵비권을 행사할 권리가 있어."

그가 반박했다.

"대답을 거부하도록 그냥 내버려두지는 않을 거야. 헌법 수정 조항 1조에 나와 있는 권리인 언론의 자유, 발언의 자유가 통하지 않는 학교에서 5조에 있는 묵비권 따위가 통하겠어?"

라자스가 나의 장광설에 눈썹을 추켜올렸다.

"그런 눈으로 보지 마. 권리장전을 먼저 들먹인 건 너야."

"건리항전? 거 어디선가 들어보긴 한 것 같은데. 어디였더라?"

"이봐, 친구, 자네는 지금 홈스쿨에서 낙제하기 직전의 매우 심각한 상황이라네."

그가 깔깔 웃더니 말했다.

"걱정하지 마. 내가 미사(미국 역사)는 좀 알거든."

"미사? 그거 무슨 기침약 이름 같은데."

그가 내 말을 못 들은 척하고 말을 이었다.

"헌법수정 제1조는 종교와 연설, 언론에 대한 거야. 제2조는 무력에 대한 거고. 3조는 시대에 한참 뒤진 거라 굳이 기억할 필요도 없고, 4조는 수색과 압수, 5조에서는 '묵비권을 행사할 권리가 있다'고 명시되어 있지."

그는 스스로에게 만족한 얼굴이었다.

"선생님, 이제 A를 주실 건가요?"

"난 성적 같은 거 믿지 않아. 그건 단지 형식적인 라벨일 뿐이야."

"아뿔싸!"

그가 웃었다. 나는 그에게 키스했다.

"이런, 이런. 선생과 학생 간의 연애질이라니."

아무 생각 없이 던진 농담이었지만 그 말의 의미가 무겁게 가슴을 내리누르자 우리는 얼른 서로에게서 몸을 뗐다. 성난 눈빛이 그의 다갈색 얼굴 위로 일렁거렸다. 우리는 다시 재신다와 브루크너 애기로 돌아왔다.

"우리가 브루크너를 한 방 먹이면 걔가 엄청나게 화를 낼 거야."

나는 말했다.

"저주의 말을 있는 대로 쏟아부으면서 날뛰겠지."

"벌써 그러고 있는걸."

"그건 그렇네."

나와 말도 하지 않는 그녀를 떠올리는 것만으로 속이 뒤틀렸다.

"그렇지만 우리가 브루크너에게 그런 짓을 하면 나랑은 영원히 말도 안 할걸."

"걔가 다시 정신을 차릴 거야. 제이는 누굴 그렇게 오래 미워하는 애가 못 돼. 그 번개 작전을 시작하기 전에 며칠 동안 시간을 갖자. 다음 주쯤이 좋겠어."

그가 손을 뻗어 내 손을 잡았다.

"그때쯤이면 재신다도 너한테 말을 걸 거고. 틀림없이 넌 홀쩍거리면서 투덜거리는 것에 이미 넌더리를 내고 있을걸. 날 믿어.”

그가 한쪽 입꼬리를 삐뚜름하게 올리며 씩 웃었다. 눈이 멀 것 같아.

“게다가 이보다 더 나빠질 게 뭐가 있겠어?”

“음, 코넬?”

“그렇지. 맞다. 그건 최악이네.”

그가 꼬리를 내렸다.

“그렇지만 내 말은 제이랑 연결해서 말이야. 지금 너한테 하는 것보다 더하지는 못할 거 아냐.”

“그렇지. 네 말이 맞아.”

나는 배 위로 팔을 둘렀다.

“그런데 난 왜 이렇게 속이 다 넘어올 것만 같지?”

“봐봐, 설사 모든 일이 엉망으로 꼬인다고 해도…… 너한텐 내가 있어. 우리가 함께 애쓰고 있잖아. 죽어도 같이 죽고 살아도 같이 산다.”

“흠. 그거 어디서 들어본 소리 같긴 하다.”

나는 말했다.

18

매스컴의 주목은 사회적 산업적 질병의 치유책으로
커다란 역할을 수행한다.
전깃불이 최고의 경찰관이듯 햇빛은 최고의 소독약이다.
- 루이스 브랜다이스(미국 대법원 판사, 1856-1941)

첫 번째 수업이 있는 교실로 가는 길. 나는 한숨을 쉬며 콘크리트벽에 손바닥을 대고 걸어가고 있다. 세계관 수업 시간은 나에게 아홉 번째 지옥*으로 변하고 말았다. 나는 브루크너가 나를 쳐다보는 것도 참을 수가 없다. 그가 재신다나 다른 여자애들에게 치근대는 상상만으로도 몸서리가 쳐졌다. 그를 생각하면 추악하고 젊음을 탐하며 힘에 굶주린 흡혈장어 같은 이미지들만 떠올랐다. 더 나쁜 것은 재신다가 아직도 나에게 말 한마디 하지 않는다는 것이다. 어떻게 침묵이 그렇게 요란하게 느껴질 수가 있을까? 그

---

* 단테의 「신곡」에 나오는 지옥의 맨 마지막 단계이자 악마가 살고 있는 곳.

녀가 나를 용서하게 될 거라고 라자스가 계속 나를 안심시키고 있긴 하지만 지금 그녀는 나를 거들떠보지도 않는다. 지난 며칠간은 고문의 연속이었다. 내가 본 영화들 속에서 모든 사람들이 고등학교를 싫어하던데 이제 그 이유를 조금 알 것 같다. 그것은 교육법이나 교육철학과는 아무런 상관도 없는 것이다. 문제는 사람이다. 사르트르가 『비상구는 없다』에서 말했던 것처럼.

'타인이 지옥이다.'

브루크너의 하얀 칠판에 완벽한 인용구가 쓰여 있다.

다 허튼소리들이다. 나는 시간이 흐를수록 점점 지겨워지고 있다. 마사는 학교라는 기관 자체를 탓할 것이다. 그리고 이 점은 인정해야겠다. 지금 이 순간 잡초 뽑기, 작은 마을 디자인하기, 구름 관찰하기, 헛간 청소하기, 인터넷으로 숙제 받아서 하기, 야생동물 스케치하기 같은 홈스쿨링으로 돌아가는 것보다 더 좋은 건 없을 것이다. 아니, 아니다. 지금 이 순간 라자스와 함께 있는 것보다 더 좋은 건 없을 것이다. 아무도 없는 곳에서 단둘이. 그 생각만으로 배 속에서 나비들이 날개를 파르르 떨고 두 뺨이 홧홧 달아올랐다.

그 전에 먼저 해치워야 할 중요한 게 남아 있지. 세계관 수업. 재신다와 브루크너.

그런데 저게 뭐지. 모두가 교실 문 밖에 바글바글하게 모여 서서 시끄럽게 떠들고 있다. 가까이 다가가면서 나는 대화의 조각들을 주워들을 수 있었다.

─이건 또 이유가 뭐야?

─누구 짓이든 간에…….

— 뭔가 있단 소리를 듣긴 했어…….

오, 세상에나. 브루크너의 교실 문에 선명하게 걸려 있는 대문짝만 한 번개 표시. 플루토스의 웹사이트 주소를 적은 빨간 페인트가 흘러내린 자국이 딱딱하게 굳어 마치 말라버린 핏자국 같다.

라자스와 나는 분명 다음 주로 거사일을 미뤄놓지 않았던가! 재신다가 머리를 식히고 제정신을 찾을 시간을 주려고 말이다.

그렇다면 누가 이런 일을 벌인 거지?

교실의 모든 아이들이 기묘한 일제 동작으로 몸을 돌렸다. 다시 한 번 그것은 눈이 가득 달린 벽과도 같았다.

"얘들아, 조용."

몰려 서 있는 아이들 사이로 브루크너가 모습을 드러냈다. 아이들은 마치 아무도 그에게 가까이 붙어 있고 싶지 않다는 듯 주춤거리며 뒤로 물러섰다. 브루크너는 교실 문의 자물쇠를 열었다. 평상시와 다른 티는 조금도 나지 않았다.

"먼저들 들어가거라."

그가 정중한 몸짓으로 팔을 들어 올렸다. 한쪽에는 노트북 컴퓨터를 꼭 끼고 있었다.

모두가 자리에 앉았다. 칠판이 비어 있다. 인용구가 없다. 브루크너가 눈에 보이는 것처럼 침착한 상태가 아닐 수도 있다는 얘기다. 그 번개 표시를 보고 꽁무니를 뺀 건가? 달아날 곳이…… 어디 있다고? 남자 화장실? 교사 휴게실?

재신다는 이곳에 없다. 나는 마시에게 인사를 했다. 지난번 글리스 선생 번개 사건 이후로 우리는 조금 더 친해졌다.

브루크너가 책상 위에 노트북 컴퓨터를 설치하는 동안 교실 안에는 속삭임들이 낮은 휘파람 소리처럼 흘러 다녔다. 그가 텔레비전이 놓인 카트를 구석에서 끌고 나왔다. 말도 안 돼. 모두에게 플루토스 웹사이트를 보여주려고? 어떻게 그런 생각을 할 수가 있지? 자기에 대해 무슨 얘기를 해놓았는지 걱정하기보다 순수하게 어떻게 써놓았는지가 더 궁금할 수도 있나?

뭐, 어쨌든 좋아. 나도 그 내용이 궁금하긴 하니까.

"미안하구나, 내가, 음……."

브루크너가 노트북 컴퓨터의 버튼을 누르며 말했다.

"아직 인용구를 칠판에 적어 넣질 못했어. 아주 파란만장한 아침이었거든. 너희들도 직접 봤다시피 말이야."

그가 미소 띤 얼굴로 고개를 쳐들었다. 그리고 연신 넥타이를 만지작거렸다. 마시가 킥킥거리다가 내가 쳐다보자 슬며시 다른 곳으로 시선을 돌렸다. 브루크너가 몸을 앞뒤로 까딱거렸다.

"자, 이제."

그가 마커를 쥐고 뚜껑을 비틀어 열더니 칠판에 인용구를 쓰기 시작했다. 햇빛이 좋은 소독제라는 얘기였다. 낯이 익다. 저건 바로 마사가 폴거 박사의 귀에 심어놓았다던 그 '씨앗'이 아닌가. 폴거 박사가 그 작은 보석을 이번엔 브루크너한테 심어놓았나 보다.

내 주위에서 학생들이 휘둥그레진 눈짓을 서로 주고받았다. 마시와 매트와 스티브는 내가 마치 이 일에 대해 뭔가 알고 있을지도 모른다는 듯 나를 계속 쳐다보았다. 수업 종이 울리자 브루크너는 깜짝 놀라서 몸을 홱 움츠리다가 '브랜다이스'의 맨 끝 자를 망치고 말았다. 별거 아니었지만 그의 초조한 마음을 고스란히 드러내주는 실수였다. 분명 그는 우리한테 보여주려고 애쓰고 있는 것처럼 차분한 상태가 아니다. 그는 마커의 뚜껑을 다시 닫기 전에 망친 글자를 지웠다. 나를 똑바로 쳐다보면서 그가 말을 시작했다. 그러다가 재신다가 황급히 나타나 고개를 숙인 채 옆을 지나가자 다시 입을 다물었다. 그녀가 책상 위에 책들을 꺼내고 짧은 스커트 자락을 잡아 펴며 자리에 앉을 때까지 모든 눈들이 그녀의 일거수일투족을 따라다녔다. 그녀는 이제까지 한 번도 지각한 적이 없다.

나는 급하게 노트를 꺼내 재신다에게 쪽지를 갈겨썼다.

‘네가 생각하는 그 사람이 한 일이 아니야!’

나는 종이를 뚫어져라 보다가 북북 지우고 다시 썼다. 그냥 이렇게 쓸 수 있다면 얼마나 좋을까. ‘나랑 라자스가 한 일이 아니야! 넌 누가 그랬는지 알고 있니?’ 그렇지만 우리의 이름을 적을 수는 없는 일이다. 행여 이 쪽지가 적의 수중에 들어가기라도 하면 낭패니까. 나는 ‘우리 애기 좀 하자, 제발!’이라고 적는 쪽으로 마음을 정하고 소리나지 않게 스프링 노트를 찢어냈다. 브루크너가 등을 돌리는 순간 나는 그걸 재신다에게 건넸다.

그녀는 쪽지가 바닥으로 떨어지는 걸 그대로 지켜보기만 했다. 그리고 아주 느린 동작으로 몸을 돌려 적의가 가득 찬 눈빛으로 나를 노려봤다.

브루크너가 컴퓨터를 텔레비전에 연결했다.

“내가 오늘의 인용구를 선택한 이유는……”

그가 갑자기 말을 뚝 끊었다.

"흠, '햇빛이 최고의 소독제'라."

그는 자세를 바꾸어 책상에 비스듬히 기댔다.

"브랜다이스는 무슨 일이든 모두 앞에 솔직하게 밝히는 것이 최선이라고 말하고 있다. 흠. 뒷소문이든 혐의든 그냥 공개해버리라는 거지."

그의 낯빛이 약간 파리해졌다.

"공개를 해서 곪아 터지는 걸 막아라. 햇살이 빛나면서 모든 것을 투명하게 비출 것이다. 그것이 바로 투명성의 개념이다."

안경을 벗어 들고 살피던 그는 넥타이로 안경알을 닦았다. 마치 화를 억누르기 위해 끊임없이 신경을 분산시키려고 발버둥치는 것 같았다.

"그럼, 곧장 웹사이트를 한 번 보도록 할까? 블로그 주소를 기억하고 있는 사람?"

아무도 대답하지 않는다.

"아무도 없나?"

그는 팔짱을 꼈다.

"에비? 너는?"

나는 이미 더러운 기분으로 가득 차 머리를 세차게 내저었다.

"몰라?"

실망한 기색이 역력하다.

"그렇군. 그래도 운 좋게도 찾아볼 데가 있지."

그가 교실 문을 홱하고 열자 회반죽용 칼을 열심히 휘두르고 있던 청소부 헥 씨가 깜짝 놀랐다. 그는 번개 표시를 절반쯤 지워내던 중이었다. 브루크너가 바닥에 떨어진 큰 조각 두 개를 집어 올려 찬찬히 살폈다.

"이번에는 골판지를 썼군."

그는 예의도 없이 헥 씨의 코앞에서 문을 쾅 닫고는 노트북 컴퓨터 앞으로 돌아왔다. 그리고 번개 파편에 적힌 주소를 쳤다. 텔레비전 화면에 플루토스 블로그 화면이 나타났다.

"스마트폰이 없는 학생들을 위해서다."

그가 소리 내어 읽기 시작했다.

"'우리, 진정한 억압을 타파하기 위해 일어선 민중들의 번개(플루토스)는 다음과 같은 사실들을 밝힌다⋯⋯.' 좋아, 으흠."

그가 스크롤바를 쭉 내렸다.

"아, 여기 있군. 첫 번째 번개: 노골적인 성차별을 자행한 G 선생⋯⋯ 으흠, 으흠. 두 번째로 플루토스는 브루크너 선생의 교실 문에 번개를 내렸다. 그가 자신이 가르치는 여학생 중 하나와 선을 넘었기 때문이다."

브루크너가 서둘러 자리에 앉았다.

"가장 흥미로운 점. '흥미로운'이라. 뭐, 좋아."

그를 보아온 이래 이렇게까지 더듬거리는 걸 본 적이 없다. 그는 다시 한 번 넥타이를 가다듬고 안경을 고쳐 썼다. 그리고 나를 바라보았다.

"이번 글은 말투가 무척이나 다른걸."

나는 고개를 끄덕였다. 쓰나미처럼 덮쳐 오는 안도감을 들키지 않을 만큼 아주 미미한 동작으로. 정말 다행이다! 최소한 브루크너는 이번만큼은 내가 아니란 걸 눈치챈 것이다. 이제 재신다만 설득하면 된다. 나는 바닥에 떨어진 채 무시당한 쪽지를 되찾아오기 위해 슬그머니 발을 내밀었다. 다시 한 번 해봐야지. 쪽지가 발끝에 걸릴락 말락 할 때 재신다가 냅다 채 가더니 펼쳐보지도 않은 채 책상 위에 놓고 손으로 덮어버렸다. 그리고 몸을 돌려 얼음장 같은 증오가 서린 얼굴로 나를 보더니 손을 번쩍 들었다.

"재신다?"

브루크너의 목소리가 흔들린다. 가만히 서 있지 못하고 몸을 앞뒤로 까딱거리기 시작했다.

"너…… 할 얘기라도 있는 거니?"

그의 말투가 꼭 '제발, 어떻게 이런 상황에서 그런 짓을. 입 좀 다물고 있어줄래!'라고 말하고 싶은 것 같았다.

그녀가 고개를 끄덕였다.

"좋아. 한번 해보렴."

그녀가 책상에다 대고 손가락들을 두드렸다. 매니큐어를 바른 손톱들이 그녀의 동요하는 마음처럼 다다닥거리며 내달렸다.

"전 그 인용구가 믿음에 관한 거라고 생각해요."

그녀가 이번에는 발을 떨기 시작했다.

"믿음?"

그가 얼굴을 찌푸렸다.

"어떻게 해서?"

"햇빛이 최고의 것이라고 생각할 수도 있지만 사실은 아니거든요. 기본적으로 사람은 믿을 수가 없으니까요. 사람들은 거짓말을 퍼트려요. 그리고 그 사람들은 알아야만 해요.”

그녀가 손가락을 멈췄다.

“다른 사람들이 자기들 머리 위에도 햇빛을 비출 수 있다는 것을요.”

“흠, 그렇군.”

브루크너는 재신다의 종잡을 수 없는 말에 눈만 끔뻑거렸다. 그러나 그녀와 나를 번갈아 쳐다보는 걸로 봐서 우리의 우정 전선에 심상치 않은 문제가 생겼음을 직감한 눈치였다.

“다른 사람?”

나는 마지못해 손을 들었다.

“그 인용구는 누구든 진실을 밝히고 말하고 싶은 것을 말할 수 있다는 의미예요. 그 목소리의 주인이 누구인지조차 모를 수도 있지만요.”

“그렇지. 그 부분이 바로 핵심이지. 그렇지 않니?”

브루크너가 짓궂은 표정으로 히죽거리며 물었다.

순간적으로 나는 매력 넘치는 브루크너를 다시 보게 된 것이 너무 기뻐서 그만 그를 따라 미소를 지었다. 그는 미리 그어진 선 따위에 아랑곳하지 않고 자유롭게 규칙을 넘나들며 색칠을 할 줄 아는 남자다. 그렇지만, 이건 아니지. 학생이랑 불장난을 해? 그건 선을 벗어나도 너무 멀리 벗어났다. 이러면 완전히 다른 색칠 공부가 되고 마는 것이다.

마사는 나에게 색칠 공부 책이란 것을 준 적이 없다. 나의 어린 시절은 벽에 붙여놓은 크래프트지와 마음껏 찍어 바를 수 있는 엉성한 그림물감이 전부였다.

브루크너가 다시 진지한 얼굴로 되돌아갔다.

"문제는 일단 사람들이 입을 열고 자기가 하고 싶은 얘기를 하기 시작하면 걷잡을 수가 없게 된다는 거야."

"바로 그거예요."

나는 말했다. 손바닥을 위로 들어 올리고 어깨를 으쓱하며 나는 물었다.

"하지만 어쩌겠어요? 그게 민주주의가 치러야 할 대가인 것을요. 그리고 발언의 자유도요. 누구든 하고 싶은 말은 뭐든 할 수 있어요."

나는 재신다의 의자를 발로 뻥 찬 다음 이렇게 악을 쓰고 싶었다.

'내 말 알아들었어, 이 계집애야?'

"글쎄. 그렇다고 하더라도 명예훼손은 안 돼지. 글로 중상모략 하는 것 말이다."

브루크너는 뻣뻣하게 굳은 자세로 눈빛을 흐렸다.

"아주 흥미로워."

그가 혼잣말을 중얼거렸다. 그러더니 다시 몸을 움직여 텔레비전에 꽂혀 있던 노트북 컴퓨터의 선을 거칠게 잡아당겼다.

"주제를 바꾸는 게 좋겠다. 세계관으로. 어때?"

그는 칠판 앞으로 다가가 마커를 고른 다음 무언가를 쓰기 시작했다.

나는 깊은 요가 심호흡을 했다. 이건 재앙이 틀림없다. 누군가 플루토스와 번개를 가로채서 상황을 좌지우지하고 있다. 재신다는 내가 한 짓이라고 생각한다. 그러나…… 일단 숨을 고르자. 침착해. 머리를 굴려. 난 잘못한 게 없어. 이대로 세상이 두 쪽이 나는 건 아니잖아. 라자스가 내 편인걸. 우리가 함께 이 모든 것을 제자리로 돌려놓을 거야.

여전히 나는 학교 시스템에 대한 나의 실험이 과연 그만 한 가치가 있는 것이었는지 스스로에게 묻지 않을 수 없었다. 라자스와 재신다를 만난 건 학교에서가 아니었다. 그건 국유림에 있는 개울에서였다. 내가 그냥 홈스쿨링을 계속했어도 라자스와 나는 사랑에 빠졌을 것이고 재신다와도 친구가 됐을 것이다. 재신다와 브루크너가 같이 있는 이 수업을 듣지 않았더라면 좋았을걸. 내가 그렇게 내 목소리를 내려고 애쓰지만 않았어도 플루토스를 시작할 일은 없었을 텐데. 그리고 이 모든 일에 엮여서 코넬대 입학이 절벽 끝에 몰리는 일도 없었을 텐데.

그러나 그 수많은 후회들 사이사이 무수한 깨달음에 정신이 번쩍 들기도 했었다.

나는 다시 한 번 심호흡을 했다.

책상 위로 쪽지 하나가 도착했다. 재신다한테 온 것이다. 부디 라자스와 내가 한 짓이 아니라는 걸 그녀가 알았기를!

그 종이는 바로 내가 그녀에게 건네준 것이었다. 그녀는 그걸 열어보지도 않은 채 그 위에 다시 메모를 휘갈겨 쓴 다음 내게 돌려준 것이다. 그녀의 동글동글한 필체를 읽어 내려가는 동안 심장이 쿵 하고 떨어졌다.

'발언의 자유나 민주주의의 결과가 과연 네가 바라는 것처럼 될까? 너도 면죄부를 받은 건 아니야.'

이게 도대체 무슨 뜻이란 말인가? 나는 대답을 급하게 써 내려가다 불같이 문을 두들기는 소리에 손을 멈췄다. 교실 앞에 누군가 와 있다.

문이 열리고 헥 씨 옆에 나란히 폴거 박사의 얼굴이 나타났다.

브루크너의 얼굴이 숨길 수 없는 공포로 축 늘어졌다.

폴거 박사가 입을 열었다.

"방해해서 미안합니다, 브루크너 선생님, 그리고 학생 여러분."

그가 브루크너의 귀에 대고 무언가를 속삭였다. 가만히 듣고 있던 브루크너가 고개를 끄덕거렸다. 그의 양쪽 입꼬리가 아래로 처졌다. 마치 일시적인 집행유예를 선고받았지만 여전히 뒷감당해야 할 일이 산더미라는 걸 알고 있는 사람처럼.

"에비, 폴거 박사님과 같이 좀 가야겠는데."

자리에서 일어서는데 앞으로 펼쳐질 나의 미래가 한바탕 가슴속을 휩쓸고 지나가면서 하수구로 빨려 들어가는 것 같은 아득한 기분이 들었다. 거대한 화장실 같은 이 학교에서 코넬을 향한 나의 기회가 막 변기 물에 쓸려 내려가고 있는 중이었다.

19

내가 가진 매우 긍정적인 전제는
적당한 도구만 사람들에게 쥐여준다면
그들은 타고난 능력과 호기심으로 기대치를 훨씬 넘어
어떤 면에서 우리가 깜짝 놀랄 만한 성장을 보여줄 것이라는 점이다.
– 빌 게이츠(마이크로소프트사의 창업자, 1955–)

어떻게 된 일인지 마사가 와 있었다. 그녀는 선반에서부터 서류 캐비닛, 책상과 의자까지 이어져 내려오는 폴거 박사의 슬링키 컬렉션을 마음대로 만지작거리다가 사무실에서 허겁지겁 뛰쳐나와 나를 꼭 끌어안았다.

"어이구, 우리 딸내미."

"여긴 어떻게 왔어?"

"택시 타고."

그녀가 프랭클린 씨를 보며 미소를 지었다.

"멜린다, 차 정말 고마워요."

프랭클린 씨가 마시던 콜라 캔을 내려놓았다.

"천만에요."

마사는 나를 안고 있던 한 팔을 놓고 프랭클린 씨를 향해 손가락을 흔들었다.

"그래도 이 충고만은 꼭 해드려야겠어요. 그런 음료는 그만 마시는 게 좋아요. 그런 인공 감미료가 얼마나 몸에 해로운데요."

프랭클린 씨가 손에 쥔 소다 캔을 내려다보았다.

"생각해볼게요."

"기업이 독을 퍼트리면서 이득을 챙기는 거예요. 독성 물질이 곧 이윤의 근원이죠."

마사는 침을 한 번 삼키고는 목청을 높일 준비를 하는 것 같았다. 월마트에 새로운 캠페인 스티커가 붙으려나 보다. 그러나 폴거 박사는 전혀 농담할 기분이 아닌 듯했다.

마사 앞을 가로질러 그는 사무실 안에 있는 의자들을 손으로 가리켰다.

"들어오시죠."

그는 문 위에 걸린 명패가 가운데로 오도록 당겼다.

그리고 도리질을 한 번 치더니 말했다.

"에비, 그리고……."

얼굴을 찡그리며 그는 다시 한 번 말을 바꾸었다.

"마사, 자리에 앉으세요."

우리는 의자에 앉았다. 전에 봤을 때보다 세 배는 커 보이는 코넬대 졸업장이 사무실을 내려다보고 있었다. 마사가 내 손을 꼭 잡았다.

폴거 박사는 마사가 제자리에 갖다 놓은 슬링키들 중 하나를 툭 건드렸다. 우리는 슬링키가 그의 의자 위까지 계단을 타고 내려오는 것처럼 움직이는 모습을 지켜보았다. 그는 슬링키를 집어 들고 자리에 앉았다.

"에비, 이번 일, 너냐?"

거두절미한 직격탄이었다.

그러나 지난번처럼 이번 역시 내 짓일 거라는 추측에 정확한 확신은 없어 보였다.

마사는 내가 대답할 틈도 주지 않았다.

"얘, 너…… 브루크너 선생이…… 너한테 무슨 짓이라도 한 거냐?"

"아니."

나는 머리를 저었다.

"내가 아니야."

"그 사람이 그런 짓을 한 게 네가 아니라는 말이니, 아가야?"

폴거 박사가 말했다.

"아니면 네 짓이 아니라고 부인하는 게냐? 이번에…….."

"그는 나한테 아무런 짓도 하지 않았고 그 번개도 내가 한 게 아니야."

마사는 생각에 잠긴 얼굴로 내 손을 토닥토닥 쓰다듬었다.

"설사 네가 한 짓이라고 하더라도 말이다, 하고 싶은 말을 한다고 해서 남에게 피해를 주는 건 아니야."

테이블 너머로 칼날 같은 시선이 느껴졌다.

"아닌가요, 폴거 박사님?"

그가 얼굴을 찌푸렸다.

"마사, 그리고 에비, 괜찮다면 그 말부터 짚고 넘어가보도록 할까요."

그가 헛기침을 했다.

"공개적으로 자신의 의견을 밝히는 것이 과연 남에게 피해를 주는 것이냐? 답은 그렇다와 아니다, 둘 다입니다. 저도 표현의 자유를 중요하게 생각합니다. 그러나 그와 같은 자유에는 반드시 책임이 뒤따른다고 믿지요. 말하자면 동전의 양면처럼 말이에요. 증거도 없는 흉측한 혐의들이 난무하도록 내버려둘 수는 없습니다."

그가 슬링키로 파도 모양을 만들었다.

"저는 학교를 제대로 운영하고 학생들을 돌볼 의무가 있어요. 그리고 교사들의 명예도 보호해줘야 하고요."

마사가 의자에 앉아서 몸을 비비 꼬았다. 십중팔구 그녀는 그의 보호자 같은 말투가 학교라는 계층 조직의 원인이자 결과라고 생각하고 있는 것이다.

폴거 박사는 슬링키를 테이블 매트 위에 내려놓았다.

"나는 너를 상당히 좋게 보고 있는데 말이다, 에비, 넌 머리가 아주 명민하고 강한 도덕심을 가진 아이다. 너의 즉흥적이고 비판하기 좋아하는 면을 다른 식으로 바꿀 수도 있겠지만, 그러려면 시간과 경험이 좀 필요할 것 같구나. 내 말의 요지는, 법은 법이라는 거다. 공갈 협박은 법을 어기는 짓이야. 다른 사람의 명예를 더

럽히는 것은…….”

“만약 그 혐의가 사실이라면 명예훼손은 아니지요.”

두 팔을 저으며 마사가 입을 열었다. 목소리를 높이지 않으려고 무진장 애를 쓰는 기색이 역력했다.

폴거 박사가 말했다.

“유죄라는 판단을 내릴 만한 증거가 있다면 중상모략은 아닌 게 되겠죠. 확실하게 알아두셔야 할 것이, 전 이번 혐의들을 아주 확실하게 조사할 작정입니다. 심각한 사안이라고 생각해서 이미 교육청장인 존스 박사에게도 전화를 해두었지요. 그렇지만 그동안에…….”

나는 그의 말허리를 끊고 끼어들었다.

“좋아요, 됐어요. 알아들었어요. 교장 선생님은 당연히 자신이 해야 할 일을…… 다 하셔야겠죠.”

폴거 박사가 나의 다음 말을 기다리며 살짝 고개를 끄덕였다. 마사가 나의 명백한 동조에 충격을 받은 얼굴로 나를 뚫어져라 쳐다보았다.

“그렇지만 제가 한 짓이 아니에요.”

나는 마음속으로 덧붙였다.

‘제발, 코넬에 갈 수 있는 기회를 망가뜨리지는 말아주세요!’

“전 브루크너 선생님에 대해 비난을 한 적이 없어요. 이번에 인터넷에 올라온 그 글은 어투가 판이하게 다르다는 걸 알아채지 못하셨나요?”

“그래?”

그가 앞으로 몸을 숙였다.

"그걸 네가 어떻게 알지?"

마사가 나를 두 팔로 막았다.

"얘야, 대답하지 말거라."

나는 그녀의 등을 팔꿈치로 쿡 찔렀다.

"마사, 좀."

그리고 폴거 박사에게 말했다.

"브룩, 아니 브루크너 선생님이 교실에서 우리들에게 보여주셨거든요. 그래서 뭐라고 쓰여 있는지 알아요."

폴거 박사가 눈을 동그랗게 떴다.

"그가 학생들에게 그걸 보여줬단 말이냐?"

마사도 덩달아 깜짝 놀란 것 같았다.

"어째서……."

"햇빛이 최고의 소독약이라고 하시면서요."

폴거 박사가 기도하듯 손을 모으며 뒤쪽으로 몸을 젖혔다.

"이거 재미있구나. 브랜다이스 판사와 투명성의 이념이라."

그가 날카로운 시선으로 마사를 바라보았다.

마사는 다시 정신을 집중하려는 듯 머리를 흔들었다.

"투명성이란 말이죠, 당내에서도 가장 성공적인 분파에 의해 제기된 개념이거든요. 급진파든 아니든……."

"마사."

나는 톡 쏘는 말투로 그녀를 불렀다.

"알았어."

그녀가 입술 위로 지퍼를 잠그는 시늉을 했다.

나는 폴거 박사를 향해 몸을 돌렸다.

"그래서 제가 이번 글이 지난번 글과는 전혀 다르다는 걸 알게 된 거예요."

정신을 바짝 차려야 한다.

"그걸 올린 게 누구든 서로 다른 사람이라고요."

폴거 박사는 무지갯빛 슬링키를 집어 들었다. 그는 마치 생각의 무게를 달아보고 있는 것처럼 그것을 앞뒤로 움직였다.

"공교롭게도 나 역시 어조의 차이에 주목을 하고 있었다. 물론 그것이 맨디 글리스와 존 브루크너에게는 조금의 위안이 되겠지."

"존 브루크너."

마사의 눈이 갑자기 우주 바깥으로라도 튕겨져 나간 것처럼 멍해졌다. 무슨 일이지? 그녀에게 눈짓을 했지만 의식도 못하는 눈치다.

폴거 박사 역시 다음 말을 이어가기 전에 호기심 어린 눈길로 마사를 힐끗 쳐다보았다.

"아주 독창적이야. 그렇지 않니? 블로그 형식으로 만들어놓으면 누구든 참여해서……."

그가 슬링키를 한쪽으로 기울였다.

"…… 토론이라고 불러야겠지?"

"혁명."

여전히 생각이 딴 데 가 있는 표정으로 마사가 정정했다. 그리고는 웅얼거리는 소리로 말했다.

"혁명은 텔레비전에 나오는 일이 없지요."

"그렇죠. 하지만 보시다시피 블로그에는 나오지요."

폴거 박사가 미소를 지었다.

마사도 빙그레 웃었다.

"정말 그렇군요."

그녀는 다시 대화로 복귀한 듯했다. 그리고 조금 전까지의 그녀답지 않게 폴거 박사에게 다정하게 굴고 있다. 좋아, 이제야 제대로 정신을 차렸나 보군.

"저는 이 일이 걷잡을 수 없이 되는 걸 원치 않을 뿐이에요."

나는 말했다.

"명백한 증거가 없이 교사에 대해 고발하는 번개 글을 올리는 것이 안 된다면, 마찬가지로 명백한 증거가 없는데 번개 글을 올렸다고 학생에게 혐의를 두는 일도 옳지 못한 거잖아요. 그렇지 않나요?"

폴거 박사가 말했다.

"그렇지. 그건 옳지 않지. 그렇지만 너도 알다시피 말이다, 연기가 난다는 건……."

"누가 마리화나라도 피우는 게지!"

마사가 빈정거리더니 콧소리를 힝힝거리면서 웃었다.

당장 목이라도 확 조르고 싶은 심정이다!

"내가 뭘 어쨌다고."

그녀가 어깨를 움츠리며 내 눈총을 떨쳐냈다. 그리고는 벽에 붙은 졸업장들을 향해 손을 흔들었다.

"폴거 박사님도 학교에 다니셨잖니."

대학을 다녀본 적이 없는 마사는 대학 캠퍼스와 마리화나 사이에 등호가 존재한다고 믿고 있다.

얼굴을 찌푸리는 폴거 박사의 눈 속에 반짝하는 빛이 스치고 지나갔다.

"음. 그러니까 제가 말씀드리는 것은, 앞으로 에비를 주시해서 지켜보겠다는 것이지요. 최근의 사건들에 대해 걱정이 많이 돼서요."

나는 입을 꼭 다문 채로 마사도 제발 조용히 있어주기를 간절히 빌었다.

폴거 박사는 무지갯빛 슬링키를 양옆으로 움직였다.

"에비, 라자스 메서랑 재신다 해롯이랑 꽤 친하게 지낸다고 들었다만."

속이 확 뒤틀렸다. 나는 마사가 입을 열지 못하도록 그녀의 손을 잡고 힘을 꽉 주었다.

"걔네들은……."

나는 말을 잇지 못했다. 내가 죄를 뒤집어쓰지 않고서 어떻게 그들의 무죄를 확신하며 주장할 수가 있단 말인가?

"됐다, 에비. 지금 무슨 얘기를 할 필요는 없어. 그저 그 아이들도 너와 마찬가지로 내가 계속 예의 주시하고 있을 거라는 것만 알아둬."

폴거 박사가 슬링키를 내려놓았다.

"그 사이에 플루토스 블로그는 삭제하는 것이 우리 모두에게 좋겠지."

"에비는 아무것도 아는 것이 없다니까요."

마사가 분노에 떨었다.

폴거 박사는 그녀를 잠시 쳐다보다가 말했다.

"그렇다면 사태가 엄청나게 간단해지기는 하겠죠."

빌어먹을. 나는 다시 한 번 어떻게 대응할지 마음을 정하지 못하고 안절부절못했다. 헌법수정 제5조를 주장해야 하나? 아니면 제1조를 내세워 맞설까? 아니면 눈물을 확 터트리면서 용서해달라고 빌어? 라자스와 재신다는 아무런 잘못이 없다고 막 소리라도 지를까? 나는 죄 없는 머리카락만 빙빙 꼬았다. 올바른 결정을 내리고 싶다. 그러나 지금 이 순간 무엇이 올바른 건지 도무지 감을 잡을 수가 없다.

코넬 대학교 졸업장은 점점 거대하게 부풀어 올라 금방이라도 폴거 박사의 사무실 벽에서 우리들 머리 위로 떨어져 내릴 것만 같았다.

결국 나는 아무 말도 하지 못했다. 그리고 폴거 박사의 허락을 받아 마사에게 클렁커 열쇠를 건네주고 나를 집으로 데려가도록 했다.

20

하나의 생은 꿈이요 환영, 거품, 그림자, 한 방울의 이슬,
번갯불의 섬광과도 같은 것이다.
- 석가모니(불교의 창시자, 기원전 563-483)

블루 바이오하자드가 우르릉거리며 진입로를 질주해 올라오는 소리에 마음이 하늘을 날았다. 오늘 아침 학교에서 서둘러 철수한 후 목을 빼고 기다려온 소리였다. 라자스가 점심시간쯤 엄마의 일을 조금 거들어드리고 나서 집으로 가도 좋겠느냐고 문자로 물어왔다. 시간은 거북이 걸음처럼 느릿느릿 흘러갔다. 나는 그의 응원이, 나의 말을 들어주는 그의 귀가, 무엇을 어찌해야 할지에 대한 그의 아이디어가 절실하다. 그리고 잠시 현실을 잊게 해줄 그의 입술까지도. 그리고 물어볼 말도 있었다.

나는 요가의 보트 자세를 풀고 나무와 구름에 대고 잽싸게 나마스테*를 한 다음 내가 제일 좋아하는 잔디로 덮인 둔덕에서 진입로까지 한달음에 뛰어갔다. 지금 내 몸에서 제일 쌩쌩한 곳은 발

목뿐이다. 바이오하자드가 멈추자 나는 라자스의 손을 끌고 헛간
으로 갔다.

"마사는?"

"일하러 갔어. 그리고 일이 끝나거든 조합에서 하는 자원봉사
시간까지 다 채우고 오라고 신신당부를 했지."

"그러니까 우리 둘뿐이란 말이야?"

"그리고 고양이들이랑 피라니아 암탉들, 한나 브람블도 있지."

"안으로 들어가자."

그가 말했다.

"일단 나 물어볼 게 있어. 그거 너 아니지? 그렇지? 브루크너
의 교실 문에다가 번개를 붙여놓은 거 말이야, 네가 그런 거 아니
지?"

"며칠 기다려보기로 약속했었잖아."

다행이다!

"아, 살았다. 나도 네가 한 게 아닐 거라고 생각했어. 그래도 확
인은 해야 했다고. 내 마음 알지?"

나는 그의 손을 잡았다.

"날 따라와. 보여주고 싶은 게 있어."

나는 사다리를 타고 건초더미가 쌓여 있는 헛간 이층의 다락으
로 그를 이끌었다. 그곳에는 서까래에 묶어놓은 그네가 있었다.

그걸 본 그의 표정이 밝아진다.

"네가 여기 달아둔 거야?"

"우리가 이사 왔을 때부터 여기에 있던 거야."

우리는 그네를 탔다. 그리고 키스를 했다. 여느 때와 마찬가지로 나는 그의 손길에 푹 빠져 시간 가는 줄 몰랐다. 내 목덜미에 키스를 퍼부으며 라자스가 말했다.

"내가 건초 더미 속에서 뒹굴 거라고*는 생각도 못해봤어. 말 그대로 받아들이지는 마."

"꽤 근사하지? 불쑥불쑥 찔러대는 요놈들만 빼면 말이야."

나는 뜻하지 않게 불쑥 튀어나와버린 야한 비유에 웃음을 터트렸다. 뾰족뾰족한 지푸라기들을 피해 쿠션 대신 담요를 둘둘 말고 나는 탱크톱과 팬티만 남겨둔 채 옷을 모두 벗어버렸다. 그는 사각팬티 한 장만 달랑 입고 있었다. 그의 맨살의 감촉을 마음껏 느껴보고 싶은 마음 못지않게— 이미 나의 온몸은 그의 몸 구석구석과 맞닿아 있다— 망설이는 마음도 컸다. 완전히 알몸이 되는 건 너무 자극이 심할 거야. 그리고 마사에게 말은 안 했지만 나는 스스로에게 약속한 것이 있다. 내가 심리적으로, 육체적으로, 그리고 정신적으로 완전히, 의심할 여지 없이, 완벽하게 준비가 될 때까지 섹스를 하지 않기로 말이다. 호르몬 작용이나 순간적인 성적 충동에 굴복하는 건 싫다. 내 결단의 순간은 어디까지나 합리적이고 미리 의도한 것이어야 한다. 나는 다른 여자애들과 다르다.

그러나 나는 다른 여자애들과 다를 바 없이 온몸이 뜨겁게 달아

---

* 영어로 '건초 더미 속에서 뒹굴다'는 '섹스 하다'라는 뜻.

올랐다.

라자스가 다시 탱크톱 밑으로 손을 집어넣어 엄지손가락으로 젖꼭지 위를 둥글게 문질렀다. 배 속에서 뱅글뱅글 풍차가 도는 것 같다. 지금 당장 죽는대도 행복한 미소를 지을 자신이 있다. 내 목을 죄어드는 현실 저편이 머릿속을 떠나지 않는다는 사실만 빼면 말이다. 그곳에서 나는 온갖 골치 아픈 문제들이 부글부글 끓는 커다란 가마솥에 내던져져 있다. 코넬대 입학은 점점 멀어져가고 재신다는 여전히 나에게 입을 꾹 다물고 있다.

나는 등을 대고 누워 크게 한숨을 내쉬었다.

"걱정돼?"

나는 고개를 끄덕였다.

"그런 거 같더라."

그가 내 머리카락을 끌어당겨 그의 쇄골 밑 우묵한 곳에 뺨을 대고 눕도록 했다. 마음을 편안하게 만들어주는 그의 심장 소리를 들으며 숨을 쉴 때마다 오르락내리락하는 배를 쳐다보았다. 얇은 털 한 줌이 그의 가슴팍을 덮고 있다. 네안데르탈인처럼 털북숭이도 아니고 사춘기도 안 된 소년처럼 민둥민둥하지도 않고 딱 적당한 정도다. 나는 그의 가슴에 가만히 손바닥을 올려놓았다. 그는 너무나 만족스러운 나머지 더 이상 바랄 것이 없는 듯한 얼굴이다. 그동안 육체적으로 가까워져서 그런 건가? 아니면 그냥 함께 있다는 것만으로 그렇게 느끼는 걸까? 나는 궁금해졌다. 라벨이라는 것이 과연 내 마음을 편하게 만들어줄까?

우리 사이에는 이제 사랑이라는 라벨이 붙어 있다. 나는 사랑에 빠진 내가 좋다. 그런데 왜 여전히 나는 이렇게 좌불안석인 거지? 게다가 망할 지푸라기까지 담요를 뚫고 나를 콕콕 찔러대고 있다. 웃기지도 않아. 나는 한숨을 쉬었다. 그 차이는 분명하다. 공개를 하느냐 마느냐. 모두가 아는 공적인 관계가 되느냐 마느냐다. 누군가의 정식 남자친구, 여자친구가 된다는 건 공식적인 일이다. 세상에다 대고 선포를 하는 거니까. 그래서 사람들이 페이스북의 자기 프로필을 '사귀는 사람 있음'으로 바꾸는 것이다.

"어떤 부분이 제일 신경 쓰이는데?"

라자스가 물었다.

나는 하마터면 '우리의 관계를 남들에게 공개하지 않는 것'이라고 대답할 뻔했다. 그러나 그의 질문이 학교와 플루토스, 그리고 재신다에 관한 것이라는 걸 안다. 그래서 나는 대신 어깨를 한 번 으쓱 올렸다. 벌거벗은 어깨가 그의 맨살에 부딪쳤다. 그 바람에 우리가 처음 만났던 그날이 생각났다. 그가 바이오하자드까지 나를 데리고 가는 동안 우리가 얼마나 살뜰하게 살을 맞대고 있었는지, 그리고 그가 어떻게 구조하는 티를 내지 않으면서 나를 집까지 데리고 와주었는지. 내게 위험에 빠진 소녀 역은 좀처럼 어울리지 않는다는 걸 그도 나도 잘 알고 있다. 나는 언제나 강하고 동등하다. 그러나 동시에 나는 누군가의 품에 안겨 있는 것이 매우 기분 좋은 일이라는 사실도 배워가고 있다.

"재신다가 나랑 말도 안 하는 거, 정말 어처구니가 없을 정도로 기분이 나빠. 그리고 폴거 박사와의 두 번째 만남도 장난이 아니었어."

나는 다시 한숨을 쉬었다. 라자스에게 폴거 박사가 그와 재신다의 이름을 입에 올린 사실을 얘기해야 할지 말아야 할지 확신이 서지 않아서였다. 아무래도 그건 다음으로 미뤄야겠다.

"마사가 말하길 이번 일이 나한테는 사회정의 구현 운동의 중대한 첫 번째 교훈이랬어."

"무슨 뜻이야?"

"그녀는 이걸 사회정의 개론*이라고 부르더라."

나는 그의 가슴에 손가락으로 숫자를 그렸다.

"내가 불씨를 놓았던 혁명이 갑자기 방향을 틀어서 내 엉덩이를 꽉 물 때 어떤 일들이 벌어지는지 배우는 거래."

"요 궁둥이를?"

그가 내 엉덩이를 한 손으로 꼭 쥐었다.

"정말 깨물어주고 싶도록 멋진 엉덩이야."

우리는 다시 키스를 나누었다. 그리고 서로를 어루만졌다. 외양간 안에서 한나 브람블이 덜그덕거리는 소리를 내는 바람에 우리는 다시 현실, 아니, 자잘한 할 일들이 기다리는 헛간으로 돌아왔다.

"한나 브람블의 젖을 짜야 해."

"나는 카우벨이 더 필요해."**

그가 내 몸 위로 올라왔다.

"넌 지금 도대체 얘가 무슨 소리를 하고 있나 할 거야. 그렇지?"

"네 말은 뭔가가 아직 좀 부족한데 이걸 완벽하게 만들려면 방

---

* 영어로는 개론 과목 뒤에 숫자 101이 붙는다.

법은 딱 하나, 카우벨뿐이란 거잖아.”

그가 웃음을 터트렸다.

“이브, 넌 진짜 사람을 깜짝 놀래키는 재주가 있어.”

“스튜디오를 마음껏 뒤흔들고 다녀봐!”

나는 소리 높여 외쳤다. 오, 유튜브! 위대한 사회적 평등 장치여!

우리는 킬킬거리며 키스를 나누었다. 웃음이 잦아들자 더욱 맹렬하게 서로를 덮쳐 누르며 탐닉에 빠진 두 개의 입술은 떨어질 줄을 몰랐다.

라자스의 손이 미끄러지듯 아래로 내려와 내 팬티를 끌어 내렸다.

“우리, 해도 될까?”

귓가에 닿는 그의 숨결이 뜨겁고 거칠다.

“잘 모르겠어.”

나는 뒤로 물러나 그를 쳐다보았다. 온전히 나에게 생각을 집중하려고 애를 썼다. 요가 심호흡.

“아직은 아닌 것 같아. 내가 백 퍼센트 완전히 준비가 될 때까지 우리 그냥 이 정도로 만족하면 안 될까?“

순간 실망한 듯한 표정을 짓던 그가 ― 이건 그저 내 상상이었을까? ― 이내 활짝 미소를 지었다.

** 미국 NBC의 유명한 코미디 버라이어티 쇼 〈새터 데이 나이트 라이브〉의 가장 유명한 에피소드 중 하나로 유명 배우 크리스토퍼 월켄과 윌 퍼렐이 각각 음악 프로듀서와 카우벨 연주자를 연기한다. 녹음 스튜디오에서 블루 오이스터 컬트 밴드가 노래를 녹음하는데 윌 퍼렐이 카우벨을 너무 시끄럽게 쳐서 녹음이 중단된다. 그런데 음악 프로듀서는 오히려 카우벨을 더 마음껏 칠 것을 주문하고, 윌 퍼렐은 온 스튜디오를 뛰어다니며 미친 듯이 카우벨을 치기 시작한다. 그리고 마지막에 음악 프로듀서가 그들의 노래를 완벽하게 만드는 방법은 단 하나, 카우벨뿐이라고 외친다.

"그럼 당연히 되지."

그러나 분위기는 이미 깨졌다. 나는 팬티를 위로 잡아당겼다.

"나 정말 한나의 젖을 짜야 돼."

이번에는 그도 토를 달지 않는다. 우리는 묵묵히 옷을 입었다.

아래층에서 새끼 고양이와 어미 고양이들이 우유를 기다리며 울고 있었다. 나는 고양이들의 밥그릇을 내려놓고 한나 브람블과 장단을 맞춰가며 젖을 짜기 시작했다.

라자스는 앉아서 지푸라기 하나를 입에 물고 질경거렸다.

"그거 상당히 꼭 움켜잡으셨는걸, 카우걸 아가씨."

"너도 곧 맛보게 될 거야."

그가 폭소를 터트렸다. 위층에서 끌고 내려온 긴장감이 한 방에 날아가버렸다.

한나가 자세를 바꾸어 매일매일 하루에 두 번씩, 천 번도 넘게 그랬던 것처럼 꼬리로 나를 찰싹찰싹 때렸다. 들통이 우유로 가득 차자 나는 크림과 건초, 소 냄새를 가슴 깊숙이 들이마셨다. 마음을 편안하게 해주는 냄새. 오랜 습관이 되어버린 냄새. 집. 이 세상 모든 사람들에게 이런 평화를 주는 장소가 하나쯤은 있어야 한다. 집단농장의 세계. 머릿속에 디자인이 떠올랐다. 공동경작지와 헛간들을 둘러싸고 작은 집들이 흩어져 있다. 공공시설은 중심에, 사유 시설은 외곽에. 언덕에는 풍력발전기를 설치하고 태양열 전지판은…….

"이브? 카우걸 아가씨? 듣고 있어?"

"미안. 생각이 완전히 딴 세상에 가 있었네."

"거기서 설계라도 하고 계셨나?"

"으응."

그가 코를 긁적였다.

"너 괜찮아? 지금 벌어지고 있는 일들 말이야."

"응. 아니."

잠시 생각에 잠겼다.

"누가 그랬는지 알면 좋을 텐데."

"오늘 그 번개 말이야?"

그가 말을 하자 물고 있던 지푸라기가 덩달아 까딱거렸다.

"그걸 알면 뭐가 달라져?"

"당연하지."

나는 자리에서 일어나 기지개를 켰다. 한나 브람블이 나에게 몸을 기대 온다. 나는 고마움의 표시로 녀석의 보드라운 콧잔등을 쓸어주었다. 그리고는 고양이들이 우유를 마시려다가 그 안으로 빠지지 않도록 들통의 뚜껑을 덮었다. 머리 고무줄을 풀자 머리채가 아래로 출렁이며 흘러내렸다. 나는 지푸라기로 뒤엉켜 마치 허수아비처럼 보이는 머리카락들을 손가락으로 빗어 내렸다.

"재신다는 어쩌고 있어?"

"엉망이지 뭐. 이런 모습은 처음 봐. 너랑 그런 일이 있었지, 이제 브루크너랑 번개까지 얽혔지, 게다가 응원단 일까지."

"흠. 최소한 글리스 선생은 공개적인 응원단 뚱보 공격 사건에서 한시름 놓게 됐네. 마시가 한 얘기야."

그가 고개를 끄덕였다.

"그러게. 내가 알기로 조사를 받는 중이었다는데 말이야. 제이가 그러던데 교육위원회에서 나온 사람이 얼쩡대는 걸 봤대. 그래서 글리스 선생이 굉장히 몸을 사렸다고 하더라고. 그래서 날마다 짜증이 이만저만이 아니었지."

"재신다가, 아니면 글리스 선생이?"

"둘 다. 바보 같은 응원전이 코앞에 닥쳐서 다들 그것 때문에 정신이 하나도 없어."

우리는 잠시 서로 말이 없었다. 나는 좀 더 몸을 쭉 폈다가 한쪽 발로 서서 발목을 튼튼하게 만들어주는 요가의 나무자세를 했다. 번쩍하고 스쳐가는 생각이 있었다.

"만약 그게 재신다라면?"

"재신다가 뭘?"

"번개를 갖다 붙이고 플루토스에 글을 올린 사람 말이야."

중심이 흔들리기 시작하자 나는 발을 바꾸었다.

"브루크너가 걔한테 그만 만나자고 했을 수도 있잖아? 그래서 복수로 이런 일을 벌인 거지."

그가 움찔하는 표정을 지었다.

"아니야. 걔는 이전보다 훨씬 더 그 인간한테 푹 빠져 있어. 난 알아."

"흠. 그러면 브루크너가 꼬시려고 했던 다른 여자앤가? 난 어쩐지 글을 올린 사람이 이상하게 마시일 것만 같은 예감이 들어."

"그 인간이 마시도 건드렸단 말이야?"

라자스는 당장 주먹이라도 휘두를 기세였다.

“진정해! 나도 몰라. 미친 소리 같지만 어쨌든 첫 번째 번개 사건 때 개가 원인을 제공했으니까. 완전 소설이긴 하지만.”

나는 생각을 하는 동안 머리를 땋으려고 머리채를 양쪽으로 갈라 내렸다.

“분명 학교에 출입이 자유로운 사람일 거야.”

“아침에 학교문이 열리자마자 들어갔을 수도 있어.”

“아니야. 페인트가 거의 말라 있었거든. 그건 일이 벌어진 게 지난밤이라는 얘기지. 학교 열쇠를 갖고 있는 누군가에 의해서 말이야.”

라자스가 새로운 지푸라기를 골라 겉껍질을 벗겨내고 이빨 사이로 집어넣었다.

갑자기 뭔가가 문득 떠올랐다.

“맙소사! 학생이 아니라 선생이었어!”

라자스가 믿을 수 없다는 표정으로 나를 쳐다보았다.

“내 말 잘 들어봐. 선생들은 학교 열쇠가 있잖아. 브루크너와 재신다의 일을 어떤 선생이 알아챈 거야. 그래서 익명으로 뭔가 말을 하고 싶었던 거지.”

“일부러 학생에게 책임을 떠넘기고서 말이야?”

나는 코웃음을 쳤다.

“그 학생이 바로 나거든요.”

그가 이마를 잔뜩 찡그렸다. 곤란한 상황에 처한 내 생각만으로 고통스러운 듯했다.

“네가 그렇게 대놓고 지목될 거라고는 미처 생각을 못했을 거야.”

“엄청난 착각을 하신 거지.”

그의 눈동자가 검은 오닉스처럼 반짝거렸다.

“네가 자초한 것도 있잖아!”

나는 뜻하지 않은 공격에 깜짝 놀라서 뒤로 물러섰다.

“지금 뭐라는 거야?”

라자스가 입에 물고 있던 지푸라기를 툭 뱉어냈다.

“말이 그렇다는 거야, 이브. 넌 언제나 일을 어렵게 만드니까.”

“아, 그래. 그러니까 난 이런 일을 당해도 싸단 말이야? 코넬대도 물 건너가고, 친구도 잃고. 고작 내가 하고 싶은 이야기를 하고 내가 옳다고 생각하는 것들을 옳다고 했다고 해서?”

“넌 왜 항상 그렇게 논란을 몰고 다녀야 해? 넌 왜 그렇게 모든 것을 다른 사람들과 다르게 봐야만 하는 건데?”

나는 그를 노려보았다.

“재미있네. 난 네가 나의 그런 점을 좋아한다고 생각하고 있었는데 말이지.”

“그냥…… 널 이해하기가 힘들어서 그래. 다른 모든 여자애들이랑 너무 다르잖아.”

오, 주여. 다른 모든 여자애들. 차라리 내 심장 한복판을 그냥 대놓고 푹 찌르시지? ‘모든’ 여자애들이라고. 그게 도대체 몇 명인데? 그러나 라자스는 여전히 얘기 중이다. 그러니 심호흡을 하고 일단은 그저 듣는 수밖에. 폐가 뾰족해진 심장에 덜커덩하고 걸려 찢겨나가는 것만 같다.

“……그래서 네가 멋지긴 해. 하지만 왜 그렇게 온 힘을 다해 싸

워야만 하는 거야? 왜 사사건건 투쟁이나 혁명이 돼야만 하는 거
냐고? 사기를 꺾는 소리처럼 들릴지 몰라도…….”

“좋아. 알아들었어. 널 위해 일을 좀 더 쉽게 만들어주면 되잖아.
네가 잘하는 거 그냥 하자고. 기술 작업실에 꼭꼭 숨어 있는 거 말
이야.”

순간 라자스의 두 뺨이 시뻘겋게 달아올랐다.

“헛소리 집어치워, 이브. 그런 식으로 행동하지…….”

“가만있어봐.”

온몸에 오싹하게 소름이 돋았다. 문득 달갑지 않은 한 가지 깨
달음이 천천히 내 머릿속을 점령하기 시작했다. 그의 심기가, 자
기방어에서 공격으로 옮겨 가는 방식이 뭔가를 말해주고 있었다.

“넌 내 질문에 대답하지 않았어. 그 번개, 네가 한 거야? 넌 분명
‘기다리는 데 동의를 했다’고 했지 네가 한 일이 아니라고는 말하
지 않았어.”

그는 오랫동안 말없이 내 얼굴을 쏘아보았다. 그리고는 손으로
시선을 떨어트렸다.

“내가 잘못 생각한 거라고 말해봐.”

그는 고개를 들지 않았다.

이전보다 더 차분했으나 노여움이 한껏 밴 목소리로 나는 말했다.

“네가 한 짓이 아니라고 말해봐.”

대답이 없다.

“어떻게 그렇게 날 속일 수가 있어! 기다리기로 했잖아. 그리고……
넌 폴거 박사가 내가 한 짓이라고 생각하게 그냥 내버려뒀어.”

그가 어깨를 축 늘어트렸다.

"이브, 그런 일이 벌어질 줄 알았더라면…… 그 사람이 널 콕 집어서 범인으로 몰아갈 줄 알았더라면……."

"그거야 뻔한 일이잖아!"

나는 뒷걸음질을 치며 숨을 고르려고 애썼다. 거대한 비단뱀이 가슴팍을 쥐어짜고 있는 기분이었다.

"재신다는? 그 번개가 진짜로 누구 짓인지 얘기는 했어?"

그가 크게 한숨을 내쉬었다.

"걘 네가 그랬다고 생각해."

"그러니까 가서 말하란 말이야! 진실을 얘기해주라고!"

"이브, 난 그렇게 못해. 그랬다간 나랑 평생 말도 안 할 거야. 지금 이 상황만으로도 화가 나서 미친 애처럼 날뛰고 있단 말이야."

"잊고 있는 것 같아서 하는 얘긴데, 라자스, 재신다는 지금 나한테 말 한마디 안 하고 있다고!"

"난 그럴 수 없어. 걔는 누군가가 필요해."

"대체 왜 처음 계획한 대로 기다리지 못한 거야?"

"걔가 점점 이상해져서 그랬어. 나한테 그 인간과 사랑에 빠졌다고 하잖아. 무슨 짓이든 해야만 했다고."

"그걸 지금 나한테 말이라고 하는 거야? 무슨 짓이든 해야만 했다고? 그래서 고작 한 일이 내 등에다 칼을 꽂는 거였어? 진창에 날 밀어 넣고 너 혼자 살겠다고 나몰라라 하는 거였냐고!"

잔인한 배신감에 뜨거운 눈물이 솟구쳤다.

그가 두 손으로 얼굴을 감쌌다.

“이봐. 만약 제이가 사실을 알고…… 내가 작업실 열쇠를 내 맘 대로 썼다는 걸 이르기라도 하는 날엔…….”

그가 몸서리를 쳤다.

“나는 견습직에서 잘릴 수도 있어.”

“네 견습직! 그럼 내 코넬은 어쩌고?”

나는 눈물을 훔쳤다.

“우리는? 난 네가…… 난 우리가…….”

“그건 변함이 없어, 이브. 그건 변하지 않아.”

그는 지푸라기들을 헤치고 다가와 내 손을 잡았다. 그의 두 뺨 이 번들거렸다. 그 역시 울고 있었던 것이다.

“사랑해.”

손을 비틀어 빼내면서 심장이 함께 뒤틀리는 것 같았다.

“사랑해, 이브.”

“그거 참 딱하게 됐네.”

“사랑해.”

“사랑은, 얼어 죽을! 넌 날 사랑하는 게 아니야. 만약 날 사랑한 다면 그렇게 날 팔아먹진 않았을 거야.”

고통과 분노로 터질 것 같은 머리가 다시 움직이기 시작하면서 합리적이고 논리적인 생각들이 되돌아왔다.

“만약 네가 날 진심으로 사랑한다면 재신다에게 사실을 털어놓 고 네가 한 행동에 책임을 질 거야. 그리고 걔의 반응이 어떻든 달 게 받겠지.”

나는 다시 완전히 평정을 되찾았다.

“그리고 그깟 라벨 나부랭이 때문에 편복지역*하는 대신 우리 사이에 대해서도 책임을 지려고 할 거야.”

“편복…… 뭐? 알아먹도록 말을 해!”

“편복지역. 가끔은 굴러다니는 책이라도 들여다보면서 빌어먹을 단어 공부라도 좀 하시지! 책임감 같은 단어는 들어보기라도 하셨나?”

그가 머리를 내저었다.

“못해. 난 재신다한테 절대로 말 못해. 그러면 그 애를 잔인하게 내치는 꼴이 되잖아. 갠 지금 내가 필요해. 걱정된단 말이야.”

그가 나를 향해 다시 손을 내밀었지만 나는 또다시 뒤로 물러섰다. 지푸라기에 시선을 고정시킨 채 그가 웅얼거렸다.

“그리고 내 견습직을 위태롭게 만들 수는 없어.”

“아, 그러셔.”

나는 이미 차가워진 감정이 얼음처럼 굳는 것 같았다.

“이브, 이렇게까지 일을 크게 만들려고 한 것은 아니었어.”

그가 얼굴을 문질렀다.

“제이가 네 짓으로 단정 지을 거라는 걸 미리 생각했어야 했어. 그리고 폴거 박사도.”

그는 눈물을 흘렸다.

“미안해. 정말 미안해.”

나는 가슴 깊숙이 공기를 들이마셨다.

---

* 蝙蝠之役. 이런저런 핑계를 대어 교묘하게 책임을 회피한다는 뜻의 사자성어.

"너한테 이런 대접을 받을 수는 없어."

"미안해."

그가 속삭이듯 말했다.

"그 정도로는 부족해! 둘 중 하나는 포기해."

"둘 중 하나라니 무슨 얘기야?"

내 입에서 튀어나올 얘기에 대한 불길한 예감으로 귓속이 웅웅거렸지만 나도 어쩔 수가 없다.

"나를 위해 용기를 내서 재신다한테 너 혼자 한 일이라고 고백을 하든지, 아니면 우리 사이를 이것으로 끝장내든지."

"그렇게 최후통첩처럼 말하지 마! 제이는 내 사촌이라고!"

"그런 건 지난밤에 내 등 뒤에서 몰래 일을 벌이기 전에 미리 생각했어야지. 간단한 선택이야, 라자스. 네가 한 짓에 대해 책임을 지고 그 대가를 치르는 거야. 옳은 일을 해. 일부러 나한테 책임을 떠넘기지 마. 아니면 우리는 끝이야."

"제이는 가족이야. 그 애를 모른 척하고 내버려두는 건 선택할 수 있는 게 아니야."

그가 나를 노려보았다.

"그리고 이제 와서 책임을 지라느니 어쩌니 하고 말하다니. 넌 위선자야! 처음부터 플루토스와 번개를 익명으로 만든 건 너잖아!"

"그러니까 이미 마음의 결정을 하셨단 얘기로군."

그가 감정이라고는 남아 있지 않은 눈으로 나를 쳐다보았다.

"아니. 결정을 내린 건 너지."

"야, 이거 정말 놀라운 기술인데. 어떻게 그렇게 교묘하게 남 탓으로 돌릴 수가 있니? 아무것도 자기 책임으로 인정하지 않으면서 말이야."

"거울이나 보면서 그런 얘길 해."

그가 말했다.

나는 헛간 문을 손가락으로 가리켰다.

"당장 나가."

그는 고개를 갸웃거렸다. 화가 나면서도 후회의 빛이 서린 얼굴이었다. 그리고 그가 떠났다.

나는 그의 등 뒤로 문을 세차게 밀어 닫았다. 문설주에 부딪쳐 튕겨 나간 문은 휘청거리며 다시 열렸다.

바이오하자드의 브레이크등이 저녁 어스름 속에서 으스스한 붉은빛을 내뿜고 있었다. 요란하게 흙과 자갈을 튀기며 자동차는 진입로를 달려 내려갔다.

나는 짚단 위에 무너지듯 주저앉아 숨을 쉬려고 애를 썼다. 손가락들을 들여다보았다. 마치 감전이라도 된 것처럼 감각이 하나도 없고 얼얼하다. 이럴 때 몸에 전기가 오르다니. 참 때를 잘 맞추기도 하지. 이제까지 얼마나 많은 번개를 맞았더라? 그런데 결국 돌아온 곳은 바로 여기, 출발점인 것이다. 상처 입고 갈 곳을 잃은 채 나는 이제 혼자다.

21

학교에서 왜 출석 체크를 하는지 이제야 이해가 간다. 만약 이게 의무적인 게 아니라면 누가 매일매일 학교에 가려고 한단 말인가? 적어도 난 아니다. 특히 실연을 당하고 난 뒤에는. 내가 이렇게 부를 수 있는 처지가 아니라는 거 안다. 더군다나 라자스는 그런 생각조차 하지 않겠지. 그러나 공식적인 관계가 아니었다고 해서 이별의 아픔을 말할 자격도 없을까? 숲 속에서 나무 한 그루가 쓰러졌는데 그걸 아무도 페이스북에 올리지 않았다고 해서 그 나무가 소리도 없이 사라진 것은 아니지 않은가? 세상의 종말 뒤에 찾아오는 생각들, 절망의 나락으로 떨어져 심연을 헤매는 생각들이 나를 집어삼킨다.

나는 마사를 내려주기 위해 월마트 앞에 클렁커를 세웠다. 마테

차를 엄청나게 들이부었는데도 도저히 눈꺼풀이 들어 올려지지 않는다. 나는 졸음을 쫓으려고 눈을 비볐다. 마사와 나는 밤새 이야기를 나누었다. 라자스의 배신과 나의 최후통첩에 대한 그의 대답이 안겨준 고통을 조금이라도 덜기 위해 발버둥쳤다. 바보스럽고 근시안적인 데다 융통성 없는 나의 자부심을 이해해보려고 애썼다.

오늘 그를 마주치면 어떤 기분일까. 가늠도 되지 않는다. 거기다 재신다의 침묵까지.

마사가 내 머리를 쓰다듬었다.

"걔가 지금쯤 제정신을 차렸을지도 모르잖니, 얘야."

눈물이 넘쳐흘렀다.

"그럼 전화를 했겠지. 아니면 문자를 보냈거나. 뭐라도 했을 거야."

그녀가 엄지손가락으로 내 뺨을 닦아주고는 나를 꼭 끌어안았다.

"만약 걔가 너 대신 다른 걸 선택할 정도로 멍청한 애라면 그까짓 놈 엿이나 먹으라고 해."

잔뜩 찡그린 얼굴로 그녀가 덧붙였다.

"말이 좀 심했나."

"걘 저 나름대로 이유가 있었어. 내가 그렇게까지 요지부동으로 고집을 피운 게 너무했던 건지도 몰라."

그녀는 자기 이마를 가만히 내 이마에 갖다 댔다.

"그런 식으로 물러서지 마라. 넌 옳은 일을 한 거야. 라자스도 그렇지만 그 누구라도 널 그런 식으로 얕보게 내버려둘 수는 없어. 내가 필요하면 언제든지 전화해. 난 두 번 생각할 필요도 없이 언제나 네 편이야."

그녀는 문을 열어 차에서 내리며 제임스 테일러의 〈넌 친구가 있어〉를 흥얼거렸다.

나는 힘없이 손을 흔들고 클렁커를 움직이기 시작했다. 마테차를 홀짝거리며 되도록 천천히 차를 몰았다. 두 번, 세 번, 연달아 시간을 확인했다. 첫 번째 수업이 시작되기까지 15분이 남았다. 내 인생의 골칫거리인 세계관 수업이다. 그리고 세 시간 반 후에는 라자스가 없는 점심시간이 기다리고 있다.

또다시 눈물이 솟구치면서 마테차 속으로 투두둑 떨어졌다. 차 맛이 짜고 씁쓸해졌다.

나는 클렁커를 주차장에 세우고 학교를 향해 걷기 시작했다. 고개를 푹 떨군 채 길고 치렁치렁한 갈색 머리를 커튼처럼 치고 아무도 내가 울었다는 걸 눈치채지 못하기만을 빌었다. 그런데 걸어갈수록 아이들이 하나둘씩 입을 다물면서 내 눈을 피했다. 그러다 내가 지나가고 나면 그제야 뒤에서 속닥거리는 소리들이 터져 나왔다. 내 라커가 있는 복도 아래쪽에서 작은 소동이 벌어지고 있었다.

마치 어제의 소란에 대한 화답처럼 아이들이 떼로 모여 있었다. 점점 숫자가 불어나면서 숨죽여 낄낄거리는 소리, 낮게 중얼거리는 소리들이 들려왔다. 심장이 곤두박질치는 것 같았다.

아이들이 모여 있는 곳은 내 라커 앞이었다. 소곤소곤. 나를 보기 위해 머리들이 일제히 뒤를 돈다. 입을 다문 채 나를 지켜보는 눈들. 여기저기서 핸드폰 벨소리가 요란하게 울려대고 있다. 아이들이 나를 피하기 위해 급하게 물러선다. 어제 브루크너에게 했던 것과 똑같다.

아, 아니야. 안 돼. 그럴 리가 없어.

라커 앞에서 나는 가방을 툭 떨어트렸다. 가방이 뒤집어지는 것과 동시에 심장도 뚝 멈춰 섰다.

학생 라커가 번개를 맞았다. 내 라커다.

검붉은 마커로 이렇게 쓰여 있었다.

'이븐송 스파클링 모닝듀*는 위선자다! 위선자다! 위선자다!'

하나님, 맙소사. 어떻게 해야 하지? 뭘 해야 하지? 감쪽같이 사라질까? 무슨 말이라도 해야 하나? 비명을 질러? 도망을 가?

나는 혹시라도 내 편이 되어줄 이가 없는지 주위를 둘러보았다. 아무라도 나를 좀 도와줘. 그러나 아무도 없었다. 나를 도와줄 이도, 나를 옹호해줄 이도 없었다.

나는 가방으로 손을 뻗었다. 안에 있던 물건들이 죄다 쏟아져 나와 있다. 탐폰과 연필, 종이들이 차가운 바닥 위에 뿔뿔이 흩어져 굴러다닌다.

—저게 진짜 쟤 이름이야?

—위선자래!

—쟤가 홈스쿨 또라이라고 내가 그랬잖아.

—재신다가 니키한테 그랬다잖아. 쟤가…….

날 좀 여기서 내보내줘! 열쇠는 어디로 간 거지? 빌어먹을! 손

이 부들부들 떨린다. 마사. 마사한테 전화를 해야겠어. 나는 가방 속을 뒤졌다. 핸드폰을 찾았다! 그 순간 핸드폰이 손에서 미끄러지더니 덜거덕거리며 저쪽 바닥으로 떨어졌다. 나는 핸드폰을 줍기 위해 무릎을 꿇었다.

거기 서 있던 누군가가 내 물건들을 건네주었다. 그녀 옆에 있던 다른 누군가도 거들어주고 있다. 재신다가 마음을 바꿔 먹은 건가? 나는 위를 올려다보았다.

마시였다. 쓸쓸한 미소를 띤 그녀 옆에 나도 모르는 여자애가 서 있다.

누군가 부드럽게 내 등에 손을 올려놓는다. 라자스? 제발 라자스였으면! 아니, 이건 여자 목소리잖아.

"가자, 얘야. 나를 따라오렴. 나머지는 마시와 사라가 챙겨줄 거야."

나는 일어섰다. 나를 감싸안은 팔이 이끄는 대로 그 자리를 빠져나왔다. 내 소지품을 든 두 소녀가 뒤를 따랐다.

"다 괜찮을 거야."

프랭클린 씨가 나를 달랬다. 나는 묵묵히 바닥만 보고 있었다.

우리가 들어서자 바쁘게 움직이던 교무실에 순간 침묵이 내려앉았다. 몇몇 선생들과 나란히 서서 우편함을 들여다보던 글리스 선생이 내게로 시선을 돌렸다. 차가운 눈동자 속에 살짝 연민의 빛이 비친 것도 같다.

프랭클린 씨는 폴거 박사의 빈 사무실로 나를 들여보냈다. 마시와 또 다른 소녀―프랭클린 씨가 사라라고 불렀던―가 다른 쪽 의자 위에 내 물건들을 내려놓았다. 그리고 아무 말 없이 슬그머니 자리를 떴다. 프랭클린 씨가 둘 중 하나에게 무슨 말인가를 한다. 나는 폴거 박사의 슬링키들을 멍하니 바라보았다. 아무런 생각도 할 수 없었다.

사라가 다시 돌아왔다.

"여기, 핫초콜릿."

그녀가 폴거 박사의 책상 모서리에 머그잔을 내려놓았다. 컵에 그려진 만화 속에서 한 꼬마가 '당기세요'라고 쓰여 있는 문을 낑낑대며 밀고 있다. 사라가 귀 뒤로 머리카락을 쓸어 넘겼다.

"지금 당장은 눈에 보이는 게 전부인 거 같지만 앞으로 어찌 될지 모르잖아? 이대로 세상이 끝나는 건 아니야. 내 말을 믿어."

그녀가 나갔다.

무슨 이유에선지 나는 한나 브람블을 떠올렸다. 그 차분한 에너지와 부드럽게 찰싹이는 꼬리. 한나는 이것으로 세상이 끝나거나 하지는 않는다는 데 동의할 것이다. 그러나 다른 것들, 벽에 붙어 있는 코넬 대학교 졸업장이나 내 라커 위에 붙은 번개, 라자스 때문에 고통에 몸부림치는 내 심장, 복도에 메아리처럼 울려 퍼지는 웃음소리들이 악을 쓰며 소리친다. 이것이 바로 세상의 끝이라고.

누군가 문을 두드렸다.

"들어가도 될까?"

폴거 박사가 머리를 불쑥 들이민다.

"안녕, 에비."

나는 두 손 안에 머리를 파묻었다.

"상황이 점점 악화되기만 해요."

“그렇구나.”

그가 자리에 앉으며 목소리를 낮췄다.

“넌 괜찮은 거냐?”

“아니요. 네.”

“헥 씨가 벌써 네 라커를 닦아내고 있다. 이런 일이 일어나서 정말 유감이구나. 누가 그랬는지 짐작이 가니?”

이미 심중에 굳힌 생각이라도 있는 듯한 목소리다.

“네 본명을 알고 있는 사람일 텐데?”

“아니면, 네 본명을 아는 사람이 아는 사람이거나.”

재신다가 브루크너를 알고 있는 것처럼 말이다. 이마에 흐르는 식은땀 때문에 머리카락이 얼굴에 들러붙었다. 나는 머리카락 속으로 손을 집어넣어 어깨 위로 훑어 내렸다.

그는 소형 슬링키로 책상을 톡톡 쳤다. 그도 나도 말이 없었다.

폴거 박사는 자세를 바꾸어 헛기침을 했다.

“블로그에 올라온 글들이 익명이라는 점에서 상당한 어려움이 있긴 하지만 말이다. 만약 네가 그럴 의지가 있다면 책임 연대에서 탈퇴하는 것 역시 표현의 자유에 해당하는 부분이라고 본다만.”

나는 꽤 오랫동안 그를 가만히 쳐다보았다. 플루토스에 내가 연루되어 있다는 것은 그와 나 사이에 공공연한 비밀인 듯했다. 그러나 코넬에 갈 희망을 조금이나마 품어보고 싶다면 이 자리에서 고해성사는 안 될 말이다. 특히 이처럼 모든 일들이 한데 뒤엉켜 끓어오르는 지옥 불구덩이 같은 사태로 번져가는 상황에서는. 나는 심호흡을 하고 신중하게 말을 골랐다.

"아마도…… 아마도 플루토스를 만든 사람들은 익명성이 실제로 도움이 될 거라고 생각한 것 같아요. 학생들이 권위에 대항해서 자기 의견을 말한다는 게 쉽지 않잖아요. 특히 자신의 미래가 위태로울 수 있다고 생각하면 겁나는 게 당연하거든요."

"내가 거의 확신하고 있는 게 바로 그거다. 그녀가."

그가 의미심장하게 잠시 말을 멈추었다.

"혹은 그가, 아니면 그들이 염려하고 있는 점 말이야. 공교롭게도……."

"이건 투표나 마찬가지예요."

나는 다급하게 그의 말을 잘랐다. 약간의 공황 상태에 빠진 나는 어떻게든 내 주장의 정당성을 보여주고 싶어 안달이 났다.

"투표용지에 자기 이름을 쓰진 않잖아요. 그랬다가는 양심껏 투표하지 못하게 위협을 받을 수도 있으니까요. 아니면 아예 투표를 못하게 되거나요."

"흠. 투표용지를 빗댄 너의 비유에 한 가지 결함이 있구나. 투표에는 말이 필요 없다. 오직 선택만이 존재하지."

"그렇지만 자기가 원하는 사람한테 투표할 수가 있잖아요."

"그 선택의 대상은 이름에 한정되어 있어. 그리고 투표용지는 그 본질상 누군가를 계획적으로 마음 아프게 하지는 않지. 한 명을 대놓고 겨냥할 수는 없으니까. 내가 걱정하는 건 이 블로그와 번개가……."

"사람들을 다치게 한다는 거죠."

나는 내 손을 내려다보았다.

“그렇지.”

“하지만 학생들이 자신의 의견을 말하는 데 고충을 겪고 있는 현실은 어쩌고요. 이 학교에는 훌륭한 민주주의라는 게 없어요.”

“그 말도 사실이다, 에비. 정확하게 지적했다. 이 학교에는 훌륭한 민주주의라는 게 없지. 그리고 난 그게 꼭 필요하다고 생각하지도 않는다.”

“그렇지만 그건…… 그게…….”

“이단이라고?”

그가 손가락을 세웠다.

“만약에 학교가 필요에 의해 부득이하게 민주제도를 실시할 수 없는 거라면? 그렇다고 해서 우리가 가지고 있는 좋은 점들까지 모두 꼭 부인해야만 하는 걸까? 마음을 열고 생각해보거라. 내가 묻고 싶은 건 그것뿐이야.”

프랭클린 씨가 문을 두드렸다. 그리고 나에게 사유서를 건네주었다.

“행운을 빈다.”

폴거 박사가 그만 나가보라는 표시로 의자에 앉은 채 까딱 인사를 했다.

“만약 한숨 돌릴 시간이 필요하다면 언제든 찾아오너라, 에비.”

“감사합니다.”

나는 소지품을 챙겨 들고 나왔다.

라커에 도착했을 때 헥 씨가 마지막 남은 번개 조각들을 마저 긁어내고 있었다.

"정말 고맙습니다."

나는 그에게 말했다.

"내가 할 일인데 뭘."

그는 공구함을 닫고 동그랗게 말린 골판지 조각들을 한데 모았다. 그가 모퉁이 너머로 사라지길 기다렸다가 가방을 뒤져 펜을 꺼냈다. 그리고 프랭클린 씨가 써준 사유서 위에 작업을 시작했다. 다행히 그녀의 글씨체는 여러 모로 내 것과 비슷했다.

일을 마치고 나서 나는 심호흡을 하고 브루크너의 교실 문을 열었다. 책상마다 교과서가 펼쳐져 있고 스티브가 크게 소리 내어 읽는 중이었다. 브루크너는 그곳에 없었다. 그가 있어야 할 자리에, 그의 책상 앞에 웬 젊은 여자가 앉아 있었다. 그녀는 얼굴을 찌푸리며 표시를 해두려는 듯 책 위에 펜을 갖다 댄다. 스티브는 읽기를 멈췄다.

칠판 위에 알림 메시지가 쓰여 있었지만 저 우아한 곡선의 필기체는 브루크너의 글씨가 아니다.

'내 이름은 베미스라고 한다. 브루크너 씨가 휴직하는 동안 내가 대신 수업을 맡기로 했다. 더 이상의 자세한 이야기는 해줄 수 없으니 이 점에 대해서는 질문하는 일이 없도록.'

나는 베미스 선생에게 사유서를 넘겨주었다. 재신다는 마치 교과서가 언제 살아 움직일지 모른다는 듯 뚫어지게 보고 있었다. 마시는 나를 향해 보일 듯 말 듯한 동정어린 미소를 던졌다.

베미스 선생은 눈을 가늘게 뜨고 사유서를 살펴보았다.

"그 사람들이 네가 다시 수업에 들어가도록 했단 말이냐?"

나는 고개를 끄덕였다.

"좋아. 이름을 확인해볼까. 에비……."

그녀가 앞에 놓인 출석부를 손가락으로 훑어 내려갔다.

"이브송이겠죠!"

교실 뒤쪽에서 누군가가 말했다.

"모닝듀!"

마지막 줄에서 깔깔대는 웃음이 터져 나왔다.

재신다와 마시는 여전히 풀로 붙여놓은 것처럼 책에서 눈길을 떼지 않았다.

베미스 선생은 아이들의 말에 아무런 대꾸도 하지 않았다.

"재신다 해롯?"

재신다가 잽싸게 고개를 치켜들었다.

"교무실로 지금 오라는구나."

교실 안이 찬물을 끼얹은 듯 조용해졌다. 재신다는 베미스 선생을 응시하던 시선을 거두고 나를 뚫어지게 쳐다보았다. 복도에 둘만 있게 되면 즉시 내 숨통을 끊어놓기라도 할 것 같은 눈빛이었다. 나는 이를 악물었다. 쉽지 않겠어.

22

당신은 나무나 별과 똑같은 우주의 아이로 여기 존재할 권리가 있다.
그리고 당신이 명확하게 알고 있건 그렇지 못하건 간에
우주는 예정된 대로 펼쳐지고 있다.
– 맥스 어만(변호사이자 작가, 1872~1945)

"친구를 그렇게 배신하고 내팽개쳐?"

내가 브루크너의 교실 문을 닫자마자 재신다가 비웃으며 말했다. 그녀는 복도에 우리밖에 없는지 다시 한 번 확인했다.

"폴거 박사가 어제 이미 나한테 온갖 질문들을 퍼부었단 말이야. 네가 주동자란 걸 왜 그때 확 불어버리지 않았나 몰라."

"왜냐하면 그랬다간 너도 한패라는 걸 인정하는 꼴이 될 테니까."

나는 이를 으드득거리며 계속 걸었다.

"어, 뭐야? 교무실은 저쪽이잖아."

"클렁커는 이쪽에 있어."

나는 뒤를 돌아 그녀를 향해 똑바로 손가락을 추켜들었다.

"잘 들어. 난 널 배신한 적이 없어. 그리고 브루크너에게 번개를 꽂은 것도 내가 아니야. 알아들었어? 얘기 좀 하자고."

"네 그 냄새나는 차에 탈 생각은 눈곱만큼도 없어."

빈 교실이 눈에 들어왔다. 문이 열려 있다.

"좋아. 저기서 얘기하자. 목소리는 낮추는 게 좋을 거야."

교실 안으로 나를 따라 들어오며 재신다는 잠시 혼란스러움이 분노를 밀어낸 듯했다.

"폴거 박사님은 어디 계셔?"

"안 오실 거야. 프랭클린 씨가 준 사유서를 내가 좀 손을 봤거든. 널 오라고 하는 것처럼 보이게 말이야. 하지만 사실은 너랑 나, 둘뿐이야."

그녀가 나를 노려보았다.

"라즈도 없이? 네가 이럴 만한 배짱이 있다는 게 놀랍다."

"우리 헤어졌어."

드디어 이런 말이 입 밖으로 나오네.

충격에 빠진 그녀의 얼굴을 보자 가슴에 총이라도 맞은 기분이다. 말을 할 수가 없어 그냥 고개만 끄덕거렸다.

"어쩌다가?"

그녀는 너무 놀란 나머지 화가 난 것도 잊은 것 같았다.

"싸웠거든."

나는 꽉 잠긴 목 너머로 침을 삼켰다.

"브루크너 번개 때문에."

그의 이름이 튀어나오자 재신다의 분노가 다시 수면 위로 떠올랐다. 그녀의 두 뺨이 심홍색으로 물들었다.

"존은 아무것도 잘못한 게 없어. 우리는 사랑에 빠진 것뿐이야! 그런데 지금 그 사람은 조사를 받고 있어! 결백한 사람인데. 그리고 그가……."

그녀가 제 몸 위로 팔을 꼭 두른 채 부들부들 떨며 흐느끼기 시작한다.

"그, 그가 그만두자고 했단 말이야! 모든 게 끝났다고."

"번개 때문에?"

그녀는 대답하지 않았다. 대신 몸을 웅크리고 눈물을 쏟았다. 나는 그녀의 어깨 위에 가만히 손을 올려놓았다. 하나님, 감사합니다. 브루크너가 마침내 떨어져나갔어. 그러나 아직도 나는 그녀가 그토록 화를 내는 것이 못마땅하다. 그녀는 불에라도 덴 듯 내 손길을 홱 피하며 눈을 문지르더니 위를 올려다보았다. 전보다 더 분노에 찬 얼굴이었다.

"너! 넌 그런 짓을 당해도 싸!"

"그 글은 내가 올린 게 아니야, 재신다. 그러고 싶긴 했지만."

나는 두 손을 가슴 위에 갖다 대고 지그시 눌렀다.

"그럴까 생각하기도 했어. 하지만 내가 한 게 아니라니까. 맹세해."

"아, 그러셔."

그녀가 눈을 가늘게 떴다.

"그러면 누가 그랬는데?"

"그게 중요해?"

어제 라자스가 나에게 던졌던 바로 그 질문이다. 그 순간에는 그게 중요했다. 그러나 지금은…… 이제 와서 라자스와 재신다의 사이를 갈라놓는 게 무슨 소용이 있을까?

그녀가 당황한 얼굴로 화를 냈다.

"당연하지! 중요해!"

그리고는 의자 위에 털썩 주저앉았다.

나는 그녀 옆에 앉았다.

"내가 너랑 의논하고 싶었던 건……."

나는 눈앞에 놓인 책상의 매끈한 표면이 작은 구멍들로 망가져 있는 모습을 찬찬히 살펴보았다.

"그 블로그를 그만 닫는 게 어떨까 해서."

그녀가 코웃음을 쳤다.

"이제 너에 대한 이야기가 올라오니까 닫고 싶다고? 천만에. 그럴 수는 없지."

빌어먹을. 번개도 고약했지만 블로그의 글이 더 심각한 수준이면 어쩌지?

"난 아직 보지도 못했어."

"흠. 죄다 구구절절 사실만 써놨던데. 네가 위선자래. 친구들과 먼저 의논하기 전에는 독단적으로 일을 벌이지 않기로 약속해놓고 그걸 어겼으니까. 그리고 넌 네가 이 학교에서 제일 똑똑한 애라고 생각한다고 하더라. 다들 너보다 한 수 밑이라고 생각한다고."

나는 책상 위에 머리를 기댔다.

"거기 뭐라고 쓰여 있는지는 어떻게 알았어? 그걸 보여줄 브루크너도 없는데……."

"그냥 알아!"

그녀가 톡 쏘아붙였다.

그러나 이미 늦었다. 그녀의 핸드폰이 보이지 않는다. 그러니 인터웹을 체크했노라고 말할 수도 없다. 우리 둘 다 그것이 그녀의 짓이라는 걸 알고 있다.

나는 책상 위에서 머리를 좌우로 굴렸다. 그러면 마치 모든 것이 떨쳐지기라도 할 것처럼.

"그 블로그는 닫는 게 좋을 것 같아. 그렇지만 네가 나에 대해 어떻게 생각하든 난 위선자가 아니야. 약속은 지킬 거야. 네가 동의하기 전에는 블로그를 닫지 않겠어."

"좋아, 난 동의할 생각이 없으니까."

나는 여전히 책상 위에 머리를 댄 채 머리통을 꾹꾹 눌렀다. 뇌에 통증이 느껴졌다. 심장도 마찬가지다.

"생각 좀 해봐. 그게 내 부탁의 전부야."

그녀는 대답하지 않았다. 침묵이 길어지자 잠시 후 나는 그녀가 아직도 거기에 있는지 확인하기 위해 머리를 들었다.

그녀는 팔짱을 끼고 발을 까딱거리며 나를 노려보고 있었다.

"라즈가 널 깨끗하게 잊는 데 그리 오래 걸리지 않을 거라는 건 알고 있겠지."

이런, 그녀가 급소를 노리고 있다.

"내 말은, 너희 둘이 사귀는 사이였다는 걸 아무도 모른다는 거지. 라즈는 다른 사람들이 알기를 바라지 않았거든. 넌 걔가 왜 항상 널 작업실로 데려가는지 궁금하지도 않던?"

"됐어, 재신다. 그걸로 충분히 알아들었어."

눈물이 솟구쳤다. 차라리 그녀가 입을 닫고 있었던 때가 더 나았다는 생각이 들었다.

"넌 날 완전히 바보로 만들었어. 난 네가 특별하다고 생각했었지. 그런데 아니야. 넌 다른 애들이랑 하나도 다를 게 없어. 비열하고, 남의 험담이나 하고 돌아다니고, 또……."

"재신다."

"뭐."

"내가 어떻게 학교에 들어왔을까? 그 번개를 붙이러 말이야. 난 열쇠도 없는데. 그런 생각을 해본 적은 있어?"

그녀가 빠르게 눈을 깜빡거리며 입술을 동그랗게 오므렸다.

"난…… 음……."

"날 조금만 더 인정을 해주면 안 되겠니."

"네가 그렇게 잘났는데 내 인정이 무슨 소용이야."

그녀가 중얼거렸다. 약간은 김이 빠진 표정이다.

나는 자리를 털고 일어섰다. 내가 할 수 있는 얘기는 다 했다.

"게다가 내가 그동안 널 옹호했던 걸 생각해보란 말이야."

그녀의 목소리는 조용했지만 여전히 진한 노여움이 스며 있었다.

"난 모두 앞에서 네 편이었어. 다들 널 똑똑한 척하는 괴짜라고 생각했지만 라즈와 내가 보증했어. 넌 정말 멋진 애라고 말이야. 뭐, 더 이상은 아니지만. 이젠 너 혼자 알아서 해."

"괜찮아. 그런 건 익숙하니까."

"브루크너를 쫓아냈다고 모두가 널 미워해."

"그런 것 같더라."

나는 문을 열었다.

"그리고 글리스 선생도 자기한테 번개를 꽂은 게 너란 걸 알아. 나한테 그러더라고. 뭐라고 했냐면……."

그만. 이제 이걸로 됐어. 그만하자. 나는 문을 도로 닫고 재신다를 향해 뒤돌아섰다.

"너도 가담했단 소리는 쏙 빼고 하지도 않은 거지? 제기랄, 재신다! 플루토스를 처음 시작했을 때 우리는 한 팀이었어! 글리스 선생이 도를 넘는 행동을 했다는 건 너도 알고 있잖아. 그래서 학교를 위해 뭔가 옳은 일을 하고 싶어했고! 응원단으로서 참고 견뎌야 하는 성차별과 몸매에 대한 차별이 어떤 건지 끝도 없이 조잘거렸던 건 너야. 그래놓고 이제 와서 뭐? 다시 글리스 선생 편에 붙어서 귀엽고 말 잘 듣는 치어리더처럼 알랑거리겠단 거야?"

나는 주먹을 불끈 쥐었다.

"내가 더 이상 남들과 다르다고 생각하지 않는다고? 마음대로 해. 그렇지만 그런 네가 나를 위선자라고 부르는 글을 올리려면 너 자신부터 먼저 돌아봐야 할 거야."

그녀의 대답을 기다리지 않고 나는 문을 벌컥 열었다. 그리고 간절히 빌었다. 이 문 너머에 학교의 중앙 복도 대신 평화로운 홈스쿨과 내가 손수 디자인한 환경친화적인 마을처럼 전혀 다른 세계가 나를 기다리고 있기를. 지금 당장 이곳에서 멀리, 아주 까마득하게 멀리 사라져버리고 싶다.

23

교육의 저축적인 개념에 있어서
지식은 자신이 아는 것이 많다고 자부하는 이들이
아무것도 모른다고 여겨지는 자들에게
부여하는 선물과도 같다.
……교사는 학생들의 무지를 절대적으로 확신하며
스스로의 존재를 정당화함으로써
학생들 앞에서 스스로 불가피하게 정반대의 입장임을 드러낸다.
-파울루 프레이리(교육자이자 이론가, 1921-1997)

다음날 아침 나는 마사가 내 머리를 땋는 동안 아침밥을 먹었다. 우리는 침묵 속에서 나갈 준비를 했다. 한나 브람블조차 내 기분에 전혀 도움이 되지 못했다. 달리 빠져나갈 도리가 없다. 리치가 말한 대로 스컹크 똥 위에 텐트를 쳤으면 그 안에서 잠을 잘 수밖에. 이제 와서 학교를 그만두거나 수업을 빼먹기 시작한다면 결국 코넬에서도 알게 될 것이다.

학교를 가기 위해 클렁커에 올라타면서 나는 마지막 한 방울의 용기까지 짜내야 했다. 그나마 오늘은 금요일이다. 평화로운 자유를 되찾기까지 여덟 시간만 버티면 된다.

월마트에 내린 마사가 내 얼굴을 두 손으로 감싸 쥐었다.

"약해지지 마라. 사랑한다."

그녀가 내 뺨에 키스를 했다.

학교에 도착해보니 사방이 벌통처럼 시끄럽다. 삼삼오오 무리 지은 아이들로 홀 안은 발 디딜 틈이 없을 지경이다. 평소보다 더 많이 모인 아이들은 팔을 흔들며 저마다 핸드폰을 귀에 대고 얘기를 하느라 정신이 없다. 그 틈바구니를 밀치고 지나가는 동안 나를 쫓는 눈동자들이 있긴 했지만 어제처럼 조용해지지도, 모두가 나에게 집중하는 일도 일어나지 않았다.

그리고 그게 눈에 들어왔다. 이럴 수가. 학생 라커가 번개를 맞았다. 갈색 골판지 위에 페인트로 쓴 글자들. 한 소녀가 울면서 그걸 잡아 뜯으려고 애를 쓰고 있었다.

'다비나는 걸레다!'

빌어먹을. 제발 내가 꿈을 꾸고 있는 거라고 누가 말 좀 해줘. 꿈치고도 참 지독한 악몽이다.

나는 가던 길을 되돌아 도서실로 왔다. 플루토스 블로그를 살펴봐야겠어.

오는 길에 또 다른 라커 앞에 아이들이 떼로 몰려 있었다.

'매트 존슨은 늘 여자친구를 속이고 바람을 피우는 놈팽이다!'

나는 걸음의 속도를 올려 거의 뛰다시피 했다.

도서실 안에는 한 무리의 아이들—아이폰을 살 형편이 못 되는 착취당하는 프롤레타리아들—이 버글거리며 플루토스의 웹사이트를 보기 위해 컴퓨터 주위에 몰려 있었다. 도서관 사서가 아이들을 내쫓기 위해 안간힘을 썼다.

"학생들! 이 컴퓨터는 학습 목적으로만 사용하게 되어 있어! 수업에 필요한 자료 조사를 해야지, 유언비어나 퍼트리라고 있는 게 아니야⋯⋯."

아무도 귀담아듣지 않는다. 그 와중에 컴퓨터 화면을 차지하려고 다른 애들과 몸싸움을 벌이고 있는 매트 존슨이 눈에 들어왔다. 그리고 이어서 단체로 들려오는 요란한 탄식의 목소리. 아이들 사이로 얼핏 보인 것은 까맣게 꺼져버린 네 개의 컴퓨터 스크린이었다. 사서가 어디선가 휙 튀어나오더니 의기양양하게 손에 쥔 네 가닥의 플러그를 흔들어 보였다.

"컴퓨터는 다음에 따로 통지할 때까지 계속 꺼둘 거야. 그러니 인터넷도 더 이상은 안 돼. 빨리빨리 교실로 돌아가거라. 지금. 얼른!"

학생들이 투덜거리며 홀로 나갔다. 매트와 다른 학생 몇몇이 나를 향해 무슨 말인가를 중얼중얼 내뱉는다. 너무 나직한 소리여서 그 잔인한 단어들을 모두 알아듣기는 힘들었다.

"홈스쿨 출신 괴짜. 너 살던 데로 썩 꺼져버려."

나는 한숨을 내쉬었다. 그래, 이해해. 내가 여기 들어오고 나서 이것저것 좀 흔들어놓긴 했지. 그랬더니 모든 것들이 미쳐 돌아가네. 그들은 재신다가 올려놓은 번개 글을 믿고 있는지도 모른다. 내가 위선자라고 생각하겠지. 아니면 그보다 더 심한 쪽이거나.

그러나 최근의 번개와 난 아무런 관련이 없다. 그걸 어떻게 설명해야 하지? 분명 폴거 박사는 나의 짓이 아니라는 걸 알 것이다. 제발 그가 알아주었으면. 아무래도 내가 직접 얘기해야겠다.

교무실도 평상시보다 시끌벅적했다. 폴거 박사의 사무실 문은 닫혀 있었다.

"안녕. 어제는 힘든 하루였지?"

프랭클린 씨가 말했다.

"오늘도 마찬가지예요."

나는 말했다.

"폴거 박사님 안에 계신가요? 들어가봐도 될까요?"

"지금 회의 중이시란다."

"여기서 기다려도 돼요?"

프랭클린 씨가 앞으로 몸을 숙이더니 가까이 오라는 손짓을 했다. 그녀가 목소리를 낮췄다.

"박사님은 오늘 일어난 일들과 네가 관계가 있을 거라고는 생각하지 않으시는 눈치야. 지금 존스 박사가 와 계신데 플루토스 웹사이트를 닫을 수 있는 방법을 찾고 계셔. 그럴 만한 권한이 있다는 걸 블로그 운영자한테 입증하고 그 웹사이트를 삭제하도록 설득하고 있단다. 만약 처음 개설한 사람이 지금이라도 블로그를 닫아준다면……."

그녀는 잠시 말을 멈추었다.

"만사가 참 간단해질 텐데."

수업 시작을 알리는 마지막 종소리에 우리는 둘 다 소스라치게 놀랐다. 프랭클린 씨는 다이어트 콜라를 홀짝 마셨다.

"박사님이 필요하면 널 찾으실 거야. 지금은 그냥 교실로 돌아가는 게 좋겠다. 그리고 내가 한 말 진지하게 생각해보렴."

두 발이 돌처럼 굳어 움직일 줄 몰랐다. 나는 다시 한 번 폴거 박사 사무실의 문을 쳐다보았다.

"어서 가거라, 얘야."

"알겠어요."

자리를 뜨고 싶지 않았지만 프랭클린 씨의 충고를 믿어보기로 했다. 그녀는 학교 안에서 돌아가는 일들을 손금 보듯 훤히 꿰뚫고 있다.

브루크너의 교실에서 베미스 선생은 난장판을 어떻게든 정리해보려고 애쓰고 있었다. 자리에 앉는 동안 재신다가 내내 나를 뚫어지게 쳐다보았다. 평소 같으면 반질반질하게 윤이 나던 그녀의 피부가 오늘 따라 칙칙하고 천박해 보인다. 손질이 잘된 삐죽삐죽한 머리 대신 오늘은 머리카락도 납작하게 풀이 죽었다. 그리고 발을 덜덜 떨고 있다.

베미스 선생이 출석을 부르기 시작했다. 그러나 아무도 입을 다물 생각을 하지 않는다. 확성기의 잡음이 불쑥 베미스 선생의 말을 가로채고 끼어들자 교실은 일제히 조용해졌다.

"학생 여러분, 그리고 교사 여러분, 수업에 방해를 드려서 대단히 죄송합니다."

폴거 박사는 잠시 말을 멈췄다.

"다시 한 번 말씀드리건대, 인터넷상이든 어떤 활자로든 남을 괴롭히는 행위는 학교 기물 파손과 같이 범죄에 해당합니다. 그

어떤 이유로도 용납될 수 없음을 알려드립니다. 현재 감식반이 증거를 수집하고 있습니다."

주위에서 아이들이 의미심장한 눈빛을 교환했다. 저 사람, 진심인 거야?

"이번 일에 관련된 학생들은 자진해서 앞으로 나와줄 것을 당부합니다. 이상입니다. 좋은 하루 보내세요."

나는 재신다에게 보낼 쪽지를 휙휙 갈겨썼다.

'그만 닫아야 해.'

나는 베미스 선생이 딴 데를 쳐다보는 사이 재신다를 향해 쪽지를 잽싸게 툭 던졌다.

재신다는 얼른 쪽지를 집어 들더니 그 모서리로 책상을 톡톡 두드렸다. 나는 숨을 쉴 수가 없었다. 그녀가 동의해줄까?

그녀는 쪽지를 펼쳐 들고 꼼꼼하게 주름을 폈다. 그리고 펜을 딸깍 눌렀다.

"교과서 183쪽을 펴거라."

베미스 선생의 목소리는 지시라기보다는 차라리 애원에 가까웠다.

재신다는 한 손으로 쪽지를 써 내려가며 다른 한 손을 공중으로 번쩍 들었다.

"저기요, 베미스 선생님!"

이런, 안 돼. 그 쪽지를 보여줄 작정인 거야? 내가 너무 생각이 모자랐다. 저 정도면 날 범인으로 지목하기 충분하겠지?

재신다는 펜을 눌러 닫더니 말을 하는 동시에 메모지를 접기 시작했다.

"화장실 좀 가도 될까요?"

베미스 선생은 힐끔거리며 주위를 살폈다. 이렇게 일찍 화장실 출입을 허용하는 것이 혹시라도 나쁜 전례를 남기는 것이 될까 봐 걱정하는 눈치다.

"이제 막 수업을 시작했는데 아무래도 그냥 좀 참는 게……."

스티브가 불쑥 끼어들었다.

"브루크너 선생님은 늘 가게 해주셨는데요."

재신다가 스티브를 향해 미소를 지었다. 이것으로 허락은 충분하다. 그녀는 무릎 뒤편으로 의자를 밀며 자리에서 일어났다.

"금방 돌아오겠습니다."

그녀는 문을 향해 가며 조그맣게 접은 쪽지를 내 책상 위로 떨어트렸다.

"난 아직 가도 좋다는 말을……."

베미스 선생은 침을 삼키고 가슴 위로 팔짱을 끼더니 갑자기 말을 뒤집었다.

"알았다. 괜찮으니 다녀오너라."

제대로 머리를 굴린 것이다. 이미 재신다는 문까지 거의 다 왔다.

나는 쪽지를 슬쩍 무릎 위로 떨어트린 다음 펼쳐 보았다. 내 탄원조의 개발새발 갈겨쓴 글씨 밑에 재신다가 답장을 써놓았다.

'하고 싶은 대로 해. 난 손 뗄 테니까.'

재신다가 교실을 나서기 전에 뒤를 돌아보았다. 화가 난 것 같기도 하고 슬픈 것 같기도 한 표정이었다.

학교가 끝나고 마사를 태우러 갔을 때 그녀의 손에는 오레오 쿠키가 든 가방이 들려 있었다. 클렁커에 올라타면서 그녀는 가방을 흔들어 보였다.

"내가 널 주려고 선물을 잔뜩 가지고 왔지."

그녀는 상자를 열고 내게 쿠키를 내밀었다.

"고마워."

나는 쿠키를 야금야금 먹었다. 요즘 들어 식욕이 엉망이었다.

"이거야말로 진정한 가공식품이란 건 알고 가져왔을 테지. 액상 과당에 인공감미료에 들어갈 만한 건 몽땅 다 들어갔는데."

"난 말이지, 얘야, 지난 1주일 동안 널 지켜보면서 네가 웬만큼 힘든 일도 잘 견뎌낼 수 있는 애라는 걸 알게 됐어. 처음 네가 전화했을 때 난 쿠키 섹션에서 라벨을 갈아 붙이고 있었거든……."

그녀는 손을 배배 꼬다가 갑자기 말을 뚝 멈췄다. 아무에게도 들키지 않고 점심을 먹을 수 있는 나만의 비밀 장소, 자진해서 스스로를 가두는 클렁커의 독방에서 울먹이며 전화를 했던 일을 서로 굳이 입에 올릴 필요는 없었다.

나는 쿠키를 크게 한입 베어 물었다.

"〈스위트 베이비 제임스〉*는 언제 들어도 좋아."

"나도 하나 좀 먹자."

그녀는 가방에서 쿠키 하나를 잽싸게 꺼내더니 입속으로 쏙 집어넣었다. 그리고 거의 씹지도 않고 단번에 삼켰다.

---

* 1970년에 발매된 제임스 테일러의 음반.

"그런데 너 정말 확실한 거야? 그 블로그를 없애겠다는 거 말이다. 흑표범*은 상황이 어렵게 돌아간다고 해서 꼬리를 내리진 않았거든! 그걸 잊어버리면 안 되지."

그녀가 싱긋 웃었다.

"플루토스는 흑표범당이 아니야, 마사."

나는 어깨를 꼿꼿하게 펴고 스스로에게 상기, 아니 거의 주문을 외다시피 했다. 나는 강하다. 나는 내가 해야 할 일이 뭔지 알고 있다.

"일이 아주 고약한 방향으로 틀어져버렸어. 정말…… 끔찍해. 플루토스는 사람들에게 힘을 실어주는 것이 목적이었어. 상처를 주려는 게 아니었다고."

"흠. '우리 스스로 우리가 규탄하는 악이 되지는 말자'."

"바로 그거야."

나는 얼굴을 찌푸렸다.

"누가 한 얘기지? 잠깐. 말하지 말고 있어봐. 9·11사태가 일어난 다음이었는데. 캘리포니아 출신 하원의원이고…… 바바라…… 바바라 복서는 아닐 거야."

"아니지. 바바라 리. 오클랜드 출신이야. 흑표범당의 발생지 말이야. 우연은 아닌 것 같지 않니?"

그녀가 쿠키를 하나 더 집어 들었다.

"보아하니 블로그를 내리는 데 재신다의 허락을 받은 모양이로군."

"그런 셈이지."

나는 스웨터에 떨어진 오레오 쿠키 부스러기들을 털어냈다.

"개로서는 자기가 할 수 있는 최선을 다한 걸 거야. 불쌍한 것."

나는 충격을 받은 나머지 운전대를 한쪽으로 홱 틀었다.

"지금 개 편을 드는 거야?"

"그럴 리가 있냐! 말도 안 되는 소리. 그냥 개가 이 반란과 혁명이라는 것을 처음 접하다 보니 혼란스러울 거라는 얘기지."

"개에 대한 측은지심이 도를 넘기 전에 처음 플루토스를 시작했을 때 개가 얼마나 적극적이었는지 기억해줬으면 좋겠어."

"잘 알지."

"그리고 지금 이 판국에 혼란스러운 사람이 개 하나뿐이겠어?"

"알았어."

"그리고 난 안젤라 데이비스*나 휴이 뉴튼**이 아니야. 나도 이런 일은 처음이라고."

"맞아."

"그리고 그렇게 말끝마다 나 놀리는 거 그만해, 마사. 난 심각하니까."

"내가 널 놀려? 내가 어떻게 그런 짓을 하겠니. 오, 내 사랑! 그런 어림 반 푼어치도 없는 생각일랑은 하지도 마세요!"

---

* 흑인 급진 좌파 운동의 기수로 1970년 미국 역사상 FBI의 최고 요주의 인물에 이름을 올린 세 번째 여성.
** 흑인 해방 운동가이자 혁명가, 흑표범당의 창시자.

그녀는 활짝 웃었지만 나는 그런 식의 유머를 받아줄 기분이 전혀 아니었다. 그녀는 내 허벅지를 살짝 꼬집고는 파이스트의 노래를 흥얼거리기 시작했다.

"마사."

그녀가 내 머리를 향해 손을 뻗었다.

"응?"

"남자친구는 날 찼어. 제일 친한 친구는 나랑 말도 안 해. 내 미래는 쓰레기통 속에 처박힌 꼴이고. 모든 게 엉망진창이야. 그러니 이번 한 번만 그냥 뚱한 십대 노릇 좀 하게 날 내버려두면 안 될까?"

그녀가 내 머리카락을 잡아당겼다. 흠, 효과가 없군.

집에 도착하자마자 나는 컴퓨터를 켰다. 그리고 플루토스 블로그에 로그인을 했다.

옵션. 블로그 삭제.

'삭제하고 난 뒤에는 취소가 불가능합니다. 삭제하시겠습니까?'

나는 '예스'를 눌렀다.

마사가 어깨너머로 지켜보고 있다. 우리는 모니터 안으로 뚫고 들어가기라도 할 것처럼 집중하고 있었다. 이윽고 조그만 네모 칸 안에 글자들이 떴다.

블로그가 삭제되었습니다.

"자, 이제 다 끝났어. 이로써 혁명은 장렬히 산화한 거야."

나는 탁자 위에 이마를 댔다.

"어쨌든, 이 혁명은 말이야."

그녀가 내 등을 쓸어주었다.

"일이 이렇게 돼서 정말 유감이구나, 얘야. 그렇지만 넌 믿음을 잃으면 안 된다. 계속 싸워야……."

나는 신음 소리를 내뱉었다.

"더 이상 그런 격려는 사양이야."

"넌 학교라는 제도 속에서 상호 의사소통이라는 걸 시작하도록 시동을 걸었어. 그리고 프레이리가 주장했던 저축 개념의 교육이 어떤 폐해를 가져오는지 스스로 깨쳤지. 네가 퍼트린 투명성을 위한 아이디어는 지금 세상에 꼭 필요한 거야."

나는 손을 들어 그녀의 말을 막았다.

"나 잘 거야."

마사가 마침내 눈치를 채고는 고개를 끄덕거렸다.

"차 좀 가져다줄게."

"조합에서 일할 시간 아니야? 아니면 그 독신자 모임 커피 친구들은 어떻게 됐어? 다른 일은 없어? 나가봐도 돼."

그녀가 콧잔등을 찡그렸다.

"안 나갈 거야. 더 이상 아무도 날 환영해주지 않거든."

나는 의아한 표정으로 인상을 썼다.

"하여튼 관심도 많아요. 어서 자."

더 이상 말씨름하기도 지쳐 나는 다락으로 올라와 침대에 털썩 드러누웠다. 최소한 이것으로 끝이다. 나는 모로 누워서 침대덮개를 만지작거렸다. 라자스와 재신다, 그리고 코넬을 떠올리지 않으려고 애썼다. 심호흡을 했다. 최악은 지나갔어. 더 이상 나빠질 건 없어. 그렇지?

24

지나치게 바보들이 많은 것이 문제가 아니라
번개가 그들을 고루 내리치지 않는 게 문제다.
-마크 트웨인(소설가이자 유머 작가, 1835-1910)

─그거 봤어?

─어떤 거?

월요일 첫 수업 종이 울리기도 전에 한 무리의 학생들이 라커 주위에 모여들어 쉴 새 없이 재잘대고 있었다. 번개였다. 빨간색 종이에 검은색 마커.

'제이슨 드렐러를 믿지 마라! 그는 거짓말쟁이다!'

난 블로그를 이미 없앴단 말이다! 그런데 어떻게 이런 일이 벌어질 수가 있지?

또 다른 학생의 라커.

'S.J.는 남을 곯려주는 게 취미다!'

저 아래쪽은 내가 듣는 기하학 교실이다. 문에 대문짝만 한 종이로 된 번개가 붙어 있다.

'테오도르 선생은 인종차별주의자다.'

점점 악몽으로 변해가고 있다. 아비규환의 지옥.

나는 모퉁이를 돌았다. 또 다른 무리의 아이들.

내 라커. 또다시 번개다.

'에비 모닝듀는 학교를 망치고 있다!'

나는 몰려선 아이들을 밀치고 나가 번개를 잡아당겼다. 가루가 되도록 찢어발기고 싶었다. 그러나 종이가 너무 단단하게 붙어 있다.

내 뒤에서 아이들이 중얼거리는 소리가 들려왔다. "맞는 말이네!" 그리고 "쟨 저런 말 들어도 싸!" 그리고 "전에도 학교가 밥맛이긴 했지만 지금은 더 나빠졌어."

나는 라커를 발로 차서 별로 튼튼하지도 않은 쇳조각을 우그러트렸다. 그리고 골판지를 마구 할퀴어댔다. 손톱 하나가 뒤로 발딱 젖혀지면서 피부에서 떨어져나갔다. 그러나 번개는 꼼짝도 하지 않았다. 다시 발길질을 계속했다. 소용없는 짓이다. 나는 바닥에 주저앉고 말았다.

"쇼는 끝났어!"

나는 소리를 질렀다. 몇몇 아이들이 무리에서 떨어져나가 어디론가 사라졌다. 남아 있는 구경꾼들은 귓속말을 수군거리고 눈을 깜박이며 내게서 시선을 떼지 않았다.

"제발! 가줘!"

나는 눈물을 흘리며 울부짖었다. 쓰라린 눈물. 이렇게나 무력한 자신에 대한 절망의 눈물이었다. 나는 숨을 곳을 찾아 후드티의 모자를 뒤집어썼다.

"애들아, 볼 건 다 봤잖니."

스티브다.

"폴거 박사님이 곧 이리로 오실 거야. 밖에서 어슬렁대다가 걸리면 불호령이 떨어질걸."

애들이 그의 말을 믿는 게 틀림없다. 이리저리 잰걸음으로 흩어지는 발자국 소리가 들려왔다. 그러나 스티브는 아직 그 자리에 남아 있었다. 그리고 나 역시 여전히 바닥에 주저앉은 채였다.

"고마워."

나는 그의 다리에다 대고 말했다.

그가 긴 한숨을 내쉬었다.

"응."

그게 다였다. 그리고 그는 세계관 교실을 향해 발걸음을 옮겼다. 그러다가 한 아이가 불쑥 뛰어나오는 바람에 그 자리에 멈춰 섰다.

"너 이제는 쟤 편이다 이거야?"

스티브를 막아 선 그 남자애는 마치 개똥 보듯 나를 보았다.

"왜? 너 쟤랑 잠이라도 잤냐? 그렇고 그런 사이인 거야?"

스티브의 눈이 번득인다.

"집어치워, 브라이언."

브라이언이 스티브를 거칠게 떠밀었다.

스티브가 손에 들고 있던 책들을 내던졌다.

"손이 근질근질한가 본데 이쯤에서 관둬. 그게 신상에 좋을 거야."

또다시 순식간에 구경꾼들이 몰려들었다. 내 눈에 보이는 거라곤 온통 청바지와 신발들뿐이다.

브라이언이 스티브를 다시 한 번 홱 떠밀었다.

"하, 그러셔?"

"여기서 무사히 걸어 나갈 기회를 다시 한 번 주지."

스티브가 경고를 날렸다.

"네가 나랑 한판 붙자는 건 축구 팀 전체랑 한판 붙자는 거야."

"당연한 말씀! 각오하셔야지!"

남자애 하나가 군중들 사이를 뚫고 스티브가 서 있는 쪽으로 다가왔다.

"그렇고말고!"

또 다른 축구선수 하나가 스티브 옆에 모습을 드러냈다. 셋은 담벼락처럼 나란히 버티고 서서 서로 팔짱을 꼈다.

브라이언의 시선이 스티브에게서 다른 남자애들에게로 쏜살같이 옮겨 갔다. 과연 이 세 명의 축구 선수들에게 마구 얻어터지면서까지 자존심을 지켜야 할 것인지 심사숙고하는 듯했다.

"무슨 일이지?"

폴거 박사의 우렁찬 목소리가 들려왔다. 아이들이 놀란 토끼처럼 날쌔게 흩어졌다.

폴거 박사가 가슴을 꼿꼿이 펴고 서 있었다. 양복 상의의 어깻죽지가 팽팽했다.

"와그너 씨? 비어스 씨? 그리고 벅스포드 씨와 콥 씨. 제 사무실에서 좀 보실까요?"

브라이언이 도리질을 쳤다.

“싫어요.”

“아, 그래. 수사의문문을 제대로 못 알아듣는군. 할 수 없지. 다들 따라와.”

네 명의 소년이 걷기 시작했다. 내 앞을 지나쳐 가며 한 명씩 나를 내려다보았다. 눈빛이 분노로 끓어오르고 있었다. 그중 몇몇은 폴거 박사와의 볼일이 끝나고 나면 득달같이 달려와 내 엉덩이를 걷어찰 기세였다. 저희들끼리 싸웠더라도 싸움이 끝나고 나면 그러고도 남았을 것이다.

폴거 박사는 주머니 속에 손을 집어넣었다.

“에비, 헥 씨가 상당히 바쁘긴 하지만 가급적 빨리 네 라커를 정리하러 가줄 거다.”

나는 그의 표정에서 습관적인 온기라도 느껴보려고 애를 썼다. 그러나 아무것도 없었다.

“얼른 일어나서 교실로 가거라.”

그는 네 명의 소년들을 따라잡기 위해 걸음을 서둘렀다.

나는 라커에다 대고 뒤통수를 쿵쿵 박았다. 어딘가에 들러붙어버린 뇌를 움직이기 위해서다. 생각을 해. 질질 짜고 있지만 말고. 눈덩이처럼 커져버린 일들이 이제는 통제 불능 상태에 이르렀다. 점점 불어난 눈덩이들이 산 아래를 향해 위태롭게 내달리며 눈사태를 일으키고 있다. 나는 다시 금속판을 향해 머리를 날렸다. 눈사태는 지난주에 이미 나를 덮쳤다. 그때 산 채로 매장되어버린 거라면 그 위로 눈더미가 50, 60센티미터 더 쌓인다고 해서 큰 문제가 될 건 없다. 그래도 최소한 오늘의 번개는 거짓말은 아니다.

나는 학교를 망쳐놓았다. 그러나 다른 아이들의 번개는 뭐란 말인가? 그런 소리를 들어 마땅한 아이들이란 말인가?

눈덩이, 그리고 눈사태. 폴거 박사와 감독관은 아직까지 전혀 손을 쓰지 못하고 있다. 그들 나름의 상의하달식 접근법으로 노력은 하는 듯했다. 그리고 하의상달식 접근법, 일명 풀뿌리식 접근법은 애초에 이런 소란을 불러일으킨 주범이다. 속이 뒤틀렸다. 이건 나한테 너무 벅찬 일이야. 어떻게 하면 이 눈사태를 멈출 수 있을까?

그리고 또 다른, 보다 근본적인 질문이 한 가지 더 남아 있다. 학교가 끝난 뒤에 아이들이 번개를 붙이러 어떻게 다시 학교로 들어오는 걸까? 이곳은 문이 단단하게 잠겨 있을 텐데.

세계관 시간에 스티브도, 매트도 끝내 나타나지 않았다. 마시는 내 눈길을 슬슬 피했다. 그리고 재신다는? 애써 말을 붙이거나 쪽지를 쓰는 헛수고는 할 생각도 않았다. 그게 다 무슨 소용이람? 블로그는 이미 문을 닫았다. 블로그에서도, 그리고 나에게서도 깨끗하게 손을 떼기를 원했던 그녀다. 그러나 그녀와 나 사이에 가로놓인 거대한 장벽이 내 심장을 짓누르고 있다. 깨져버린 우정의 비통함이라니. 왜 영화에서 이런 건 안 보여주는 거지? 라자스 때문에 가슴 아픈 것 못지않은 고통이다.

라자스. 그와 이야기를 해봐야겠다. 고기 다지는 기계를 향해 점프를 하는 것만큼이나 스릴 만점일 거야.

점심시간. 카페테리아는 마치 애들이 단체로 무정부 폭동이라도 일으키기 직전처럼 난장판이었다. 눈에 보이지 않는 힘이 끊임없이 움직이도록 아이들의 등을 떠밀고 있는 것 같았다. 초조하게 서성거리면서 테이블 주위를 돌아다니는 아이들은 마치 먹잇감 위를 빙글빙글 맴도는 독수리 같았다. 그러다 어디선가 싸움이 터졌다. 평소보다 많은 수의 교사들이 번개처럼 달려들어 엎치락뒤치락하고 있는 아이들을 떼어놓기 위해 의자들을 밀쳐냈다.

테이블에 앉아 있는 아이들은 고함을 지르고 있었다. 내가 나타나자마자 죽음과도 같은 침묵에 빠져든 라자스의 테이블만이 예외였다. 재신다는 그곳에 없었다. 응원단 연습에 갔나. 아냐, 그럴 리가 없어. 마시가 여기 있는걸.

"얘기 좀 할 수 있을까?"

나는 테이블을 둘러싼 소음 너머로 라자스에게 물었다.

그의 무표정한 얼굴 위로 붉은 기가 확 퍼졌다. 아, 제발 내가 그리워서 그러는 것이기를. 희망이란 참 뻔뻔하기도 하지. 그게 아니라 십중팔구 남들 다 있는 자리에서 내가 불러내는 게 창피한 걸 거야. 아니면 내가 번개를 맞은 게 불쌍했나? 갑자기 울컥하고 치밀어 오르는 분노에 손이 덜덜 떨렸다. 난 그의 동정 따위는 필요 없다. 그런 건 바라지도 않아. 나는 달라.

나는 다시 한 번 말했다.

"얘기 좀 하지?"

라자스가 콧등을 긁었다.

"알았어, 좋아."

"어디 아무도 없는 데로 가는 게 더 낫겠지?"

"그래."

내 말 속에 숨은 가시를 알아챘으면서도 그는 아무런 내색도 하지 않았다. 그가 쟁반을 들고, 쓰레기통에 비운 뒤 우리는 함께 문을 나섰다. 체육관을 지날 때까지 말없이 걷기만 했다.

"멈춰."

내가 말했다. 그의 발길이 작업실로 향하고 있다는 걸 깨달은 것이다. 나는 생각만으로도 참을 수가 없었다. 외면하려고 발버둥칠수록 재신다가 했던 말들이 가슴속에 메아리처럼 울려 퍼졌다.

'넌 개가 왜 항상 널 작업실로 데려가는지 궁금하지도 않던? 너희 둘이 사귀는 사이였다는 걸 아무도 몰라. 라즈는 다른 사람들이 알기를 바라지 않았거든.'

나는 그게 오롯이 우리 둘만 있을 수 있는 공간이었기 때문이라고 생각했다. 얘기를 나누고 서로의 입술을 더듬고 키스를 하고.

어떻게 그렇게 순진할 수가 있을까? 치욕스러운 일이다. 그러나 이젠 그만. 더 이상은 그런 구석에 얌전히 처박혀 있지 않겠어.

라자스가 체육관 문에 비스듬히 기댔다.

"무슨 얘기가 하고 싶은데?"

마치 아무 일도 없었다는 듯한 목소리다.

'우리가 헤어지게 된 것에 대해 얘기를 하고 싶어! 네가 날 제치고 재신다를 선택한 것에 대해 얘기를 하고 싶어! 네가 날 사랑한다고 했던 것에 대해 얘기를 하고 싶어! 너도 나처럼 이렇게 온 마음이 만신창이인지 알고 싶어!'

그러나 이런 얘기는 한마디도 꺼내지 못했다. 그 대신 목이 메어오는 것을 억지로 참으며 말했다.

"아이들이 어떻게 학교에 들어올 수 있는지에 대해 얘기하고 싶어서. 밤에 말이야. 번개를 붙이러."

그는 갑자기 사방으로 고개를 돌려가며 주위에 아무도 듣는 이가 없는지 살폈다.

"내가 그걸 어떻게 알겠어?"

"제발. 그런 순진한 척은 그만둬. 사실이 알고 싶을 뿐이니까."

그가 머리를 뒤로 쓸어 넘겼다.

"나도 몰라. 진짜야."

"재신다는? 재신다는 알아?"

"걘 나랑 말도 안 해."

"진짜? 왜? 자백이라도 한 거야? 그게 네가 한 짓이라고……."

"이브."

그는 더 이상 그 얘기는 하고 싶지 않다는 신호로 손을 들었다. 그때 마침 한 무리의 여자애들이 지나갔다.

"안녕, 라자스."

그중 한 여자애가 환한 웃음과 함께 손가락을 까딱거리며 인사를 한다.

"안녕, 로즈마리."

"학교 끝나고 보는 거지?"

그녀가 물었다.

"그럼. 물론이지."

여자애가 깡총거리며 뛰는 시늉을 했다. 그리고 가던 길을 재촉하며 친구들과 까르륵 웃음을 터트린다. 그들은 모퉁이 너머로 사라지기 전에 라자스를 돌아보았다.

'학교 끝나고 보는 거지.'

그저 마음이 아픈 정도가 아니었다. 충격으로 멍해진 심장이 한없이 밑으로 꺼져들어 가슴 한복판에 블랙홀이 뻥 뚫렸다. 아무것도 남아 있지 않은 시커먼 암흑. 한줄기 빛도 들어오지 않는 그곳에 영원히 갇혔다.

"이브, 난……."

"알았어. 말해줘서 고마워."

나는 얼른 자리를 떴다.

클렁커에 기어오를 때까지 간신히 눈물을 참을 수 있었다.

운전석에 앉아 시동을 걸었다. 그 아이의 이름이 로즈마리. 전에 본 적이 있다. 9학년이었지, 아마. 언제나 키득거리면서 남자애들만 보면 정신을 못 차리는 것 같았어. 그동안 라자스와 내내 만나고 있었던 걸까? 재신다는 왜 나한테 그런 얘기를 해주지 않았을까? 아니면 로즈마리란 애가 그동안 라자스를 쭉 지켜보면서 우리가 깨지기만을 기다리고 있었는지도 모른다. 아니, 기다릴 필요까지는 없었을 것이다. 재신다 말고는 우리가 사귄다는 걸 아무도 몰랐으니까.

나는 클러치를 힘껏 밟으며 클렁커의 기어를 '후진'에 맞췄다가 사이드 기어를 세차게 밀어 올렸다. 아직 수업이 반이나 남아 있었다. 나는 시동을 끄면서 운전대를 내리쳤다. 라커에 붙은 번개를 떼어내느라 다친 손가락에 통증이 밀려왔다. 그리고 눈물이 끊임없이 볼을 타고 흘러내렸다.

25

우리가 지지하는 이들을 위해 최선을 다해 투쟁하지 않는다면
언젠가 우리는 진심으로 그들을 지지한 것이 아니라는 사실을
깨닫게 될 것이다.
— 폴 웰스턴(미국 상원의원, 1944-2002)

화요일. 학생 주차장에 세워진 경찰차가 눈에 들어왔다. 그 옆에
는 위협적인 분위기를 풍기는 경찰이 싸움을 벌이려는 학생들을
만류하고 있었다.

라커. '아브람 폴은 개새끼다!'

교실 문. '울만 선생님은 돈 많은 애들한테만 잘해준다.'

폴거 박사와 얘기를 해야겠다. 그저…… 아니, 무슨 말을 해야
할지는 나도 잘 모르겠다. 점점 가속화되고 있는 학교 제도의 몰
락에 조의라도 표할까? 당신의 학교가 화장실 변기 속에서 소용
돌이치며 쓸려 내려가고 있다는 걸 증명이라도 할까? 그리고 그
어마어마한 오물을 만들어내는 데 내가 일조를 했다고 고해성사

라도 할까? 이런 일이 벌어질 거라는 걸 내가 어찌 알았을까. 일이 이 지경이 될 거라는 걸 감히 상상이라도 했을까.

교무실 문을 열자 프랭클린 씨가 들어오라는 손짓을 했다.

"널 기다리고 계시단다."

나는 심호흡을 하며 숨을 고르고 폴거 박사의 사무실 문을 두드렸다. 문이 살짝 열려 있었다. 탁자에 걸터앉은 폴거 박사는 깊은 생각에 잠긴 듯했다. 그는 슬링키를 손에 들고 스프링을 위아래로 움직이고 있었다.

"에비, 들어오너라."

나는 의자에 앉았다. 목이 칼칼하다. 뭐라고 말하지? 나는 무릎 위에 두 손을 다소곳이 올려놓고 그의 코넬 대학교 졸업장에 대해서는 생각도 하지 않으려고 애썼다.

"폴거 박사님, 저는……."

"잠깐만, 에비. 너를 위해서 내가 먼저 얘기를 시작하도록 하마."

그가 슬링키를 내려놓았다.

"처음부터 한번 짚어보자. 나는 너와 아마도 한두 명의 공범이 함께 플루토스를 만들었을 거라고 거의 확신하고 있다. 글리스 선생의 번개 사건 배후에는 네가 있다고 믿고 있지."

"그렇지만 전……."

"그만."

이제껏 한 번도 들어보지 못한 강한 어조에 놀라 나는 그만 의자 밑으로 기어 들어갈 뻔했다. 폴거 박사는 두 손을 뾰족하게 모으고 집게손가락 끝으로 턱을 톡톡 쳤다.

"운이 좋은 줄 알아라. 내가 이 의혹을 뒷받침할 만한 증거들을 가지고 있지 않은 것에 대해 말이야."

죄책감으로 귀 끝이 뜨거워졌다. 그리고 동시에 안도감이 휩쓸고 지나갔다. 그는 블로그와 우리를 연루시키는 데 실패했다. 그리고 재신다와 라자스도 설득에 못 이겨 사실대로 털어놓는 짓은 하지 않은 것이다. 자신들을 포기할 만큼 날 미워하는 건 아니구나. 신이시여, 이렇게라도 해주셔서 정말 감사합니다.

"내 의심이 틀리지 않다고 생각은 한다만 너의 의도만큼은 고결한 것이었다고 믿는다. 다만 지독하게, 진심으로 어이가 없을 정도로 지독하게 방향을 잘못 잡았어. 휴, 전에 이 얘기는 이미 다 했지."

그가 몸을 뒤로 기대자 의자가 한 바퀴 빙글 돌았다.

"블로그는 문을 닫았으니 그것으로 됐고. 그 이후로 학교 안팎을 철저하게 감시하고 정문에 보안 요원들을 배치했다. 학교 이사회에 경보 시스템 설치에 대한 지원도 요청했어. 그런데 너도 보다시피 학생들이 학교가 끝나고 나서 다시 건물 안으로 들어오는 방법을 용케 찾아내고 있는 것 같구나."

나는 얼굴에 아무런 감정도 드러내지 않으려고 애썼다. 라자스는 열쇠를 돌려 쓰는 건 아니라고 했다. 나는 그 말을 믿는다. 그런데도 아이들은 물 새듯 학교 안으로 감쪽같이 숨어들어온다. 대체 그 틈은 어디에 있는 것일까?

"솔직히 이건 충격적이라고밖에 달리 표현할 말이 없구나. 조금도 누그러질 기미가 보이질 않아."

폴거 박사가 말을 이었다.

"실제로 번개의 횟수는 이전보다 눈에 띄게 늘어나고 있어. 소싯적 내가 잘 쓰던 말로, 빡치는 상황이 되어가고 있지."

나는 그 말에 피식 미소를 지었다. 그러나 그의 눈 속에는 1그램의 가벼운 웃음도 엉덩이를 붙일 곳이 없었다.

"전에도 말했지만 말이다, 에비, 난 너를 좋게 생각하고 있다. 아무리 생각을 해봐도 이 상황은 가슴이 아프구나."

물끄러미 나를 쳐다보는 그의 시선에 점점 뼈아픈 후회가 밀려와 나는 황급히 눈을 돌려야만 했다.

"에비, 넌 스스로 민주주의의 옹호자라고 자부해왔을 테지……."

"전 그냥 제가 할 수……."

"아니."

그가 경고의 표시로 손가락을 들어 올렸다.

"난 아직 할 말이 남았어."

나는 얌전히 고개를 끄덕거리고 자리에 앉아 입을 다물었다.

"남들도 너를 진지하게 생각해주길 원하고 네 스스로 정의를 지지하는 그 마음이 진심이라고 믿는다면 네 행동이 빚어낸 결과들에 대해 책임을 져야만 한다. 그 결과가 네가 의도한 것이건 그렇지 않은 것이건 간에 말이야. 만약 네가 내가 생각하는, 그리고 내가 바라는 그런 사람이 맞다면 넌 그 반짝이는 머리로 최선을 다해 뭔가 방법을 생각해낼 거야. 이 상황을 바로잡기 위해 네가 할 수 있는 일이라면 뭐든지 하려고 들 거다."

그가 고개를 살짝 숙였다.

"내가 하고 싶은 말은 이게 끝이다. 그만 가봐도 좋다, 에비."

결국 내 이야기는 한마디도 하지 못한 채, 아니 그 이상의 무거운 짐을 지고 나는 사무실을 쫓겨나듯 빠져나왔다. 폴거 박사의 실망은 간신히 지탱하고 있던 내 마음의 마지막 보루까지 여지없이 무너트렸다. 나는 프랭클린 씨조차 똑바로 쳐다볼 수가 없었다. 만약 그녀가 내게 동정 어린 미소라도 보낸다면 흔적도 없이 녹아버리고 말 것 같았기 때문이다. 폴거 박사는 내가 무언가를 하기를 바란다. 그러나 지금 나는 빈껍데기에 불과하다. 이런 내가 할 수 있는 일이 뭐가 남았단 말인가?

26

배움은 그 안에 확실한 위험 요소들을 가지고 있다.
인간은 부득이하게 적으로부터 배움을 얻어야만 하기 때문이다.
- 레온 트로츠키(마르크시스트 이론가이자 볼셰비키 혁명가, 1879-1940)

수요일 아침. 한 경찰관이 버스 정류장을 감시하고 있다. 또 다른 경찰관은 주차장 안에 세워둔 순찰차에 몸을 기대고 서 있다.

학교 안 라커. '제이미 클리어리는 코 수술을 했다!'

교실 문. '캄포터 선생님은 축구 선수들에게 당치도 않은 점수를 준다!'

또 다른 라커. '스코티 포레스트는 호모 새끼다!'

한 아이가 훌쩍훌쩍 울면서 번개를 잡아당기고 있었다. 필사적이다. 나는 얼른 달려가 같이 번개를 뜯어냈다. 이번 것은 다행히도 라커에서 순순히 떨어졌다.

"고마워."

그가 속삭였다. 그러나 내가 누구라는 걸 알아챈 순간 그의 표정이 단박에 바뀌었다.

"너…… . 이게 다 너 때문이야. 저리 꺼져."

그가 으르렁거리는 소리로 말했다.

나는 번개를 손에 든 채 그 자리를 벗어났다. 모두가 혐오하는 이븐송 모닝듀와 엮이지 않더라도 스코티는 이미 감내해야 할 일들이 산더미일 것이다. 지치고 텅 빈 머릿속이 분노로 고동쳤다. 나는 골판지로 된 번개를 구겨 쓰레기통에 쑤셔 넣었다. 이 동성애 혐오증의 중상모략은 지금까지의 번개 중 최악이다. 우리가 플루토스를 시작한 이유에 위배될 뿐 아니라 정확히 그 반대다. 우리는 학대와 탄압에 맞서는 방법으로 뭔가 획기적인 것을 원했다. 정의를 위한 싸움을 진부하고 구태의연한 따돌림으로 만들고 싶지 않았다. 그래서 생각해낸 것이 익명으로 따돌리는 짓이라니. 이보다 더 비겁한 방법은 없을 것이다.

글리스 선생의 번개는 정당한 것이었다. 나는 그렇게 믿는다. 그리고 브루크너 역시 자업자득이다. 다른 선생들에게 내려진 번개들은…… 과연 그게 다 사실일까? 정당성이 입증된 일들일까? 나도 모르겠다. 나 역시 테오도르 선생을 그리 탐탁하게 생각하진 않지만 그녀가 인종차별주의자라고? 가능성이 없는 건 아니다.

그렇다면 아이들이 맞은 번개는? 어떤 애들은 진짜로 개자식일 수도 있고, 정말로 여자친구를 두고 바람을 피우거나 시험에서 부정행위를 했을 수도 있다. 그리고 코 수술을 한 애들도 있을지 모른다. 그래서 어쩌라고? 그건 다 개인적인 일일 뿐이다. 그 애들이 그런다고 타인을 억압하는 건 아니다. 그런 일을 가지고 일일이 번개를 내린다는 건 너무나 치사하고 옹졸하다.

폴거 박사의 말이 옳다. 내가 뭔가 해야 한다. 그렇지만 뭘 어떻게? 라자스와 재신다라도 있었으면 같이 뭔가를 할 수 있었을는지 모른다. 비록 뭘 해야 할지 갈피를 잡을 수 없는 상황이라도 말이다. 그러나 그들은 내 곁에 없다. 나는 혼자다. 나는 왕따다. 번개를 두 번이나 맞았고 학교를 망친 주범으로 몰렸다. 그러니 이런 판국에 나의 영향력이란 동굴 속에 숨은 나환자 수준이나 진배없다.

세계관 수업 시간에 재신다는 핼쑥한 낯빛에 잔뜩 우울한 표정으로 앉아 있었다. 수업 시간 내내 머리를 책상 위에 파묻고 고개도 들지 않았다. 그래도 최소한 자리를 지키고 있는 게 어디야. 요즘 들어 그녀는 며칠씩이나 수업을 빼먹곤 했다.

점심시간. 나만의 고독의 요새, 클렁커에 숨어들었다. 억지로 사과를 몇 입 겨우 목구멍으로 넘기고는 요가 심호흡을 하며 마음을 다스렸다. 생각을 해야 한다. 해결책이 필요해. 나는 금이 간 대시보드를 뚫어져라 보다가 운전대 위에 머리를 대고 이리저리 굴렸다. 있는 대로 쥐어짜도 나오는 거라곤 질문들뿐이다.

'애들이 무슨 수로 번개를 붙이러 학교로 들어오는 걸까? 어쩌다가 상황이 이 지경이 되었을까? 어떻게 내가 이 모든 것들을 말끔하게 정리할 수 있을까?'

머릿속은 그저 백지. 여기서 벗어나야겠다. 최소한 지금 당장만이라도. 기하학 수업 전까지만 돌아오면 벌은 면할 수 있겠지. 나는 멍한 상태로 차를 몰아 월마트의 주차장에 도착했다. 습관이 이래서 무섭다. 의식적으로 마음먹은 것도 아닌데 여기까지 온 것이다. 이왕 이렇게 된 거 마사에게 전화나 할까? 그러면 앞뒤 생각 없이 당장 달려 나오겠지. 그러나 그녀는 나 때문에 그동안 근무 시간을 너무 많이 건너뛰었다. 그러다 해고라도 되면 어쩌지? 상처 받은 사람 목록에 그녀의 이름까지 올리고 싶은 생각은 추호도 없다.

아아. 도덕적인 태도를 견지하는 혁명과 사람들을 다치게 하는 짓은 별개의 것이다. 상처는 고통을 주잖아.

배신. 슬픔. 재신다. 라자스. 코넬대.

나는 끙끙거리며 클렁커의 뒷좌석으로 기어들어가 길게 드러누웠다. 생각할 것들이 있다. 생각을 해야 한다. 스코티 포레스트와 매트 존슨, 제이미 클리어리와 다비나 뭐더라, 그리고 나머지 애들에 대해. 그리고 스티브와 서로 치고 박고 싸우던 다른 아이들. 번개가 초래한 분열의 불꽃들. 학교 전체가 무너지고 있다.

집중하자. 그러나 내 마음은 오로지 증오와 고통에 사로잡혀 그 어느 것에도 초점을 맞추지 못했다.

나는 관자놀이를 문질렀다. 긍정의 에너지를 비축해야 한다.

쾅 쾅 쾅! 빌어먹을! 누군가 클렁커를 부서져라 두드리는 바람에 나는 펄쩍 뛸 듯이 깜짝 놀랐다.

쾅 쾅 쾅! 이번엔 또 뭐야? 월마트 경비원인가? 그렇지만 월마트 주차장이라면 누가 눌러산대도 상관없는 곳이라고! 월마트가 좋은 게 이것 말고 또 뭐가 있어! 나는 걸쇠를 잡고 문을 밀어 열면서 그게 누가 됐든 간에 막 한 소리를 하려던 찰나였다.

브루크너다. 브루크너가 내 눈앞에 서 있었다. 그는 까치발로 섰다가 천천히 발바닥을 굴리며 뒤꿈치를 내려놓았다.

"에비."

억울한 마음과 혐오가 한꺼번에 휘몰아치면서 속이 꽉 막히는 기분이었다.

"절 어떻게 알아보셨어요?"

"다 방법이 있지."

"여기는 어쩐 일이세요? 절 미행이라도 하신 건가요? 이게 다 선생님 때문이에요! 선생님 때문에 모든 게 다 엉망진창이 돼버렸다고요!"

"자 자, 너무 버릇없이 굴지는 말고. 좀 타도 될까?"

브루크너가 물었다.

나는 그를 노려보았다.

"제정신이세요? 그게 진짜로 좋은 생각이라고 믿는 건 아니시겠죠? 차 안에 여학생이랑 단둘이 있으시겠다고요?"

"흠. 네 말도 일리가 있네. 그럼 난 그냥 여기 있도록 하지."

그는 자기 차가 있는 쪽을 향해 머리를 흔들었다.

"부커가 차 안에 있거든. 내가 눈에 띄는 곳에 있는 게 좋겠지. 그편이 더 안심이 되니까."

나는 브루크너에게서 눈길을 돌려 부커를 향해 조그맣게 손을 흔들었다. 그는 조수석에 축 늘어진 채로 앉아 잔뜩 풀 죽은 얼굴로 무언가를 내려다보고 있었다.

브루크너가 내 시선을 쫓아왔다.

“그 일 이후로 애가 어딜 가든 꼭 뱀을 가지고 다녀서 말이야.”

“자비에한테 충분히 먹이를 주는지만 확실하게 챙기세요. 무슨 일이라도 생기면 마음이 아플…….”

잠깐. 삼천포로 빠지는 짓은 이제 충분히 했잖아!

“원하시는 게 뭐예요?”

나는 브루크너에게 따지듯 물었다.

“들어가서 쇼핑이나 하시죠.”

“쇼핑하러 온 거 아니야. 너랑 이야기를 하려고 온 거야.”

“그러니까 절 미행하신 게 맞네요?”

대답 대신 그는 안경을 고쳐 썼다. 그제야 그는 눈물과 수면 부족으로 빨갛게 충혈되고 진한 다크서클에 움푹 꺼져버린 내 눈을 알아차린 듯했다.

“에비, 울고 있었니?”

“아니요!”

그가 눈썹을 추켜올렸다.

마치 상대방이 먼저 용기를 내어 입을 열어주기만을 기다리는 듯, 우리는 둘 다 말이 없었다. 브루크너가 클렁커에 비스듬히 몸을 기댔다.

“저기, 그동안 내가 본의 아니게 휴가 중이란 사실은 알고 있겠지? 조사를 받고 있다는 것도?”

“유감스럽게 생각해요. 그래도 그건 전적으로 자업자득이라고요.”

“그래. 뭐, 좋은 점도 있어. 사는 게 아주 조용해졌거든. 나름대로 최선을 다해보려고 애쓰고 있단다. 생각할 시간도 아주 많아.

그래서 부커를 홈스쿨링을 시킬까 해. 그동안 쭉 같이 있으면서 새로운 인용구들을 발굴하는 걸 도와줬거든.”

그가 미소를 지었다.

“죽여주는 걸 하나 찾아냈지. 지금의 처지에 아주 적절하게 들어맞는 것 같거든. ‘위대한 정신은 언제나 별 볼 일 없는 자들의 폭력적인 반대에 부딪쳐왔다’.”

숨이 턱 막혔다.

“아인슈타인.”

내가 평소에 가장 좋아하는 인용구들 중 하나다.

그가 고개를 끄덕였다.

나는 허리를 꼿꼿하게 펴고 앉아 다시금 분노에 이글이글 타올랐다.

“선생님 자신이 그 위대한 정신이라고 생각하신단 말인가요?”

“넌 아니냐?”

“제가 왜 선생님을 위대한 정신이라고 생각하겠어요? 말도 안 돼요.”

그가 웃음을 터트렸다.

“우린 정말 많이 닮았구나. 너랑 나 말이야.”

나는 팔짱을 꼈다.

“아니요, 전혀요.”

어쩐지 나오는 말마다 심통 사나운 십대처럼 들리지만 다른 생각을 할 여력이 없다.

“확실히 비슷해. 우리 둘 다 스스로를 아주 특이한 별종에 이상

주의자라고 생각하잖아. 우리 둘 다 사회가 제멋대로 우리들 위에 그어놓은 한계에 의심을 품지."

"그래도 전 뒤로 구린 짓은 안 해요. 사람들에게 상처를 주지도 않고요."

"그래? 흠. 그렇다면 말이다…… 첫 번째 번개 사건 이후에 글리스 선생이 어떤 기분이었을 거라고 생각하니?"

"그건 자기가 잘못한 거잖아요. 그런데 그걸 왜 저한테 물어보시는 거죠?"

"다 알면서 그래."

그는 마치 그쪽 입씨름은 됐다는 듯 손을 내저었다.

"인터넷에 익명으로 글을 올린다, 당사자에게 스스로 실수를 만회하거나 아니면 최소한 혐의에 대해 설명할 기회조차 주지 않는다. 네 말마따나 이 얼마나 뒤가 구린 짓이냐?"

"스스로 입장을 밝히는 댓글을 달 수도 있었어요."

나는 중얼거렸다.

"그렇다면 그 댓글이 과연 얼마만큼 효과적이었을까?"

나는 대답하지 못했다. 그의 말이 옳았기 때문이다. 적어도 한 가지는. 댓글을 단다 한들 글리스 선생에게 도움이 되는 건 아무것도 없었을 것이다.

그가 눈을 번득였다.

"글리스 선생의 대응에 대해서는 아직 과거형으로 얘기하지 않는 게 낫겠지."

"그건 또 무슨 소리예요?"

"그녀가 문을 활짝 열어두고 있을지도 모르는 일이잖니. 이를테면, 자신의 혐의를 희석시킬 수 있는 가능성들을 위해서 말이야."

나는 눈을 깜박거렸다.

그가 싱긋 웃었다.

"머릿속에 강한 추진력과 아이디어를 가진 사람이 너 하나일 거라고 생각하지는 말아라, 에비. 다른 사람들도 좀 인정을 해주는 게 어때."

문틀에 팔꿈치를 대고 무게중심을 옮긴 그는 몸을 돌려 자리를 떴다.

난 이미 그러고 있는걸. 다른 사람들을 인정하고 있잖아, 안 그래? 재신다는 내가 저 혼자 잘난 줄 안다고 꼬집은 적이 있었다.

"선생님이야말로 걔를 좀 인정해주지 그러세요?"

나는 브루크너를 향해 외쳤다.

그는 빙글 몸을 돌려 나를 바라보았다.

"무슨 말인지 못 알아듣겠는걸. 설명을 좀 해주겠니?"

"선생님이 재신다를 교묘하게 조종하신 거 다 알아요. 선생님이랑 데이트를 해도 괜찮다고 생각하도록 만드셨잖아요."

그는 혹시라도 누가 내 말을 듣지는 않았는지 주차장 주위를 살피며 클렁커를 향해 도로 걸어왔다.

"그 반대다. 난 그저 그 애를 즐겁게 대화할 수 있는 하나의 인간으로 대해주었을 뿐이야. 우리의 관계를 진전시키려면 졸업을 해서 더 이상 학생 신분이 아니게 될 때까지 기다려야 한다고 분명하게 선을 그었었다."

"그러면 제 질문에 대답해보시죠. 스스로 아무런 잘못도 하지 않았다고 그렇게 확신하시면서 왜 걔랑 끝내신 거죠?"

"번개 사건과 연이어 터진 조사로는 부족하단 말이냐?"

그는 안경을 벗어 셔츠에 문질러 닦았다.

"우리 둘 다 잘 아는 사람이 찾아왔었다고 해두자."

나는 힘이 탁 풀리면서 몸을 뒤로 기댔다. 번개처럼 스치고 지나가는 이름이 있었다.

"폴거 박사님이군요."

그는 안경을 다시 썼다.

"있잖니, 에비. 스스로 남들보다 조숙한 것을 자랑으로 생각하는 여자애가 볼 때 넌 실제로 겉만 번드르르한 것일 수도 있단다."

그가 자기 차 쪽으로 뛰어가 문을 벌컥 열었다. 그리고는 부커에게 무슨 말인가를 건네며 몸을 숙여 운전석에 올랐다.

속이 부글부글 끓어오르는 걸 느끼며 나는 그의 차가 멀어지는 모습을 지켜보았다.

정말 저 인간은 구역질이 날 정도로 싫다. 그러나 한 가지만은 확실하게 도움을 주었다. 내게 퍼즐의 조각을 맞출 힌트를 던져준 것이다. 이제 아이들이 학교가 끝난 뒤 어떻게 다시 건물 안으로 들어갈 수 있는지 알아냈다.

27

강한 여성은 포기하지 않는 여성이다.
- 마지 피어시(시인이자 소설가, 1936-)

하교 종이 울리고 나자 학교는 마치 공업단지의 불모지처럼 변했다. 전보다 더 심해진 것 같았다. 공허하게 울리던 삐걱거리는 소리가 점차 잦아들고 벽과 라커들 위로 울리던 메아리도 사라졌다. 운동과 방과 후 활동은 이미 끝났지만 몇몇 낙오자들이 아직 어슬렁거리고 있었다. 그러니 새로 온 경비원 중 하나와 마주치더라도 여기 있는 게 아주 수상한 일은 아닐 것이다.

자, 만약 아이들이 밤에 몰래 드나들 수 있도록 잠기지 않은 문이 어딘가에 있다면 아이들이 평소에 잘 알고 있는 곳이어야 한다. 동시에 폴거 박사와 경비원들이 간과할 만큼 구석진 곳. 그리고 글리스 선생과 관련이 있는 곳이라면…… 나는 체육관부터 시작하기로 했다.

불이 꺼지고 텅 빈 체육관은 마치 휑한 동굴 같았다. 마스킹 테이프로 붙여놓은 종이들이 벽과 창문에 온통 늘어져 있었다.

'가자, 퍼플 토네이도! 우리의 정신을 보여주자!'

응원단이 내일 있을 홈커밍 응원전을 앞두고 준비해놓은 것들이다. 라자스가 전에 말한 적이 있다. 라자스. 그의 얼굴을 떠올리자 심장이 바람이라도 빠진 것처럼 피곤하고 욱신거린다.

나는 그런 스스로의 마음에 힘껏 채찍을 휘둘렀다. 지금 마음 아파할 틈이 어디 있어. 임무수행 중이란 걸 잊지 마.

아무도 없다는 걸 다시 한 번 확인하고 나서 나는 비상구를 향해 뛰어갔다. 문은 둘 다 단단히 잠겨 있었다. 여학생용 라커룸으로 들어갔다. 몇몇 라커들이 열린 채였고 누군가 두고 간 신발이 바닥에 그대로 뒹굴고 있었지만, 밖으로 나가는 문 위에 비상구 불빛만 깜빡거릴 뿐 사람 그림자는 보이지 않았다. 이 문이라면 글리스 선생이 열어놓기에 가장 안성맞춤일 것이다. 모든 상황에 딱 맞아떨어진다. 나는 자물쇠를 확인했다.

잠겨 있다.

젠장. 브루크너가 괜한 떡밥을 던져준 게 아닐까? 글리스 선생이 아닐지도 몰라.

한숨을 쉬며 나는 자리를 뜨기 위해 몸을 돌렸다. 그때였다. 뭔가 삐걱거리는 소리가 들려왔다. 라커? 그럴 리가. 내 상상이겠지. 여기엔 나 말고 아무도 없는걸.

나는 다시 체육관으로 나갔다. '딸깍' 하는 소리와 함께 뭔가가 움직였다. 그리고 남학생용 라커룸으로 들어가는 문이 스르륵 닫혔다. 상상이 아니었네. 나는 까치발을 하고 체육관을 가로질러 안으로 들어갔다. 맨 먼저 나를 덮친 건 냄새였다. 급소보호대에 들러붙은 땀냄새, 징 박힌 운동화에서 나는 퀴퀴한 냄새, 암내. 전체적인 형태는 여학생 라커룸을 반대로 돌려놓은 것 같았다. 나는 다시 뒤꿈치를 들고 밖으로 나가는 문을 향해 살금살금 걸어갔다.

거기에 글리스 선생이 있었다. 그녀는 이빨로 덕트 테이프를 찢고 있었다. 그녀는 발을 받침대 삼아 문을 연 채로 밑으로 내린 손잡이 위에 테이프 조각을 대고 팽팽하게 당겼다. 그리고 고개를 돌려 다시 테이프를 찢어낸 다음 잠금장치가 걸리는 구멍을 막았다. 그리고 제대로 지탱이 되는지 확인이라도 하듯 테이프 위를 손가락으로 재빨리 훑었다.

브루크너의 말이 사실이었다. 글리스 선생이 문을 열어놓고 있었다. 그녀는 아이들이 번개를 붙이기를 원한 것이다. 이제 이해가 된다. 번개를 맞은 선생들이 많으면 많을수록 자기 모양새가 덜 비참해질 테니까. 브루크너, 울만, 캄포토, 테오도르…… 그다음은 누구였지? 교사 여러분, 한 분씩 얼른 앞으로 나오시죠. 그러니까 결국 동병상련인 것이다.

글리스 선생은 조심스럽게 문을 닫았다. 그녀가 돌아설 때까지 나는 라커 뒤에 몸을 숨기고 있었다.

"너 거기 있는 거 다 알아."

그녀의 목소리가 날카롭게 울렸다.

"에비, 방과 후에 남학생 라커룸에서 도대체 뭘 하고 있는 중이었는지 설명 좀 해보겠니?"

젠장! 머리를 굴려보자. 여기서 정면으로 부딪쳐볼까? 지금이라도 내빼면 분명 클렁커까지는 무사히 갈 수 있을 텐데. 그래도 나중에 테이프를 제거하고 문을 잠그기 위해 다시 돌아와야 할 거란 말이야. 오늘밤도 그렇지만 오늘 이후로 매일 밤. 그리고 만일 글리스 선생이 문이라도 바꾸면 어쩐다? 매일 밤 그녀가 손을 댄 문을 찾아 헤매야 하잖아. 언제면 이 모든 게 끝이 나는 건데?

만약 그대로 있으면 이런 일을 그만두도록 그녀를 설득할 수 있을지도 몰라.

남느냐 아니면 도망을 가느냐, 싸움이냐 아니면 탈출이냐.

나는 라커 뒤에서 나왔다. 솔직히 말해서 결정은 한참 전에 했다. 당연히 남아서 싸우는 거다.

"잠금장치를 테이프로 붙이시는 거 다 봤어요."

그녀는 나를 지나쳐 체육관을 향해 걷기 시작했다.

나는 급하게 그녀의 뒤를 쫓았다.

"기다려요."

체육관 안에서 그녀는 뒤를 돌았다.

"그래서 뭐?"

"잠금장치를 테이프로 막는 걸 봤다니까요."

"그래? 그럼 내가 본 게 뭔지 말해주마. 남학생 라커룸에서 여학생 하나를 봤지. 방과 후에, 특별한 이유도 없이, 학교 안에 남아 있는 학생 말이야."

그녀는 덕트 테이프의 구멍 사이로 손을 집어넣어 커다란 팔찌처럼 팔목에 둘렀다.

"이걸 어쩌지? 위에다가 널 보고할 수밖에 없을 것 같구나. 내가 볼 때 네가 여기 있는 이유는 딱 하나거든. 학생들을 욕하는 번개를 붙이기 위해서지. 아니면, 선생 쪽이 타깃이거나."

갑자기 속이 쪼그라들기 시작했다.

"그렇지만 사실이 아니잖아요……. 그러실 수는 없어요……."

"아니라고? 안됐구나. 하지만 그건 내 의무라서 말이야. 알아듣겠니? 보다시피 내가 그 타깃 중의 하나였거든."

그녀가 머리 쪽으로 손을 들어 올렸다. 덕트 테이프가 팔꿈치까지 흘러내렸다. 그녀의 입꼬리가 축 처지면서 얼굴 위로 한 가닥 슬픈 빛이 스쳐 지나갔다. 그래도 사람 같은 구석이 있긴 하네.

그녀가 군침을 삼켰다.

"지금까지 일어난 모든 피해들을 볼 때 폴거 박사는 분명 널 정학시킬 수밖에 없을 거야. 아니면 아예 그냥 내쫓아버리든가."

입안이 바짝 마른다. 퇴학이라고? 설마 내가 쫓겨나도록 고발하려는 건 아니겠지? 그렇지?

당연하다. 물론 그녀는 진심이다. 그리고 내가 왜 진즉에 이런 짐작을 하지 못했는지 이해할 수가 없다. 그녀는 화가 나서 그러는 것이 아니다. 상처를 입었기 때문이다.

"잠깐만요. 안 돼요. 문을 조작한 건 선생님이시잖아요."

글리스 선생이 비죽거렸다.

"둘이 같이 폴거 박사님에게 가서 우리의 서로 다른 입장에 대해 말해 볼까? 그가 누굴 믿을 거라고 생각하니? 11년 동안 학생들을 가르치면서 코치를 맡아온 종신 교직원인 나? 번개는 맞았지만 말이야. 아니면 너? 학교에 다닌 적도 없고 이곳에 온 지도…… 얼마나 됐더라? 아, 그렇지. 기억난다. 이 모든 소란이 시작되던 바로 그 시점에 네가 나타나지 않았던가? 세상에나, 우연치고 참 절묘하기도 하지.”

그녀는 곰곰이 생각에 잠긴 듯 턱을 톡톡 두드렸다.

“그래, 그렇게 하자. 폴거 박사님한테 같이 가는 거야. 그쪽이 확실하겠네.”

폴거 박사는 이미 내게서 정나미가 떨어졌다. 만약 그가 글리스 선생의 말을 믿는다면? 그러지 않는다 하더라도 그는 조사를 실시할 의무가 있다. 그러면 교육관들이 개입하겠지. 폴거 박사도 어쩔 도리가 없게 될 거야. 더 이상의 관용은 없어.

“그렇지만 우리 둘 다 진실이 뭔지 알고 있잖아요.”

“우리가? 내가 인간적인 실수를 좀 했다고 해서 나를 터무니없이 비방하고 하루를 망쳐놓더니 이제는 학교 이사회에서 조사까지 당하게 한 그 진실 말이냐? 아니면 네가 이 학교에 나타나 모두에게 지옥의 문을 열어놓았으니 퇴학당해 마땅하다는 진실 말이냐?”

그녀는 손목에 걸려 있는 덕트 테이프를 만지작거렸다.

“난 마시에게 사과할 생각이었어. 미안한 마음에 응원단 전체를 위한 프로즌 요거트까지 사가지고 왔었다고. 그게 바로 사무실 문 앞에서 네가 붙여놓은 그 잘난 깜짝 선물을 발견하던 아침이었지. 이브, 나는 네가 생각하는 것처럼 그렇게 쩨쩨한 인간이 아니야.

저기 말이지, 내가 널 위해 큰마음을 먹고 이번 한 번만 봐주는 건 어떻겠니?”

나는 그녀의 눈을 똑바로 쳐다볼 수가 없었다. 너무나 혼란스러웠다. 당신이 마시에게 사과를 하려고 했다고?

“좋아요.”

나는 웅얼거리는 소리로 대답했다.

“그러면 그만 가봐.”

“감사합니다.”

잠깐만. 감사하다고? 옳지 못한 일을 저지른 건 저 여자고 그걸 목격한 건 난데 왜 내가 저 여자에게 그냥 보내주셔서 감사합니다, 라고 하고 있는 거지? 글리스 선생은 마시에게 했던 말과 지금 그녀가 하고 있는 짓에 대해 책임을 져야만 한다.

이건 모순이다. 책임은 애초에 우리가 플루토스를 시작했던 이유였다. 우리는 글리스 선생이 정당하게 심판받기를 원했다.

나는 주먹을 꼭 쥐었다. 더 이상의 모순은 원하지 않는다. 복수도 필요 없다. 내가 바라는 건 정의뿐이다.

28

사람들이 자신의 힘을 포기하는 가장 흔한 길은
스스로 아무런 힘도 없다고 생각하는 것이다.
– 앨리스 워커(작가이자 사회활동가, 1944–)

나는 거의 텅 빈 주차장을 가로질러 클렁커에 올라타고 운전대
에 머리를 기댔다. 벌써 저녁 어스름이 내려앉았다. 낮이 짧아지
고 있다. 굴욕과 분노로 나도 모르게 몸서리를 치며 두 어깨를 밑
으로 축 내렸다. 이렇게 무기력할 수가.

아니야. 이런 감정에 마냥 빠져 있을 수는 없어. 글리스 선생이
내 무릎을 꺾도록 내버려두지 않을 거야. 무슨 수를 생각해내고
말 테다. 나는 이를 악물고 클렁커의 시동을 걸었다.

나는 급하게 기어를 1단으로 바꾸면서 방향을 홱 틀었다. 꽃술
을 들고 학교에서 막 걸어 나오는 두 명의 치어리더들 때문이었
다. 이상하네. 분명 학교 안에는 아무도 없었는데. 막판까지 응원
전 준비를 하고 있었나 보지.

가만. 응원전!

나는 브레이크를 밟고 엔진을 껐다. 그리고 클렁커에서 뛰어내려 다시 학교로 달려 들어갔다. 교무실은 잠겨 있었다. 프랭클린 씨의 퇴근 시간은 이미 한참 전에 지났다. 나는 있는 힘껏 문을 두드렸다.

교사 우편함 너머로 폴거 박사가 얼굴을 내밀었다. 문을 여는 순간 그가 눈썹을 추켜올렸다.

"에비."

"공개발언을 하는 거예요! 학생들이 마음껏 이야기할 수 있도록 자유발언대를 만드는 거죠!"

나는 흥분한 채로 내내 뛰어오느라 거친 숨을 몰아쉬고 있었다.

"그게 우리가 해야 할 일이라고요!"

그는 손에 들고 있던 종이 뭉치를 똑바로 프랭클린 씨의 책상 위에 내려놓았다.

"이번 일을 바로 잡을 해결책을 생각해내야 한다고 말씀하셨잖아요. 바로 이거라고요. 완벽한 방법이에요! 응원전 때문에 학교 전체가 한자리에 모이잖아요."

그는 오랫동안 말없이 나를 바라보기만 했다.

"앉아서 얘기할까?"

나는 그를 뒤따라가며 설명을 늘어놓았다.

"플루토스의 시작에는 이유가 있어요. 학생들에게 힘을 실어주고 불평등에 대항해 자신의 목소리를 낼 기회를 주는 거죠. 그리고 교사들에게 책임을 물어 권위를 남용하지 못하게 하는 거예요.

제 말뜻은, 그냥 어쩌다 보니 드리게 된 말씀인데 전 그게 플루토스가 시작된 이유라고 생각한다고요……."

나는 말꼬리를 흐렸다.

사무실에 들어간 나는 손님용 의자에 털썩 주저앉았다. 폴거 박사는 탁자 뒤에 자리를 잡고 앉아 양복 재킷의 매무새를 고쳤다.

"학생들에게는 자기를 표현할 수 있는 방법이 필요해요. 서로 대화를 하고 의사소통을 할 수 있는 통로를 다시 열어줄 필요가 있다고요. 일방적인 번개보다는 서로 주고받는 거죠. 제 말이 맞지 않아요?"

나는 그의 대답을 기다리지도 않았다.

"그거예요, 표현의 자유. 전 언제나 그 가치를 믿어요. 플루토스와 번개의 문제가 익명성이었다면 자유발언대는……."

폴거 박사가 손을 치켜들었다.

"중간에 끼어들어서 미안하다만, 에비, 질문이 하나 있다."

"말씀하세요."

"응원전이란 게 원래 학생들의 기운을 북돋아주려고 만든 거다. 말하자면 감정적으로 굉장히 흥분한 상태가 되는 것이지. 그렇게 한창 격해져 있는 때에 대화를 유도한다는 게 과연 현명한 짓일까?"

정확한 지적이다. 나는 약간 풀이 죽었다.

그의 미소 속에 동지애가 반짝거렸다.

"다른 한편으로 교직원들이나 교사들은 되도록이면 수업을 취소하려고 들지 않지. 그런 점에서 응원전은 학교 전체를 소집할 수 있는 아주 드문 기회야. 네가 지적했다시피.”

폴거 박사가 뒤로 몸을 젖혔다. 슬링키를 집으려고 손을 뻗는 대신에 그가 말했다.

“이번 일이 벌어졌을 때 나도 그런 생각을 하기는 했었다.”

“정말요?”

나는 눈을 동그랗게 떴다.

“별로 놀라는 것 같지가 않구나. 자유 연설 대회는 전에 내가 여러 번 해본 적이 있거든.”

그가 얼굴을 찡그렸다.

“이런, 얘기가 옆길로 샜군.”

마사가 내게 윙크를 하며 꿀밤을 한 대 먹이는 모습이 눈에 보이는 것 같다.

‘비결은, 그게 온전히 자기 생각인 것처럼 만드는 거야. 햇빛 말이야.’

“존스 박사와도 이미 상의를 해봤다.”

폴거 박사가 계속해서 말했다.

“이 혼란을 잠재우려면 뭔가를 하긴 해야 하는데 우리가 생각할 때 방법은 두 가지였다. 더 엄중하게 단속을 하면서 어떤 일탈도 허용하지 않는……. ”

“파시시트 독재처럼요?”

그가 빙그레 미소를 지었다.

“그다지 내가 쓰고 싶은 말은 아니다만…… 그런 개념이지. 혹은 또 다른 방법으로 압력을 배출할 수 있는 밸브를 만들어주는

거야. 그런 점에서 자유발언대는 학생들의 열을 식힐 수 있는 가
장 안전하면서도 효과적인 방법이라고 할 수 있지.”

“왜냐하면 분명 번개 때문에 아이들이 하고 싶은 말이 잔뜩 쌓
였을 테니까요.”

“그렇기는 해도 이제까지 쏟아져 나왔던 말들이 과연 그렇게 떠
들 만한 가치가 있는지 확신이 서질 않아. 대부분 근거도 없고 쓸
데없는 이야기들이라서 말이야.”

“그렇긴 하죠.”

나는 심호흡을 했다.

‘이븐송은 위선자다! 이븐송은 학교를 망치고 있다!’

근거는 있을지 몰라도 아무짝에도 쓸모없는 얘기들이다. 그러
나 고약하기로 따지자면 부당하게 ‘호모 새끼’라고 불리는 끔찍함
에는 비할 바가 못 된다.

“자유발언대는 표현의 자유에 책임감을 결합시킨 것이다. 누구
든지 대중 앞에서 발언할 때에는 스스로가 내뱉은 말에 책임을 져
야 해.”

나는 고개를 끄덕였다.

“더 이상 악의에 찬 익명의 고발은 없다는 거군요.”

“당연히 익명은 안 되지. 악의적인 공격이건 아니건 간에 얼굴
은 공개되는 거니까.”

그가 책상을 톡톡 두드렸다.

“내 결론은 말이다, 에비, 간단히 말해서 난 그런 위험을 감수할
수는 없다는 거야.”

"잠깐만요. 관심이 있으신 줄 알았는데요."

"관리자로서…….."

그는 느린 어조로 선언하듯 말했다.

"그런 위험한 일은 할 수가 없어."

"관리자라서요?"

"그렇다."

그가 테이블 매트 위에서 깍지를 꼈다.

"어떤 행사에서건 자유발언대가 성공하려면 학생이 주도해야 해. 그렇게 생각하지 않니?"

나는 생각하는 동안 무지갯빛 슬링키를 집어 들고 만지작거렸다.

"당연하죠. 맞는 말이에요. 그 아이디어가 박사님이나 다른 선생님으로부터 나와서 상의하달식으로 진행되는 거라면 또 다른 권력의 도구밖에는 되지 않을 테니까요. 아이들이 거부할 거예요."

"그렇다면 우리는 이심전심인 게로구나."

나는 이마에 바늘을 세웠다.

"헷갈리는데요. 박사님은 자유발언대를 허락할 수 없다고 하셨잖아요."

"그렇지."

"그런데 우리가 어떻게 이심전심이 되죠?"

그는 대답하지 않았다. 그는 몸을 돌려 벽에 시선을 고정시켰다. 그곳에는 코넬 대학교 졸업장이 걸려 있었다.

"처음 너와 민주주의의 시작과 사회정의에 대해 나눈 대화가 생각나는구나.”

다시 내 쪽을 향하며 그는 헛기침을 했다. 그의 얼굴에 고랑처럼 파인 주름이 도드라졌다.

“왜 여기에 있는 거냐, 에비?”

그의 목소리에 초조한 기색이 역력했다.

“자유발언대에 대한 생각을 말씀드리려고요.”

“내 허락이 필요하단 말이로구나. 내 찬성도.”

“그렇지 않을까요…….”

“그럴 수는 없다.”

나는 침을 삼켰다.

“허나 내 질문은 그런 뜻이 아니었어. 왜 여기 있느냐는 거 말이다. 무슨 목적으로 이 학교에 등록을 한 게냐?”

“전, 전 고등학교가 어떤 곳인지 알고 싶었을 뿐이에요.”

“내가 사회운동을 할 때 그런 걸 두고 이렇게 불렀다. ‘허튼소리’라고 말이야.”

어이쿠.

“서로에서 솔직해지자꾸나. 넌 소극적으로 있는 듯 없는 듯 얌전히 있을 그런 애가 아니야. 이브, 단지 관찰하러 여기 왔다는 말은 하지 마라. 진짜로 그랬다면 이런 일들이 일어나지도 않았겠지. 너도 알다시피 그간 이 학교는 엄청난 지각변동을 겪었다. 네 행동들 덕분에 말이야.”

“전 좋아하시는 줄 알았는데요…….”

그는 내가 들고 있던 슬링키를 향해 손을 내밀었다. 나는 그의 손바닥 위에 슬링키를 놓았다.

"그다음은 집에 가서 곰곰이 생각해보거라. 아주 중요하면서도 매우 간단한 개념이지. 만일 네가 공정성과 공평성을 위해 싸우는 선동가로서 너의 소명을 다하려고 한다면 두말할 것도 없이 네가 뒤엎으려고 발버둥치는 바로 그 권력을 가진 사람에게 허락을 기대할 수는 없어. 그래서도 안 되고."

나는 그가 하는 얘기를 이해하기 위해 애썼다.

"알아들은 것 같구나."

"그러니까 박사님 말씀은 권력을 가진 윗선에서 승인 도장을 받는 건 꿈도 꾸지 말라는 건가요?"

그는 짧게 미소를 지었다.

"그렇지."

"저 혼자 힘으로 해보라는 말씀이신 거네요."

그는 아무런 말도 하지 않고 일어섰다.

그거였어.

사회정의 개론 1. '내 손으로 시작한 혁명이 갑자기 방향을 틀어 내 엉덩이를 물려고 덤빌 때 무슨 일이 벌어지는가.'

사회정의 개론 2. '왜 친구나 권력의 도움을 기대해서는 안 되는가.'

이와 같은 과목들에는 경고 딱지가 붙어야 한다. '각자 위험을 감수하고 등록할 것.' 수업 과정은 두려움과 외로움을 동반하고, 당신은 한 번도 그럴 수 있으리라 상상조차 해보지 못한 모험을 감행하게 될 것이기 때문이다.

29

여성은 그들의 약점으로 무장했을 때 가장 강하다.
- 마리 앤 드 비쉬-샹롱(데팡 후작 부인이자 예술 후원자, 1697-1780)

반투명 천정 너머로 별들을 바라보며 나는 돔 홈의 아름다움 속에서 위안을 찾아보려 애썼다. 마사는 내 머리 고무줄을 풀고 손가락으로 머리카락들을 빗어 내렸다. 우리는 그녀의 침대 위에 책상다리를 하고 앉아 있었다.

"난 네가 재신다 머릿속에 불이 번쩍 들어오게 할 수 있을 거라고 믿어."

"천 킬로와트짜리 전구에다가 심각한 망막 손상 없이는 불가능할걸."

"제정신이 돌아올 거야. 살짝만 몰아붙여. 그리고는 뒤로 물러서서 시간을 좀 주려무나."

"그렇게 기다려줄 시간이 없어. 응원전은 바로 내일이란 말이야."

나는 괴로움에 얼굴을 비볐다.

“난 못할 거 같아, 마사. 할 수 있을 줄 알았는데 아니야.”

“당연히 넌 할 수 있어. 내 딸은 강하거든.”

“전혀 강한 것 같지 않은데.”

나는 눈을 감았다.

“인종 청소만 아니다뿐이지 운디드 니* 대학살 못지않게 피비린
내가 진동할 거야.”

나는 한숨을 쉬었다.

“아무라도 내 편이 있었으면 좋겠어.”

“쯧쯧, 남자의 도움 따위를 믿으면 안 된다는 것쯤은 알았어야지.”

그녀가 혀를 찼다.

“딱하게 됐구나. 하긴 나도 거의 속아 넘어간 적이 있긴 하지.”

“폴거 박사님은 도와주지 않으실 거야. 그렇다고 날 막지도 않
으실 거고. 그걸 말씀하고 싶으셨던 거야.”

그녀가 코웃음을 쳤다.

“아이고, 지원사격 한번 확실하네.”

나는 크게 한숨을 내쉬었다.

“제길, 재신다가 딱인데. 모두가 걔 말이라면 귀담아들으니까.”

“내가 같이 가줄게. 너를 위해서라면 기꺼이 치어리더가 되어
주지.”

“엄마랑 딸이 나란히 쫄쫄이 바지를 입고 나타나는 게 무슨 도

움이 되겠어. 그렇지 않아도 이미 다들 날 얼마나 싫어하는데."

"과장이 심하다."

그녀가 내 머리를 땋기 시작했다.

"조금도 과장이 아니야. 내가 학교에서 아무도 상대해주지 않는 애라는 걸 언제면 받아들일 건데? 모두가, 진짜로 모든 애들이, 선생님들까지 포함해서……."

나는 글리스 선생과 덕트 테이프를 떠올리며 몸서리를 쳤다.

"다 날 미워해. 가벼운 반감 수준이 아니야. 아주 근본적인, 그러니까 뱀파이어 대 뱀파이어 사냥꾼 같은 증오라니까."

나는 길게 숨을 내쉬었다. 마사도 똑같이 한숨을 쉬었다. 그녀가 머리를 땋으면서 머리채를 뒤로 툭툭 잡아당기는 게 기분 좋게 느껴진다.

"이런, 너 상당히 신경이 곤두섰구나."

"당연하잖아. 불같은 열정으로 미움을 받는 게 어떤 건지……."

"작열하는 태양 백만 개처럼? 천 킬로와트짜리 전구처럼? 아님, 뱀파이어들처럼? 포사이스 대령*처럼?"

"드디어 상황의 심각성을 인지하셨나 보군."

그녀는 다 땋은 머리를 어깨너머로 넘겨주었다.

"앞으로 숙여봐. 등을 쓸어줄게."

우리는 잠시 입을 다물고 생각에 잠겼다.

"하기 힘든 일이란 거 알아."

---

* 운디드 니 학살사건을 일으킨 미국 제7기병연대의 대령.

370

마사가 마침내 말을 꺼냈다.

"그렇지만 옳은 일이잖아."

"나도 알고 있어."

나는 정당성을 이끌어내려는 것이지 학교를 망치려는 것이 아니다.

"그저 이 방법이 제대로 먹히기만을 바랄 뿐이야. 우리는 햇빛을 되찾아야만 해."

나는 무겁게 침을 삼켰다. 햇빛. 그 햇빛 아래 가져다 놓아야 할 것이 하나 더 있었다. 퍼즐의 마지막 조각. 그러기 위해 마사에게 꼭 물어봐야 할 그 말이 심장을 쥐어짰다. 진심으로 대답을 듣고 싶은 건지도 자신이 없다.

"마사, 왜 이젠 독신자 부모 모임에 안 나가? 그 사람들이랑 커피 마시러도 안 가잖아?"

그녀가 콧방귀를 뀌었다.

"독신자 모임은 이미 손 털었어."

"더 이상 환영해주는 사람이 없다고 그랬나?"

내 등을 주무르며 그녀는 아니 디프랑코의 노래를 흥얼거리기 시작했다. 아무것도 기억하지 못하는 금붕어에 관한 노래였다.

나는 과감하게 나가보기로 했다.

"그냥 사실대로 털어놓지?"

그녀의 두 손이 순간 얼어붙었다.

"무슨 소리야?"

그녀는 다시 내 척추를 따라 움푹 파인 홈들을 엄지손가락으로 자근자근 훑어내렸다.

"내가 눈치챘거든. 그건 폴거 박사님이 아니라 엄마였어."

그녀의 두 손이 다시 우뚝 동작을 멈췄다.

"아직도 무슨 말인지 모르겠는데."

"엄마가 나한테 그동안 감추고 있었던 사실을 내가 다 알아버렸다고. 내가 어떻게 그것들을 끼워 맞췄는지 말해줄까? 브루크너가 왜 재신다와 끝을 냈는지 얘기하면서 '우리 둘 다 잘 아는 누군가가 자기를 찾아왔다'고 하더라고. 난 그게 폴거 박사님이라고 생각했지. 그런데 갑자기 퍼뜩 드는 생각이 말이야, 옛날에 내가 발목을 삐고 재신다와 라자스가 날 처음 집으로 데리고 왔을 때 엄마가 재신다의 이름을 금방 알아봤거든."

라자스의 이름을 입에 올리자 바늘로 목구멍을 콕콕 찌르는 것 같다.

"재신다는 아이 보는 일을 하려고 전단지를 여기저기 붙이고 다녔으니까. 엄마가 독신자 부모 모임에서 본 그 전단지 말이야."

침묵이 흘렀다.

"재신다는 그 수업을 듣기 전부터 브루크너를 알고 있었던 거야. 아이 보는 일을 하면서 말이지. 브루크너도 엄마와 같은 방법으로 재신다를 알게 됐겠지. 독신자 부모 모임에 붙은 전단지를 통해서 말이야. 브루크너도 독신자 모임의 멤버니까."

나는 뒤를 돌아 그녀를 마주 보았다.

"왜 모든 걸 비밀로 한 거야?"

"독신자 모임, 그러니까 독신자 부모 모임에서는 자기 성을 쓰는 일이 거의 없어. 명함 같은 걸 주고받는 그런 자리가 아니니까. 그리고 세상에 존이라는 이름을 가진 사람이 얼마나 많은데.”

“그 사람이 교사라는 건 알고 있었을 거 아냐.”

그녀가 무릎 위로 털썩 두 손을 떨어트렸다. 아무런 대답이 없었다.

“재신다가 아이를 보고 뱀 자비에가 탈출하던 날 밤 엄마는 평소보다 집에 일찍 들어왔어. 그 사람이랑 외출을 했던 거야? 브루크너랑?”

나는 마사를 따라 땋았던 머리를 도로 풀기 시작했다.

“있잖아, 대답하지 마. 알고 싶지 않아졌어.”

“이븐송 스파클링 모닝듀, 내가 절대로, 죽었다 깨나도, 너에게 상처가 될지도 모르는 일을 알면서 하지는 않을 거라는 거 너도 알잖니. 그렇지만 나더러 사회생활을 좀 해보라고 늘 부추기던 건 너였어.”

“그렇지만 브루크너는 쓰레기 저질이란 말이야!”

나는 인상을 썼다.

“좋아, 나도 인정해. 처음에는 그 잘난 머리와 바보 같은 최신 유행 샌님 안경에 혹해서 속아 넘어갔을 거야. 그렇지만 속 알맹이는 징그러운 놈이지.”

“어쩜 그렇게 잘 아니?”

“그러게 왜 말을 안 했냐니까? 그게 정말 이상하단…….”

“그동안 넌 정말 놀라운 일들을 해냈단다. 플루토스를 만들고 새로운 친구들을 사귀고 너 스스로를 지키면서 당당하게 맞설 줄도 알았지. 난 감탄하면서 지켜보고 있었어.”

눈물에 익숙하지 않은 마사의 두 눈에 지도처럼 핏발이 섰다.

"발정 난 독신남 존이 존 브루크너라는 걸 알아차렸을 때, 그가 무슨 짓을 했는지 알게 됐을 때……."

"직접 그 인간을 찾아간 거야. 그리고 그랬겠지. 좋은 말로 할 때 재신다와 당장 그만둬."

"맞아. 내가 그런 거야."

"그냥 나한테 다 얘기하지 그랬어? 우린 늘 서로에게 아무것도 숨기는 게 없었잖아."

"끼어들고 싶지 않았어! 지금도 그렇지만 그 인간에 대해 화가 머리꼭대기까지 났었거든. 그 빌어먹을 얼간이가 계속 그런 짓을 하게 놔둘 수는 없었단 말이야!"

그녀는 고래고래 고함을 지르다가 중간에 뚝 멈추더니 머리를 흔들었다.

"그래서 이목을 끌지 않고 조용히 해결하고 싶었어. 이건 내 일이 아니잖니, 딸아. 너의 싸움이야. 네 힘을, 네 천둥을 가로채서 김빠지게 하고 싶지는 않았단다."

"재미있네. 이 모든 일들이 시작된 건 번개였는데. 천둥이 아니라."

나는 침대에서 미끄러져 내려왔다.

"이브송……."

나는 손을 들어 그녀의 말을 막았다.

"난 괜찮을 거야. 다 알아들었어. 엄마를 용서해. 그냥 바람을 좀 쐬고 싶어서 그래."

밖으로 나가 내가 제일 좋아하는 작은 언덕배기에 등을 대고 누웠다. 차가운 공기 속에 엷은 은색의 달을 둘러싸고 듬성듬성 낮은 회색 구름이 드리워져 있었다. 올빼미의 애처로운 울음소리— 구우, 구우, 널 위해 늘 요리를 해주는 사람이 누구더라? 라는 소리처럼 들리는—가 숨 쉬는 걸 잊지 말라고 알려준다. 한나 브램블이 헛간에서 낮은 소리로 음메 하고 울 때마다 목에 건 방울이 어렴풋이 짤랑거렸다. 나는 한기를 몰아내기 위해 몸 주위로 팔을 둘렀다. 머리 위로 직녀성이 거대하고 강력한 빛을 내뿜고 있다. 지구는 그 별을 향해 초당 20킬로미터 가까운 속도로 내닫고 있다. 어떻게 그게 가능할까? 우리는 어떤 우주의 힘으로 바람에 날아가버리지 않고 지구별에 붙어 있는 것일까?

나는 깊은 숨을 몰아쉬었다. 만약 지구가 회전을 멈춘다면? 그러면 시간도 멈추게 되는 것일까? 그렇게 해서 시간을 되돌릴 수만 있다면 원이 없겠다. 그냥 홈스쿨링을 계속하면서 무사히 코넬에 들어갈 수 있도록. 마사가 내게 모든 것을 솔직하게 얘기해줘서 내 믿음이 변하는 일이 없도록. 이 모든 소동 없이 재신다를 만나고 라자스와 사랑에 빠질 수 있도록. 그리고 지금 이렇게 철저하게 외면당한 채 혼자가 되는 일이 없도록.

추위와 눈물로 온몸이 사시나무 떨듯 떨려왔다. 눈물이라면 이제 지긋지긋하다.

이미 여기까지 와버렸잖아. 저 올빼미와 달과 한나 브램블처럼 나 역시 이 세계의 일부분이야. 그리고 난 싸워보지도 않고 쓰러지진 않겠어.

30

진정한 용기란 시작도 하기 전에 호되게 당할 것을 미리 알면서도
어쨌든 끝까지 포기하지 않고 한번 해보는 것이다.
— 하퍼 리(작가, 1926-)

재신다가 나를 그렇게 미워하지만 않았어도 일이 엄청나게 쉬워졌을 거야. 그녀가 도와준다면 자유발언대를 해낼 수 있을 것 같아. 어쩌면 아주 멋지게 성공할지도 몰라.

그녀에게 한 번 더 부탁해봐야지. 그래야만 해.

세계관 수업 시간에 베미스 선생은 나무 꼭대기에 갇혀 오도 가도 못하는 새끼 고양이와 다를 바가 없었다. 도대체 능력이라고는 쥐 오줌만큼도 없는 여자다. 한때 논란과 도발의 온상이었던 칠판 위에는 이제 허망한 기대가 한 줄 외롭게 놓여 있다.

'자습, 챕터 20과 21을 복습할 것.'

교실의 반은 빈자리가 된 지 오래였다. 애들이 시간표라도 바꾼 건지, 아니면 영원히 수업을 건너뛰기로 작정한 건지. 그걸 누가

알겠어. 남아 있는 학생들끼리 자리 배치를 다시 했다. 그래서 나는 혼자 앉게 되었다.

꾸물꾸물 마음속으로 기어들어오려는 희망을 매몰차게 내치면서 나는 눈으로 재신다를 찾았다. 마시와 또 다른 응원단 멤버가 그녀의 왼쪽과 앞자리에 앉아 있다. 응원전을 위해 이미 유니폼으로 갈아입은 애들은 스커트 밑단을 점검하며 조그만 소리로 응원단 구호를 연습하고 있었다. 그리고 재신다는 매니큐어를 덧바르는 중이었다. 이거야말로 내가 봤던 영화의 한 장면과 똑같다. 패거리로 뭉쳐 다니는 경박한 치어리더들. 내가 학교라는 곳을 다니기 전에 나는 그것이 치어리더의 전부라고 생각했다. 그런 내게 그 이상의 것이 있다는 걸 보여준 것이 재신다였다. 그러나 지금은 그게 뭐였는지조차 의문이다.

잔뜩 긴장한 채로 자리에 앉다가 그만 책상 위로 책을 쿵하고 떨어트렸다. 평화롭게 풀을 뜯고 있다가 깜짝 놀란 사슴들처럼 아이들이 일제히 고개를 들었다. 베미스 선생은 얼굴을 찌푸리며 출석부에 뭔가를 표시한다.

"재신다, 얘기 좀 할 수 있을까?"

재신다는 매니큐어 브러시를 도로 병 속에 집어넣고 뚜껑을 돌려 닫았다. 손톱 위를 후후 불며 그녀는 마시가 속삭이는 소리에 고개를 끄덕거렸다.

이런 게 연합 전선이라는 거다. 이렇게 많은 사람들이 든든하게 뒤를 받쳐주면 얼마나 기분이 좋을까. 부러움으로 속이 발끈하며 일어섰다.

나는 다시 한 번 말했다.

"우리…… 둘이서만 얘기를 좀 했으면 하는데."

재신다가 나를 쳐다보았다. 그녀의 검은 눈동자에 경계의 빛이 떠올랐다.

"나한테 하고 싶은 말이 뭔지 모르겠지만 우리 응원단 전체가 들어도 상관없는 얘기겠지."

흠. 기발한 방법이야. 브루크너에 대한 얘기라면 아예 할 생각도 말라는 거잖아. 아니면 응원단을 동원해야 할 만큼 약해진 건가?

"사적인 얘기야."

나는 내가 알던 재신다의 모습을 찾아보려고 애썼다. 언제나 사랑과 친절이 철철 넘치던 이 아이에게 도대체 무슨 일이 일어난 걸까? 끝없이 샘솟던 그 넉넉한 재치는 다 어디로 가버렸을까? 그날의 개울가에 날 구해주러 나타났던 그 친구, 라자스에 대한 이야기를 하며 함께 키득거리고 플루토스를 시작하도록 도와주었던 그 친구가 나는 너무나 그립다. 그러나 그 재신다는 이제 더 이상 없다.

나는 목소리를 낮췄다.

"응원전이 끝나고 나서 자유발언대를 해보면 어떨까 해. 그거라면 학교를 이전처럼 다시 되돌려놓으면서 동시에 학생들로 하여금 자유롭게 말할 수 있는 권리를 갖게 해줄 수 있을 것 같아. 다른 사람들을 다치게 하지 않으면서 말이야. 내 말 무슨 뜻인지 알지?"

나는 침을 삼켰다.

"네 도움이 꼭 필요해."

재신다는 바닥에 대고 발가락을 탁탁 두드리기 시작했다.

“난…….”

그녀의 시선이 순간 나를 벗어나더니 휘둥그레졌다.

뒤를 돌아보았다. 베미스 선생이 문을 열기 위해 교실을 가로질러 갔다. 글리스 선생이었다. 자신의 응원단을 바라보며 함박웃음을 짓고 있는 글리스 선생이 거기 서 있었다. 이윽고 내가 눈에 들어오자 그 환하던 미소는 순식간에 가재미눈으로 전락했다. 속을 꽁꽁 얼어붙게 하는 것 같은 표정이다.

베미스 선생은 난데없는 방해꾼에 되레 반가운 기색이었다.

“뭘 도와드릴까요?”

글리스 선생이 다시 미소를 지었다.

“응원단이 필요해서요. 폴거 박사님이 응원전 준비를 마저 끝내도록 허락해주셨거든요.”

“아.”

베미스 선생이 치어리더들을 향해 몸을 돌렸다.

“들었지, 애들아? 어서 가보거라.”

“제발!”

나는 속삭였다.

“난 정말로 네가 필요하단 말이야.”

재신다는 글리스 선생을 잽싸게 흘깃 쳐다보았다. 가방에 소지품들을 쓸어 담으며 그녀가 말했다.

“난…… 못해.”

목소리가 커진다.

"네 입에서 나오는 소리들은 하나도 믿지 않을 거야."

그녀는 어깨를 한 번 으쓱해 보이고는 뒤로 돌아섰다.

"서둘러, 얘들아, 얼른 가자."

그들이 나간 뒤로 문이 찰칵하고 닫혔다.

끝났어. 이제 공식적으로 난 완전히 혼자야.

이번 주에 할당된 눈물을 거의 바닥이 나게 써버렸는지 아니면 이젠 슬퍼하는 것도 지친 건지 아무런 느낌이 없었다. 교과서를 펼치고 뚫어지게 보았지만 한 글자도 제대로 눈에 들어오지 않았다.

종이 울린다. 복도에서 나는 눈을 내리깔고 라커를 향해 걸어가다 누군가와 부딪쳤다.

"미안."

나는 중얼거리며 일부러 눈을 들어 쳐다볼 생각도 하지 않았다. 그게 누군지 벌써 알기 때문이다. 그 가슴의 감촉과 온기, 알싸한 냄새.

라자스는 손가락으로 내 팔을 쓸어내렸다.

"이브, 괜찮은 거야? 말 좀 해봐."

"네 선택은 이미 끝났어."

그밖에 더 이상 무슨 말을 한단 말인가? 나는 그를 밀쳐내고 그대로 지나쳐 왔다.

오늘 하루가 도대체 얼마나 더 끔찍해지려나? 그 답을 머지않아 알게 되리라는 예감이 고개를 들었다.

31

앞뒤 가리지 않고 과감하게 행동하며 최선을 다해
자신의 열정과 믿음을 드러내는 바보 같은
이상주의자와 선지자들이야말로
인류의 진보를 이룩하고 세계를 풍요롭게 만들어왔다.
- 엠마 골드만(작가이자 무정부주의자, 1869-1840)

응원전은 7교시와 8교시에 걸쳐 열리도록 되어 있었다. 그러니 종례 시간까지 질질 끌 수도 있을 것이다. 아니면 영원히 끝나지 않을지도 모르지. 나는 체육관 문을 빼꼼히 열고 안을 들여다보았다. 다 모였다. 어찌나 바글바글한지 사방의 벽들이 금방이라도 터져나갈 것처럼 밖으로 휜 것 같았다. 쫄쫄이 바지를 단체 예복처럼 두른 응원단이 학교 전체를 폭발하는 열기 속으로 몰아넣고 있었다. 학교 운동선수들은 전원 보라색 경기용 셔츠를 입고 있고 학생 재즈밴드가 연주를 한다. 코트 라인까지 확장한 접이식 목재 관람석이 열띤 응원과 고함 소리에 덩달아 부르르 떨렸다. 어찌나 발들을 굴러대는지 무너지기 일보 직전인 것처럼 보였다.

두려움이 총알처럼 날아와 박혔다. 이건 좋은 생각이 아니었어. 제대로 될 리가 없어.

덜덜 떨리는 손가락으로 나는 열쇠를 주머니에 집어넣고 클렁커에서 꺼내 온 포스터들을 내려놓았다. 마사와 같이 만든 것들이다.

'학생들이여, 터놓고 말해보자!'

'권력 앞에서 진실을 말하라!'

'자유는 공짜가 아니다!'

다시 보니 조잡하고 애처로워 보이기까지 한다.

응원단의 포스터들은 튼튼하고 완벽한 모양새로 체육관 벽에 떡하니 걸려 있었다. 그중 하나가 뒤집어져 있었는데 스텐실로 찍힌 단어 몇 개가 눈에 들어왔다.

맙소사. 어떻게 이런 일이 있을 수가 있지.

재신다는 내 부탁을 단칼에 거절했다. 그건 다시 친구가 될 준비가 안 됐다는 얘기다. 좋아, 알아들었어. 그런데 이건 또 뭐야?

그 뒤집어진 포스터에는 내 이름이 적혀 있었다!

'이븐송, 너……'

다른 단어들은 제대로 보이지 않았다. 나한테 내리꽂은 번개를 다시 한 번 재현해보자는 것이 확실하다. 그런데 그중 어떤 거? 위선자? 아니면 학교 파괴범? 아니면 그보다 더 지독한 걸로 준비하셨나?

나는 다시 홀로 되돌아가기 위해 문을 닫고는 그만 푹 꺼지듯 주저앉아버렸다. 나의 보잘것없는 포스터들도 나를 따라 바닥으로 털썩 쓰러졌다. 도저히 저 안으로 들어갈 용기가 나질 않는다.

한숨이 절로 새어 나왔다.

여기 조금만 이대로 있자. 홀의 시계가 2시 13분을 가리키고 있다. 2시 15분에 들어가는 거야. 2분 남았다. 2분이 지나고 나면 난 전교생과 정면으로 맞서야 하겠지. 그리고 교사들과 폴거 박사님까지. 제 발로 목을 내놓으러 도살장으로 걸어 들어가기 전까지 이제 2분이야.

1분 30초. 숨을 들이마셨다. 분침이 틱 하고 움직이며 14분을 가리킨다. 1분 남았다.

아이들의 소란이 폭풍처럼 휘몰아치는 통에 등 뒤에서 문이 덜거덕거렸다.

체육관 가운데 있는 마이크로 곧장 가는 거다. 그리고 내가 하고 싶은 말을 할 거야. 내가 먼저 자유발언대를 시작하는 거야.

박수 소리가 터져 나와 텅 빈 홀에 메아리쳤다. 응원단의 리드미컬한 함성 소리에 맞춰 관중석에서 우르르 발 구르는 소리가 퍼졌다. 나는 두 손 안에 머리를 파묻었다. 폴거 박사님 말이 맞았어. 응원전이 더없이 좋은 기회라고 생각하다니 제정신이 아니었던 거지. 저 애들은 나를 마지막 한 조각까지 물어뜯고는 휙 내던져버리고 말 거야.

아니지. 겁먹지 말자. 하기 힘든 일이지만 옳은 일이잖아. 강해져야 해.

난 남들과 달라.

숨을 내쉬었다.

25초.

폭풍이 더욱 거세진다.

2시 15분.

지금 안 하면 영영 못할 거야.

나는 포스터들을 주워 모으려고 했지만 저희들도 닥쳐올 운명이 두려운 듯 자꾸 손에서 미끄러졌다. 되는대로 수습한 포스터들을 끌고 그대로 체육관 안으로 달려 들어갔다.

고함 소리가 고막을 찢을 듯이 달려들었다. 관람석에서 학생들이 일제히 일어선 채로 소리를 지르며 서로 어깨동무를 하고 공중으로 주먹을 내지르고 있었다. 교사와 교직원들은 맨 앞줄에 앉아 응원단과 재즈밴드에 맞춰 박수를 치고 있었다. 맨 끝 구석에 서 있는 글리스 선생 옆에 양복을 입은 웬 남자가 거만한 눈빛으로 노려보고 있다. 학교 이사회에서 감시하러 나온 사람인가? 글리스 선생은 귀 뒤로 머리를 넘기며 치어리더들의 움직임을 눈으로 쫓고 있다. 만족스러운 표정이다. 재신다와 다른 치어리더들이 사이드라인을 따라 길게 서서 손가락을 흔들며 관중들을 향해 소리쳤다.

'우리의 정신을 보여주자!'

맥박이 고동친다. 이마 위에 땀방울들이 솟는다. 요가 호흡 따위 까맣게 잊어버린 이 상황에서 내가 할 수 있는 최선은 생존에 필요한 만큼의 공기를 폐 속에 집어넣는 일이 전부다. 나는 들고 있던 포스터들을 한쪽에 내려놓았다. 제대로 걷는 것조차 힘겨웠기 때문이다.

서서히 체육관 가운데를 향해 걸음을 옮겨놓는 사이 사람들이 나를 알아보기 시작했다. 아주 서서히, 조금씩 조금씩, 체육관 안에 진동하던 소음이 잦아들었다.

센터 코트에는 국가를 부른 여학생을 위해 설치된 마이크 선이 구불구불 이어져 있었다.

나는 계속 걸었다. 관중들이 침묵 속에 지켜보았다. 드디어 하프 코트 라인에 도착했다.

마이크는 아직 켜 있는 걸까? 톡톡 두드려보았다. 귀가 터져나갈 것 같은 날카로운 소리가 터져 나온다. 아이들이 급히 손으로 귀를 틀어막았다. 짜증 섞인 신음 소리가 관중석에 파도처럼 퍼져 나갔다.

나는 목청을 가다듬었다.

“우⋯⋯우선 이렇게 환상적인 응원전을 펼쳐준 응원단에게 먼저 감사의 인사를 전합니다!”

한순간 적막이 감돌더니 이내 건성으로 치는 박수 소리가 희미하게 들려왔다.

얼마나 화가 머리끝까지 났는지 귀에서 증기라도 뿜을 기세로 글리스 선생이 쿵쿵거리며 나를 향해 다가왔다. 그때 누군가가 그녀의 팔꿈치를 덥석 잡았다. 폴거 박사님이었다. 학교 이사회에서 나왔을 거라 짐작했던 남자가 그의 옆에 나란히 서 있었다. 폴거 박사가 글리스 선생의 귀에 대고 무슨 말인가를 속삭이자 그녀의 두 눈이 화등잔만 해진다. 그리고는 비틀거리며 뒤로 물러섰다.

관중석 위쪽에서 휘익하고 휘파람 소리가 흘러나왔다. 재신다가 얼굴을 찌푸렸다. 그녀가 전에 얘기했던 응원단에 대한 성차별이 이건가 보다. 그렇지만 그녀는 눈 깜짝할 새에 미소와 하이킥으로 평정을 회복했다. 눈은 계속 나를 쳐다보고 있었지만 세계관 시간 때와 달리 그리 증오에 찬 눈빛은 아니었다. 그저 나의 희망 사항일까? 스트레스 때문에 헛것이 보이는 걸까?

라자스는 어디 있지? 찾을 수가 없다. 응원전에 오지 않았을지도 모른다. 이런 것에는 별로 관심이 없으니까. 심장이 오그라드는 것 같다.

크게 숨을 들이마셨다.

"재가 왜 여기에 있나 분명 궁금하게들 생각하고 있을 거야. 그 동안 정말 많은……."

―그 주둥이 닥치지 못해!

―마이크에서 떨어져!

"난 그저……."

마이크가 요란하게 끼기기긱거리며 되먹임 소리를 뱉어냈다.

재신다가 응원단을 향해 돌아섰다. 집게손가락으로 천장을 가리키면서 권총 모양으로 엄지손가락을 추켜들었다. 신호다. 치어 리더들이 우르르 달려가 포스터들을 집어 들더니 한 줄로 가지런 히 행진하며 돌아왔다. 마시는 재신다의 바로 뒤에 서 있었다. 다들 포스터를 몸에 바짝 붙인 채로 들고 있어서 그 위에 쓰인 글자들은 하나도 보이지 않았다.

그래, 이제는 사보타주*로 나오시겠다. 내가 도움을 청했으니 그녀는 나의 계획에 대해 이미 알고 있었다. 내 쪽에서 보면 정말 초보적인 실수가 아닐 수 없다. 그리고 이제 그녀는 수백 명의 관중들 앞에서 나에게 돌을 던지려고 하고 있다.

나는 다시 마이크를 향해 몸을 숙였다. 재신다도 폴거 박사도 쳐다보지 않고 더 이상 라자스를 찾는 일도 관뒀다. 나는 눈을 감은 채로 입을 열었다.

"사람들이 말하길 햇빛이란 건……."

—집으로 돌아가시지, 홈스쿨 출신!

"나도 그러고 싶어."

나는 웃음을 터트렸다. 금방이라도 부서질 것처럼 연약한 웃음소리가 마이크를 통해 울려 퍼졌다. 공개적인 굴욕의 소리다.

요가 호흡. 강하게 마음을 먹어.

"내 생각엔 말이지 만약……."

—넌 괴물이야!

나는 어깨를 똑바로 펴며 말했다.

"제임스 가필드가 이렇게 말했지. '진실이 너를 자유롭게 하리라, 그러나 그 전에 진실 때문에 비참해질 것이다'."

응원단이 내 뒤로 다가와 줄을 섰다. 언제쯤 포스터들을 공개할 생각인 거지? 뭐라고 쓰여 있는지 상관없이 모두가 그 '이브송 어쩌고' 하는 걸 보자마자 나를 향한 집단 돌팔매질을 시작하겠지.

---

* 적을 방해하기 위해 혹은 적에 대한 항의로 운송 시설, 장비 등을 고의로 파괴하는 것.

나는 서두르기 시작했다.

"나는 그저…… 나는 자유롭게 자신의 의견을 말하는 게 중요하다고 생각해. 우리 모두 그럴 수 있어야 하고 동시에 그에 대한 책임도 질 줄 알아야만 해. 내가 저지른 몇 가지 실수 때문에 상처받은 사람들이 있다면 정말 미안하게 생각해……."

재신다가 큰 소리로 네 번 손뼉을 쳤다.

"응원단! 준비됐지? 좋아!"

"진실은 중요한 거야."

나는 멈추지 않고 말을 이어나갔다.

"그러나 그보다 더 중요한 것은 바로 상대를 배려하는 마음이라는 걸 깨닫기 시작했어."

재신다가 소리친다.

"다섯, 여섯, 일곱, 여덟!"

아, 시간이 별로 없다.

"그리고 우리가 자유발언대를 하면 어떨까 생각했어. 자유롭게 우리들의 생각을 말하는 거야!"

"시작!"

응원단이 각자 포스터를 펼쳐 하늘 높이 들어 올렸다.

관중들이 앞으로 밀려나왔다.

내가 졌다.

32

언론의 자유에 대한 탄압은 두 배로 잘못된 것이다.
연사의 권리와 더불어 청중의 권리를 침해하는 것이기 때문이다.
-프레데릭 더글라스(노예제 폐지론자이자 작가, 1818-1895)

나는 마이크에서 한 걸음 물러났다. 여기서 그만 나가야겠어. 다 끝났어. 피곤해. 그들이 이겼다. 나의 완패야.

나는 걷기 시작했다. 관중석 옆으로 누군가가 훌쩍 뛰어내렸다. 칠흑같이 검은 머리카락을 손으로 쓸어넘기며 그가 나를 향해 뛰어왔다. 라자스다.

공개적인 망신을 더 당하라고? 됐어. 나는 걸음의 속도를 높였다.

"에비! 기다려!"

이건 재신다의 목소리다. 소리가 너무 큰데. 아, 앰프를 통해서 울리는 거로군.

그녀가 마이크에다 대고 얘기를 하고 있었다. 라자스가 쫓아와 내 손목을 잡았다. 나는 홱 뿌리쳤다.

다시 재신다의 목소리.

"자유발언대는 정말 훌륭한 아이디어야."

관중석이 조용해지기 시작했다.

"나도 모두에게 들려주고 싶은 인용구가 하나 있는데 들어볼래? 펠릭스 프랑크푸르트가 한 얘기야. 그런데 어쩌면 사람 이름을 이렇게 심하게 지었다니. 정말 비극이 따로 없어."

나를 향한 돌팔매질로 마무리하고 싶어 안달을 내면서 재신다라면 사족을 못 쓰는 아이들이 단체로 폭소를 터트렸다.

나는 드디어 문까지 거의 다 왔다. 라자스가 바로 내 뒤에 서 있었다.

재신다가 말을 이었다.

"프랑크푸르트가 이런 말을 했어. '지혜가 찾아오는 건 아주 드문 일이다. 그러니 지혜가 너무 늦게 온다고 해서 거부해서는 안 된다'."

그녀가 잠시 말을 멈췄다.

"에비! 돌아와."

나는 나도 모르게 뒤로 돌았다. 재신다가 다시 손가락 총을 공중으로 추켜들었다. 응원단이 일제히 나를 향해 몸을 돌렸다. 포스터들을 머리 위로 높이 추켜들고 있었다.

낮게 중얼거리는 소리, 그리고 약간의 박수 소리가 흘러나왔다.

포스터들은…… 내가 생각했던 것과 전혀 달랐다.

'모두를 위해 발언의 자유를!'

'터놓고 말해보자!'

'권력 앞에서 진실을 말하라!'

재신다가 달려왔다. 그녀의 손에는 아까 본 내 이름이 쓰인 포스터가 들려 있었다.

'이븐송, 넌 두려움을 모르는 아이야!'

나는 어리둥절한 머릿속으로 감히 희망이라는 말은 떠올리지도 못한 채 라자스를 쳐다보았다.

그는 한쪽 입꼬리를 슬쩍 올리며 미소를 지었다.

"만일 네가 멈춰 서서 조금이라도 들으려고만 했다면 말해주려고 했어. 에비, 정말 미안해."

나는 조심스러운 희망과 안도감으로 온몸이 녹아내리는 것 같았다.

"글리스 선생이 그렇게 나타나는 바람에 너한테 아무 말도 할 수가 없었어. 그렇지만 응원단이랑 내가 이미 입을 맞춰놨었어. 왜냐하면 내가…… 아니 우리가 네 말이 맞다는 걸 알게 됐거든. 자유발언대는 정말 멋진 아이디어였어."

그녀는 빳빳하게 세운 앞머리를 손가락으로 쓰다듬었다.

"너도 알다시피 아직 난 그 사람이랑 관련해서 하나도 정리가 안 됐지만……."

브루크너라는 모래 늪으로 가라앉지 않기 위해 엄청나게 발버둥치고 있는 듯 재신다의 어깨가 경련을 일으켰다.

"그건 그렇고, 있잖아, 너랑 글리스 선생이 어제 남학생 라커룸에서 나오는 걸 내가 봤어! 두 사람이 하는 얘기를 죄다 들어버렸지 뭐야! 이제까지 그 빌어먹을 문을 열어놓은 것이 그 여자였다니, 이게 말이 되니!"

"네가, 네가 거기 있었다고?"

목격자가 있었다. 결국은 정의가 이기는 거야!

그녀가 고개를 끄덕였다.

"웅! 그리고 바로 폴거 박사님한테 가서 그 여자가 무슨 짓을 했는지 다 말해버렸지."

폴거 박사가 방금 전에 그녀에게 뭔가 말했을 때 글리스 선생의 표정이 왜 그랬는지 설명이 됐다.

"미안해, 에비. 난 연애에 관해서는 정말 구제불능이야. 그리고…… 너를 욕하는 번개를 붙이다니 나도 내가 무슨 짓을 했는지 믿어지지가 않아. 정말, 진심으로 사과할게. 날 용서해주길 바라지도 않지만……."

"난 이미 용서했어. 나도 셀 수 없이 많은 실수를 했는걸 뭐. 게다가 네가 얼마나 그리웠다고."

검게 칠해진 속눈썹과 반짝거리는 아이새도로 덮인 눈이 동그래졌다.

"정말?"

"웅."

그녀가 나를 덥석 껴안았다. 모두가 우리를 지켜보고 있었다.

"넌 얼른 자리로 돌아가."

나는 소란스러운 관중들을 향해 재신다를 돌려세웠다.

"사람들이 기다리고 있잖아."

"라자스도 용서해줄 거야?"

그녀는 도로 몸을 돌려 라자스와 나를 바라보았다.

"라즈가 자기가 한 짓이라고 털어놨어. 그거 말이야. 브루크너 번개 사건. 열이 확 받더라. 하지만 그냥 이 모든 일을 감당해내려고 노력하고 있는 중이야……."

내가 라자스에게 너무 가혹하게 굴었던 것은 아닐까 생각을 해봐도 한편으로 그건 당연한 것이었다. 그는 나를 속였다. 재신다한테 나를 팔고 사람들의 시선으로부터 나를 숨겼다. 그리고 벌써 다른 여자애와 데이트를 하고 있고 그동안 그 어느 것에 대해서도 나에게 사과하려고 들지 않았다. 그럼에도 불구하고, 나는 그를 못 견디게 갖고 싶다.

"그건 잘 모르겠어."

라자스가 뒤돌아 걷기 시작했다.

이것으로 결말이 난 것이다.

"봤지?"

나는 재신다에게 말했다.

"쟤는 나를 위해 싸울 생각이 전혀 없어."

"널 얼마나 그리워하는데."

그녀가 머리를 갸웃거리며 말했다.

"걔가 다시 너한테 돌아오기를 바라지 않아?"

나는 목이 터져라 소리치고 싶었다. '당연하지! 그동안 심장이 찢어지는 줄 알았단 말이야!' 그러나 그는 점점 더 멀어져가기만 했다. 그 삐뚜름한 미소와 따뜻한 입술, 그의 마음, 그리고 그의 사랑이 내게서 멀어져가고 있었다. 나는 치밀어 오르는 감정들을 애써 꼭꼭 눌러 내렸다.

"네가 말했던 것처럼…… 만약 라자스가 진심으로 날 사랑했다면 작업실에 숨겨두는 일 따위는 하지 않았을 거야."

재신다가 민망한 표정을 지었다.

"나 정말 악랄한 소리를 했네."

"그래, 그랬지. 그렇지만 사실인걸 뭐. 나와 사귀는 것에 대해 태도를 분명히 하려고 한 게 맞잖아. 아니면 다른 뭐라도."

관중석이 쥐 죽은 듯이 고요해졌다.

라자스가 방향을 바꿨다. 이제 그는 마이크를 향해 가고 있었다.

그가 나를 바라보며 마이크에다 대고 이야기를 하기 위해 허리를 구부렸다.

"난 인용구 따위는 없어."

"힘을 내, 라자스!"

한 소녀가 외쳤다. 연이어 다른 누군가 "와와!!" 하며 지지의 함성을 질렀다.

"그렇게, 고마워."

그의 얼굴이 점점 빨개진다.

"내가 하고 싶은 말은 이 자유발언이라는 거 말이야, 정말 좋은 거 같아. 진실이 갑자기 방향을 틀어서 내 엉덩이를 노릴지라도 할 말은 하고 살자, 이거지."

그는 웃음소리가 잦아들 때까지 잠시 말을 멈추었다.

"그러려면 용기가 필요해. 내 여자친구, 이브가."

그가 손가락으로 나를 가리켰다.

"나에게 가르쳐준 거야."

믿을 수가 없다. 지금 쟤가 무슨 짓을 하고 있는 거야? 라벨이라면 질색하는 라자스가 공개적으로 여자친구가 있다고 선언을 해? 게다가 그게 나라고?

"적어도, 내 여자친구였어."

그가 말했다.

"그런데 내가 정말 멍청한 짓을 해서 일을 다 망쳐놓고 말았지. 그리고 난 사과조차 하지 않았어. 그래서 말인데."

그가 잔뜩 불안한 미소를 지었다.

"미안해, 이브. 내가 정말 바보였어."

"세상에나!"

재신다가 마이크를 향해 내 등을 떠밀었다.

"뭘 기다리고 있는 거야! 가서 꽉 잡지 않고!"

사람들이 손뼉을 치기 시작했다. 박수 소리가 리듬을 타면서 '천천히'에서 '점점 빠르게'로 변해갔다. 그들은 내가 뭔가를 하기를 기다리고 있다.

"그렇지만 난…… 라자스, 로즈마리랑 사귀는 거 아니었어?"

"누구? 로즈마리? 말이 되는 소릴 해!"

"쟤랑 로즈마리랑 얘기하는 걸 들었단 말이야. 학교가 끝나고 보기로 했었다고."

"그럴 리가! 아마 라즈의 견습직인지 뭔지 때문에 그랬겠지. 그 여자애 아빠가 내년에 라즈의 보스가 될 거거든."

"그러면…… 그게 다란 말이야?"

가슴속이 환하게 밝아져왔다. 온몸에서 전기가, 아니 초강력 방사능이 뿜어져 나오는 것 같다.

"너 저 불쌍한 애를 저기다 저렇게 혼자 세워둘 셈은 아니겠지!"

재신다가 계속 나를 앞으로 밀어댔다.

나는 그녀에게 떠밀리며 앞으로 나아갔다. 라자스가 나를 기다리고 있었다. 한쪽 입꼬리를 올린 그 눈부신 미소와 함께.

관중들이 함성을 지르며 커다란 웃음소리와 함께 응원을 하기 시작했다.

재신다가 구호를 외치고 박수를 치며 체육관을 위아래로 내달리기 시작했다. 나머지 치어리더들이 그녀의 뒤를 따랐다.

심장이 자석처럼 이끌리고 두 발은 자동 조종장치라도 달린 것처럼 저절로 움직여 센터코트에 다다랐다. 그믐날 자정의 하늘처럼 검디검은 라자스의 두 눈이 점점 가까이 다가왔다. 그리고 우리는 입술을 포갰다. 우레 같은 관중들의 환호성이 귀가 먹먹할 정도로 울려 퍼졌다. 그러나 오로지 생각나는 것은 번개뿐이었다. 진짜 번개. 그리고 내 귀에 들리는 소리라곤 메아리처럼 울리는 라자스의 말뿐이었다.

'내 여자친구, 이브가 나에게 가르쳐준 거야.'

33

당신이 하는 일이 하찮은 것처럼 느껴질 수도 있다.
그러나 무엇보다 중요한 것은 당신이 그 일을 하는 것이다.
-마하트마 간디(정신적 정치적 리더, 1869-1948)

홈커밍 응원전에서 열린 즉석 자유발언대에서 나온 제안들

이 노트는 새로운 주간신문 칼럼인 「학생의 소리」에 발췌해서 실을 수 있도록 기록되었다.

이 칼럼에서는 매달 열리는 점심시간 자유발언대에서 학생들이 낸 의견들 중 괜찮은 것들을 주의 깊게 살필 예정이다. 자유발언대는 폴거 박사와 켈리 루피토(학생회 회장), 에비 모닝듀가 공동으로 관리할 것이다. '학생의 소리' 칼럼은 스티브 와그너(본인, 「퍼플 토네이도 뉴스」의 편집장)와 에비 모닝듀가 공동 집필한다.

[자유 발언이 시작된 지 몇 분이 지나고 나서 필기를 시작했으므로 처음 몇몇 제안들은 미처 기록하지 못했음을 밝혀둔다.]

• 선생님들은 매주 금요일 학생들에게 점심을 산다.

• 카페테리아에 콜라 자동판매기를 설치해달라.

• 여학생 운동경기에서 치어리더는 남학생들이 맡아야 한다.

• 사용하지 않는 뜰('가정생활과 사회생활의 기술' 수업이 있는 교실과 도서관 사이에 있는)을 학생들이 공강 시간에 사용할 수 있도록 공개해달라.

• 한 달에 한 번씩 학생이 일일 교사를 한다.

• 체육관에 러닝머신과 엘립티컬 트레이너 같은 운동기구들을 마련해달라.

• 수학 클럽은 풋볼 팀과 동등한 지원금을 받아야 한다.

• 화장실을 보수공사하고 청결을 유지해달라.

• 학교 안의 자질구레한 일들을 모두 도맡아 하고 있는 헥 씨의 월급을 인상해달라.

• 교사가 운동선수들이나 치어리더들을 편애하는 것은 공평하지 못하다.

• 학교 화단과 야채밭, 특히 옥상정원을 만들자.

• 어떤 교사들은 여학생과 선을 넘는 짓을 하고 있으며 이런 교사들은 공무 휴직에 처할 것이 아니라 해고해야 한다.

• (학생 이름)은 개망나니다.

• (학생 이름)은 나쁜 년이다.

[이때 폴거 박사님이 끼어들어 학생들에게 다른 학생의 이름을 직접적으로 거론하는 대신 학교 발전에 도움이 되는 아이디어에 한해 발언해줄 것을 당부하며 만약 재차 이런 일이 벌어질 경우

마이크를 꺼버리겠다고 경고했다.]

　• 학생들은 수업 시간에 물병을 들고 들어올 수 있도록 허용되어야 하며 하루 중 아무 때나 간식을 먹을 수 있어야 한다.

　• 학교 통학버스의 연료를 천연가스나 혼합형으로 바꿔달라.

　• 무용 수업을 스포츠로 간주해 무용 수업을 받을 경우 체육 시간을 면제받을 수 있어야 한다.

　• 라커 위에 벽화를 그리자.

　• 학교 대표 컬러와 마스코트를 바꾸는 것이 좋겠다. 아무리 봐도 너무 바보 같다.

　• 얼티밋 프리스비* 팀을 만들자.

　• 가장 좋아하는 선생님을 투표로 뽑고 월급을 올려주자.

　• 학교에서 아이패드를 렌트해달라.

　• 학생들을 위한 주차 공간이 더 필요하다.

　• 교정 밖으로 점심을 먹으러 나갈 수 있게 해달라. 특히 상급생의 경우.

　• 학교에서 파는 점심은 이제 넌더리가 난다. 보다 나은 것들을 선택할 수 있게 해달라.

　• 홈커밍이나 커플 댄스는 촌스럽다. 더 멋진 걸 만들어보자.

　• 학교에 애완동물을 데리고 올 수 있게 해달라.

---

* 4 : 4로 편을 갈라 플라스틱 원반을 패스하거나 가로채서 상대방 진영에서 원반을 받는 쪽이 득점하는 게임.

• 학교에서 출석 체크를 더 이상 하지 말자.

• 점심시간에 나오는 음식물 쓰레기를 처리하기 위해 카페테리아에 지렁이 퇴비화 장치를 설치하자.

• 수업 시간에 스마트보드를 사용하자.

• 점수를 주는 선택과목으로 인턴십을 하게 해달라.

• 학교 이사회에 학생 대표가 있어야 한다.

• 졸업 후 곧장 대학에 진학하지 않는 아이들을 더 이상 깔보지 마라.

• 등급으로 매기는 성적 대신 통과 혹은 낙제로 결정되는 과목을 일 년에 하나씩 선택할 수 있게 해달라.

• 요리와 식단 짜기를 좋아하는 아이들에게 카페테리아에서 일할 수 있는 기회를 줘야 한다.

• 학교 깃대에 국기와 만국기를 함께 걸자.

34

사려 깊고 열성적인 소시민들이
세상을 바꿀 수 있다는 것을 의심하지 마라.
사실 세상을 바꿔온 유일한 이들이 바로 그들이다.
- 마가렛 미드(문화인류학자, 1901-1978)

마침내 천천히 마지막 한 명의 학생들까지 모두 체육관을 빠져나갔다. 텅 빈 공간이 그제야 안도의 한숨을 내쉬고 있는 것 같았다.

하교 종소리가 울리자 폴거 박사는 한창 마이크를 쥐고 얘기 중이던 학생—제레미라는 이름의 인기있는 11학년생이다—의 말을 중단시키고 학교 버스를 놓치지 않으려면 그만 자리를 정리해야 한다고 말했다. 그때까지도 자유발언대의 열기는 식을 줄을 몰랐고 온갖 아이디어들이 난무했으며 학생들은 너나 할 것 없이 깜짝 놀랄 만한 별의별 의견들을 쏟아냈다. 물론 가끔은 리치가 잘 쓰는 말 그대로 펀치볼에 뜬 똥덩어리처럼 쓸데없는 것들도 있긴 했지만 말이다. 마지막으로 폴거 박사는 이제부터 한 달에 한 번씩 점심시간을 이용한 자유발언대를 하게 될 것이라고 약속했다.

그의 말이 떨어지자마자 학생들은 발을 구르며 우렁찬 찬성의 환호성을 터트렸다.

종소리가 울리고 20분이 지나자 응원단만 뒤에 남았다. 이번 주말에 있을 홈커밍 축제를 위해 색색의 테이프와 장식들을 다시 제자리에 붙이느라 운동화들이 끼긱거리는 소리를 내며 분주하게 움직였다.

나는 마사에게 전화를 했다. 그녀는 먹을 것을 들고 월마트에서 택시를 타고 오는 중이라고 했다. 제발 그게 훔친 것들이 아니기를.

나는 라자스와 재신다와 나란히 앉아 전면 유리창에 등을 기댔다.

"네 얼굴을 네가 봤어야 하는 건데!"

재신다가 킥킥 웃었다.

"진짜로 우리가 욕으로 도배한 포스터를 들고 있을 거라고 생각했단 말이야?"

"그렇다니까! 이제 이대로 나는 파멸하는구나 하고 마음의 준비를 하고 있었어."

"미안해서 어쩌나. 그렇지만 나도 헷갈렸단 말이야. 난 진짜로 너랑 다시 친해지고 싶었어. 그리고 네가 나한테 자유발언대 얘기를 꺼냈는데…… 그때 하필이면 글리스 선생이 들어온 거야. 그래서 좀 차갑게 굴 필요가 있었어. 그나저나 어제 보니 너 그 여자를 완전히 맛이 가게 만들어놓더라. 그렇게 맞짱을 뜰 배짱이 도대체 어디서 나오는 거니?"

"배짱으로 치면 폴거 박사님한테 찾아가서 다 털어놓은 너도 만만치 않아."

"그래도 너만큼은 아니지."

그녀가 라자스를 건너다보았다.

"너만큼도 아니고, 미스터 로맨틱! 세상에나, 에비, 넌 지금 죽어도 여한이 없겠다. 누군가 나를 위해 그렇게 해준다는 게 난 상상이 안 가!"

갑자기 그녀의 얼굴에 먹구름이 몰려들었다. 브루크너를 생각하고 있는 게 틀림없다. 그러나 곧 그녀는 웃음을 되찾았다.

"어쩜 그렇게 로맨틱한지! 계속 그렇게만 쭉 나가라, 라즈!"

라자스가 어깨를 으쓱 올렸다.

"그렇게 대단한 일도 아닌데 뭘."

"대단한 일 맞거든!"

재신다가 말했다.

"그래, 맞아."

나도 동의했다.

"그렇지만 너한테 이미 오래전에 사과를 했어야 했어."

그가 얼굴을 찌푸렸다.

"말 한번 제대로 하셨네."

나는 그의 어깨를 툭 쳤다.

"아직 완전히 해방된 건 아니라는 거 알지? 아직 할 얘기가 남았어."

"후우, 잘됐네. 남자들이 제일 듣기 좋아하는 소리지, 그게."

“아이 참, 말도 안 돼!”

재신다가 손사래를 쳤다.

“그냥 한 번만 용서해줘! 앤 그저 나를 보호하려고 그랬던 거라니까. 길을 잘못 고른 것뿐이야!”

다시 한 번 그녀의 얼굴 위로 어두운 그림자가 드리워졌지만 그녀는 또다시 떨쳐냈다.

“너희 둘이 다시 옛날로 돌아가는 건 시간문제일걸. 그리고 그렇게 싫어하던 공공 애정 행각에 홀딱 빠지게 될 날도 머지않았어.”

나는 웃지 않을 수가 없었다. 그리고 라자스를 돌아봤다.

“‘난 라벨이 싫어요’라고 그렇게 부르짖더니 어떻게 된 거야?”

그가 콧등을 긁었다.

“마침내 받아들인 거지.”

마침 체육관 안으로 들어선 누군가를 향해 재신다가 눈길을 돌렸다. 그녀가 속삭였다.

“어르신이 납시었어.”

“그래그래, 어르신 여기 납시었다.”

폴거 박사가 내게 살짝 윙크를 보냈다.

“나한테 들릴 거라고는 생각 못했나 보지, 해롯 양?”

재신다가 겁에 질린 표정을 지었다.

“저, 정말, 정말 죄송해요, 폴거 박사님! 전…….”

라자스가 정색을 했다.

“제이, 너 몰랐어? 폴거 박사님은 양복 주머니에 스파이웨어를 가지고 다니시거든. 그래서 곧장 업로드를 할 수 있어…….”

"인터웹에 말이지."

내가 마저 말을 마쳤다.

그녀의 두 눈이 휘둥그레졌다.

"그게 사실이에요?"

폴거 박사가 미소를 지었다.

"물론 사실이 아니지."

재신다는 앙증맞은 턱을 삐죽 내밀고 화난 척하며 라자스의 무릎을 찰싹 때렸다.

"저기, 에비."

폴거 박사가 말했다.

"첫 자유발언대가 모든 면에서 꽤 성공적이었다고 말하고 싶구나. 네 생각도 마찬가지냐?"

"그럼요. 하지만 학생들의 제안이 진지하게 받아들여지는지 분명하게 짚고 넘어갈 필요가 있어요. 스티브는 학교신문에 새로운 칼럼을 시작하려고 투지를 불태우고 있거든요. 그렇지만 우리는 변화를 수용하고 실행할 다른 방법들도 찾아봐야……."

"잠깐만, 이브, 지금 이 순간을 그냥 조금 더 즐기는 게 어때?"

라자스가 말했다.

"그래, 나도 알아. 그렇지만 이제 우리 쪽에 가속도가 붙었으니까……."

재신다가 킥킥댔다.

"에비! 속도를 좀 낮춰! 쉬어가면서 하란 말이야!"

"응, 알았어. 노력해볼게. 미안."

나는 미소를 지었다.

"미안해할 건 없어. 그래서 우리가 널 사랑하는 거니까."

두 뺨이 화끈하게 달아올랐다. 라자스의 말에 심장이 휙 뒤집어지는 것 같았다. '사랑.' 만약 이 자리에 폴거 박사라는 냉수 샤워 요법이 없었더라면 난 용서고 뭐고 생각하기 전에 라자스에게 야수처럼 달려들었을지도 모른다. 주제를 바꿔야 해.

"저희랑 같이 좀 앉으실래요?"

나는 폴거 박사에게 물었다.

"마사가 먹을 것을 가지고 올 거거든요."

그가 눈썹을 추켜올렸다.

"음, 좀 이례적인 일이긴 하지만…… 너희들만 괜찮다면."

어설픈 자세로 그는 체육관 바닥에 책상다리를 하고 앉았다.

그때 누군가 문을 쾅 하고 열었다.

"혁명가들아! 잔치를 벌이자! 유기농 콘칩! 살사! 막대 치즈! 월마트 지점에서 제공하는 무료 서비스다!"

마사가 여섯 개들이 주스 한 꾸러미와 함께 바리바리 싸 들고 온 음식을 바닥에 내려놓았다. 그리고 털썩 주저앉았다.

"자, 동지들, 듣자 하니 첫 번째 자유발언대가 모든 면에서 꽤 성공적이었다며!"

우리는 피식피식 새어 나오는 웃음을 애써 누르며 서로 의미심장한 눈빛을 주고받았다.

"뭐야, 뭐가 그렇게 웃겨?"

마사가 말했다.

폴거 박사가 껄껄 웃음을 터트렸다.

"어째 하시는 말씀이 꼭 어르신 하시는 말씀이랑 똑같아서 그런가 보네요. 조심하는 게 좋을 거요. 몇 년 후에 제 사무실 바로 옆에 사무실을 내실지도 모르니까요."

마사는 어이가 없다는 표정을 지었다.

"그럴 일은 절대 없거든요! 쓸데없는 생각은 건강에 해로워요."

그녀는 콘칩 봉지를 집어 들고 낑낑대며 잡아 뜯었다. 우리는 마치 화덕 옆에 모여 앉은 원시인들처럼 음식에 달려들어 와구와구 먹어치우기 시작했다.

나는 막대 치즈를 오물거리면서 콘칩을 향해 손을 뻗었다.

"그런데요, 폴거 박사님, 코넬대 추천서는 어떻게 되는 건가요? 아시다시피 재신다도 거기 가고 싶어하거든요."

"그게 말이다, 참 재미있지 뭐냐."

그가 씩 웃자 이빨 사이에 낀 살사 고춧가루가 눈에 들어왔다.

"마침 내가 말이야 추천서 초안을 만들어둔 게 있거든. 그게 여기 어딘가에 있을 텐데."

그가 양복 상의 주머니에서 봉투 두 장을 휙 하고 꺼냈다.

"정말요? 굉장한데요!"

재신다가 노벨상이라도 탄 것처럼 싱글벙글했다. 아니면 MTV에서 상이라도 받았거나.

"감사합니다! 감사합니다! 감사합니다!"

나는 추천서를 향해 손을 뻗었다.

"그렇게 빨리는 안 되지."

그가 잽싸게 손을 뒤로 뺐다.

"이것들은 내가 계속 보관하고 있는 게 좋을 같은데 말이지. 무엇보다도 넌 아직 여기서 한 학기도 마치질 않았고……."

"이제 뒤따라올 혼란도 직접 눈으로 봐야 하고요."

라자스가 교활한 미소를 지어 보였다.

"그렇지."

폴거 박사가 고개를 끄덕거렸다.

"이걸 말이다, 일종의 뭐랄까……이를테면 보험증처럼 안전하게 잘 보관해놓는 게 어떠냐?"

"맞아요. 그렇게 하세요!"

재신다가 말했다.

"에비는 영향력이 너무 커요. 앞으로 닥쳐올 일들을 생각해보시라니까요. 홈커밍도 물론 있지만 겨울철 공식……."

"이봐! 또 다들 편 먹고 날 괴롭히기야!"

재신다는 여전히 그녀의 머릿속에 있는 목록을 차례로 훑고 있었다.

"프롬에 스피릿 위크*에 졸업식. 이런!"

그녀가 흥분한 나머지 내 다리를 찰싹 내리쳤다.

"내가 지금 무슨 생각이 났는지 알아?"

폴거 박사와 마사는 과장되게 겁먹은 표정을 주고받았다.

---

* 홈커밍 직전 일주일 동안 파자마 입고 학교 오기, 직업별 유니폼 입고 학교 오기 등 다양한 행사들을 한다.

"졸업식 연사!"

재신다가 계속 재잘댔다.

"그거야말로 너만 한 적임자가 없지 않니!"

"제이, 그거 진짜 좋은 생각인걸. 이브가 할 연설을 상상해봐……."

라자스가 말했다.

"혁명이 갑자기 방향을 틀어 당신의 엉덩이를 노릴 때 어떻게 할 것인가."

나는 도리질을 쳤다.

"얘들이 지금 무슨 소리를 하는 거야? 안 돼, 절대 안 돼, 안 돼."

"왜 안 되는데?"

마사는 화가 난 것 같았다.

"이번 일로 사회정의 실현 운동에 흥미를 잃었다는 말은 하지도 마라."

재신다가 흥분한 나머지 몸을 부르르 떨었다.

"아니요, 분명히 재가 마음속으로 생각하고 있는 다른 주제가 있어서 그러는 걸 거예요. 뭔지 알 것 같아요! '어떻게 내가 이곳에 오게 되었으며 어떻게 이 학교를 더 나은 곳으로 만들어갔나.' 맞지! 틀림없어!"

"아닌데."

나는 말했다.

"또 틀리셨어."

재신다는 샐쭉하게 토라진 시늉을 했다.

"그럼 뭔데?"

브루크너의 말이 새삼스럽게 떠올랐다. 그 말을 내게 해준 사람만큼이나 반쪽짜리 미완성의 메시지로 내 머릿속에 박혀 있던 그 말들. '스스로 남들보다 조숙한 것을 자랑으로 생각하는 여자애가 볼 때 넌 실제로 겉만 번드르르한 것일 수도 있단다.'

나는 이제야 그 뜻을 알아차리기 시작했다.

더 이상 그건 나에 국한된 이야기가 아니었다. 그리고 사실 그랬던 적도 없었다.

나는 남들과 다르다. 그렇지만 그게 이야기의 전부는 아니다.

진짜 본론은 훨씬 흥미롭다. 나는 동그랗게 둘러앉은 사람들을 눈으로 훑었다. 재미있는 조합의 친구들이 이 순간을 함께하며 유기농 콘칩을 아작아작 씹고 있다. 나는 오늘 자기의 생각을 터놓고 이야기하던 아이들의 얼굴과 그중 몇몇이 내놓은 놀랍도록 진취적인 아이디어들을 떠올렸다.

나는 미소를 지었다.

"만약 사람들이 날 뽑아준다면 당연히 연설을 할 거야."

그리고 그것은 우리가 어떻게 세상을 바꿀 것인지에 대한 이야기가 될 것이다. 함께 힘을 합쳐서. 왜냐하면 이 소녀와 저 소년과 이 아이들, 우리 모두는 다르니까.

책을 쓴다는 건 단체경기라는 것을 새삼 깨달았다. 그리고 맙소사, 나는 정말이지 놀라운 팀을 가지고 있다.

제일 먼저 노아와 샘에게 한결같은 인내와 실없음, 그리고 무한한 사랑에 감사의 인사를 전하고 싶다. 또한 내 나머지 가족들에게도 감사의 인사를 전한다. 특히 주니타와 얼 존슨, 그리고 리사 위치맨. 열의를 가지고 꼼꼼히 내 글을 읽어줘서 정말 고마워. 그리고 오스트레일리아에 있는 나의 에버렛 가족. (안녕, 맥스. 사나운 코알라로부터 샘을 지켜줘서 고마워. 덕분에 글을 쓸 수가 있었어. 다음번에 가면 내가 한턱 낼게.)

나의 평론가 그룹에게도 깊은 감사의 말을 전한다. 존 베미스, 제니퍼 해롯, 스테판 메서. E.B. 화이트가 그런 말을 했지. '훌륭한 작가가 진정한 친구가 되는 경우는 아주 드물다. 그러나 샬롯은 그 둘 다였다.' 당신들이야말로 나의 샬롯이야. 비록 거미줄과는 상관없지만. 그러니까 다들 더 오래 살면서 내 곁에 머물러주겠지?*

나의 대리인 진저 놀튼의 그 끝없는 다정함과 언제나 내 편이 되어준 신뢰에 갈채를 보낸다. 그리고 내 담당 편집자인 캐시 랜드워에게도 감사의 마음을 전한다. 영리하고 유머 감각 넘치고 집까지 찾아와서 일을 해준 당신, 정말 최고였어요. 통찰력 있고 조심스러운 수정 편집을 해준 비키 홀리필드와 제시카 알렉산더, 에비가 좋아할 만한 책표지와 디자인을 해준 모 위디, 멜라니 맥마흔 이브, 그리고 로레인 조이너에게도 고마운 인사를. 이번 일을 인간적이고 즐거움이 넘치는 공동 작업으로 만들어준 피치트리 출판사의 직원들 모두에게 건배를 바친다. 피치트리 만세!

마지막으로 루비를 사랑으로 돌봐준 L-H 가족에게, 천사들에게, TNS 직원들에게, 그리고 나의 모든 사랑하는 친구들에게 진심 어린 감사를 전한다. 이름을 하나하나 적기에는 너무나 많다. 그래도 혹여 나에게 '그거 혹시 날 말하는 거야?'라고 묻고 싶은 사람이 있다면, 맞다. 바로 당신 말이다.

---

* 『샬롯의 거미줄』이라는 유명한 동화책을 빗대어 하는 이야기.

나는 제주도에서 태어나고 자랐다. 좁은 섬에서 학교란 그런 곳이었다. 더군다나 가족과 친인척을 통틀어 교직에 몸담지 않은 이를 찾기가 힘든 집안에서 자랐다면 상황은 뻔하다. 담임 선생님은 엄마의 동창이고 국어 선생님은 엄마의 옛 제자였고 수학 선생님은 엄마 친구의 남편이었다. 권위와 위계질서가 서슬 퍼렇던 시절이었다. 고분고분한 모범생이 되는 건 선택이 아니라 필수일 수밖에 없었다. 별의별 인간 군상이 존재하는 곳이 학교지만, 그중에 혹시라도 별종 학생이 끼어들었을 경우 어른들은 판판한 널빤지에 튀어나온 못대가리 박아 넣듯 어떻게든 그 별난 종자를 기죽이지 못해 안달을 했다. 마치 에비처럼 말이다.

책을 번역하는 내내 나는 내 고등학교 시절을 떠올렸다. 선생님들의 고른 칭찬을 받으면서 어떤 말썽에도 휘말려본 적이 없고 나서서 아이들을 휘두르는 일도 없이, 있는 듯 없는 듯 조용한 모범생이었던 나는 에비와 함께 그녀의 생애 첫 학교생활을 함께 했다.

나는 그런 아이를 부러워했었다. 명석하고 씩씩하고 자기가 하고 싶은 말을 주저 없이 할 수 있는 용기 있는 아이. 요즘 세상에 '돈'도 '빽'도 없으면서 그저 옳다고 믿는 것을 실천함으로써 감히 세상을 바꿀 수 있다고 믿는 아이. 처음에 에비를 멀리하고 손가락질하던 학교 아이들이 그랬듯 내게도 우주인마냥 친구가 되기란 힘들 것만 같았던 아이. 요즘 세상에 에비 같은 아이들이 결국 안착하게 되는 곳은 아마 대안학교쯤일 것이다. 그러나 에비는 학교라는 제도권에 정면으로 승부수를 던지고 온몸으로 맞부딪쳐나간다. 사교육의 힘으로 국영수 파워를 올리는 데 혈안이 된 아이들이 보는 세상과 에비가 보는 세상은 동네 우물과 태평양만큼이나 차이가 난다.

'생각한 대로 살지 않으면 살아지는 대로 생각하게 된다'는 말은 비단 어른들의 세계에만 통하는 것이 아니다. 이 책을 읽는 학생 독자들에게 꼭 해주고 싶은 말은 나처럼 나중에 무릎을 치지 말라는 것이다. 과연 지금 내 눈에 비친 세상은 어떤 모습인가, 나는 어떤 사람이 될 것인가를 곰곰이 생각해보자. 생각하는 대로 행동하고 생각한 대로 사는 일에는 연습이 필요하다. 모두가 에비가 될 필요는 없지만 에비처럼 편견 없이 세상을 보는 이상주의자를 가슴 한 켠에 살려둘 필요는 있다. 그래야 적당히 타협하는 법을 배운 뒤에도 최소한 비겁해지지 않을 수 있다.

2012년 6월

김미나

이 소녀는 다르다

© J.J. 존슨, 2012

초판 1쇄 발행일 | 2012년 7월 27일
초판 4쇄 발행일 | 2016년 8월 31일

지은이 | J.J. 존슨
옮긴이 | 김미나
펴낸이 | 정은영
편   집 | 사태희 윤민혜
디자인 | 조윤주 김희숙
마케팅 | 강용구 최형연 한승훈 임이지 김범식

펴낸곳 | (주)자음과모음
출판등록 | 2001년 11월 28일 제2001-000259호
주   소 | 04083 서울시 마포구 성지길 54
전   화 | 편집부 02) 324-2347 경영지원부 02) 325-6047
팩   스 | 편집부 02) 324-2348 경영지원부 02) 2648-1311
E-mail | jamoteen@jamobook.com

ISBN 978-89-544-2817-0 (43810)

잘못된 책은 교환해드립니다.